2019 秋冬卷

陈思和　王德威　主编

復旦大學出版社

目录

声音

·世界文学和青年写作· 主持／何　平　金　理 …3

国际图书市场如何选择年轻作家　文／彭　伦 …5

"歇斯底里现实主义"与一种写作新趋向　文／黄昱宁 …9

写作的杂糅和无界化　文／黄　茁 …14

从 BOOM 到 PAF
——拉美文学语境中的"青年写作"及其他　文／范　晔 …19

日本的文学奖和六位作家　文／默　音 …25

不惧微芥，神矣圣矣　文／朱　婧 …29

"世界文学"时代的写作　文／胡　桑 …33

作为形容词的"世界"和"青年"　文／张定浩 …40

评论

·现代战争经验与中国文学· 主持／康　凌　黄丁如 …45

战时双城记：二战启幕前的武汉、马德里与文学"国际主义"　文／曲　楠 …47

丘东平突围：战士身体、油印技术与生态视野　文／黄丁如 …69

武器与幽灵：当代科幻小说的历史经验与想象　文／周迪灏 …86

对话
战争视野与沈从文的理性精神问题　对话／吴晓东　唐　伟　…105

谈艺录
"傅译莎"推荐语　文／韩　秀　…119
"无地王"约翰：一个并非不想成就伟业的倒霉国王　文／傅光明　…126

著述
秘一逻模式与西方文化基本结构的形成及其展开态势研究续篇
——从怀特海教授关于宗教与科学的一段论述谈起　文／陈中梅　…177

书评与回应
舞蹈作为方法：评《革命的身体：中国舞与社会主义遗产》　文／郝宇骢　…253
历史情结与认同意识：评《革命的身体：中国舞与社会主义遗产》　文／刘　柳
　…261
重释中国舞：评《革命的身体：中国舞与社会主义遗产》　文／黎韵孜　…276
舞越学界：对三篇书评的回应　文／魏美玲（Emily Wilcox）　…280
文学研究的美术视野与对话：评《审美的他者：20世纪中国作家美术思想研究》
　文／龙其林　…287

作者简介
　…294

声音

· 世界文学和青年写作 ·

国际图书市场如何选择年轻作家

"歇斯底里现实主义"与一种写作新趋向

写作的杂糅和无界化

从 BOOM 到 PAF
——拉美文学语境中的"青年写作"及其他

日本的文学奖和六位作家

不惧微芥,神矣圣矣

"世界文学"时代的写作

作为形容词的"世界"和"青年"

世界文学和青年写作

■ 主持/何 平 金 理

【主持人语】

2017年由南京师范大学何平和复旦大学金理共同发起"上海—南京双城文学工作坊"。工作坊以"青年性、跨越边境和拓殖可能性"为主旨，邀请境内外的青年作家、诗人、艺术家、翻译家、出版人和艺术策展人等，与沪宁两地的青年批评家共同就前沿性文学艺术话题进行交流。2017年10月14日第一期工作坊以"青年写作和文学的冒犯"为题在复旦大学举行。2018年10月26—27日第二期工作坊以"被观看和展示的城市"为题在南京师范大学举行。2019年7月6日，第三期工作坊主题为"世界文学和青年写作"，由复旦大学中文系与上海市作家协会联合主办。

如果没有世界文学维度，无论是作家的写作实践，还是研究者的价值判断，基本都是没法展开的。就好比，人必须借助多面镜子、多重视野才能认清楚自己。我们不妨以世界文学作借镜，与当下中国的青年写作对照，从出版、阅读、创作、文学生态等角度，来进行比较，为国内的青年写作提供借鉴。工作坊的成果由江苏凤凰文艺出版社出版，我们选取几位师友的完整发言，作为专辑刊发。这组发言中，彭伦依据其版权输出的实践经验，谈国际图书市场如何选择年轻作家，尤其提到了我们的文学"走出去"过程中的短板，如不注重营建信息发布通道等。黄昱宁从资深出版人和读者的角度，谈一种并不居于文学主流却代表新鲜可能性的创作潮流。接下来出场的黄荭、范晔与默音，皆一身而兼译者、研究者与作家多重身份,鸟瞰法国、拉美和日本文坛。最后,朱婧、胡桑与张定浩则从创作和评论的角度进行回应。

这组文章在速记稿基础上整理,经作者审订,行文中保留了口语痕迹。

国际图书市场如何选择年轻作家

■ 文／彭 伦

原先我一直是从事外国文学的引进、出版,从去年开始,我开始做一些中国作家的书,代理他们的翻译版权,把他们的版权输出到外国市场,这也是一个比较新的领域。

刚才金理说到双雪涛,情况是这样的:我读原创小说不太多,恰巧读过双雪涛《平原上的摩西》,这个故事我蛮喜欢的,就跟他签了代理协议,开始代理他的书。实际上这个工作做得挺艰难的。翻译当然很重要,还要接触出版人。我们中国作家要在外国产生影响要经过很多步骤,首先要跟出版社编辑接触,找什么样的编辑,以及找谁来翻译,其实有很多偶然的因素,并不是你觉得这个作家能够被外国接受,就能发生;即便翻译了,出版以后会产生怎样的影响,我们是没办法预设的,所以这也是一个探索。我觉得这个探索过程还是挺吸引我的,虽然这工作从商业角度来说很难给我带来回报,甚至我还倒贴。我跟国外出版社接触,他们真的感兴趣,必然会问我索要英文样张,要英文样张就必然要找个翻译,所以我就有点孤苦伶仃的感觉。好几个人听说我在代理双雪涛版权,就主动找到我,想翻译双雪涛。一个是哈佛大学博士生;一个是在美国读博士的中国女孩;还有一个是职业翻译家——一个新加坡人程异 Jeremy Tiang,可能不少作家跟他都认识,他本身是一个英文小说家,也翻译了很多作品,他非常喜欢双雪涛;还有一个译者在纽约读创意写作硕士,叫钟娜,她在《纽约客》杂志社实习,她跟杂志编辑说很喜欢一个中国作家小说,要翻译,后来她就翻译了双雪涛的一个短篇,恰巧 Jeremy 也翻译了同一个短篇。当时几个译者就形成竞争一样的关系。

  我们可以看到,如果一个作家的文本获得比较多的人认可,我就觉得有一个机会在里面,所以我请Jeremy翻译了《平原上的摩西》,花了4500美元。最终把中篇小说翻译出来发给出版社,然而也没有人真的有反应。最后我想了一个解决办法,通过国外代理人,他们认识西方出版社比我认识的更多,覆盖面更广。所以我找了代理人,这个代理人跟我关系本身也非常好,他是麦克尤恩经纪公司国际版权总监。我请他仔细地看小说,他果然看了,而且非常喜欢,说《平原上的摩西》是他读过的最好的中篇小说之一。当然这个喜欢能不能最终落实到出版上,我觉得现在比较难说,只能看一看。还有一个问题是,双雪涛这篇只是一个中篇小说,三万多字,从出版来讲太单薄,出版短篇小说集,对外国来讲是比较难处理的。我印了20本英译本《平原上的摩西》送给很多编辑看,也没有人给我回复。我觉得最终结果会怎么样,还挺难说的。虽然我个人对双雪涛最终会在欧美出版还是比较乐观,究竟什么时候能开花结果,还不好说。

  这中间还有很多偶然因素,就以我现在做的还比较顺利的《繁花》来说。去年跟金宇澄老师商谈了以后,就代表他向外推《繁花》,也是花了半年时间才开始有点起色,到现在美国版、日文版、法文版、意大利版、西班牙版,所谓主流国家的版本都输出了,整个过程中其实有很多偶然因素。即便选择了在他们国家非常有名、非常主流的出版社,小说真的出版以后会产生怎样的影响,现在无法预料,也许会失败。对我来说,至少我自己读了以后,我比较喜欢这部作品;那么换位思考,我会想象外国的出版社会喜欢什么样的作品呢?故事性要比较强。然而《繁花》是一个例外,故事性不强,语言很难翻译。基于文字上的特色,编辑没有办法去阅读;即便被翻译过来,金宇澄的沪语在翻译过程中也就完全消失了,即便是再好的译者,如果翻译成英文,翻译成法文,他可能也就只能够把金宇澄沪语背后的潜台词翻译出来。比如他说一句"不响",只能直译出"不响",沪语"不响"微妙的意思,翻译成外语以后,读者能不能理解。那么为什么外国出版社想要签《繁花》的版权,是因为王家卫的电影。我想如果没有王家卫的电影,现在做的事情都不会发生。王家卫在欧美影响力是如此之大,现在签版权的这些编辑也明确跟我说,我是王家卫的粉丝,而且是铁粉,而且出版社也是王家卫的粉丝……因为他们有电影的期待,所以才会决定要出《繁花》。这个过程有点像化学反应,有很多偶然因素。对我来说,我能做的,首先是把我喜欢的作品——比如小白的《封锁》——现在有英文版、瑞典文版——尽我所能,用外国出版社能够理解的方式,引发他们的兴趣,然后找人看。因为编辑不会读中文,他会找人看,看了以后可能会有进一步思考。在他们决定之前,我会提供各种各样的信息,话剧、电影改编等。最终会产生什么的影响不好说。小白《租界》也出了国外好多版本,对国外出版社来讲,出版是完成了,但能够产生多少影响就很难说了。

回到刚才说的,今天的图书市场怎么选择年轻作家,推出什么样的年轻作家?这十多年出了不少年轻作家,包括邓索恩,也是我在九久读书人出的。他到中国来做活动,是我把他弄过来的,还搞了许多乌龙,他当时没申请中国签证,他认为到中国不需要签证,所以当时错过了本已安排好的上海书展和到北京的行程。后来他参加上海写作计划,待了两个月,那个时间比较长,可以跟上海作家有比较深入的接触。

选择作家好像挺神秘,其实也不神秘。从出版的角度,我们从事的工作就是信息的搜集和过滤的过程。整个国际出版界有个非常立体的分享网络,比如美国有个新的作家,在《纽约客》杂志发表一篇短篇小说,这个短篇小说很受欢迎,那么这个信息就非常容易在国际出版网络里传播,尤其是好几家美国出版社会争夺版权。而当版权费非常高的时候,肯定世界各国出版社都纷纷去打听、去了解、去阅读,甚至是在还没有读书稿的情况下就去买版权。我个人也有很多这样的情况,就是自己并没有看过作品,但基于各种各样的信息——从国外代理商,从外国出版社的推荐,还有从书探的报告。国际出版界有个比较特殊的工种就是书探,书探的工作,比如我是一个中国书探,世界各国的出版社对中国市场比较感兴趣,想多出版中国的书,而又不掌握中文,那么如果我在中国是职业书探,他就会找我,"你能不能定期给我提供关于中国图书市场的情报",比如最近出版了哪个值得关注的中国作家,比如说双雪涛出了什么新的书……他如果想要出版中国作家的书,看了我提供的情报以后,真的感兴趣,可能会让我写一篇报告。书探就是提供情报服务,而且这个情报工作是提供给独家,比如美国我就只在美国这个市场找一家出版社合作服务。同样,中国民营出版公司使用外国书探的情况也越来越多,基本上我们知道的新经典、九久读书人、读客这些公司全部使用书探,这样就可以掌握先机,可以比别人更早知道外国市场有那些值得关注的地方,而且在没有读作品的情况下,可以得到一些外国书探提供的审读报告,基于这些情报就可以迅速地作判断。我在九久读书人期间,公司就有几个外国的同事,他们会提供相关的情报。

所以说,我们是怎样发现这些外国年轻作家的?主要是通过这样一些渠道,并不是我会主动去找。因为这个"找",大海茫茫,一个国家有那么多作家,根本不知道应该从哪里着手,然而确实有一些"抓手"在里面。比如说美国市场上,有哪些冒出来的作家,外国各出版社会很快知道。中国一直在说"走出去",比较欠缺的是信息发布通道。刚才何平老师提到青年作家调查①,这个调查非常有意思,一百多个青年作家列出一份对他们有影响的外国作家名单,这个名单可以发到Facebook,那么外国出版社都会知道,这个信息对他们来讲是非常好玩的信息,他们也想知道这样的信息。现在从事中国作家输出工作的人很少,只有像谭光磊这样的专业版权代理人在做。国内很多作家输出工作,浪费钱,甚至帮倒忙,把整个市场给破坏了。现在我们国家有大量针对版权输出的资金,很多出版社一拥而上,虽然有的做得很不错,但也有工作方向有点走歪了的。有人到处找外国出版社,说我们有资助经费,但对外国认真严肃的出版社来说,他们考虑的是文本质量以及商业上的潜力,而并不是你给我好多钱,我就给你出这个书。如果作家作品不出色,很难吸引优秀的编辑和出版方的认真考虑。

---

① 《中华文学选刊》曾策划"当代青年作家问卷调查",向当前活跃于文学期刊、网络社区及类型文学领域的35岁以下青年作家(1985年及以后出生)发去调查问卷,提出10组问题,共有117位作家参与了本次调查,主要内容刊发于《中华文学选刊》2019年第5、6期。——编者注

"歇斯底里现实主义"与一种写作新趋向

■ 文／黄昱宁

从我的工作出发来谈吧。刚才听到一句"至暗时刻",这个行业其实也没有那么绝望。我也知道编辑确实现在挺分裂的,但我做了二十多年,除了面对困境,也得到不少真正的乐趣,也有一些我真心喜欢、强烈关注的作家和作品。今天是讲相对年轻一点的作家,我觉得国外对作家成熟的周期,不像国内那样着急,"新概念"结束了就必须出好多的书。国外给作者的成长空间,以及整个文学生态的多样性,都是比较好的。正好去年嘉宁邀请我写一篇《歇斯底里简史》,题目很大,我看了好多书,把思路全部梳理一番,那篇文章我今天带来了,想挑一些说几句,再加上一些新的话题。

我自己的阅读趋向,以及我平时喜欢关注的东西,有一点也许和别人不同。我觉得,当代写作班式的审美,尤其对短篇小说的审美,是有些共同点的。虽然刚才方铁讲到,很多现实题材被大量书写,但被主流文坛一直视为高级的东西,其实我觉得还是偏向于那种极简的、冲淡的、反戏剧的,契诃夫、门罗式的那种高级感的东西。我不是说那样的不好,但丰富的文坛应该是反同质化的,所以我特意关注了一些和上述这些特点完全不同的。

比如我近十几年里最喜欢的一本美国小说是尤金尼德斯的《中性》,这本书我们最近也会出新版。我觉得,它可以被视为歇斯底里现实主义这个系列里涌现的最成熟的作品。歇斯底里现实主义,首先这个是詹姆斯·伍德贴的一个标签,其实是被他批评的,后来大家根据他梳理出的共同特征去找一些作品,有一些也成为在国外非常受欢迎、堪称经典的作品,《中性》就得到了普利策奖。这类作品文本涉及的面向大大拓宽以往读者对文学的认知,对于各种新技术、新现象、新知识,对文学与其他学科的交叉,这类作家其实很敏锐,我意思是说中国很多年轻小说想要处理现实题材,可是怎么处理,这本书就可以提供很好的答案。这个是用了九年时间写成的一本书,容量很大,具体的我没法展开,大家最好去看书。

我觉得詹姆斯·伍德很有意思,他当初批歇斯底里现实主义,但对于《中性》这本书,看完以后他是这么说的,"看上去它似乎是企图囊括20世纪所有新闻事件的记者式野心的牺牲品",但是等他看完以后他觉得,"这当然是小说,而不是报纸,它时常让人觉得这是一部动人的、好笑的,同时又深具人性的作品"。我觉得这个讲的是恰如其分。在我看来,这部小说代表着"歇斯底里现实主义"在作者立场与读者立场之间所能找到的最佳位置——那个经过精确计算的平衡点。如果要文本阐释,它有好多东西可以阐释,包括它对于"对称"有一种特别的执迷。书名《中性》(*Middlesex*),实际上是底特律的一条街,音译是米德尔塞科斯,如果要把它的意思翻出来,那就有点符号学的感觉了,就是"中性"的意思。《中性》讲的是两性人的事情,所以牵扯到大量科学知识,所以评论说它有一半是达尔文的,有一半是荷马的。而且最重要的是,虽然有知识门槛,有这么多可供阐释的东西,读完一本书你可以接收到很多信息,但是它里面的很多细节又是极其动人的。小说里面牵扯到这个人的身份认同,怎么从一个女性变成一个男性,有一段高难度的性描写,生理上的撕裂与心理上的觉醒彼此交缠,读的时候真是觉得叹为观止。如果对创作有野心,想要关注一下世界上最好的叙事技术,在处理一个宏大的现实题材时,能够达到什么样的高度,那么我非常推荐这本书。

另外我想说一本不是我们社出的,但我也挺喜欢的,就是《七杀简史》,得过布克奖的作品。前两年译林出版社出过胡诺特·迪亚斯《奥斯卡·王尔德短暂而奇妙的一生》,我觉得《七杀简史》好像是《奥斯卡》膨胀升级版,同时有很多奥斯卡在一起歌唱。你常常能看到那种很昆汀的段落,小说里的黑帮小混混,在说出一大堆脏话之后,突然间冒出一句史诗性的句子,比如"我想去录音室录歌,我想唱热门金曲,乘着那节奏逃出贫民窟,但哥本哈根城和八条巷都太大了,每次你走到边界,边界就会像影子似的跑到你前面去,直到整个世界变成贫民窟,而你只能等着"。而且你看这本书有一点门槛,你必须对西方音乐,尤其对雷鬼乐有一个基本认知,你应该有这个节奏感。所以这类小说其实都有蛮多门槛的。有些古典的知识被大家反复强化以后,成为一个常识。但像《七杀简史》这样的小说,密度比较大,跟现实靠得非常近,但是我觉得处理得又很有艺术感。

还有一个本是我们社出的，汤姆·麦卡锡的《撒丁岛》，很短，可以证明歇斯底里现实主义并不一定是大部头，很短的东西也可以非常歇斯底里。麦卡锡也是脾气很怪的人，你可以把他当成一个小说家，也可以把他当成现代装置的艺术家。有一次我想邀请他，他回答说"如果上海双年展有兴趣让我做个艺术品，我倒是愿意的，上海书展就算了"。某种程度上，他是把小说当作艺术装置来做的。因为他的切入点是那么的不同，所以哪怕是简单的堵车场面，都被他写得非常特别，所以看这样的小说是很刺激的，很有新鲜感，跟我们想象中写日常生活的小说很不一样。其实他也写日常生活，写办公室政治，但被他处理之后就呈现出完全的陌生感。与阅读其他小说最大的区别是，你必须先跨过麦卡锡设置的知识门槛，不被列维·斯特劳斯或者德勒兹的名字吓退，你还得先摒弃伍德式的对"知识炫富"的偏见。在这样的基础上，再看《撒丁岛》，你会觉得，麦卡锡这种不顾一切搭建新装置的企图，至少能帮助你在看待那些司空见惯的事物时，获得一个崭新的、才华横溢的视角。我的意思是说，如果很有创作野心的，希望有不同的东西，我觉得可以多看一看这些，而不是一直看陀思妥耶夫斯基。

还有被詹姆斯·伍德一直看不顺眼的扎迪·史密斯，她最近出过一本《摇摆时光》，我也觉得很好。它的题材很像《我的天才女友》，也是两个从小一起长大的女人间的友谊，你说塑料花姐妹情也行，但她的文本中包含的信息量要大很多。《我的天才女友》还是相对传统的写法，只要你有耐心追完四大本故事就行，但扎迪·史密斯不是那么容易进去的。扎迪·史密斯跟我是同一年生，1975年，有好多地方很有共鸣。因为信息量很大，所以如果你对当地知识不是太了解，很多地方会发愣。而且小说中的时空在不停地跳跃。所以扎迪·史密斯在中国的市场不太好，也完全在意料当中。但是广大读者可以不读扎迪·史密斯，但我还是建议写作者能读一读。她的文本对写作者还是很有刺激的，《摇摆时光》在我看来就是全球化一代的心灵史，全球化一代是怎么长大的，他们受到什么样的影响，他们看待世界的方式是怎样被固化的，又是怎样幻灭的。如果这样比较起来，《我的天才女友》就是通俗小说，而扎迪·史密斯的文本是有难度的纯文学作品。

最近跟彭伦一起合作，一直在推的小说是萨利·鲁尼《聊天记录》，"爱尔兰90后"，这个标签还是很准确的，因为她确实是"90后"，而且她在我们视野里是货真价实在欧美主流文坛引起强烈关注的——应该说是在一定意义上引起轰动的作家。她的第二部长篇就得了科斯塔文学奖，上升的速度很惊人。我看下来，这本书最有趣的地方在哪里？跟中国文坛一样，世界文坛对于纯文学如何与互联网时代对话，也是很焦虑的。就像前两年已经去世的菲利普·罗斯就在哀叹，大大小小屏幕肯定会把我们这些人赶跑,我们文本是没有活路。前一阵子看库切和奥斯特的通信集,对这个问题讨论也是很有意思,因为库切老一点,库切还是想要固守以前的那个,奥斯特就劝他要想开一点,差不多是这个意思,他们差的岁数不算很多,已经对这个问题有不同的看法。其实全世界都很焦虑,都在寻找年轻的声音,他们不光在寻找"90后""80后",而且希望这样的声音并不仅是和原先的纯文学形成断裂,他们希望是一种继承关系。我觉得他们隐含的那个愿望,就是说不希望"我们"被"你们"赶走,不希望文本被屏幕彻底替代。我希望你既能够反映现在这个时代,但又在某种程度上继承纯文学的这一脉。所以萨利·鲁尼的走红,其实我觉得就是因为他们在寻找这样一个声音的时候看到了这个人。

我看下来她有几个特点:首先她的文字确实比较清澈、比较锐利、比较准确,她与网络时代某种意义是一种生理上的贴合,那是一种特别自然的呼吸在其中的感觉,而不是刻意揣摩那种"网感"。《纽约客》杂志给她写的评论里面提到了一点,小说里的年轻人会说,我现在去"读"互联网。她用的是read,不是用看,或者是冲浪,那种时髦的词,如果换了一个"70后""80后"的作家,或者再老一点,他会刻意揣摩他们的网络用词,他会学着小辈说话,类似于我要到网上去爽一爽。但是鲁尼笔下的人物,就一本正经地宣称要去"读"互联网,这个小小的例子可以反映她整个文本特点,她在里面的大量叙述,是那种只有你生在这个时代,你睁开眼见到的都是互联网,才会有的一种直觉的反应,是一种生理性的反应。

第二,《纽约客》还提到一个概念,我觉得很有意思,而且那个句子真是写得非常好。"我们这个时代,是个伟大的书信体时代,尽管没有人全面认可这个判断,我们的电话凭着对电话功能的消解,又重新让文本变得无处不在。"现在这个时代,确实是把电话原来打电话功能消解了,我们确实不太用电话打电话,我们用电话来编织文字,所以说我们居然又回到了文本无处不在的时代。有趣的地方在于,这篇书评说回到伟大的书信体时代,这其实是针对小说发展史说的。在小说发展史上,书信体曾经起到了很大很关键的作用,比如英国那部到现在都没有中文全译本的《克莱丽莎》,大部头,全部由书信体构成。我想这部书也不会再有中译本,因为它确实太长也确实过时了。比较短一点、比较知名的像《危险的关系》,也全部是用书信来呈现的。书信体曾经在小说发展史上起到极其重要的作用,在评论家看来,萨利·鲁尼某种程度上反而构成了某种回归。

第三,鲁尼的语言看上去非常时髦,反映了很多当下生活的东西,整个文本有一个特别时髦的外观。但所有的评论家都提到,这部小说其实有一个非常明显的主题,即所谓"戳破消费社会的真相"。小说中的人物对阶层冲突的敏感。让我颇为惊讶,"80后""70后"不那么关心、不那么强调的问题,反而被时髦的萨利·鲁尼又捡了回来。阶层冲突,恰恰是十九世纪的小说最为关心的问题。这种敏感甚至是相当老派的。所有的评论都注意到她的十分摩登的文本中包裹的主题实质是十九世纪的。因为对于阶层、对于人际关系中的权力结构怀有如此强烈的兴趣和挑衅,正是十九世纪小说的一大特点。在全球化一代里面,这个是被淡化的东西,到了她这里,对于阶层、对于人际关系中的权力结构有很强烈的兴趣,文本里时时跳跃着一点挑衅的火花。这也就是为什么,现在主流文坛对鲁尼那样有兴趣,会那么关注她今后的走向。就是看到她既跟这个时代连接,又跟小说发展史脱不开干系——对于文学传统,她是有继承的。

写作的杂糅和无界化

■ 文/黄　荭

"世界文学和青年写作"是很大的话题,有点迷惘,不知道从何说起。那我就选一些大家可能比较感兴趣的关于法国当下创作现状和文坛一些比较新颖有趣的现象,并结合我个人比较关注的几位新锐(或曾经新锐的)作家的创作谈一谈。

从整体来看,法国也算是文学生产和输出的大国,从古典时期到当代,法国文学一直都属于比较强势的国别文学。当下法国文学很显著的一个特点是国别文学的疆界被打破,"法国文学"的概念越来越被外延更宽广的"法语文学"所替代。每年从获几个大奖(龚古尔奖、费米娜奖、勒诺多奖、法兰西学院大奖)的作家来看,很多都是外国裔的,尤其是非裔作家特别多,有时干脆颁给用法语写作的外国人。"世界文学"似乎越来越成为法语文坛的"第一原则",评委明显青睐来自"别处"的作家和描写别处生活的作品,如果说过去的文化口号是"法国的,就是世界的",如今似乎倒过来也很贴切,"世界的,就是法国的"。

英美比较流行创意写作班、作家进校园,法国基本上没有这样的潮流。也有几个作家曾经尝试过在大学里搞写作班,但没有流行起来。可能是因为法国认为写作更多是个人思想的成熟、风格的形成,是不可以批量规训的,这和强调个性和个体的人文传统有关。不过法国创作的土壤和群众基础特别好,首先是国民从小就有很好的阅读习惯,喜欢写作的人很多。此外法国每年有几百个文学奖,从几个众所周知的文学大奖到许多名不见经传的小奖,从某种程度上激励了很多文学爱好者投身到文学创作中去。不过大多数文学爱好者甚至是已经成名的作家都不会把文学创作当作职业，法国也没有作协这样的机构把作家养起来。大多数法国作家都有自己的职业，有的当教授，有的当法官、医生、护士、工人……各行各业都有，专职以写作为生的并不多，这一点跟翻译行业也一样，专职的译员很少，除非是商务等非文学类的，因为法国的纯文学翻译稿费相对也很低。

至于体裁，现在体裁的界限越来越模糊，写作的杂糅和无界化非常明显，尤其是从20世纪八十年代以来。比如杜拉斯1984年在午夜出版社出版《情人》的时候，她就拒绝在封面上印任何体裁，原来一般都会标出"小说"之类的字样，但她坚持不做任何归类。而我们今天看《情人》这个作品也的确是一个体裁模糊的文本，自传？自传体小说？自我虚构？回忆录？现在很多作品都表现出混杂性，就算封面上写着"小说"，但我们去读的时候，它既可以是诗，也可以是散文，也可以是童话，还可以是小说……

至于网络文学和科幻文学，中国和美国的网络文学都很发达且种类繁多，但法国人不太追科技，所以相对来讲网络文学也欠发达。自从儒勒·凡尔纳之后，法国没有特别优秀的科幻作家出现，他们幻想是够的，但是技术这块不够硬核，所以科幻作品是他们的短板。不过我还是想给大家推荐一个这方面的法国作家，不知道大家有没有读过贝尔纳·韦尔贝尔（Bernard Werber, 1961—　）的"蚂蚁三部曲"（《蚂蚁》《蚂蚁时代》《蚂蚁革命》），那本书国内尝试推了两次，2000年出版社引进了一次，本来以为会火，因为这个作家在法国是超级畅销的作家，属于老少咸宜的作家，我当时听了他的讲座，非常生动，也的确很有趣。国内2000版没有火，2014年中法关系蜜月期，上海作为主宾国参加了巴黎书展，又是中法建交50周年，中法文化年的活动此起彼伏，南京一个书商颜子悦又重新引进版权，出了"地球内部居民"蚂蚁系列小说的一个新译本，造了很大的势，但还是没有火（就跟法国另外一个超级畅销作家马克·李维一样，国内最早引进的几本书都反应平平，直到《偷影子的人》才热起来，这是题外话）。

小贝尔纳7岁写了第一个短篇小说《一只跳蚤的历险》，从中学会考结束，17岁的贝尔纳开始写"蚂蚁"，历时12年终于在1991年发表了《蚂蚁》，之后陆续推出《蚂蚁时代》和《蚂蚁革命》。蚂蚁三部曲描绘的是一个迫在眉睫的未来，跟当下的现实生活相仿，跟通常动不动就是火箭、机器人和外星人乱飞的科幻小说不太一样，而这也折射出作家独特的创作审美和动机：通过描绘地球上另一物种的生活来反思人类，探讨人类在钢筋水泥森林里生存的其他可能性。写蚂蚁不是为了谈论昆虫，而是为了谈论人类的境遇。在作家看来即刻眼下马上要发生的事情，才是最有现实意义、最有价值、最值得探讨的一个问题，因为它决定了人类的未来。

"蚂蚁系列"之后,贝尔纳又写了"天使系列""诸神系列""科学探险系列""第三人类系列",不论语言风格还是故事架构都和"蚂蚁系列"一脉相承。在写系列长篇的间隙,他也写了像《大树》这样充满奇思怪想和预言意味的短篇故事集。《大树》(法语书名叫《可能之树》)有点像 21 世纪的新世说新语,里面有很多科幻情节的架构,又不乏哲学和伦理道德上转念一想的荒诞和警醒,这也是为什么他用"哲幻小说"(philosophie-science)来定义自己的创作类型:哲思+科幻。比如《天外飞石》中陨石掉到卢森堡公园,又比如《让我们来学习爱它们》中讲述的是外星人来到地球寻找人类当宠物和研究标本,跟前阵子的电影《疯狂外星人》有一种互文和反讽。贝尔纳说这些小故事的灵感常常来源于一次散步,一次和朋友聊天,一个梦境……为了保持快速虚构故事的能力,让他从白天大部头小说的写作中解脱出来,放飞一下自我,探索存在和写作的可能性。我觉得这给我们年轻作家一个启示,当你埋头写长篇时,你其实可以在间隙写一些能解放自我的小东西,给想象力松绑。此外蚂蚁是作家从小的爱好,后来他也去过塞内加尔跟踪非洲黑蚁,做过科学研究,为了创作甚至在家也养了一窝蚂蚁,正因为观察研究得细致,创作的时候灵感有如泉涌。又比如另一部非典型的科幻作品《猫语者》,一是因为作家本人是资深的猫奴,二是和老舍的《猫城记》一样,通过猫的视角折射出来的恰恰是我们身处当下的和即将到来的危机四伏的现实。只有两足兽不再自私自大地仅从自身所谓的幸福繁荣去考虑问题时,人类才可能有未来。我想中国年轻作家从自身和现实出发,深入挖掘,然后找到一个超越日常和现实的"跳板",可能会发掘某一类新型写作的可能性。

  他还有一部作品,就是在"蚂蚁系列"中以片段的方式穿插了一本书,假托书中的一个科学家埃德蒙·威尔斯之名写的书中书——《相对且绝对知识百科全书》。有意思的是这本书在 1993 年独立成书出版,读者反响也很不错。这也让我想到法国文学的一个传统,就是百科全书(词典)式的写作,对知识和思想的推崇。法国人很喜欢这类书,比如"六点"引进的私人词典系列,有葡萄酒、美食、猫、想象地名等私人词典。还有法亚尔(Fayard)出版社也有一个"26 系列":26 个字母,每个字母都可以变成一个词条,用 26 个词条(章节)去建构、阐明某个主题。我今年年初刚结束翻译的菲利普·福雷斯特的《一种幸福的宿命》就是这个系列中的一本,他用了 26 个几乎都是兰波诗歌中出现的词去重写了兰波的人生,在回溯兰波的生活和创作轨迹的过程中,因为作者本身也是作家,所以他把自己的生活和对文学的思考也穿插在里面,像这样的文本就很难去衡量它到底属于什么样的体裁,你说它是虚构,它的确有虚构的东西,但它又有非虚构传记(自传和他传)的东西,也有很浓的文论的东西。甚至在文学研究领域,法国人也很喜欢这种百科全书式的思路,比如重要的作家都有某某词典,《罗曼·加里词典》《普鲁斯特词典》,等等。我最近手上正在译的一本书《小王子插图百科全书》也是这个套路,当然这不是一部学术论著,而是梳理了跟《小王子》这本书相关的方方面面,从书的创作缘起,到文本的生成和各种版本的异文,书出版后在全世界的翻译和传播,影视动画片的改编,绘本儿童文学的改写和续写,艺术衍生品,甚至主题公园,等等,让读者看到和文学内部及外部接壤的各种可能拓展的领域。文学可以生活化,文学也可以产业化。

最后我想谈一下女性写作,法语女性写作是一个非常庞大的群体。虽然女性获龚古尔奖的比例很少,但女性整体创作非常活跃,她们一方面受到自身文化和身份的困扰,另一方面也汲取了各种文学的启迪和滋养,不管在内容和形式上都有新的探索,且不少步入文坛的女作家年纪也很轻。像 2009 年以《三个折不断的女人》荣膺龚古尔奖的玛丽·恩迪亚耶(Marie Ndiaye)1967 年生于法国,但父亲来自塞内加尔。《观点》杂志称这部作品是"普鲁斯特和福克纳在非洲的天空下交谈"。全球化的语境让世界各地的写作形成了一个无比巨大庞杂的互文丛林,让任何一个写作都仿佛是一种或显或隐的回声,且可能在多种艺术形态(戏剧、电影、电视剧)之间自由转换。恩迪亚耶十二三岁开始写作,十七岁时午夜出版社的编辑就站在她的中学门口,手上拿着她的首部小说《至于远大前程》的合同等她下课。1987 年她的第二部小说《古典喜剧》长达 97 页,从头至尾却只有一个句子。2001 年,她以小说《罗茜·卡尔普》获费米娜奖。恩迪亚耶也是多面手,剧本《爸爸必须吃饭》入选法兰西剧院的保留剧目,这是获得此项殊荣的第二部由女性创作的作品。她还曾和法国女导演克莱尔·丹尼斯共同创作了电影剧本《白色物质》。又如蕾拉·斯利玛尼,1981 年出生于摩洛哥首都拉巴特,自幼热爱文学,曾追随茨威格的足迹横跨东欧,对于契诃夫的短篇小说更是尤为钟情。十七岁时到巴黎求学,毕业后在《青年非洲》做记者。2014 年出版关于女性瘾者的小说处女作《食人魔花园》,在法语文学界崭露头角,2016 年出版《温柔之歌》获龚古尔文学奖。或许是曾经有过做记者的经历,蕾拉对新闻的嗅觉格外灵敏,她的这两部作品的创作灵感都源自社会新闻。

当然,也有其他领域的人跨界投身文学创作的,比如今年年初,人民文学出版社出的《辫子》,这是法国女编剧、女导演莱蒂西娅·科隆巴尼的处女作。"三个女人,三种生活,三个大洲,同一种对自由的渴望。"这是印在《辫子》巴黎地铁宣传海报上的一句话。右下角还有一行小字:"一本值得全球女性阅读的处女作"。的确,《辫子》故事情节设计非常全球化而且政治正确:印度女人的头发,经过意大利女人制作成假发,戴在了接受癌症化疗的加拿大女人的头上。同一个时代,迥异的三种命运,却拧成了同一股对自由、对主宰自身命运的不懈追求。难怪《辫子》一书的电子文档出来 24 小时内便有两个语种报价,在格拉塞出版社正式发行两周前就已经有 16 个国家联系购买了翻译版权。文学和影视相结合应该说也是当下文学生产和再生产的一个明显的特征和趋势。

  法国有很多奖会倾向于颁给年轻人或刚刚投身文学创作的人,比如最著名的龚古尔奖,一般都颁给五十岁以下的作家,近些年也几次甚至是直接颁给处女作的,比如 1967 年出生在美国纽约一个祖籍波兰的犹太家庭的乔纳森·利特尔在 2006 以处女作《复仇女神》一举夺得龚古尔奖和法兰西学院小说大奖。2011 年法国里昂圣马可中学四十八岁的生物教师阿历克斯·热尼(Alexis Jenny)以处女作《法国兵法》拿下龚古尔奖。这对青年写作(或"年轻"的写作)显然是有很大的鼓舞和推动作用的,年轻或刚起步的作品也可以是成熟的作品,是传世之作,像兰波,像加缪。这给我们的启示就是文学奖应该颁给好作家和好作品,而不应过多权衡作家多年积累的名声和影响。

从 BOOM 到 PAF
——拉美文学语境中的"青年写作"及其他

■ 文／范 晔

这是一个由两个象声词组成的题目："Boom"和"Paf"。Boom是从英文来的，"爆炸，爆发"，在拉美文学语境里指的就是上世纪六七十年代的"文学爆炸"。Paf是西语词，相当于"砰，啪"，形容跌倒、掉落、碰撞（包括脸和拳头的碰撞）发出的声响，常常在漫画和图像小说里用到。

在"爆炸"和"碰撞"之前先插一句：其实西语文学界基本上不存在"80后"这样一个说法，至少在我有限的目力所及是这样。唯一能想起来跟这个有点关系的，是"波哥大39人"，就是哥伦比亚有个著名的文学节，已经有十多年的历史，基本上每年都会评一次，选出39位四十岁以下的拉美青年作家。为什么选39个，据说是因为加西亚·马尔克斯写《百年孤独》的时候是三十九岁。这算是跟"80"写作有些关联。总之很少看到类似青年作家、青年诗人的标签，他们似乎不大倡导这样的概念。

西班牙文学史上倒是有以代际命名的传统，大家可能都听说过洛尔伽、塞尔努达、阿莱克桑德雷是"二七一代"，乌纳穆诺、阿索林、马查多是"九八一代"，但1898年也好，1927年也好，都跟作家出生年代没有关系，而是跟国家文化大事件相关。1898年西班牙在美西战争中落败，夕阳帝国失去最后的殖民地，从而引发一代知识人对国族命运的反思。1927年则是纪念巴洛克大诗人贡戈拉逝世三百周年。西班牙评论家挺喜欢用时间节点来做代际划分，但这跟写作者的出生年代好像没什么绝对的关联。这是很有意思的现象。我们看到西语文学史书写中没有何平老师所说的"媚少"——或者换一个名词叫"青春崇拜"——这种"青春崇拜"的背后或许有社会进化论的影响,隐含一种线性、单向发展的时代论:越新的越好,越晚近的越好。

说到"Boom"即拉美"文学爆炸",可谓是西语文学在国内译介比较集中的时段。不妨按"青年写作"的标准来看看"文学爆炸"的几位主要代表人物:加西亚·马尔克斯写《百年孤独》的时候三十九岁,富恩特斯写出那几部代表作《最明净的地区》《阿尔特米奥·克罗斯之死》的时候也就三十出头,巴尔加斯·略萨写《城市与狗》的时候是二十六岁,科塔萨尔年纪大一些,当《跳房子》问世时也不到五十岁,而且他三十多岁的时候,已经发表了短篇名作《被占的房子》——责任编辑是博尔赫斯。原来"文学爆炸"还可以从青年写作的角度观察,我还真是第一次意识到。有些拉美评论家对"boom"这个象声词比较反感,因为给人的感觉是之前什么都没有,突然一声爆炸,凭空蹦出一大批人,——这当然不符合历史的真实情况,而且显得对作家也不够尊重。所以有些人就说,我们抵制"文学爆炸"这样一个标签,这都是你们西方出版人、经纪人的推手,营销的需求。当然这也不是完全没有道理,因为这里面出版机构确实做了很多工作。比如在巴塞罗那的几位文化人,像诗人卡洛斯·巴拉尔,是西班牙很出名的 Seix Barral 出版社的创建人之一,还创办了一个简明丛书奖,很多后来成了大腕的拉美作家,都得过这个奖项。还有经纪人,估计国内不少出版社都比较熟悉,那位著名的卡门大妈,当年非常有眼光,签了很多拉美作家(包括前百年孤独时代的青年小说家加西亚·马尔克斯),从未成名时就为他们争取权益。她身材胖硕,晚年常坐轮椅,被称为轮椅上的恐龙。不是说她难看,而是说她非常强势。拉美"文学爆炸"的形成,确实有出版界、经纪人方面的助力。

"文学爆炸"对外而言把拉美作家作为一个群体置于世界舞台的聚光灯下,另一方面,对内而言,对拉美文学的创作者自身来说,其实也起到了打开视野的作用。2012 年,西班牙举行了一个纪念"文学爆炸"50 周年的活动。为什么选 2012 年呢?其实"爆炸"究竟"炸"于何时,本没有什么定论,但 2012 年正好是巴尔加斯·略萨的《城市与狗》出版五十周年,就选了这一年为"爆炸"元年,正如活动上略萨本尊所说,他已经是"最后的莫希干人",同代其他的风云人物都不在世了。他自己坦承,实际上在所谓的"文学爆炸"之前,他们这些拉美作家也不大看拉美文学作品。他作为秘鲁人,上学的时候读过一些本土文学,但更多读的都是欧美文学。"文学爆炸"也给了拉美作家重新"发现"拉美文学的机会,不管是自己的国族文学,还是整个新大陆的文学——拉丁美洲各国之间作家的那种关系,我每当看到都感觉非常羡慕和向往,那种同气连枝的感觉,他们所说的"表兄弟"一般的感情,在"文学爆炸"期间体现得尤为明显。"文学爆炸"提供了新的视野,让他们看到自己的大陆,自己"表兄弟们"的作品。所以才有马尔克斯那段著名的愿景描述:"我们都在写同一本拉丁美洲小说,我写哥伦比亚那一章,富恩特斯写墨西哥那一章,科塔萨尔写阿根廷那一章,多诺索写智利……"

我们今天比较熟悉的拉美文学作品,基本集中在"文学爆炸"前后,这个要感谢云南人民出版社推出的那套"拉美文学丛书"。遗憾也遗憾在这里,这样的盛况今天恐怕很难复制了。当年的拉美文学丛书是中国西葡拉美文学研究会与云南人民出版社深度合作的硕果:专门组织了一个编委会,大家一起讨论来制定书单,我们来译谁,译他的哪些东西,译者之间互相校对……我听师长前辈讲过,确实感觉是黄金时代,心向往之。这里也有个我们没法复制的优势:当时不用考虑版权问题。但更重要的是,这套丛书是成系统、成规模、成批次的译介。有很多朋友说,现在你们西语文学好像又"火"了。"火"与不"火"不好说,但实际上有个问题,出的总量不少,但呈现比较碎片化的状态,即使是西语圈里的人,也常有"哎呀这个书都出中文译本了我都不知道"的情况。一方面是缺少相应的设计和经营,在获得关注之前就淹没在信息洪流里,另一方面因为大家分散着出,出版社往往听版代推荐,人家说这个书在国外畅销,你也出一下吧,就出了。总体呈现碎片化的倾向,这在西语文学领域格外严峻。我们比不了英、法、俄、德、日这些语种深厚的积淀,人家的版图已经相当齐整,随时更新就行了。西语则不同,虽然前辈已经筚路蓝缕做了很多工作,但拼图还有很多空白。不论从市场营销角度,还是从呈现西语文学的完整面貌来讲,都很难说是理想的状态。

我个人觉得至少有几个方向的工作可以做。其一,我称之为"月之暗面",即使像"文学爆炸"这样被高密度译介的时段,仍然有很多非常经典的作品,因为种种原因被有意无意地遗漏。比如我刚刚翻完跟《百年孤独》同年出版的古巴作家因方特的一部长篇小说,这其实是非常重要的一部作品,但跟一度走红的所谓魔幻现实主义没半毛钱关系,而且翻译起来非常麻烦。我看豆瓣上有人说推荐语不对,怎么叫"拉丁美洲的《尤利西斯》",原来不是说"拉丁美洲的《追忆似水年华》"吗?这个就有点尴尬了。当然这都是国外书商想出来的宣传语,因为这本书确有很多意识流的东西,也有很多的语言游戏,我看叫加勒比版的《爱丽丝漫游奇境》也可以。写的是古巴革命前夜的哈瓦那夜生活,虽然书名叫《三只忧伤的老虎》,但里面一只老虎没有,几乎都是演员、乐手、作家的游荡和闲聊,他们把这种闲聊叫作决斗,两个男人聊了各种文学、音乐、艺术,到处都聊,其实他们真正关心的是对方跟某个神秘女人的关系,但这个不能问。这就叫决斗,一决斗就是几百页。同样被遮蔽遗忘的"暗面"还有"文学爆炸"这一男性主导群体中的女性作家,如巴西的内莉达·皮农,乌拉圭的克里斯蒂娜·佩里·罗西。

其二是谱系的问题,比如魔幻现实主义在我国文学界俨然成了拉美文学的代名词,其实它只是线索中的一条,当然这个比较复杂,不展开说了。我们往往忽略另一条平行的线索,可以称之为拉美幻想文学的谱系。魔幻现实主义更多是加勒比的,你看几个代表性作家,不管是古巴的卡彭铁尔、危地马拉的阿斯图里亚斯,还是哥伦比亚北方加勒比沿岸的马尔克斯。还有另一条线索,可以称之为拉布拉塔河流域文学,即阿根廷、乌拉圭,包括阿尔特、博尔赫斯、科塔萨尔等人。高峰往往坐落在山脉之中,我们往往只看到高峰,连绵的山脉还没展现出来。

一些大作家的整体创作面貌也没有得到充分展现,像聂鲁达,应该算是译介相当充分的作家,但你会发现早期译的全是他的革命诗,后来把他去政治化以后,开始专攻他的爱情诗,比如《我喜欢你是安静的》,全是这个。但除了这个,还有其他东西,比如诗人青年时代浪迹东南亚时期以及晚年的很多作品,都没得到充分的重视,所以诗人的整个面孔不能说是非常清楚、完整的。

从文体方面来说,我们译介的重点基本在诗歌和小说上,其实拉美文学还有散文的传统,也非常重要——这里又可以开一个"无尽的清单"。还有拉美戏剧的译介,同样是一片有待开拓的丰饶之地。

我还有个想法,姑且称之为"反转边缘"。这算是西语文学的好处,也是西语文学的苦恼。毕竟上下一千年(这一千年还不包括前哥伦布时期的玛雅文学,等等),涉及20个左右的国家和地区,遍及四大洲——说来惭愧,非洲的赤道几内亚文学,我作为西语文学的研习者居然完全没概念……还有菲律宾文学,菲律宾国父黎刹就曾经用西班牙语写小说,这些我们一般都想象不到。其实在世界文学的动态版图中需要尝试"中心"和"边缘"的反转。我个人近两年比较关注中美洲文学,前一阵出版社的朋友托我开书单,我给推荐了几位,已经出了一位尼加拉瓜的作家,马上还会出波多黎各的一位很厉害的女作家费雷,还有萨尔瓦多的奥拉西奥·卡斯蒂亚诺斯·莫亚。

以上是一些译介方面的考量,或许能对国内的"青年写作"(及非青年的写作)起一点他山之石的作用,毕竟拉美文学曾影响过不止一代的中国作家。Boom说得差不多了,转向Paf。为什么选择这个词,其实来自一则很有意思的个案。前些日子我在诗歌节上遇见一位智利(青年)诗人,他是1985年(出生)的,留着大胡子,实际比我还小好几岁。这是作为研究者面对的一个新形势:以前都研究死人,现在开始研究比我小的人。他送我一本诗集,书名就叫 *PAF*,一个象声词的标题。他们几个小伙伴办了家出版社,这在西语世界很常见。出版社的名字是一个自造的词"PORNOS",字面上能看出"情欲"的意思,但这个词拆开在西语里也有"为我们""凭我们"的意思。既是情欲的书写,又是为了我们自己的声音。PORNOS 出了这本 *PAF*,据诗人说书名除了象声词还有一层意思:"纯粹的家庭之爱"(PuroAmor Familiar)的缩写。他刚开始说自己是智利诗人,我还挺同情他的——在智利当一个诗人太不容易,有聂鲁达巨大的"棺材一般的影子"笼罩着,一个国家两个诺贝尔文学奖都是诗人,还有维多夫罗、帕拉、罗卡,好诗人太多了。结果这哥们儿挺有意思,从"影响的焦虑"中机智突围,诗集写的是家庭关系,我感觉西语现当代诗歌中写得不多,聂鲁达好像没怎么写过这个题材。但他的整本书都是写这个,而且分成四部分,前三部分都用一个象声词命名:*SHHHHH*,*CRASH*,*PAF*,还配上阿根廷著名漫画家季诺的玛法达漫画来演绎这三个词。*PAF* 或许可以代表一种新的趋势,我不敢做更宏大的概括,毕竟自己掌握的样本非常有限。或许可以说,这样的新一代写作者有个特点,我称之为"无焦虑写作",或者叫"无护照写作"。我们知道拉美作家一直以来,特别在"文学爆炸"的年代,像马尔克斯、帕斯这些人写作中都有非常明显的身份焦虑,上承何塞·马蒂乃至"解放者"玻利瓦尔,就是所谓"我们的美洲"——我是个拉美人,这到底意味着什么,这个情结很明显地在他们作品中沉浮、不断闪现。但到了现在的"80 后"、也包括一些"70 后"作家("90 后"的拉美写作者我暂时没有接触),他们好像摆脱了先辈的身份焦虑,也并不太纠结,我到底是欧洲人的后代,还是玛雅、阿兹特克的后代,这些对他们已经不成问题,所以我称之为无护照写作,因为他们说在文学世界中旅行是不需要护照的。当年对"文学爆炸"一代那样生死攸关的问题,就是古巴革命,今天在某种程度上,据说已经被另一场革命替代——对 Paf 一代产生影响的是数码革命。从"Boom 一代"到"Paf 一代",从象声词的更迭中可以看到不少变化:从他人赋予的标签(Boom)到写作者的自我命名(Paf),从单一性到多义性、开放性以及其中的(自我)反讽:父亲的铁拳"砰"也同时是"纯粹的家庭之爱",也可以是漫画人物小女孩玛法达拍死墙上的一只苍蝇时发出的声音……"Boom 一代"中的不少作家都是电影、爵士乐等流行文化的爱好者,到了"Paf 一代"更显出鲜明的亚文化色调。

最后我用 *PAF* 里面的一首诗来结束,一起听听这位智利"80 后"诗人 Tamym Maulen 的声音:

我母亲是世界上最差的诗人。

她在上午匆忙出门
留下做好的午饭但没打招呼
就去教堂拜访基督。
对他说"免我们的债如
同我们免了人的债"。
她非常擅长洗我们的红衬衫
洗出血来再重新变白
但她不懂诗歌。
我父亲正相反是历史上最好的
诗人。他揍我们用他的铁拳
告诉我们谁说了算。是他不是耶稣。
是他给我们钱去买每天的面包
是他给我们"砰""嘣"让我们茁壮成长。
我想让我父亲永远揍我
我想让基督把我母亲钉十字架
因为她是最差的诗人,她写的诗太差
就像她临死前念给我的这几行:

——我爱你儿子,
我为什么没早跟你说?

日本的文学奖和六位作家

■ 文／默 音

今天主要给大家讲一下日本的文学奖。

国内大家都知道芥川奖、直木奖。芥川奖和直木奖都是一年两次，有不同的侧重面。前者是针对上一年在期刊发表的新人纯文学作品，后者是针对上一年出版单行本的新人和中坚作家的商业小说，也就是通俗小说。两个奖项一个偏文学性，一个偏通俗性。

日本没有"青年作家"的概念，为什么？在日本，要成为作家很简单，你先去参加各种新人奖，日本有五大文学新人奖，还有其他很多奖，一旦你在任何一个新人奖获奖了，你就是作家了。所以每个作家的维基百科都会写他某某年以某某作品在某个文学奖出道。怎么看这个人是新人作家还是老作家，就看他出道多少年。芥川奖最新一届7月17号即将颁出，这次五个提名人都蛮年轻的。有时候会有年纪很大的作家出现在芥川奖候选名单，因为主要是看出道多少年而不是作者的实际年龄，这次五个提名人，一个是1975年出生，其他四个都是"80后"，这些作家都是2010年之后出道的，最晚的是2016年出道的。

青山七惠是个非常独特的例子，在日本是销量一般的作家，但在中国畅销。她拿芥川奖时很年轻，23岁。青山当时写小说的契机是读到萨冈的《你好，忧愁》，这也是世界文学写作的例子，其他作家影响了新的写作者。另一方面，现在翻译的书非常多，读者可能觉得有很多国外的书翻译进来了，其实还有很多漏网之鱼。

我今天要讲六位作家，其中两位是国内比较知名的，另外四位相对名声没那么大，为什么讲这六位作家呢？他们都是新人奖的评委。日本的几大新人奖都是杂志社办的，杂志社是出版社办的，他们没有作协机构，所以由出版社设立新人奖，等于给这些新人作者一个出道的机会。

先说群像新人奖。最近的评委当中，有一位叫松浦理英子，很多年前国内出过她的《本色女人》，是讲女同性恋的。这是一位非常特立独行的作者，讲谈社官网挂着评委写给新人作者的话，我这里大致翻译一下松浦的话——"我希望读到不是从哪里学到的小说，而是在孤独思考中打磨出来的文字，希望你们在写作上成为具有知性的野兽，开辟出兽的道路。"松浦喜欢让·热内，读了法语系，1958年出生，1978年写了《葬礼的日子》，由文学界新人奖出道。后来有一本书是1993年的《大拇指P的修业时代》，这本书也翻译成了英文。写的是一名女性的大拇指变成了男性某个器官，由此带来各种奇特的经历。我觉得这位作者不光在探索性别的边界，她一直在探索人类和种族的边界。她还有本书，《犬身》，写的是一名女性一直想成为狗，她邂逅了一位女艺术家养的一条狗，特别羡慕那只狗。她感觉到狗主人跟狗之间的感情是超越一切的爱，她很想变成那只狗。然后在她跟一人一狗亲密交往的过程中，她发现那个看起来生活很潇洒的女艺术家其实长年承受了家庭内部性侵。故事的最后，她变成了那个人的狗，还试图豁出性命拯救那个人，是一个非常奇怪的感人故事。还有一部也有点怪的小说叫《隐藏版本》，是短篇集。每个短篇后面有黑体字的、读者对小说的评论。看到后面会发现，书中的"作者"和"读者"是两个中年女子，曾经是高中同学，一个没有钱，住到另一个人家里，不付房租，每月写个短篇付房租，房东在文末酷评她的短篇。其中所有短篇都跟作者的现实经历没有关系，她写了很多以美国黑人为主角的短篇，而且写了很多SM的短篇。到最后会渐渐浮现出作者和读者在现实中的关系——当然，作者和读者都是虚构的。

跟松浦同样担任群像评委的多和田叶子，国内也出了好几本她的作品，最新的是上河卓远出的。多和田是一位具有很强文学性的作者。她生活在德国，用双语写作，用德语写诗，用日语写小说和散文。官网上她写给年轻作者的话是："即便在执笔过程中产生了某种超越作者意图的东西，如果小说本身具有一定的包容，能让那种超越不破灭，我想是因为背后有各种语言写下的数量众多的古典作为支撑。"这也是一位有着外语背景的作者，1960年出生，俄语系，后来去了德国，用德语生活和工作。她出道（作品）是1991年群像新人奖《失去脚踝》，我翻译过她的《雪的练习生》，是以北极熊三代做拟人化的书写，写了苏联解体、东欧剧变等一系列的事件。比较值得一提的是，她出版于2014年的《献灯使》在2018年拿了美国国家图书奖的翻译部门奖,我非常好奇英文译者会如何翻译充满了汉字趣味的东西,其实翻译成中文还比较容易。这本书写的是未来的日本,那时日本闭关锁国,新一代所有的小孩都非常羸弱,无法活下去,老人都活得很长,老人们照顾他们的曾孙,在这个过程中很多外来语都被禁止了,很多词都改变了。书中有大量场景完全靠词、靠汉字的力量来体现,不知道英文怎么翻译。它是典型的"后311时代"的小说,我觉得日本在经过这样一场大灾难之后,许多作者的小说发生了一些变化。

下面两位是畅销的作者,分别是角田光代和吉田修一,现在担任文学界新人奖的评委。这两位在国内引进得比较多,看得到的影视改编也多。例如吉田修一小说改编的电影《怒》,角田光代的改编作品有日剧《坡道上的家》。这两位大家比较熟悉,我讲一点他们生活中的小事。有部纪录片中,角田提到她跟读者的关系,其实她在日本有的书卖得非常好,比如《对岸的他》是百万级的,但是她说,不是每本书都卖得那么好,我的销量是固定的,看我的书的人其实基本就那些,一旦拿奖、有了影视改编,那些不看书的人都开始来看书。角田对自己有个非常清醒的认知,所以也不会特别迎合读者写什么。她是1967年生的,出道很早,1990年就出道。拿了新人奖之后,曾有过非常艰难的时间,大概十年左右,一直是一个"万年首版作家",也就是书都没办法加印,那时候她写一些非常文学的作品,用她自己的话说"每一行字我都会反复打磨",后来她做了一项重大的改变,写通俗小说,从此打开了销量。

吉田修一生于1968年,出道是1997年。吉田修一2016年来过上海书展。那次他来,跟他聊过拿新人奖的事。他毕业以后做过各种工作,包括空调清洗工。他喜欢看书,是因为他总是和一群朋友在一起,只有看书是一个孤独的行为。后来他有一次决定写小说,因为字数和截止日期的关系,就投给了文学界新人奖,最终入围,可是没有获奖。日本的文学新人奖,不是拿到了新人奖就一定是作家,很多新人奖作者最后慢慢凋零了,其实能够走上职业作家道路的还是很少。吉田1996年只拿到入围,第二年又写了一篇,终于获奖。我觉得吉田修一成为畅销作家的契机是因为他改变了出道时那种清淡的写城市生活的文风,转写犯罪,事实上后来他卖得特别好的书都是跟犯罪有关的作品,例如《恶人》《怒》。可贵的在于,他虽然知道什么作品"叫好又叫座",但是会不断尝试新的东西。他参加文学圈的聚会,有位老作家跟他说了一句话,五十岁以后才是最重要的时期,谷崎润一郎的《细雪》是五十多岁才写的。他一开始听了觉得很惶恐,你怎么把我跟谷崎润一郎相提并论呢?但是他突然想通了,然后在上海的时候半开玩笑地说:现在的人活力比以前强,五十岁可能只有四十岁,所以我要在五十岁这个阶段写出最重要的作品。

《国宝》是一部大长篇,吉田修一花了三年的时间在歌舞伎界"卧底",在里面做一个工作人员,同时自己花钱看了三百多场歌舞伎(表演)。经过这一切之后,他以1960年代到1990年代作为背景,写一个本来不是歌舞伎圈的人进入到圈内,成为最好的女形(旦角),就是一个人怎样成为一代名角的故事。这本书突破了吉田既有的文风,用了话本的风格,体现出旺盛的创造力和尝试心。

下面是两位新潮的评委——中村文泽、村田沙耶香。中村文泽生于1977年,他有很多小说都改编成了电影。小说主题偏于黑暗,都是恋爱和复仇的故事。《我的消失》由若干第一人称的片段组成,最后把所有的碎片归拢在一起,讲一个心理医生的复仇,为了报复伤害他的恋人却未受惩治的罪犯,他把那些人的记忆洗掉,再把自己痛苦的记忆投射到对方身上,所以叫"我"的消失。他写了很多揭示未来的故事,比如《R帝国》,写日本未来变成军国主义,还有《X教团》是写日本的邪教。由他的写作主题也可以看出,日本作家的写作是没有疆界的。

村田沙耶香是1979年生,她有一本非常红的《便利店人类》,也翻译到了欧美。这本书国内翻译成《人间便利店》,是一部揭示现代年轻人生存的小说。《便利店人类》讲一个女人有社交障碍,她只有作为便利店店员才能跟这个世界相处下去。最新的《地球星人》是讲一个因为某种原因不愿意结婚、生育的女性,她认为这是地球人做的事,而自己是外星人。为了反抗地球的法则,她做出很多反抗,最后走了一条可以说是偏离人类的道路,迎来惊悚的结局。

不惧微芥，神矣圣矣

■ 文／朱　婧

论坛题目是"世界文学和青年写作"。青年写作者的精神、审美的成长和世界文学的关系，简单来讲就是，青年的写作者遭遇世界文学，形成自己的想法和理念以及作为写作者的方法和风格，这是20世纪文学中一直存在的事实。青年的写作无法脱离世界文学的场域，但是这种联系会不断产生新的变化。李欧梵《上海摩登》谈及邵洵美因为经济优裕可以大量购买外文书籍，以及后来主持格调颇高的金屋书店。村上春树也说他早期创作受外文书籍影响很深，是因为当时住在港口城市神户，所以有很多便宜的外文二手书可以看。这里面有经济、地理的问题，还有世代的问题。

去年一次聚会，有位在国外执教的老师表达了不理解国内的学者，为何不读原典，只读译本。然而我们也很清楚，当下从事人文学科研究或者从事创作的大多数的研究者和作者们是被译本滋养的。对于更年轻的一代，环境会发生变化，他们有更好的语言基础，他们在阅读上更早接触原典。但他们是否一定可以开创更好的时代，开创创作和研究的黄金时代，我想这需要时间来判断。

随着现代生活的演进，个人可以连接到的世界越来越广阔，物质和精神可以探索的疆域都变得更阔大了，但是个人生活却呈现一种逐渐闭锁、谢绝访问的趋向。世界愈大，个体就愈微渺，而且必须接受这种微渺，在这个维度上，如何处理小与大的问题，是我想关注的。若提炼一个关键词，我觉得是"不惧微芥"。

如何理解"不惧微芥"？我想到元稹的悼亡诗《遣悲怀三首》。诗语言很平实，写的场景也非常普通，无非是一个男性思念亡妻的细小的场景，比如没有送完旧的衣服、未做完的针线活，但读起来感同切肤，而且这种认识随时间和经历会愈加深厚，不仅仅是在文学生活中启发我。诗中有一句"邓攸无子寻知命"，这句诗单提出来没有任何意义与效果，放在全诗中则成为"一句小说"，这句小说包含了古典与今典，几百年前的邓攸与元稹同在其中。我年轻的时候，真的把这句话写成一篇小说。我在《世说新语》里找了有关"邓攸"的条目，写成了一篇将近3万字的小说，但是所起的效果未必如书中这一句。我觉得可能那些容易表达的和理解的反而有点难以相信，道不出、讲不明的，一旦能呈现，所谓的神矣圣矣，而我在文学生活中所遭遇的和被吸引的正是这样一种"不惧微芥，神矣圣矣"的时刻，它们也无不在影响我的创作。

今年，我在东京访学，所以接下来我想结合日本文学对个人写作的影响来谈。

宫本辉的小说《幻之光》是导演是枝裕和第一个电影长片的母本，里面讲的也是一个悼亡故事，年轻的"我"才二十五岁，丈夫突然自杀了，为了逃避回忆，"我"带着幼子再嫁。小说笔墨很少去写和去世丈夫共度的时光，反而写"我"的童年，写"我"早年破败的家庭、失意的父亲、失踪的奶奶。读来尤其印象深刻的，是写"我"在带着幼子再嫁去"能登"（地名）的时候，"我"的邻居，一个女汉子一样的朝鲜女人"阿江"坚持要送"我"，并且是拖着两个脏兮兮的孩子一起送"我"的场景。这里很动人。"阿江"虽然过得很苦，她却担忧"我"会更苦，那种苦不是身体的，还有心灵的——"我"背负着死亡的秘密的不甘不解，"我"去异乡一个不熟悉的男性身边博取一个未来的悲剧。导演是枝裕和移用了精神科医生野田正彰的著作《服丧》里的观点"人在服丧时，也可以具有创造力"来阐释电影《幻之光》。他认为人在服丧时，在悲哀中也能获得成长，学习向别人传达内心的哀伤，正体现人的坚韧和美丽。野田正彰的那本书的书名，有翻译成《服丧》的，也有翻译成《在服丧的路上》的，其实差别是很大的。能够对他人坦白道出哀伤，并在死亡隔绝的无解的质问中解脱自己，甚至重生，"在路上"需要走多久是无法知道的。在小说里，使我流连的是阿江送"我"这样的细节。"阿江"不会说"你要坚强"，"阿江"就是知道"我"苦，送"我"也是一种表达，"阿江"是直觉地这样表达。小说写到这里，是人心的《核舟记》。关于死去的丈夫，《幻之光》写了少年的"我"遇到他的时候，他往墙上扔球玩这样的画面，也让我想起吉本芭娜娜在《蜜月旅行》里写"我"青梅竹马却因为家族秘密而性情忧郁的丈夫裕志，说"我"为什么会喜爱他呢，是因为他照顾家犬奥利佛时的那种细致耐心。

台湾学者林文月翻译的樋口一叶的小说《晚樱》，讲园田家的儿子良之助和中村家的女儿千代两小无猜地一起长大。小说写他们两个要好,如何写的呢?"一个招手,另一个就跑过去。木屐踩在地上,发出卡郎克隆的声音。"良之助和千代相约一起看花时,却被相熟的人多嘴点破心事。千代带着沉沉心思病去,与良之助告别,喜乐无忧的少年时光宛若昨日。如此"一个招手一个就跑过去"再读起来是很凄然的。

这样一些微小的东西,如何实现神矣圣矣?神矣圣矣是否能连接起一个更阔大的世界,从而避免一种局限?我在桥口亮辅的电影《我们的两三事》找到一种解答。电影讲的是家庭生活里的事件——妻子流产以及她心理恢复的过程,丈夫是给犯罪嫌疑人绘制受审肖像的画师,电影由此来勾连真实的社会事件,比如当时著名的杀害幼儿的宫崎勤事件。看起来男女主人公并不关心周围大事,整个家庭因为失去了孩子,萦绕一种沮丧、衰败的氛围,这与日本当时的社会气息是相合的。一个小家庭希望的破灭与处于泡沫经济的日本现实社会紧紧联系在一起,却以一种隐秘的方式来呈现。

2016年10月,我去三亚,恰逢台风。台风来袭前一晚,酒店的工作人员用很粗的绳子固定大堂前廊的巨大吊扇,宽敞的走廊几乎空无一人。第二天台风来,酒店距海边不过百米,闭门关窗似隔开天地,我在房间里读井上靖的《天平之甍》。《天平之甍》以《唐大和上东征传》为底本,记录的是鉴真东渡的伟业,选取的却是不为史载的几个平凡留学僧的视角,笔触简淡克制。其中一段写到,在从唐土回返日本的船上,普照担忧在唐土耗费数十年抄经的业行回到故土会晚景凄凉。

业行对普照说:"我抄写的经卷一踏上日本之地,会自己走起来,丢弃我走向各处。许多僧侣读它们、抄它们、学它们。佛陀的心、佛陀的教训会正确地传布各地,会建筑佛殿,所有的行事越盛。"业行数十年如一日佝偻着伏案抄经,不敢稍息,因知自己的能力有限,无法理解经书的深奥,所以要把经典抄写下来带回日本。这对话不久之后,业行和以一生心血所抄写的经文一起葬身大海。读书时,我住的地方薄帘之外台风正袭。书中写的海难之时成百成千的经卷悉数沉落水中,随业行一起消逝于海底,"那一卷一卷,间隔急促的沉入海底的过程,具有永远无休无止倾倒的景象,予人再也无法挽回的真实的丧失感"。那种惊心动魄比我所处的环境更为使人震动,教育我有关自然的伟力、命运和无常。

台湾学者郑清茂翻译的松尾芭蕉的经典《奥之细道》,开篇段曰"月日者百代之过客,来往之年亦旅人也。有浮其生涯于舟上,或执其马鞭以迎老者,日日行驿而以旅次为家"。人在空间游走,亦永在时间里旅行,生死之痛说到底是时间之殇。人与物建立联系,人与人建立联系,人与世界建立联系,由此确定自己的存在,汲汲营营的一生不至于全是徒劳荒诞。细小微芥在生命之波上泛舟,行走的是人的有限和无涯。

"世界文学"时代的写作

■ 文／胡　桑

"世界文学"这个主题对我来说很庞大，尽管近些年一直在思考何谓世界文学、何谓翻译，有时候依然会迷失在思想的丛林。对我来说，在写作的时候，达姆罗什讨论的"世界文学"概念显得十分遥远。更真实的情形是，哪一本书来到了我的世界里，来到我的阅读中，最后转化成我的写作，才是切身的，所以说，世界文学是一种为我所用的东西。

在这里，我想区分两个概念，一种眼前的生活、当下的生活，另外一种是可能的生活，或者是我们构造出来的生活、写作中的生活。"世界文学"太庞大了，庞大到我无可界定，但是在这两个层面，我们可以去搜寻世界文学的位置。对我来说，写作不单纯是为了写眼前如此存在的生活，原原本本地书写它，而是为了写我想要过的那种生活，我称之为"可能的生活"。当然，可能的生活表现出来的形态也许与当下生活有着诸多相似，共享着很多东西，甚至可以说，当下生活催生了可能的生活。可能的生活是对当下生活的超越和重塑，而不是舍弃。所以这个时候，无论是中国作家，还是外国作家，只要能提供我书写可能生活的手段，那么它就是我的文学。

我出身在一个很小的地方，浙江北部的一个村子，家里很穷，从小读不到什么书，书的贫乏到了可怕的境地。我最早接触的是中国古典文学，《古文观止》、《三国演义》、《杨家将演义》、《绿野仙踪》、楚辞、唐诗、宋词，等等，这些东西没有成为激发我写作的动力。后来去了一个小镇上读中学，才开始接触到比如《百年孤独》

这样的书,那时范晔的译本还没出来,我读的是黄锦炎译本。好像被打开了一个世界,一个我感到陌生的世界,此时我才有了书写的冲动。世界文学真的给过我很多滋养,如果有世界文学这个东西存在的话。它的滋养在于,教会了我通过另一种方式来理解眼前的生活,甚至教会我通过另一种方式直接跨越过眼前的生活。江南小镇那些生活我根本不想书写,或者不想去理解,这个时候我遭遇到文学或者说外国文学。我知道我的个体经验没有普遍性,但是我想如实表达出来。在我的经历中,如果没有外国文学,其实根本不会去读书,也不会去写作。外国文学蕴含着一种向外的、新异的力量。是外国文学,尤其是外国现代文学激发了我,所以我后来的阅读基本集中在外国文学,尤其是外国的现代文学。其实那时我认真读的第一个作家是雨果。也胡乱读了很多中国现代文学作品,鲁迅、茅盾、老舍、俞平伯、卞之琳、何其芳、张爱玲、钱锺书,等等,但是没有获得什么意外的感受。

我老家在浙江北部一个小镇的乡下。但是,对于这个江南小镇及周边的农村生活,我从小不感兴趣,只想逃离。正在此时,外国文学提供了一种异质性的想象力、异质性的语言,尤其是异质性的书写方式,所以外国文学对我是有意义的。那么在这个问题框架里面,如果"世界文学"这个话题有意义的话,对我来说就在于,世界文学是一种可以提供异样的、陌生的生活的文学。当然,我那时候的看法是有问题的。

我一度对于中国当代文学不太感兴趣,认为很多中国当代文学作品没有提供差异的、变形的东西,它呈现的几乎就是我已经体验到的生活,以及对这种生活的日常认知。在我阅读之初,我几乎不读中国当代作家的书,除了一些先锋派作家,如格非、莫言、孙甘露、海男、林白等,和当代诗人,如北岛、顾城、海子、欧阳江河、王家新、臧棣、戈麦、西渡等。后来我读中国当代作家的书就越来越少。但这几年为了教书——我们同济有创意写作硕士点,为了给学生讲解当代作家的书,补读了很多。但读完之后,刚开始我不太想与学生讨论,我觉得他们作品中那种"陌生感"不是很多。这个时候,我遇到了疑惑,我需要重新思考一下"世界文学"的概念。

卡萨诺瓦有本书《文学的世界共和国》,里面有个说法我很感兴趣,他说世界文学是有首都的,世界文学是有中心的。如果一个作家处在中心,比如巴黎,他的书写就很容易被认知。但是假如处在边缘,就要把自己转化到中心,或者要将自己翻译成中心,要变成"首都"的一员——要把自己的书写提升到符合"首都"的标准,这样的书写才会被认可。当然卡萨诺瓦所谓的首都就是巴黎,这一点是需要探讨的。但如今的中心可能是北京吗?这个过程中,边缘是被吸纳到中心的,一个身处边缘的人的当下生活被消解、重构,最后变成中心所认可的生活。边缘的文学可以通过出版,也可以通过评论、翻译和评奖,通过各种各样的方式最后被转化到中心。这有点像我年轻时接纳西方文学的状态,其实我想超越眼前的日常生活,于是把自己当成一个想象中的西方人那样去写作、那样去生活。当然,边缘地区与首都之间也会产生竞争、断裂和疏离,不过当初我并没有意识到这一点。

但我后来读到另外一本书——库尔提乌斯的《欧洲文学与拉丁中世纪》。那本书在国内翻译比较晚,2017年才译过来。里面谈到整个欧洲文学一直存在一个中心,只是这个中心在不断转移,并非凝固不变。"翻译"这个概念,在拉丁文中最早是搬运的意思。为什么是"搬运"?罗马帝国分裂后,西部变成西罗马帝国,然后又分裂成各个民族国家。文化的首都逐渐转移到了巴黎,此时就必须把整个罗马文化搬运到巴黎,于是就产生了"翻译"的概念。其实这种中心的转移,也就是把整个文明来一次中心化的过程,最终是普世帝国的转移和蔓延,翻译在其中承担了核心功能。所以,翻译这个概念内含着面向中心的运动。但是与卡萨诺瓦不一样之处在于,库尔提乌斯又强调了翻译中的开放性,即一门语言,比如德语,是通过翻译实现外语化,比如法语化,从而让自己变得强大。即在对罗马的搬运—翻译中,巴黎成为新的罗马,而不是成为原原本本的旧罗马。本雅明在《译者的使命》里更是强调了翻译让文学作品的生命得以更新,让母语经历分娩的阵痛。翻译并非译作对原作的亦步亦趋的服从,而是原作和译作之间的互补。翻译,表面上看来是一个面向中心的运动,本质上却是让一门语言通过成为他者、更加成为自身的方式。

我们读大多数外国文学作品需要通过翻译。虽然我后来做起翻译,然而之前基本上都在读译本,很少去读原文,后来才逐渐有了读原文的习惯,又有了翻译的冲动。翻译作品既不是原语言的作品,也不是母语的文学作品,它夹在中间,让母语的书写得以变形,让母语趋向一个差异性的面目。那么在撇开原文、阅读翻译作品的过程中,其实是读者假想着把自己搬运到另一个"中心"的过程。其实这一切只是在自己母语内部完成的创造过程。所以,翻译这个概念如果一直包含着趋向中心的运动,就是一个十分危险的概念,让读者失掉自我,隔膜于塑造着自己的母语及其文明。所以,我曾经才会由于疯狂阅读翻译文学作品而轻视中国当代文学。事实上,翻译,应该是一个敞开、变形、转化的过程,甚至是一个消解中心的过程。翻译的内部有着试图在变形中寻求可能生活的愿望。

话说回来,为什么我当年不喜欢江南小镇那点生活?因为我觉得那个生活与我太贴近了,窒息着我的日常生活,并不能提供我对世界别样的想象。其实,主要原因不是江南小镇和乡村生活的贫乏,而是我当时的理解力不够强大。我没有能力去理解江南小镇的当下生活之中隐藏着可能的形式。因此,就一味想着越界和逃离。

那么,写作,之于我,到底是什么?写作只是如实写下自己经历了的生活?还是去重新构造自己、改变自己,用另一种方式来活着当下的生活?胡桑这个名字是我的笔名,但是,胡桑其实谐音于湖桑,后者是我老家湖州的一个桑树品种。我家的房子后面有着一大片浩瀚的桑树林,小时候我一直漫游其中。绕了一大圈,我最终还是与自己的故乡和解了。我不想用我的原名生活,我用我的笔名来生活,这种方式可以称之为写作,却又是会被误解为一种试图逃离的写作。但是这个笔名还有一层意思在里面,我开始想要去转化当下的生活,而不是逃离。

写作,是通过他者而成为自己。可能很多人不同意这一点,因为这个方式是不现实的,或者不接地气的,不民族的。但是我在写作中一直反对顽固的本土、地方、民族,我一直不想把自己变成贴着地域标签或民族标签的作家。其实,我并不排斥自己身上的地域性或民族性,但前提是我需要一种开放的地域性或民族性,使其获得游走的流动性。我自己的散文集《在孟溪那边》就是这样一个文本。而且,孟溪就是我前面所说的那个小村子。现在回过头去想,世界文学给了我确认这种开放性和流动性的机会。只是当初我误以为世界文学将我引向了另一个外在的世界。现在我才幡然醒悟,这个世界其实是从当下生活中发展出来的一个世界,一个更具有可塑性的世界,它是内在,而不是外在的。中国文学和外国文学(更确切地说是某国文学),犹如星丛,相互弥补、牵引,共同来构筑这个世界。当然,这是个乌托邦。目前的现实是,巴黎或者纽约充当着世界文学的权力中心。

取道外国文学,我又开始重新打量眼前的、当下的生活。我曾经渴望的其实不是外在的生活,而是差异的、变形的内在生活,超越日常认知束缚的生活,不断被"翻译"着的生活。我还想说,这是一种反抗民族、国家、文明中心的"翻译",不仅反抗西方这个中心,也反抗着中国这个中心。写作,即转化、提炼当下生活,并非臣服于趋向中心的生活,而是揭示去中心的、塑形着的生活。在这样一种写作中,我又开始爱上了当下生活。

我的主要观点是:写作让我们克服(而不是舍弃)了当下现实,克服了其封闭性和束缚性,给了我们一种想象别样生活的可能性,去构造另一种生活的方式。这个时候我们求助于"世界文学"这个概念,"世界文学"这个概念一直有效,因为它是异质性的,一直是在民族之间产生的,一直是在翻译之中形成的,它永远不可能超越翻译,也不再凝固于一个中心。翻译意味着各语言、民族、国家、文明之间相互的对话和交流,相互的改变和塑造。不存在一个中心可以凌驾、侵吞其余的语言、民族、国家和文明。如果缺失了永无止境地变形中的翻译,那么世界文学这个概念就不再有效,就只剩下全球文学,或者只有一种单一的文学。那是可怕的,我们对别样生活的想象就会极大缩减。然而,世界文学是包容异质性的文学,而不是排斥异质性的文学。我们需要世界文学。可能的生活不是想要排挤当下的生活,而是更好地接近、认知、提炼当下的现实生活。我们需要可能的生活。

所以,为什么是世界文学,而不是外国文学?因为在这个时代,它在中国之外,在民族国家之上。如果它在一个国家之内,可能这个概念也就失去意义了。我们谈"世界文学"其实隐含了一个意思:它是所有民族、语言的文学,它是打开民族国家空间的陌生的文学。所以,我的基本观点是:写作就是去中心的,朝向他异的,朝向陌生的,朝向可能生活的语言行动。

这里面还需要讨论几个问题:

第一,文学是什么,这个问题应该是首先需要回答的。如果文学可以是一切,那就不需要回答,这个问题就没有意义。我们既然做文学批评,既然写作,那么文学要做什么,它是什么,这个问题需要思考。从广义而言,文学可以是一切表达。但是这个时候就没有什么讨论的意义了。在我看来,文学是一种创造性的表达。文学对创造性的表达有着天然的执着。什么叫创造性表达?倘若文学只能去书写一种特定的、一成不变的、无从改变的生活,就失去了意义。文学总是对某种生活、某种特定的书写进行纠正甚至超越。文学作为表达,可以是政治的、哲学的、审美的。但是,无论如何不能超越创造性的表达本身。中国不是一个中产阶级社会,而西方,尤其是欧美,早已中产阶级化。中产阶级需要文学,但需要的是安逸的文学,不去挑战生活既定形式的文学。其实我们正处在向中产阶级社会的过渡中,却尚未到达,生活层次依然极为复杂。所以,西方的文学书写和中国的文学书写是不一样的,将西方的现代主义文学手段移植到中国的生活,会显得别扭。还有一个原因,西方文学的精神根基是两希文明,我们的精神基础却是儒释道,因为我们的汉语还没有消失,尽管我们的传统需要面临一个现代性的境况,这一点中西皆然,但并不意味着我们的文明可以在现代彻底地重新开始。语言所传达的精神一经流散,就无从彻底根除。当然,汉语从魏晋以来就是一门极为开放的语言,可是汉语具有强大的变形能力,却没有成为一门外语。所以西方现代主义文学首先在中产阶级社会中是合法的,假如放在中国,用来表达中国的生活可能会出现不同的问题。那是因为我们处在不同的生活和文明传统之中。但现代主义文学的表达在中国不是不成立,而是会在汉语中形成新的特征,会产生变异,这也是文学本身的力量所在。我们不能抄袭西方现代主义文学的表达方式,不能偷窃其独特的感受力。

变形和翻译要在星丛关系中完成,而不是在趋向中心的运动中懒惰地完成,不能将自己整个地交出去。这就是史书美所说的,文学话语的区域性实践。我们应该有勇气去实践,而不是回避。在实践中,可以吸纳他者的力量,但不是成为他者。我想说的是,如果我们一直让文学只表达一种生活,一直用一种方式表达同一种生活,那么文学的创造性就消失了。但是,我们也不能直接搬运一种外在的生活。我们不能要求一个作家(包括青年作家)必须书写何种生活。外国文学的意义在于它为我们提供了一种不同的表达,表达同一种生活的不同方式,或者重新审视同一种生活的不同方式,同时会形成认知的开放性和流动性。这样的外国文学属于世界文学。但是,如果外国文学成为写作的模板、固定的形式,那么,它就已经背叛了世界文学。我从来没有拒绝过去关注生活,或者说,要热爱生活。不管热爱何种生活,但是文学作为一种书写手段,必定拥有特殊的形式和方法,我们不能忽略这个形式和方法。热爱生活,首先是去感受生活,深入认识生活的面貌。外国文学所提供的方法,必须在我们自己的语言和生活中被改造、变形,必须被重新熔炼成我们看待自己生活的方法、感受我们自己生活的能力。文学,即创造性的语言表达,是认知生活的必要途径。如果生活自己就能清晰呈现,那为什么还需要写作?直接生活就行了。

  第二,是媒介问题。文学对生活的表达不同于新闻、电影、广告等媒介。尤其需要追问的是,文学在这个时代还是中心媒介吗?作家讨论文学,容易形成一种幻觉——文学是我们时代中心最有效的、最博大的、最深刻的媒介。其实我们都知道,电脑和手机早就占据了我们的生活,影像早就占据了我们的生活,朋友圈早就占据了我们的生活。如果我们在文学中一定要探讨一个政治性的问题,还不如借助一个更好的手段,比如影像、新闻。我觉得在新闻中谈论政治问题,或者直接谈论底层生活,它更有效。电影或新闻报道表达底层人的生活,比我们写一篇小说、写一首诗,产生的普及性、社会轰动性更强。那么,为什么我们还要借助文学?因为文学与电影、新闻存在不一样的地方,所以,这又回到了第一个问题,文学是什么?我们要追问,它提供了什么样的认知、呈现和留住生活的方式?文学的表达,是对可能的生活的探寻和追问。当然,比起权贵的生活,文学更加需要去书写底层的、卑微的生活。因为底层的、卑微的生活往往是无声的。但是书写的方式必须是文学的,倘若我们不在谈论一种广义的、毫无边界的文学。如果文学有政治性,就在于这一点。这让文学不断挑战当下的生活,以超越性的方式。另外,我要强调,文学的能力有限。有些事情需要通过其他媒介去完成,作家也应该参与影像、新闻等媒介。一个作家,除了能够写作,也能完成生活所要求其他职责:伦理、政治的职责。作家不应该只能够写作。文学书写不是不可表达伦理和政治,恰恰相反,文学需要承担起伦理和政治的使命。但文学书写需要以文学的方式来进行创造性的表达,不然我们就不需要文学。文学、影视、新闻、微博、朋友圈都是对这个世界的不可或缺的表达,只不过它们的表达方式是有区别的。

第三,是生活的问题。我们生活在不同的生活空间里面,生活是具体的、历史的、复杂的。这个时候我们学习西方文学,不是一定要把西方文学中的那种表达方式和生活形态搬运进来,而是将其对生活的独特表达和感受力吸纳进来。我偏爱西方现代主义文学,是因为它的手段是创造性的。文学并不是只能用来表达中产阶级生活(爱情、出轨、孤独、忧郁,等等)。在当代中国,我们不是只有这种生活——在西方也并非如此,任何具有创造性的文学作品都是还原了而不是缩减了生活的复杂性,都展现出对生活本身的不可约束的想象力。我们需要面对当下生活的伦理和政治。

回到生活之中,最终是想去呈现一种中国式的生活,或者不一定是中国式的生活,而是具体的、多样的生活,又是能够有所溢出的生活。但至少,我们在通过汉语这门母语去表达生活的旁溢。这样的写作,对话语本身的构成形态有着清晰的认知。但是,我不相信在这个正在到来中的"世界文学"的时代,一定区域内的生活仅仅凭借自身就可以产生超越自己的认知。"世界文学"时代的特征在于,各区域的文学需要吸纳别的区域文学之力量,来更新对自己生活的认知。在这种更新了的认知里,我们实现了文学的创造性,也赋予我们的生活以生生不息的力量。这种生活通向自由和可能,而不是通向束缚和服从。

作为形容词的"世界"和"青年"

■ 文／张定浩

今天论坛的主题是"世界文学与青年写作","文学"和"写作"对我们而言似乎相对明确,但"世界"和"青年"这两个前缀词在每个人心中的概念显然都不一样,我就想稍微务虚一点,界定一下作为一个形容词的"世界"和作为一个形容词的"青年",这个可能对我来讲更切身、更有意义一点。

当"世界"作为形容词,去修饰"文学",所谓的世界文学,也就是可以轻易打破语言阻隔的文学,是在翻译中损耗最少的文学。什么样的文学能够符合这样的标准?我觉得有两种,第一种是最肤浅的,比如冒险、推理、情色等各种类型文学,它们诉诸人性最表层的感官欲望,不需要什么理解的门槛;第二种是最深刻的,比如《圣经》和《神曲》,陀思妥耶夫斯基和卡夫卡作品,它们直接面对人类生活的终极和核心问题,这使得一些人即使不懂,也会抱之以敬畏。我觉得这两种作品构成"世界文学"的两面,而这两面都有可能产生杰作,但这两面构成的世界文学,只是文学的一部分,世界文学小于文学,而非大于。因为文学触及的人类情感,除了最肤浅和最深刻的,更多的是暧昧含混和复杂的,是具体某个时空内的混沌。

上午大家讲到那组涉及一百多个年轻作者的调查,据说在回答"谁是对自己写作影响最深的作家"这个问题时,只有三个人提到村上春树,我很好奇这三个人是谁,就把那一百多人的答卷飞快地看了看,果然只找到两个人,还有一个没找到。我觉得不管他们现在写得如何,至少他们是比较诚实的,而诚实是唯一能让年轻写作者走得更远的方式。现在很多写作者,嘴里说着热爱卡夫卡,偷偷模仿的却是村上春树;张口闭口契诃夫,其实写出来的却是莫泊桑。因为莫泊桑好学,契诃夫难学;卡夫卡很难学,但村上春树相对好学。另外,我印象很深的是两个被访者的回答,一个是沈诞琦,她提到蒲宁和纪德,这就跟我刚才说的第二种世界文学有关系,她关心的是那些谈论最重要问题的作家,他们也许不是最好的作家,但正因为如此他们才有可能为后来的写作提供更多的潜能。另一个是费滢,她区分了自己最喜欢的作家和自己最受影响的作家。我觉得很多年轻作者都没有区分这个,把最喜欢当作自己受影响的。费滢谈影响她的作家时提到了蒙田,还有一个法国历史学家和一个美国汉学家,我觉得这特别好,一个年轻写作者要有能力"破壁",不只是学习现有的文学大家,而是能从文学之外吸收文学,这才能丰富现有的文学。她们俩因此成为我非常看好的青年写作者。

接下来谈谈青年写作。所谓的作为形容词的"青年",也是两方面,首先是意味着新的文学。这一百多年来,从新文化运动开始,大家慢慢觉得是新的就是好的。上海最近在搞垃圾分类,大家都知道,最新鲜的东西是最容易腐败的,所有的厨余垃圾都是最新鲜的但无法保存。我们需要警醒,到底何谓真正的新鲜,是接通源头活水的新鲜,还是一种难以保质的新鲜?

其次,我觉得青年就意味着对抗性,他始终是跟意识形态对抗的。这种对抗,不是要夺取权力话语,相反,恰恰是自觉的疏离于权力话语体系,永远跟权力疏离,跟主流话语疏离。现在青年似乎特别不容易建立这样的姿态,我们各个方面对青年都太好了,而青年本来也就特别容易被腐蚀。最近我很喜欢一个美国诗人杰克·吉尔伯特的诗,这个诗人第一本诗集就获得耶鲁青年文学奖,但他随后就隐居了,跟情人一起去希腊待了八年,后来又去日本,总之一直在世界上认真地生活,而非在文坛认真地投机。又过了 20 年,他才出版第二本诗集,又立刻引起轰动。你说他到底是青年写作呢,还是什么中年写作?我觉得对好的作家不存在这样的问题,而不管什么情况,这种主动的疏离感是产生青春气息的很关键的东西,因为青年就意味着对抗和拒绝这个被中老年人把持的话语体系。

再说最后一点,是关于青年的小说写作,我自己有两个粗暴的标准:首先是这个写作者是不是热爱生活。我觉得现在很多年轻写作者太阴郁愁苦,动不动就抑郁症,非要获个鲁迅文学奖才能把毛病治好。我觉得好的小说家应该是热爱生活的,他要对日常生活抱有热情,而不是对日常的名利抱有热情。其次是这个小说家能不能写一场对话,能不能写好对话。比方说饭桌上的对话,或者超过两个人的对话,这特别考验一个年轻写作者。很多年轻写作者就回避这一点,就不写对话,越是搞实验性,越是不需要写对话。我觉得这是逃避。乔伊斯是写完《都柏林人》之后才去做他的文学实验的。写对话,是考验你能不能听清楚另外一个人在说什么,小说是要倾听其他人在说什么话,而不只是听你自己在说什么。这也是抒情诗和小说的差别,抒情诗是倾听诗人自己的声音,而小说是倾听世界的声音,倾听别人在小声嘀咕什么东西。

评论

· 现代战争经验与中国文学 ·

战时双城记：
二战启幕前的武汉、马德里与文学"国际主义"

丘东平突围：
战士身体、油印技术与生态视野

武器与幽灵：
当代科幻小说的历史经验与想象

现代战争经验与中国文学

■ 主持／康　凌　黄丁如

【主持人按】

战争与文学从来相互逼视，在彼此眼中看见暴虐与无常，看见光荣与伟大，也看见脆弱与绝望。历经一次次战火的现代中国，也孕育出风格各异的文学表达，回应民族与个人的战争经验。战时文艺既凝聚了想象的共同体，也时时对人类的生存境况提出质疑。现代战争如何形塑了中国作家的文学风格与文本传播的网络？文学又如何支撑、延展或挑战了作者与读者的战争想象？本期专题收录三篇论文和一篇对谈，从四个方面切入战争经验与记忆和现当代中国文学的互动关系。

北京大学中文系博士候选人曲楠的《战时双城记：二战启幕前的武汉、马德里与文学"国际主义"》打开了异地联动的战时文艺图景：从朱利安·贝尔到叶君健，从奥登到现代主义诗艺的中国追随者们，跨国境、跨语际的知识分子网络合力为武汉构建了"东方马德里"这一富有政治意涵的文学形象。从诗到歌，从文艺到宣传话语，"中国马德里"的想象帮助作者与读者在世界版图上定位战时中国，借世界主义的抒情合唱激发国际主义的行动共振。

和曲文呈现的宏阔视野与众声交响不同，北京大学中文系吴晓东教授与中国作家协会网络文学中心唐伟先生的对谈《战争视野与沈从文的理性精神问题》虽也涉及多元碰撞的文化语境，却更深入作家个体的精神与作品世界。以往论者多重视沈从文的自然人性观，而两位对谈者则关怀他在动荡时局下日渐成型的"共同生活"的政治理性，思索其"理性的道德心理学"。他们不仅探讨了于沈从文战时作品中提炼政治哲学的可能,也提出应当借此重新审视早期沈从文,做思想性观照。

哈佛大学东亚语言与文明系博士候选人黄丁如的《丘东平突围:战士身体、油印技术与生态视野》同样以作家主体为关注对象,重访三十年代丘东平战地媒体实践与文学作品。通过丘东平从事的油印机媒体生产形式与其作品中屡见的生态维度及动物视点,回应其反复思辨的战时异化问题,讨论介于机械与动物之间的战士身体的意义。

区别于上述诸文共同的历史语境,在《武器与幽灵:当代科幻小说的历史经验与想象》一文中,耶鲁大学东亚语言与文学系博士候选人周迪灏将视线投向当代科幻小说家叶永烈与刘慈欣的作品,着眼点却在他们作品中缠绕的历史与未来的"幽灵"。重重叠叠的战争记忆与历史牺牲者的阴影、冷战与后冷战国际地缘政治的变动、社会主义历史怀旧与民族国家面临的全球化挑战都被重新编码,寓言式地转写入科幻小说之中。贯穿本辑的几组命题也于焉浮显:战火中的交响与独唱、技术与人性、精神创伤与思想演进,以及置身于剧烈动荡的时局仍不能忘怀的世界与未来。

战时双城记：二战启幕前的武汉、马德里与文学"国际主义"

■ 文／曲　楠

1946 年 4 月 20 日，国共双方酣战东北之际，毛泽东为中共中央起草了致东北局及林彪的电文。除了决意向东北增援并交由林总指挥外，他在军令中使用了一个国际性的空间比喻，来强调战地部署："长春防御工事一概保留，准备于必要时把长春变为马德里。"①这则隐含军事情报的"马德里"代码，很快被毛泽东挪用进了对"四平保卫战"的重大决策中：同年 4 月 27 日，毛泽东专电林彪下令"考虑增加一部分守军（例如一至二个团），化四平街为马德里"②。

在中国现代战争史中，"四平战役"通常被叙述为抗战后国共双方出兵东北的首次大规模较量，中共虽然战败却赢得局势，这集中体现在其不惜代价死守长春"外城"、进而阻遏国军北上的"四平保卫战"中；而"马德里"则指西班牙内战（1936—1939）期间，以共和军为首的人民战线戍卫首都、抵抗叛军的"马德里保卫战"，叛军从 1936 年 11 月到 1937 年 1 月先后发动的四次大规模攻城，也在数量上对应着"四战四平"。"化四平街为马德里"这一"双城"并置的空间修辞，基本被史家接受了下来，例如国军统帅白崇禧之子、作家白先勇即引此说论证唯此以后，内

---

① 《毛泽东年谱：1893—1949》（下册），中共中央文献研究室编，北京：中央文献出版社，2002 年，第 70—71 页。
② 高永昌主编：《四战四平》，中共吉林省委党史工作委员会，1988 年，第 33 页。

战胜败已成定局①。而除了强调战略方面的关键影响外,借助马德里守/攻双方的正/邪定位,作为四平守城一方的中共,似乎隐微地获得了对自身及对手的道德评判。

现今通行的毛泽东文献,均将"马德里保卫战"作为历史事件略加注释,然而问题或许正在于此:马德里于1939年初业已沦陷,毛泽东为何会在七年之后,有意选择这场国际战役来形象地传达战地"微言大义"?换言之,这种直接的空间类比背后,是否还隐含着更待勘察的复杂逻辑。与此同时,不言自明的"马德里"作为一种战地术语,在1940年代已经确切地内化为某种值得推敲的集体记忆,影响着国人的战地经验与思维方式,而联系彼时中国由抗战转为内战的漫长历史情境,"马德里"也提示出具有普遍性的跨国线索:如何在世界战争的互动版图中重新理解"抗战中国"?这种国际性的"双城"战地想象背后,是否也关涉着一种更具流动性的文学生产方式?诸多问题,在此皆获得了颇为开放的讨论空间。

一、"保卫马德里"与"保卫大武汉"

1939年,美国作家辛克莱(Upton Sinclair,1878—1968)的战地小说《"不许通行!":一本马德里战役小说》(*No Pasaran!: A Story of the Battle of Madrid*,1937),由王楚良译入中国。②这部小说聚焦的"马德里保卫战"(1936.11—1939.3),正是西班牙内战时期最具国际英雄主义的时刻。正如小说标题所示,在反法西斯口号"不许通行"("¡No Pasarán!")的感召下,近53个国家的民间志愿者组成"国际纵队"进驻马德里,联合以西班牙共和军为首的"人民阵线"誓死保卫首都,阻遏佛朗哥所领导的叛军攻城。马德里凝聚起左翼知识分子投身行动的"情动力"(affect)③,迅速成为国际反法西斯同盟"共同的首都",象征着世界抗战文艺"红色阵线"的心脏。

"保卫马德里"在世界战争版图中创造出一种高度象征化的"战地景观"(warscape),包括"抗战中国"在内,它跨越国境而得以搅动战时文艺的既有秩序。

---

① 白先勇:《养虎贻患:父亲的憾恨》,《当代》1999年第147期。
② 辛克莱这部小说,当时由王楚良中译为《不准敌人通过》(上海枫社,1939年,收入"洪流文艺丛书"),详见季愚:《辛克莱的〈不许通行〉》,《光明》1937年第2卷第11期"文坛情报"。
③ 关于"情动力"(affect)的定义和讨论,参见王德威《史诗时代的抒情声音:二十世纪中期的中国知识分子与艺术家》"绪论""导论"部分,台北:麦田出版社,2017年。

在中国知识左翼群体中,一种国际联合的空间视野借此得到充分调动。1939年3月马德里沦陷基本宣告了西班牙内战人民阵线的落败,遥相引发中国抗战文坛的震动,乔冠华在同年刊发的《不让他通过!——纪念西班牙战争三周年》一文中,阐明"保卫马德里"象征着全球抗战史进程中某种普遍肩负的"反侵略、反法西斯、保卫民主"的"国际主义"使命,而沦陷的马德里则在空间上牵连着"欧洲共同体"的战时命运,由此批判英、法当局自建壁垒的"不干涉政策":

> 不要为马德里哭泣,请把你们的眼泪,洒向巴黎和伦敦去吧!马德里是永生的,它活在现在与未来为民主而斗争的一代的伟大的心中。①

作为"战地景观"的"保卫马德里",进而催生出广为流播的"声音景观"(soundscape)。诸如曲调曾被西班牙诗人洛尔迦关注的战歌《保卫马德里之歌》(*Coplas por la Defensa de Madrid*),以"保卫马德里"为主题的歌曲此时迎来创作风潮,并取得了颇为可观的跨国流行。抗战歌曲作为一种有效的"声音装置",在战地政治宣传中被广泛用作动员武器,这种流行机制以"守城歌曲"为载体,很快传入战时中国,并在报刊媒体上引发知识界的激烈论争。1937年"五四纪念日"当天,受"新学联"邀请前去北平师范大学广场演讲的陶希圣,在现场以"分裂中国"为由,指责"旧学联"合唱《保卫马德里》歌曲,并先后在《大公报》《世界日报》等发文抵制:"惟有唱《玛德里保卫曲》不行!我们自己已无法保卫自己,还能去保卫别人?""中国目前需要的民族自卫,不是分裂战争。革命自有出路的,但那必须先保有这块土地!"②紧随其后,聂绀弩即发文驳斥陶太过多虑,他引用李贽的名句"借他人酒杯,浇自己块垒",③认为此时唯有中国听众能共情地理解马德里的苦难,而歌曲的跨国流行,则根源自国人对自身抗日困境的内在焦虑。实际上,聂绀弩已经清醒地观察到此时中国文艺界以"保卫马德里"为资源,反哺抗日国情的创作逻辑,并留意歌曲作为一种抒情媒介,其本身所蕴藏的冲破内外空间壁垒的革命潜能,如此广泛询唤大众的政治认同,进而调动集体行动的积极性。毫无悬念的是,

---

① 乔冠华:《不让他通过!——纪念西班牙战争三周年》(1939年7月18日),《乔冠华文集(上)》,长春:吉林人民出版社,2000年,第223—227页。
② 陶希圣抵制《保卫马德里》歌曲的事件详情,参见陶希圣:《潮流与点滴:陶希圣随笔》,台北:传记文学出版社,1964年,第141—142页;李杨、范泓:《重说陶希圣》,台北:秀威资讯科技,2008年,第51—56页。另见动武:《陶希圣先生的热情》,《大美晚报》1937年6月28日。
③ 绀弩:《玛德里曲可不可以唱》,《自修大学》1937年第1卷第13期。

1936年秋,中国青年组织的"国际研究会",也创生了属于自己的歌曲《保卫玛德里》①,这首由麦新作词、吕骥谱曲的战地旋律,被上海"世界语学会"译成世界语和英、法、德、日、意、俄、西等多国文字,并在大学校园广为流播,跨越整个20世纪而流行不衰,甚至成为几代国人共享的战争记忆。有意思的是,1937年夏,身处延安的抗战游行队伍也拿此歌来合唱,而高举在队伍前列的标语,由美国记者海伦·斯诺(Helen Snow)用西班牙语写下,正是源自马德里战地的"¡No Pasarán!"。②

不过,"保卫马德里"如何能从诸多国际战情中脱颖而出,参与塑造彼时中国的抗战声势与文艺气候,背后仍有关键动因尚待勘察。1938年6月24日,《申报》刊载了一则军事访谈:

> 记者继问:对于武汉前途作如何推测。
> (某)氏曰:智识分子谈战,每以保卫马德里作喻,今后在武汉外卫线上作战,正可与保卫马德里对比,西人保卫马德里,迄今已将两载,武汉外卫线之地势,优于马德里,则武之巩固,更可推知。③

由此看来,在嗜谈战事的中国舆论界,与"保卫马德里"建立起直接联系的,则是1938年决定抗日战争局势的"武汉保卫战"(又名"武汉会战")。1937年全面抗战爆发后,北平、上海、南京等相继沦陷,国民政府一早便着手筹划迁都方案。因重庆深处西南腹地,位于华中的武汉,便被选为缓冲物资及人员跋涉之苦的"临时首都",跃升成军政机要、文化名流汇聚的中心城市。然而,侵华日军在"强硬派"主导的决策下,同样把攻城目标锁定武汉,妄图将占领武汉作为"结束战争的最大机会"。④ 武汉保卫战因此成为1938全年民族救亡最为关键的一场硬仗。1938年

---

① 《保卫玛德里》歌词刊载于《现世界》(半月刊)1937年第2卷第2期,《月报》1937年第1卷第4期,歌词全文如下(括号内为第二轮演唱时的歌词):"拿起暴烈的手榴弹,对准杀人放火的弗郎柯(对准制造战争的纳齐斯);起来,起来,全西班牙的人民(全世界的人民)!为了你们祖国的自由和独立(为了全人类的幸福和光明),快加入为和平而战的阵线。起来,起来!跟卖国的走狗们(跟疯狂的野兽们),作决死的斗争(作最后的斗争)!保卫玛德里,保卫全世界的和平!"
② 倪慧如、邹宁远:《当世界年轻的时候:参加西班牙内战的中国人(1936—1939)》,桂林:广西师范大学出版社,2013年,第164—166页。
③ 《申报》1938年6月24日。
④ 谭飞程:《鏖兵江汉:武汉会战》,武汉:武汉大学出版社,2010年,第15页。

6月12日,《新华日报》头版刊载社论《保卫大武汉》,而本月27日,国民政府军事委员会也正式颁发《抗战一周年宣传大纲》,将"保卫大武汉"作为全国抗战动员的主题口号。一时间,"保卫大武汉"占据了各类舆论阵地,合唱歌曲、军事报告、议战文章、抗战活动,乃至市民的日常交流,多以此为话题焦点,而由沙旅、尔东作词,郑律成谱曲的经典战歌《保卫大武汉》,便在1938年这样的话语氛围中应运而生:

> 武汉是全国抗战的中心/武汉是今日最大的都会
> 我们要坚决地保卫着她/像西班牙人民保卫马德里

诚然,"保卫大武汉"这一战时语汇的生成,主要取决于情势危急的武汉保卫战,但不可忽视的是,"马德里保卫战"跨越国界所引发的两个城市的并置意识,则直接强化了国人对"保卫大武汉"抗敌口号的接受与理解,及时而有效地打开了中国联合抗战的"国际主义"视野。根据学者史蒂芬·麦金农(Stephen Mackinnon)的观察,为壮大全民抗日的士气,国共双方均有意抓住1938年庆祝"五一节"的活动机会,在武汉加紧政治宣传,鼓噪风雷,周恩来此时担任国民政府军委会政治部副部长,而郭沫若、田汉等文人亦在同一机构任职,他们在武汉大力组织抗战文化活动,有意选择《保卫马德里》作为大众歌咏曲目。①

武汉、马德里两所城市的空间连接,是讨论中国战时文化运行机制的特别切口。得益于1938年官方管控和查禁相对宽松的武汉出版环境,《大公报》《新华日报》等诸多报刊在正常运营的同时,有意侧重对西班牙内战进行军事报道,展开对"战时双城记"的跨界叙述,如《时与潮》1938年1卷6期译介的《西班牙人民怎样保卫马德里》。② 抗日根据地与沦陷区也借助"双城记"的空间辐射力,被纳入联合抗战的文化网络中:1938年8月创刊于山西吉县的《民大半月刊》1卷3—4期,刊登了秦丰川的万言时评《怎样接收保卫马德里的经验与教训保卫我们的大武汉》;③而同年于上海中法戏剧专科学校任音乐教授的陈歌辛,则创作出以"马德里

---

① Stephen R. MacKinnon, *Wuhan, 1938: War, Refugees, and the Making of Modern China*, University of California Press, 2008, pp.79, 93-95, 113.
② Martineg Carton:《西班牙人民怎样保卫马德里》,关梦觉译,《时与潮》1938年1卷6期。
③ 秦丰川:《怎样接收保卫马德里的经验与教训保卫我们的大武汉》,《民大半月刊》1938年1卷3—4期。

保卫战"著名口号为题的抗日歌曲《不许敌人通过》。

实际上,如果细读毛泽东的相关战略文献,便不难发现,他将国共内战初期的"四平保卫战"(1946)跨越时空直接类比于"马德里保卫战",关键纽带仍是1938年"战时双城记"框架下的"武汉保卫战"。而作为军事决策者,毛泽东可能更关心马德里在作战经验方面,对武汉会战以及抗日战争的直接指导价值。1938年5月26日至6月3日,正值武汉保卫战期间,毛泽东在延安抗战研究会发表演讲,后结集为其经典军事著作《论持久战》:

> (一一六)当此保卫武汉等地成为紧急任务之时,发动全军全民的全部积极性来支持战争,是十分严重的任务。保卫武汉等地的任务,毫无疑义必须认真地提出和执行。然而究竟能否确定地保卫不失,不决定于主观的愿望,而决定于具体的条件。政治上动员全军全民起来奋斗,是最重要的具体的条件之一。不努力与争取一切必要的条件,甚至必要条件有一不备,势必重蹈南京等地失陷之覆辙。中国的马德里在什么地方,看什么地方具备马德里的条件。过去是没有过一个马德里的,今后应该争取几个,然而全看条件如何。条件中的最基本条件,是全军全民的扩大的政治动员。①

毛泽东将武汉比作"中国的马德里",精准地发明出具有国际效应的战地文学修辞。他在中国缔造"东方马德里"的战略构想,一直延伸到七年后的东北四平。而1938年身处"东方马德里"的周恩来,显然实践着毛泽东抗战部署中"最基本的条件":扩大全民政治动员。更重要的是,"马德里保卫战"于1936年至1939年几近贯穿了整个西班牙内战,恰切地示范了毛泽东此时极力推行的牵制日军、以时间换取空间的"持久战"战术,而1938年10月武汉虽以沦陷落幕,但中方确实凭借长时段的防御和牺牲,成功粉碎了日军速战速决的妄念,将抗战局势转入相持阶段。此外,"双城记"在战地经验上的可比性另有所在,1938年初,国民政府军令部提交了《对武汉附近作战之意见》,实际上是落实了"守武汉而不站于武汉"的护城策略,这也容易联系到马德里以周边作战拱卫中心城区的计划。

将武汉连类引譬为"东方马德里",国共双方或许还有扩大国际影响、进而获

---

① 毛泽东:《论持久战》,《毛泽东选集》(第二卷),北京:人民出版社,1969年,第512—513页。

图1 《纽约时报》漫画,转引自《国闻周报》

取外交援助的考虑。1937年10月25日,毛泽东在延安接受了英国记者詹姆斯·贝特兰(James Bertram)的专访,在讨论战时民众与政府的关系时,他以"目前西班牙的革命战争"(西班牙内战)为例,阐明中国抗战政府遵从人民利益、践行民主集中的正义性,①而另外两场同时类比的国际战事,则是已经沉入社会主义革命史陈迹中的法国大革命与俄国十月革命。而早在同年8月25日,毛泽东在一篇动员抗战的檄文中,已经号召国人"认识西班牙现在胜利地保卫马德里的经验",由此开启了1938年"战时双城记"的语境,并很容易联系到毛泽东此时所领导的延安,对"国际纵队"援助西班牙内战情势的长久关注。时间几乎交叠的西班牙内战与中国全面抗战,在空间上以"双城记"的形式,从西方与东方两个战场,为二战联合拉开了国际范围的序幕。正如《纽约时报》刊载的一幅战时漫画所示(图1),中国与西班牙跨国并置的空间形态,成功引发了国际范围的关注,一定程度上也反映了世界反法西斯阵线,在地缘与文学层面如何想象战争局势。

毫无疑问,武汉与马德里并置出的"战时双城记",打开了1930年代至1940年代中国抗日战争时期具有"国际主义"倾向的政治与文化空间。在战时文坛与知识分子的合力下,武汉如何被建构成具有世界影响的"东方马德里",这个问题还有待充分沉浸到历史化的情境中,作进一步的挖掘。与此同时,问题还有,武汉在中国都市网络之外的战时世界版图中处于怎样的位置?中国战时文人又如何化用西班牙内战这一国际资源?换而言之,中国战时文艺如何在跨界共鸣的国际抗战语境中,介入现实并发挥行动力?借助跨境联动的全球视野,"战时双

---

① 毛泽东:《和英国记者贝特兰的谈话》,《毛泽东选集》(第二卷),第355页。

城记"在拓宽都市研究空间的同时,试图激活当前中国战时文化研究的张力与潜力。

二、"横海长征几拜伦":战地诗人的双城行旅

> 疾翅航进,在上面啼啭/不豫期生命或爱/
> 或战争或死:冬天里飞/不如人类的逆境,不偏不倚。
> 我在下面的仍将留居/在固体的土地,有苦痛恐惧/
> 疑惑和举动和神经质的斗争,/竭尽我的力,为了生存。
>
> ——朱利安·贝尔《鹨》(徐迟译)

1938年9月25日至27日,《星岛日报·星座》副刊分三期连载了马耳(叶君健)的怀人散文《一个记忆:怀裘连·倍尔》。① 马耳以一个来自西班牙战场的死讯起首:"这个人已经死去,很久,差不多快要被人们忘记了。"为了抵抗死亡带来的遗忘,南下寓港的几位流亡文人,在戴望舒主编的刊物上发起了一小股纪念活动:徐迟以"裘连·倍尔诗抄"为标题选译了《鹨》《冬深沉》(Brumaire)两首诗②,马耳配图摘译了裘氏的两封西班牙战地书信③。值得注意的是,叶君健(马耳)于1938年来港前,曾就读于武汉大学外文系,长期致力于世界语(Esperanto)文学的著译工作,并在"武汉保卫战"期间,供职于周恩来、郭沫若等领导的国民政府军事委员会政治部第三厅,从事国际宣传。如此可见,叶君健与其悼念的裘连·倍尔,似乎又在战地空间上,跨境串联起了武汉与西班牙(马德里)的"战时双城记"。

裘连·倍尔,今通译朱利安·贝尔(Julian Bell, 1908—1937),英国青年诗人,1935年10月来华任教于武汉大学,期间,与贝尔关系甚笃且最得其赞许的受教学生即为叶君健。④ 贝尔出身书香世家,艺评家父亲克莱夫·贝尔(Clive Bell)与画

---

① 马耳:《一个记忆:怀裘连·倍尔》,分三次连载于《星岛日报·星座》1938年9月25日第56期至9月27日第58期。这篇长文后重刊于《顶点》1939年7月10日第1期,艾青、戴望舒主编。
② 《裘连·倍尔诗抄》,徐迟选译,《星岛日报·星座》1939年6月22日第317期。
③ [英]裘连·倍尔:《战地书简》(二则),马耳译,《星岛日报·星座》1939年1月29日第181期。
④ Peter Stansky and William Abrahams, *Julian Bell: from Bloomsbury to the Spanish Civil War*, California: Stanford University Press, 2012, pp.181–253.

家母亲瓦妮莎·贝尔(Vanessa Bell)皆为英国文坛名士,姨母伍尔夫(Virginia Woolf)则是芳名远播的意识流小说鼻祖,举家位列剑桥"布鲁姆斯伯里"知识分子团体(Bloomsbury Group)。① 然而,这位以讲授和传播英国现代文学为己任,并有志于中国教育改革②的"贵族绅士",却在中国时常感到"说不出的寂寞","除凌叔华先生外,简直连谈话的人都少有"③。这其中固然隐含着贝尔与凌叔华的一段暧昧情史④,但更透露出他与中国知识分子在认知上的裂隙。1936 年 7 月西班牙内战爆发,贝尔预感到更大的变动和使命,便告别了任教一年的武汉,取道香港支援西战前线。⑤ 1937 年 2 月,贝尔先在巴塞罗那落脚,随即奔赴马德里。同年 6 月,为政府军驾驶急救车的贝尔横遭敌机轰炸,牺牲在"保卫马德里"的外围战役"布鲁内特之战"(the Battle of Brunete)上。贝尔战死之时,曾由鲁迅赞助的《译文》杂志发行了"西班牙内战"专号,而著名战地纪录片《火中的西班牙》(*Spain in Flames*),集合了各国文士如帕索斯(John Dos Passos)、海明威(Ernest Hemingway)、麦克利什(Archibald MacLeish)等为其念白,于 1937 年 7 月在上海上映。于是,贝尔由武汉到马德里的双城行旅,让 1938 年陷入死亡想象的马耳,共鸣到了跨越国际的"忧郁"⑥。

---

① 参见 Peter Stansky and William Abrahams, *Julian Bell: from Bloomsbury to the Spanish Civil War*, pp.1-44.
② 参见龚敏律:《朱利安·贝尔在华文学活动与中国现代文学》,《中国现代文学研究丛刊》2014 年第 7 期。
③ 马耳:《一个记忆(下)》,《星岛日报·星座》1938 年 9 月 27 日第 58 期。
④ 凌叔华曾与朱利安·贝尔合译其短篇小说《疯了的诗人》,刊登在 1937 年 4 月的《天下》杂志上。关于贝尔与凌叔华的交游,参见 Patricia Laurence, *Lily Briscoe's Chinese Eyes: Bloomsbury, Modernism and China*, Columbia: University of South Carolina Press, 2003(中文版为[美]帕特丽卡·劳伦斯:《丽莉·布瑞斯珂的中国眼睛》,万江波、韦晓保、陈荣枝译,上海:上海书店出版社,2008 年);虹影:《K》,石家庄:花山文艺出版社,2002 年。凌叔华曾同贝尔姨母伍尔夫相往来,并在后者的建议下创作小说《古韵》,参见[英]衣修伍德:《旅行日记》,[英] W. H. 奥登、衣修伍德:《战地行纪》,马鸣谦译,上海:上海译文出版社,2012 年,第 151 页。
⑤ 参见 Peter Stansky and William Abrahams, *Julian Bell: from Bloomsbury to the Spanish Civil War*, pp.254-287。
⑥ 马耳:《一个记忆(下)》,文末署明写于 1938 年 9 月。另外,关于"贝尔之死",马耳在《战地书简》前亦作过简短说明:"(贝尔)来华不久西战发生,立即辞职去西班牙从军。他是在政府军内当汽车夫。一九三七年七月在前线受重伤,不及治而死。"详见裘连·倍尔:《战地书简》。

中国知识分子从贝尔的跨国战地轨迹中,捕捉到了中国和西班牙(马德里)在空间层面上的交织线索,一种带有国际主义关怀的、休戚与共的抗战情绪,通过双城行旅而得以在战时中国的语境中生长。正如马耳在纪念贝尔牺牲一周年的悼诗《怀念:纪念 Julian Bell》中所言:

为了这理想:自由和人的权利/你去到了,贵重的金发青年,/那无悲伤,无忧郁,海色的天/作为文明和正义堡垒的马德里。

你倒下了,在那辽远的,南国的战地/抑郁地闭了你深蓝、长睫的双眼,/再不见;海,故国,和你爱的人间,/留给我们一个无从补偿的永恒沉寂。

然而你永生在我们的工作和记忆里,/法西斯的炮火毁不了你世界上的兄弟。/现在,他们英勇和友爱地握起了手。

在东方,正如在唐吉诃德的国度,/继续着你为解放,为面包而奋斗。/呵,你终离去了,在我们要黎明的时候。①

那么,贝尔的这种国际主义动机是不证自明的吗?林率②在《西班牙战争与英国文人》一文中,由"贝尔的噩耗"联想到一种"似乎尚未丧尽"的"宝贵传统"③。实际上,对这一传统进行解释的,正是贝尔本人。1936 年 10 月,贝尔在《天下》杂志上发表了诗歌评论 W. H. Auden and the Contemporary Movement in English Poetry(《奥登与当代英诗运动》)。而在马耳一篇题为《奥登》的文章里,贝尔隐身为"一个教近代诗的英国年青人",向马耳提供了许多诗人掌故④,而掌故的源头,正是被徐迟描述为在"保卫玛德里呼声最高的时候",与贝尔一同跑到西班牙去的英国行动派诗人奥登⑤。

---

① 马耳:《怀念:纪念 Julian Bell》,《抗战文艺(三日刊)》1938 年第 2 卷第 4 期,后附小注:"Julian Bell,英国新兴的年青诗人,有诗集 Winter Movement 和 Works for the Winter 等,曾在武汉大学授近代文学,西班牙战事发生后,弃职去西参战,去年六月被法西的飞机炸死,现在恰为一周年。他死时还只二十八岁,为这年青一代中一个莫大的损失。"
② 关于《星岛日报·星座》撰稿人之一"林率",参见陈子善:《现代作家笔名小考》第二节"林率是陈麟瑞",《这些人,这些书:在文学史视野下》,武汉:湖北人民出版社,2008 年;眉睫:《关于"林率"》,《现代文学史料探微》,上海:上海远东出版社,2009 年,第 176—177 页。
③ 林率:《西班牙战争与英国文人》,《星岛日报·星座》1938 年 12 月 2 日第 124 期。
④ 马耳:《奥登》,《星岛日报·星座》1938 年 10 月 14 日第 75 期。
⑤ 参见徐迟为《前线访问记》所作的弁言([英]奥顿、依许乌德:《前线访问记》,徐迟译,《星岛日报·星座》1938 年 8 月 2 日第 2 期)。

贝尔参与的"奥登一代"(Auden Generation),指 20 世纪 30 年代在英国诗坛崛起的青年诗人群体,主要代表为以牛津大学为共同教育背景的 W. H. 奥登(Wystan Hugh Auden,1907—1973)、台-路易士(Cecil Day-Lewis,1904—1972)、斯蒂芬·斯本德(Stephen Spender,1909—1995)等,广义上还包括小说家衣修伍德(Christopher Isherwood,1904—1986),以及剑桥大学诗人燕卜荪(William Empson)等①。在前代诗人艾略特(T. S. Eliot)影响的焦虑下,这群青年诗人以奥登为领袖,发展出"纯智性""反浪漫派""注重讽刺""善用机械意象"等独特诗风。尤其值得注意的是,1930 年代的"奥登一代",尤以关注国内外局势的左派政治意识著称,甚至曾显现出反布尔乔亚的社会主义/共产主义倾向②。1937 年,奥登亲临西班牙内战前线,在巴塞罗那从事播音工作,并于同年 3 月完成了战地政治长诗《西班牙》(*Spain*,后更名 *Spain 1937*)③。诗中有意启用古英诗中的重读音传统,来凸显"马德里是心脏"的国际主义战斗意志,而"诗人们像炸弹爆炸""今天是斗争"等句子,又无疑为同代诗人的战时姿态做出了贴切的描述。"奥登一代"其他成员,此时也着手创作以"援战西班牙"为空间特征的战地诗歌,这些诗歌近乎同时被译入中国。④

有意思的是,马德里与武汉所托举起的"战时双城记",通过奥登的战地行旅而得以延续。1938 年 1 月至 7 月,奥登与小说家伴侣衣修伍德来到抗日中

---

① 参见 Peter Stansky and William Abrahams, *Julian Bell: from Bloomsbury to the Spanish Civil War*, pp. 45 - 116; John Haffenden, "Chapter 7 'His presence spellbound us all': The Experiment Group", *William Empson: Among the Mandarins*, pp.151-175。

② 参见 Randall Swingler, "Spender's Approach to Communism," Left Review, March 1937, pp.109 - 112; George Orwell, "Inside the Whale," *Inside the whale and other essay*, London: Penguin Books, 1964, pp.9-50;[英]刘易士(Cecil Day-Lewis):《英国作家与政治》,中译稿刊于《星岛日报·星座》1938 年 8 月 10 日,前附徐迟引言:"西台刘易士,英国新诗人,批评家。与奥顿、斯班特齐名,并称为'行动的诗人',有左倾的浓重的气质,所著《诗的一线希望》即是一篇社会主义者的杰出的诗论。本文原作载在七月五日《新群众》杂志。"

③ 参见 W. H. Auden, "Spain 1937," *Another Time*, New York: Randon House, 1940, pp.89-92;[英]奥登:《西班牙》,穆旦译,《穆旦译文集》(第四卷),北京:人民文学出版社,2005 年,本文对该诗的引用均出自此版本。

④ "奥登一代"被译入中国的西班牙战地诗歌,如 C.台·刘易士(Cecil Day-Lewis)《义勇军》(袁水拍译,《星岛日报·星座》1940 年 1 月 29 日第 489 期)、R.史班特(Stephen Spender)《一个城的沦陷》《在加斯德龙》(《诗二首》,袁水拍译,《星岛日报·星座》1940 年 2 月 16 日第 504 期,"加斯德龙"即西班牙城市 Castellon)。

国的前线。① 因与英国出版商签订了出版协议,二人很快便以"中国之行"为主题,合作发行了《战地行纪》(Journey to a War),内含衣修伍德的长篇《旅行日记》,奥登撰写的《澳门》《香港》等6首纪行诗,以及23首总题为"战时"(In Time of War)、后附有"诗体解说词"(Commentary)的十四行组诗。1938年3月,"保卫马德里"的热情尚未冷却,二人抵达了此行的中心目的地:被比作"东方马德里"、此时正处于守城鏖战的危急关头的武汉。正如衣修伍德所观察,"历史渐渐厌倦了上海,对巴塞罗那也不耐烦,已将其变幻莫测的兴趣投向了汉口",武汉才是"战时中国真正的首都"。1938年4月21日,集结于武汉的军政要员,以及诸多文化名流,如作家田汉、洪深、穆木天等,为二人召开了欢迎茶会。期间,奥登会见了"朱利安·贝尔的学生"叶君健,并于翌日访问贝尔曾经执教的武汉大学,在伍尔夫的授意下,他与凌叔华交换了礼物。4月24日,他们在史沫特莱(Agnes Smedley)的住所见到了站地摄影师卡帕(Robert Capa),后者因不满于中国抗日民众逊于西班牙战地面孔的"表现力",此时正急于返回马德里。毫无疑问,二人战时行旅的各种细节,近乎皆周旋于武汉、马德里"双城记"的空间框架中。而此时的英国诗坛,也把关注重心投向了中国、西班牙这两座"世界堡垒",国际保障文化作家协会联合各类诗歌团体,如英国领导文化运动的左书会(Left Book Club)与左书会下设的"作者与朗读者小组"(Writers' and Readers' Group)、诗人集团(Poets Group)及青年爱尔兰文艺协会(Young Ulster Society)等,甚至将诗朗诵运动等筹集的收入捐给中国。② 在此背景下,将西班牙与中国并置为彼此对照的二元空间结构③,就自然成为奥登此时最具辨识度的战时诗艺:

---

① 中国对奥登一行来华的即时报道,如《外国文艺者在武汉》,《抗战文艺(三日刊)》1938年第1卷第1号;马耳:《抗战中来华的英国作家:W. H. 奥登、C. 伊粟伍特》,《抗战文艺(三日刊)》1938年第1卷第4期;《英国作家告中国人民》,重庆:读书出版社,1941年,第86页,其中还登录了奥登等人"为响应中国抗战"而创作的一篇短文("我们要告诉你们整个中华民族,英国正有着不少的人士认识你们的英勇的斗争,正是世界各国为自由和正义而进行的斗争之一个主要部分。我们知道,你们的战斗不是为着中国,同时也是为着我们","我们立誓要竭力援助你们……在这种战争中,胜利是一定属于那些忍耐力最强的人们。不单是为着你们,而且为着我们,我们祝望着你们仍坚信你们所持的正义,无论形式显得怎样不利,你们一点也不要气馁地战斗下去;打出一个胜利的结论来。这就是敝国每一个优秀儿女的希望")。
② 王礼锡:《英国作家对中国抗战的表示》,《文艺阵地》1939年9—10期合刊。
③ 参见《战争时期(XXII)》《诗体解说词》,[英] W. H. 奥登:《战争时期》,[英] W. H. 奥登、衣修伍德:《战地行纪》,第291、319页。

想想本年度什么让舞蹈家们最满意：
当奥地利死去，中国被丢到一边，
上海一片战火，而**特鲁埃尔**再次失陷，

法国向全世界说明她的情况：
"处处皆欢乐。"美国向地球致辞：
"你是否爱我，就像我爱你那样？"
——《战争时期（XXII）》（节选）

给我们勇气去直面我们的敌人，
不仅在**大运河**上，或在**马德里**，
席卷大学城的整个校园，

并且在每一个地方给我们以助力，在
爱人的卧房，
在白晃晃的实验室，在学校，在公众
集会上，
那些与生命为敌者会承受更加激越
的攻击。

——《诗体解说词》（节选）

《战地行纪》激发了中国战时文人的译介热情，洪深、朗（实名待考）、王忠、徐迟、邵洵美等率先在《大公报》（汉口）、《星岛日报·星座》副刊、《自由谭》杂志上刊载了各种译本①，聚焦"奥登一代"诗歌动态、由合-路易士撰写的诗歌评论，也得到了较高频度的翻译，如《大众诗歌论：评奥登编〈牛津通俗诗选集〉》

---

① 奥登、衣修伍德《战地行纪》1938 年 12 月完稿，1939 年 4 月出版，其在中国的早期译介情况，包括：《中国兵》，朗译，《华侨日报》（香港）1938 年 7 月 23 日第 64 期；奥顿、依许乌德：《前线访问记》，徐迟译，《星岛日报·星座》1938 年 8 月 2 日，前附徐迟弁言，该篇实际上是衣修伍德《旅行日记》中的一部分（三月廿七日）；奥顿：《中国兵》，王忠译，《星岛日报·星座》1938 年 8 月 21 日第 21 期，配有木刻插图；奥顿、依修武《香港》，《星岛日报·星座》1938 年 11 月 25 日第 117 期；奥登：《中国兵》，邵年译，《自由谭》1938 年 12 月 1 日第 1 卷第 4 期，配有插图，"邵年"即邵洵美笔名；W. H. 奥顿：《中国诗》，徐迟译，《星岛日报·星座》1939 年 7 月 2 日第 327 期，后附"编者按"；W. H. 奥顿：《中国诗》（两首），徐迟译，《星岛日报·星座》1939 年 8 月 23 日第 379 期；奥登：《到战争去的行程》，邵洵美译，连载于《南风》1939 年第 1 卷第 1—3，5 期。犀生《文艺情报》披露过另一则译讯："奥登与伊希乌之新作《战争中之旅行》已由冯亦代先生逐日译载于星报，更名《中国之旅》。其中奥登所作商籁部分，闻徐迟先生已开始移译。英国当代诗人斯丹芬·斯班特曾誉此数十首商籁体为奥登所有诗作中之最佳者。"（《大公报·文协》1939 年 5 月 29 日第 5 期）关于《战地行纪》的中译情况，学者张松建曾做过梳理，但所述不全，亦略有纰漏，详见张松建：《现代诗的再出发：中国四十年代现代主义诗潮新探》，北京：北京大学出版社，2009 年，第 50—51 页。参考资料另见《〈华侨日报〉副刊研究（1925.6.5—1995.1.12）资料册》，何杏枫、张咏梅、黄念欣、杨钟基主编，香港：香港中文大学中文系，2006 年。

(袁水拍译)①、《一个对于诗的希望》(朱维基译)②，相关专题文章甚至在中国面向海外的宣传期刊——如戴望舒任总编的杂志《中国作家》(Chinese Writers)③——中登载。跨境连接中国与西班牙两地、以诗歌介入战争现实的国际经验，换言之，即"奥登一代"青年诗人的"传统"，如此获得了抗战时期中国文坛的共鸣。

值得注意的是，在1938年4月的武汉欢迎茶会上，田汉即兴创作了一首巧妙勾连中国与英国的革命情谊，内含"国际共同体"意识的抗战七绝诗④(朱维基另根据奥登、衣修伍德《战地行纪》里的英译，转译为欧体白话诗⑤)，赠与奥登：

田汉原诗	朱维基转译
信是天涯若比邻，	真地，世界的四端像邻居一样；
血潮花片汉皋春。	血潮，花瓣，汉口的春天，
并肩共为文明战，	肩并肩地为文明作战。
横海长征几拜仑?!	在海外，长长的路途，多少个拜伦？

正如最后一句"横海长征几拜仑"所示，"奥登一代"的历史传统，似乎迢遥地

---

① 刘易斯：《大众诗歌论：评奥登编〈牛津通俗诗选集〉》，袁水拍译，《星岛日报·星座》1939年7月24日第350期。
② [英]C. Day-Lewis：《一个对于诗的希望》，朱维基译，《诗创作》1942年第7期。
③ 参见《中国作家》(Chinese Writers)第2期，藏美国斯坦福大学图书馆。
④ 田汉：《欢迎奥登、伊粟伍特访华》，《田汉全集》(第十一卷)，石家庄：花山文艺出版社，2000年，第244页。
⑤ 田汉的这首七绝，由同席的洪深英译给了奥登和衣修伍德，衣修伍德在《旅行日记》中记录为"Really, the ends of the world are neighbours：/Blood-tide, flower-petals, Hankow spring,/Shoulder to shoulder for civilization fight./Across the sea, long journey, how many Byrons?"(W. H. Auden, Christopher Isherwood, *Journey to A War*, New York：Random House, 1939, p.154.)。朱维基根据衣修伍德的英译本将其转译成了欧体白话诗，并详细交代了转译的缘由："这一次，在汉口，他们(即奥登、衣修伍德，笔者注)由杭立武等招待茶会，赴会的有冯玉祥将军，田汉、洪深、穆木天、马耳等。酒至半酣，田汉即席赋诗一首，当系七绝。我很想介绍一下，但是一则我没有田先生的原诗，二则我从来没有学过做文言诗，不能从英译归原到和原诗相像的体裁，所以不得已，只能用我的生硬而不雅的白话文把它一字不动地移植过来。"参见朱维基《引言》，载[英]W. H. 奥邓：《在战时》，朱维基译注，收入"诗歌翻译丛书"，上海：诗歌书店，1941年，第4页。

与另一位英国诗人拜伦(George Gordon Byron,1788—1824)①建立起了联系。早在20世纪初叶,借由鲁迅等文士的推介,拜伦在中国语境中被塑造为先导启蒙与革命的"摩罗诗人"。值得讨论的是,这位浪漫诗人的英雄形象,在中国抗战文坛中又得以复活,如王统照翻译的《西班牙怀古诗》②、柳无忌翻译的《去国行》③,以及叶灵凤译介的沙比尔随笔《为自由的诗人拜伦》。其中原因,在此也许可以被解释为:拜伦援战西班牙的跨国行旅,在此扣合了此时中国联合国际抗战的世界视野与舆论氛围。拜伦1809年曾奔赴彼时正奋力抗击拿破仑军队入侵的西班牙④,并最终死于异国希腊战场⑤,悲壮的战地轨迹,仿佛间接击中了朱利安·贝尔的命运。于是,译者王统照便将拜伦的西班牙援战诗作,直接对应到了1930年代的西班牙内战:

> 王统照译拜伦原诗:而且在那方勇侠的灵魂成叛逆,/结果是暴虐耄老被判罪投入/牢笼里,连同着没落时代堕向/黑暗去。到最近像见过的西班/少女才将自由复,用编成发辫把/碧绿草原结系住,(正当战争从火山口/往上升腾以前时)那时候不是暗夜的/热爱皇后狂欢舞蹈光辉被?

> 王统照注:此数行极赞美西班牙妇女抗外敌争自由之精神,故用"编成发辫把碧绿草原结系住"之夸张比喻句以推重之。作者在他节中曾详述目睹西班牙女子指挥作战努力杀贼情形,虽不免言过其实;然观于数年前西班牙内战中妇女活动之热烈,足见有由来也。末句亦用暗喻。⑥

就中国诗歌读者而言,拜伦无疑为其接受援战西班牙的英国诗人传统,提供了

---

① 参见宋庆宝:《拜伦在中国:从清末民初到五四》,北京:中国政法大学出版社,2012年。另外,关于五四时期"诗人英雄"的讨论,参见姜涛:《解剖室、病理学与"诗人人格"的生成:郭沫若早期诗人形象的扩展性考察》,《新诗评论》2012年第1辑。
② 《时代文学》1941年创刊号载有拜伦《西班牙怀古诗》,附有详细注解,所署译者"韦佩"即王统照笔名。该诗后重刊于《文艺杂志》1944年第3卷第2期,译者署名王统照。
③ [英]拜伦:《去国行》,柳无忌译,《文艺先锋》1942年第2卷第5—6期合刊。
④ 林率:《拜伦在西班牙》,连载于《星岛日报·星座》1938年12月16日第138期、17日第139期。
⑤ 拜伦死于抵抗土耳其入侵的希腊,详见沙比尔:《为自由的诗人拜伦》,叶灵凤译,《星岛日报·星座》1940年12月6日第789期。
⑥ [英]拜伦:《西班牙怀古诗》,韦佩译注,《时代文学》1941年创刊号。

一个更为熟悉而便宜的文学形象。实际上,这一传统在更大的诗人群体中得以发现。林率在发表《拜伦在西班牙》之前,于同月同刊先行登载了《西班牙战争与英国文人》一文。文中,他详细列举了1808年至1814年英政府派军援助西班牙抗战期间,英国诗人"重新燃起对自由平等的热望"的诸多表现:"湖畔派"诗人华兹华斯(Wordsworth)与柯勒律治(Coleridge)积极编辑声援赴西英军的小册子,并强烈谴责英军与法军在"轻突拉"(Cintra)的议和,后者还在 Courier 日报连载"关于西班牙人民的书札",把西班牙爱国志士的力量比拟为"出没无常"但"应用不尽"的电;另一位"湖畔派"诗人骚塞(Robert Southey)不仅以西班牙战事为素材,创作了风靡军队的史传作品《西班牙半岛战记》(Chronicle of the Cid, from the Spanish)和《纳尔逊传》(The Life of Horatio, Lord Viscount Nelson),还于1814年英法议和时,写诗谴责拿破仑,并呼唤世界性"复仇";诗人兰陀(Walter Savage Landor,今通译兰多)出资组建了一支援西志愿军,并将西班牙经验熔铸进悲剧作品《球里安子爵》(Count Julian)。① 至此,援战西班牙的英诗线索,不仅在"奥登一代"身上获得了现实的定位,更完成了历史传统的回溯。进而,跨界连接中国和西班牙两地的英国诗人形象,就在共时与历时的群体层面上生成于中国战时文坛,承担起抗日动员的文化宣传任务。这种空间互动所负载的国际主义诗歌理想,也随之在东方实现了跨语际的"记忆"和铺展,正如英国欧战诗人鲁巴特·布律季所言:"如我战死,请这样记忆我。/在外国的某一隅,这儿永远属于英国。"②

三、读《西班牙》,到滇缅去:文学青年的抗战行动

从武汉与马德里这两座城市,到中国与西班牙这两个国家,战时跨界的空间轨迹在国际主义的层面上,有效激活了文学介入现实斗争的传统。抗战现实重构了文学的面貌,并催生出文学行动家,而后者也释放着更具导向性的现实影响。文学的体裁(如论战杂文)、风格与规则,以及知识分子对文学位置与作用的认识,都在更具空间流动性的战地文学生产机制中得以刷新。而"奥登一代"游走于西班牙与中国的文学行动意识,也通过另一条跨界传播的轨迹,在中国抗战西南地区获得了超越代际的新生。

1937年北平沦陷后,大批学者、学生被迫流亡南下。北京大学、清华大学、南

---

① 林率:《西班牙战争与英国文人》,《星岛日报·星座》1938年12月2日第124期。
② 参见苗秀:《英国的战争文学》,《星岛日报·星座》1938年11月2日第94期。

开大学的部分师生取道长沙,进而在昆明组建成西南联合大学。正如学者张松建所观察的,以西南联大为代表的抗战烽火中的中国大学,多聘任异国诗人讲授西方文学,如此促进了"奥登一代"在中国战时文坛的即时传播。① 燕卜荪的教育贡献尤为突出。这位曾在香港与奥登匆匆打过照面的英国同代诗人②,1937年至1939年为西南联合大学(含长沙临时大学时期)的大学生,开设了英美现代诗歌课程③。在他的课程设计中,奥登写于国际行旅的战地诗作《西班牙,1937》,不仅成为分析的核心文本,更示范着超越学院派教条的诗歌战时行动力。正如听课学生王佐良回忆(着重号为笔者所加):

> 一位英国青年教师也到了昆明。我们已在南岳听过他的课,在蒙自和昆明,我们又听了他足足两年的课,才对他有点了解。这位老师就是威廉·燕卜荪。
>
> 燕卜荪是位奇才:有数学头脑的现代诗人,锐利的批评家,英国大学的最好产物,然而没有学院气。讲课不是他的长处:他不是演说家,也不是演员,羞涩得不敢正眼看学生,只是一个劲儿往黑板上写——据说他教过的日本学生就是要他把什么话都写出来。但是他的那门《当代英诗》课,内容充实,选材新颖,从霍甫金斯一直讲到奥登,前者是以"跳跃节奏"出名的宗教诗人,后者刚刚写了充满斗争激情的《西班牙,1937》。所选的诗人中,有不少是燕卜荪的同辈诗友,因此他的讲解也非一般学院派的一套,而是书上找不到的内情、实况,加上他对于语言的精细分析。
>
> (中略)
>
> 当时我们都喜欢艾略特——除了《荒原》等诗,他的文论和他所主编的《标准》季刊也对我们有影响。但是我们更喜欢奥登。原因是他的诗更好懂,他的那些掺和了大学才气和当代敏感的警句更容易欣赏,何况我们又知道,他在政治上不同于艾略特,是一个左派,曾在西班牙内战战场上开过救护车,还来过中国抗日战场,写下了若干首颇令我们心折的十四行诗。

---

① 张松建:《现代诗的再出发:中国四十年代现代主义诗潮新探》,北京:北京大学出版社,2009年,第49页。
② John Haffenden, *William Empson: Among the Mandarins*, pp.482-483.
③ 参见 William Empson, "China", "Autumn on Nan-Yüeh"(《南岳之秋》), *The Complete Poems of William Empson*, pp.90-98, 373-395;张松建:《现代诗的再出发:中国四十年代现代主义诗潮新探》,第49—50页。

这一切肇源于燕卜荪。是他第一个让我们读《西班牙，1937》这首诗的。①

　　不难看出，经由燕卜荪对奥登《西班牙，1937》一诗的讲解，中国青年学生得以在西班牙与中国两个战地互动的国际视野中，建构起以英国"左转"青年诗人为代表的行动诗学。燕卜荪在西南联大的大部分学生，如周珏良、王佐良、杨周翰、穆旦、杜运燮等，对奥登的《西班牙，1937》都非常熟悉②，穆旦与杜运燮等甚至分别将其中译，而后来跻身英美文学研究者之列的王佐良，也撰写了以"奥登一代"为重要章节的《英国诗史》，一定程度上也处于燕氏课程的延长线上。而彼时在西南联大讲授现代诗的外籍教授团队，还包括谢文通、白英（Robert Payne，1911—1983）、温德（Robert Winter，1886—1986）③等。此时或许还应提及朱利安·贝尔：这位被燕卜荪"低估"了的"剑桥诗人"④，早在武汉大学任教期间，就开始向叶君健等学生，推介由文学"现代主义"转向国际战地行动的作家马尔洛（André Malraux）、海明威等⑤，而后两位在跨国空间经验上，显然都并联着中国与西班牙。

　　以穆旦为代表的这批青年学生，于1940年代组成了诗歌团体，后来被统称"九叶派"⑥。他们在诗歌美学上更亲近"奥登一代"而非艾略特，这种美学实际上是从诗歌外部的战地经验出发，向内形成的对"奥登诗风"的模拟和共鸣，其所蕴含的介入战争的政治热情、跨国实践的世界视野，以及诗人涌入时代和社会的自我改造意识，显然已经溢出了诗歌文本，在战地实践层面上吸纳着"奥登一代"的影响⑦。以穆旦为

---

① 王佐良：《穆旦：由来与归宿》，杜运燮等编：《一个民族已经起来：怀念诗人、翻译家穆旦》，南京：江苏人民出版社，1987年，第1—2页。
② 参见张松建：《现代诗的再出发：中国四十年代现代主义诗潮新探》，第50页。
③ 参见［美］伯特·斯特恩：《温德先生：亲历中国六十年的传奇教授》，马小悟、余婉卉译，北京：北京大学出版社，2016年。
④ 参见 William Empson: Among the Mandarins 第613页的注释83。
⑤ 马耳：《一个记忆（上）》。
⑥ 参见《九叶集》，南京：江苏人民出版社，1981年。
⑦ 杜运燮曾交代过"奥登风"在西南联大文艺青年中的流行："被称为'粉红色的三十年代'诗人的思想受到马克思主义的影响，是左派，他们当中的C. D.路易斯还参加过英国共产党，奥登和斯彭德都参加西班牙人民的反法西斯战争。而我当时参加联大进步学生团体组织的抗战宣传和文艺活动，因此觉得在思想感情上与奥登也可以相通。艾略特的《荒原》等名篇，名气较大，也有很高的艺术性，但总的来说，因其思想感情与当时的我距离较远，我虽然也读，也琢磨，但一直不大喜欢，不像奥登早期的诗，到现在还是爱读的。"参见杜运燮：《我和英国诗》，《外国文学》1987年第5期。关于西南联大诗群的创作情况，参见《西南联大现代诗钞》，杜运燮、张同道编选，北京：中国文学出版社，1997年。

例,他不仅为个人的诗歌创作和翻译烙上了鲜明的奥登印迹①,还于1942年亲自参加中国联合英军组建的入缅远征军,在缅甸战役(Burma Campaign)中具有自杀色彩的抗日"殿后战"中,饱受了"森林之魅"的啮咬②,于诗歌之外呼应并践行了"奥登一代"跨越国际的抗战意识。而杜运燮也于1943年至1945年加入抗日远征军,其诗作《滇缅公路》所聚焦的,乃二战时期中国西南的一条国际"动脉":"滇缅公路",它肩负着世界跨国援助任务,成为又一个国际反法西斯阵线联合抗战的公共空间。

很显然,阅读奥登诗歌《西班牙,1937》的中国文学青年,在跨界投身战地行动的同时,暗示着一种以"国际主义"为核心特征的世界文学趋向,正如阿奇保德·麦克累须所言,"我们是活在一个革命的时代",在这个时代,"公众生活冲过了私有的生命的堤防像春潮时海水冲进了淡水池塘,将一切弄咸了一样","单独的个人,不管他愿意与否,已经变成了包括着奥地利,捷克斯拉夫,中国,西班牙的世界的一部分","马德里,南京,布拉格,这些名字,他都熟悉得像他亡故的亲友的名字一般"。③ 反法西斯的世界大战潮流,在东西方打破了横亘于公众世界和私人世界之间的壁垒,不同的主体因而结合成生死与共的"命运共同体"④。

四、结语:战时文学"国际主义"的研究可能性

1938年,武汉与马德里互动而成的这一场"战时双城记",映照出二战启幕前,身处东方战场与西方战场的中国与西班牙,在政治与文化等层面所建立起的深度联合。流

---

① 参见江弱水:《伪奥登风与非中国性:重估穆旦》,《文本的肉身》,北京:新星出版社,2013年,第180—198页。
② 参见穆旦:《森林之魅:祭胡康河谷上的白骨》,《穆旦诗集(1939—1945)》,穆旦发行,1947年,第172—177页。该诗另名为《森林之歌:祭野人山上死难的兵士》,刊于《文学杂志》1947年第2卷第2期。诗集后附王佐良评论,对穆旦等中国青年诗人的战地实践有所记述:"这些联大的青年诗人们并没有白读了他们的艾里奥脱与奥登。(中略)他们之间并未发展起一个排他的,贵族性的小团体。(中略)战争,自然不仅是物质。也不仅是在城市里躲警报,他们大多要更接近它一点。二个参加了炮兵。一个帮美国志愿队作战,好几个变成宣传部的人员。另外有人在滇缅公路的修筑上晒过毒太阳,或将敌人从这路上打退。但是最痛苦的经验却只属于一个人,那还是一九四二年的缅甸撤退,他从事自杀性的殿后战。"详见王佐良:《一个中国诗人》,载《穆旦诗集(1939—1945)》。另可见王佐良:《一个中国新诗人》,《文学杂志》1947年第2卷第2期,该文另见英国伦敦 *Life and Letters*,1946年6月。
③ [美]阿奇保德·麦克累须:《诗与公众世界》,朱自清译,《大公报·文艺》(香港)1940年4月12日第815期。
④ 张松建:《现代诗的再出发:中国四十年代现代主义诗潮新探》,第182—185页。

动性的战地空间经验,塑造了国人更为开放的抗战经验与世界想象,一种具有"国际主义"特质的文化生产与传播方式,普遍显现于1930年代至1940年代,尤以二战时期为中心。反法西斯战线将传统意义上的东、西方国家,象征性地联合为"战时共同体",在集体抗战的公共关系中,各种文化团体与活动加紧跨国交流,并更为有效地将散布各国的知识分子个体组织起来。知识分子个体也以此为契机,重新思考本国文学在战时世界版图中的位置,并发挥文学介入现实的行动力。与此同时,借助各种现代技术手段与活动机制,信息也能更为有效地突破疆界,在"国际主义"的范围内流通。

关于文学"国际主义"的研究,必须首先提及李欧梵(Leo Ou-fan Lee)于20世纪末出版的经典著作《上海摩登》。他在结语"重新思考"中,将上海作为一种"中国世界主义"(a Chinese Cosmopolitanism)的空间案例,进而反思西方殖民话语对中国现代国际都市的简单化分析。与西方(外来)文化资源密切互动的上海,在都市经验与殖民历史等方面呈现出更为驳杂的现代性面貌,这种文化开放性不啻为一种在地的"世界主义"(cosmopolitanism)。上海"世界主义"也呈现出左转倾向(cosmopolitan leftism),这与彼时中国抗战局势的紧张,以及主张反法西斯的"国际主义"同盟的崛起有关。① 实际上,李欧梵在理论上已经自觉地意识到"世界主义"(cosmopolitanism)与"国际主义"(internationalism)的关联,在2017年《上海摩登》重版序言中,他对两者重新加以区分:

> 另一个议题是"世界主义"。我在本书的英文版用的字眼是"cosmopolitanism",而不是"internationalism",因为后者也可能意指左翼政治上的"共产国际"(Communist Internationale,简称"Comintern"),其发源地是莫斯科。其实这个国际左翼的理想也是"世界主义"的一部分,因为它倡导世界各地的被压迫民族联合起来,超越国家的疆域和权力统治机器。在苏联没有设立和主导"共产国际"之前,这个理想来自第一次世界大战后的反战分子,特别是文化人,如罗曼·罗兰,他的作品(《约翰·克利斯朵夫》)和言论在中国的影响极大。我在书中无法交代这个左翼的论述,而偏重上海文坛和文人对外国文学的开放态度,也许有点以偏概全。②

---

① 李欧梵:《上海摩登:一种新都市文化在中国(1930—1945)》,毛尖译,香港:牛津大学出版社,2000年,第292—294、299—300页。
② 李欧梵:《再版序》,《上海摩登:一种新都市文化在中国(1930—1945)》(修订版),毛尖译,杭州:浙江大学出版社,2017年。

"cosmopolitanism"与"internationalism"在理论上的区分,源自西方学术界的内部,而李欧梵对上海"世界主义"的思考,显然兼容了这两个概念。在文化跨国互动的立场上,两者呈现出包含关系,甚至不过是一体两面。与此同时,李欧梵对概念所指和使用语境的警觉,也提示研究者必须充分考虑到二者各自所属的意识形态。如果考虑到1930至1940年代二战前后思想界的左转趋势,以及知识左翼群体(左翼知识分子只是其一部分)跨越地缘和国界的集结和崛起,"国际主义"已然是进一步讨论"世界主义"的重要论域,① 在此谈及"cosmopolitanism"或"internationalism"任何一方,都必须附带另外一方的意义,左翼内部与超越左翼的跨国观察缺一不可。或者说,与其纠结于对二者的区分,不如转而讨论二者在彼此的关照下,如何发展出战时的文学生产与流动方式。在这个意义上,战时文学(文化)"国际主义",也可以表述为战时"世界主义"。

关于战时文学(文化)"国际主义"的研究著作,近年多有突破,如 Katerina Clark 的 *Moscow, the Fourth Rome: Stalinism, Cosmopolitanism, and the Evolution of Soviet Culture, 1931–1941*, Richard Jean So 的 *Transpacific Community: America, China, and the Rise and Fall of a Cultural Network*。本文关于武汉、马德里"战时双城记"的讨论,在前研究的基础上,需要进一步解答关于战时文学"国际主义"现象的关键问题:"国际主义"作为一种话语如何生成;"国际主义"的战时文化网络如何运行;正如许多战时国际文化组织与苏联(USSR)缔结的微妙关联,文学"国际主义"在何种程度上可被视为战时意识形态与宣传策略;而在国际联合的战地空间之下,如何更为妥帖地辨察、理解知识分子个体性的声音,以及各国的边界与差异。看似一体化的战时"国际主义",其实内含着更具张力的复杂性,正如1938年访华的衣修伍德所喟叹:

> 双方(奥登、衣修伍德与中国文人,笔者注)都不缺乏善意——真的,整体气氛无疑因"英中和睦"而相当活跃——但我们真的在彼此交流么?我们向主人们展露着笑意,交换着这些词句:"英格兰""中国""诗歌""文化""莎士比亚""国际理解""萧伯纳"——但这些单词仅仅意味着"我们很高兴见到你们"。它们只是"相互信任"的象征符号,如同交换空白支票。没关系。都是

---

① 李欧梵:《三十年代中西文坛的"左翼"国际主义:"中西文化关系与中国现代文学"系列演讲第三讲》,《关东学刊》2018年第3期。

为了一个良好目的。①

如果讨论"世界主义"(cosmopolitanism)作为一种研究范式的兴起,某种程度上可上溯到 20 世纪后半叶,西方比较文学领域对"世界文学"(world literature)框架的积极建构。"世界文学"最早由歌德提出,背后实际隐含着在跨国流通中保卫本国文学,以世界文学的方式推行民族文学的德国中心观念。而基于马克思对商品与资本经由帝国主义扩张而在世界范围内流动的观察,"世界文学"也被用来讨论全球化局势下文学的资本形态、生产机制与流播方式。因此,在概念上使用"世界主义",必须保持对西方中心论的警惕,并反思以跨国联合之名、将世界极端"区域化"推行对垒的冷战框架。与此同时,如果联系"共产国际"("第三国际")等语汇的概念史,"国际主义"本身即携带着战时意识形态的策略特征,而这正是文学"国际主义"研究的问题意识:在描述战时跨国轨迹的同时,考察"国际主义"话语以怎样的立场和目的被构造出来,翻转出其背后的政治角力。

中国语境自身是否也创生出可待考察的"世界主义"或"国际主义"? 1938 年 5 月的《天下》杂志,刊发了 Harry Paxton Howard 的长篇论文 Chinese Cosmopolitanism And Modern Nationalism。正如《论语》中"四海之内皆兄弟"一句所示,该文将中国战时的"国际主义"意识,追溯到古代历史脉络中悠久的"天下"观念。这种"天下"观经由抗日战争的爆发被进一步强化,而苏联、英国等也正是观察到这一形势,进而意图通过强化战时中国各派力量的团结意识,以更好地实现对中国的控制。实际上,"天下"这一概念也早已进入中国思想史论述的视野,引发知识分子的热烈讨论。如此,战时文学"国际主义"也需要与此展开对话:"天下"观念在由封建帝国转向现代国家的 20 世纪转型阶段,发生了怎样的接续与断裂,是否如赵汀阳所言,在某种意义上代表了中国本土的"政治神权";中国战时文化界如何在"天下"观念的引导下,认识中国与世界的关系;以"天下"观为代表的"国际主义"精神,与战时国家/民族观念与爱国意识的关联。如此,"国际主义"不啻为战时文学研究领域,拓展出更为丰富的讨论空间与问题意识。

---

① [英]衣修伍德:《旅行日记》,[英]W. H. 奥登、衣修伍德:《战地行纪》,第 145 页。

丘东平突围：战士身体、油印技术与生态视野

■ 文／黄丁如

1939年10月10日，丘东平行军至江苏省溧阳城外，给胡风写信："战争使我们的生活单纯化了，仿佛再没有多余的东西了，我不时的有一种奇异的感觉，以为最标本的战士应该是赤条条的一丝不挂，所谓战士就是意志与铁的坚凝的结合体。这显然是一种畸形的有缺憾的感觉，而我自己正在防备着这生命的单纯化，这过分的单纯化无疑的是从战争中传染到的疾病。"[①]丘东平的信提出了困扰他军旅生活的核心问题：一个战地作家如何超越被军纪规训、被爱国话语神圣化的战士身体，想象战争中存在的其他可能性？

胡风的回复至今已不得而知，也许他在这封信中会看到他日后提倡的"主观战斗精神"的种子——对丘东平而言，战斗的对象不只是敌军，更是战争境况对人的存在的限缩与异化。然而，以烈士作家身份被纪念的丘东平，却面临被标本化的危险：他克服"单纯化"战争规训的努力被他牺牲后那些真挚却急于定性、急于升华的话语所消解。本文将以二十世纪八十年代围绕报告文学《东平之死》展开的论辩为起点，重返三四十年代的历史情境与文本，讨论丘东平如何借频繁参与的油印实践和小说中闪现的生态视野突出重围，抵抗"战争中传染到的疾病"。在以下的讨论中，战士的身体既是生理性的肉身，也是承载战争符号与话语的容器，更是劳动、书写和想象

---

① 晓风编注：《丘东平致胡风的信》，《丘东平作品全集》，上海：复旦大学出版社，2011年，第707页。

的主体,在充满死亡与破坏的战争语境中,被消解、重构,甚至得以延展。

一、"东平之死":烈士的身体与文体

1984年,庞瑞垠发表在《当代》上的题为《东平之死》的报告文学,重新将丘东平作为烈士的身体推向前台,使之成为聚讼纷纭的焦点。小说以丘东平写给郭沫若的信中的一段引文为题记:"我是一把剑,一有残缺便应该抛弃;我是一块玉,一有瑕疵便应该自毁。因此,我时时陷在绝望中……我几乎刻刻在准备着自杀。"①小说结尾处,丘东平负责执行转移鲁艺华中分院同学的任务,这一过程中,整个队伍遭遇重创,自己也腿部中弹,怀着对伤亡学生的自责与一种不可名状的自毁的激情,丘东平举枪自尽。

这一处理旋即引起丘东平战友的不满。曾与之合作《给予者》的战友草明致信转载这篇小说的《小说选刊》,严厉批评道:"作为报告文学,在关键的地方是不能虚构的。特别是关系到死的性质的问题。本来是壮烈地死,却说他是'没有完成任务'而自杀,那无异给死者抹黑了。……这篇报告文学,写的是真人真事,但在关键的地方——死因是虚构,仅仅由于东平在某本书上的一段话,便揣测他受伤时动了自杀的念头而自杀,构思虽然别致,但是无形中侮辱了英勇的战士,东平不成其为东平了。"②作为进一步的证据,他附上了战友孟波的信件。然而,这封信却并不能肯定地排除自杀的可能,甚至暗含了反面解读的可能——论辩双方后来都征引了孟波的信件。草明与孟波都指出了庞瑞垠小说中的其他史实错误。《小说选刊》在登出这两封信的同时,也刊出了作者的回应。庞瑞垠将草明与孟波指出的其他细节漏洞解释为小说的虚构和艺术处理,却坚持东平自杀并非全无可能。复信的结尾意味深长:"寄上东平墓地照片两帧,苏北荒原上一抔黄土,东平静静地躺在那里,他是无愧的。"③仿佛用影像的沉默收束他的抗辩,暗示即便自杀,也无损一个战士的尊严——甚至反而是更广义的人的尊严的明证。

---

① 庞瑞垠:《东平之死》,《当代》1984年第5期,第178页。引文出自郭沫若《东平的眉目》,许翼心、揭英丽主编:《丘东平研究资料》,上海:复旦大学出版社,2011年,第178页。原载《东方文艺》1936年3月25日第1卷第1期。
② 草明:《草明给〈小说选刊〉编辑部的信》,《丘东平研究资料》,第109页。原载《小说选刊》1985年第8期。
③ 庞瑞垠:《庞瑞垠给〈小说选刊〉编辑部的信》,《丘东平研究资料》,第111页。原载《小说选刊》1985年第8期。

这场讨论随后引发了鲁艺华中分院的战友们对丘东平生命最后时刻的集体回忆：从当天的浓雾大雨，到丘东平的明黄衣装或新四军灰色军服与包枪的红布，从身受数弹或两个弹孔（在鼻梁？在太阳穴？），再到遗体上的鲜血。烈士的身体在集体记忆的争夺中既益发崇高又更加模糊。不少战友认为以自杀想象一个烈士的死，是一种"诬蔑"。他们列举种种不无矛盾的访谈、转述的证据，却无人亲见那致命的一枪，持论的依据只能回到对丘东平个性与精神状态的解读。例如，陈辛仁在《关于作家丘东平殉国情况的调查》中写道："我和东平的一些老战友，都知道东平是经历过海陆丰苏维埃的失败和国民党反动派的白色恐怖，经历过'一·二八'淞沪抗战的失败、福建人民政府的失败、察哈尔抗战的失败等千锤百炼的人，他的人生观是一息尚存奋斗不懈的，不能想象他因鲁艺分院在突围中的损失而自杀。"①他的回忆以革命的几度失败与重燃句读了丘东平始自1926年终于1941年的战斗的一生，代表了一种记忆或想象丘东平的方式。与之立场相反的小说作者将自杀想象视作"宁为玉碎"的性格伏线的自然延展，其思路实际是陈辛仁逻辑的背面。

本文无意论证丘东平自杀与否，事实上，上述种种莫衷一是正显现了在历史废墟中翻检真相遗骸的困难。这场论辩中关涉到对自杀的价值判断、报告文学想象的边界，乃至记忆的伦理等沉重的议题，亦超出了本文能够处理的范围。笔者试图进一步探讨的，是这篇小说发表三年后的一场论辩，如何将焦点从对烈士身体的最终诠释权，引向对于丘东平文体的病理性分析。

1987年，罗飞在《文艺报》上发表《从东平的"自杀"说到路翎的"发疯"》，批评严家炎《中国现代小说流派鸟瞰》将《东平之死》的虚构与史实混为一谈。在此文中，罗飞重点讨论了严文中的以下段落：

> "七月派"作家笔下的任务常常倔强而近于疯狂和痉挛，带有若干神经质的不可理解的成分。丘东平最早的小说《通讯员》里那位主人公，由于未能安全护送青年革命者通过封锁线，造成同志牺牲，良心受谴责，以致痛苦到竟然开枪自杀。（中略）所以如此，可能同七月派作家思想气质上存在一些不很健康的东西有关。丘东平和路翎早年都受了尼采思想的影响，丘东平本人最后也非如我们过去所说，牺牲于敌人枪下，而是眼见战友遇难内心痛苦万分，于是举枪自杀的（有篇小说叫《东平之死》，就写了这一事实），这种不很健康的思想气质，就使他们观察体验生活时，带有过多的主观色彩，甚至在某种程度

---

① 陈辛仁：《关于作家丘东平殉国情况的调查》，《丘东平研究资料》，第117页。

上扭曲了生活。①

其实从引文中不难看出,严家炎并未将《东平之死》的情节作为史实援引,值得再思的,却是他如何将小说风格作为七月派小说家"思想气质"群像的诊断依据,再由病理性分析反推出七月派作品的集体缺陷——"不很健康"的主观色彩对写实主义客观世界的浸染。严家炎在后来题为《论辩必须忠于事实》的文章中,进一步以路翎的《罗大斗的一生》为例,申说七月派小说中主观色彩对客观世界的入侵,导致了对典型人物形象统一的性格逻辑的偏离。② 罗飞的再回应,则除了进一步举证强调东平绝非自杀之外,将重点放在严家炎"不很健康"的观察。然而他回应的方式并非拆解严文中对丘东平小说风格的分析,而是以大量取自东平友人的传记信息,力陈其乐观坚毅的战士气质。③ 严家炎的批评与罗飞的反驳看似针锋相对,却都暗含了对"健康"状态和统一性的执着,也从反面呼应了东平对"单纯化"的警觉。我们如何在接收了错杂的线索之后,跳出记忆之争与传记化文本解读的死结,借由丘东平"痉挛性"的文字重新想象一种对抗"单纯化"战争疾病的健康?德勒兹的《文学与生命》中关于健康的辩证或许能提供一种思路:

> 作家之为作家,不是病人,而是医生,是他自己与世界的医生。世界是一组症候,其疾病与人融为一体。于是文学就显现为一种健康事业:并不是说作家必须身体健康(这个概念与所谓运动员精神一样暧昧)。他拥有的是一种不可抵抗而又精细脆弱的健康,这种健康源于作家的所见所闻——它们过于巨大、强力,其过程使他窒息,却又给予他生成的可能性——这种可能是那些占据统治地位的实体化健康所不能给予的。作家从所见所闻那里带回通红的双眼与碎裂的耳膜。怎样的健康足以将生命从禁锢于人,禁锢于机体与类别的状态中解放出来呢?就像斯宾诺莎脆弱的健康,始终见证着一种新的视象,对其过程保持敞开。④

---

① 转引自罗飞:《从东平的"自杀"说到路翎的"发疯"》,《丘东平研究资料》,第 127—128 页。原载《文艺报》1987 年 11 月 14 日第 66 期。原文见严家炎《中国现代小说流派鸟瞰》,《论现代小说与文艺思潮》,长沙:湖南人民出版社,1987 年,第 21—40 页。
② 严家炎:《论辩必须忠于事实——答罗飞同志》,《丘东平研究资料》,第 129—131 页。原载《文艺报》1988 年 1 月 9 日。
③ 罗飞:《先就东平问题答严家炎先生》,《丘东平研究资料》,第 131—136 页。原载《文途沧桑》,银川:宁夏人民出版社,2007 年。
④ 参考 Gilles Deleuze. "Literature and Life". Translated by Daniel W. Smith and Michael A. G. *Critical Inquiry*, Vol. 23, No. 2 (Winter, 1997), pp.225-230。

文学的健康,首先是对难以承受的病的世界的敞开;在丘东平,即是对战争情境的敞开。严家炎用以举例的《通讯员》正显现了这一种病与健康的辩证。小说中的通讯员林吉带着少年执行任务,少年却在途中因为经验不足而牺牲了。作者这样描述林吉报告噩耗的情形:"一个通知偶然遭了意外,其实这算得什么! 横竖这一辈是准备当'死'做出路的人。那负责的人,认为这样的事情是十分平常的,对于林吉,不但没有半点责骂,而且恳切地加以安慰。然而从此以后,林吉的心里便好像起了不可排解的苦痛,他的形状突然改变了。"① 这段话以自由直接引语开始,不言明主语,暗示了对个体死亡的轻忽隔膜是一种普遍态度。而漫不经心的语调,又显示出叙事者与这种淡漠的生死观之间的距离。隔膜之隔膜造就了这篇小说简洁锋利、近乎冷酷的文风,以及不时闪现的道德悲剧激情而晦暗的火光。在故事临近结尾处,邻居为林吉讲述了一个几乎与林吉的经历平行的故事——只是在邻居的故事中,被战士保护的少年得以存活。邻居却补充评论道,如果易地而处,"我一定给一枝剑子结果他,——留了他有什么用呢?"② 恰恰是周遭这种为战争所形塑的对生死的淡漠、战争机器对身体的征用以及"用"以外价值的空无,造成了林吉无法言明的痛苦。林吉执着于追问少年的名字,寻找他的朋友,复述他的死状,试图恢复他作为个人的面目。"他是病了。"可这种病也许恰恰是在对抗德勒兹所谓"占据统治地位的实体化健康"。

　　死亡与死亡的结构化、数字化是战争最后的疾病,也是丘东平一再回返的主题。他的态度却并不固定。在 1937 年一篇题为《神圣的死》的通讯中,他痛惜战友之死,谓之"神圣",并向战友的亡灵宣誓自己献身的决心。③ 而在早先的一篇模糊了小说与散文诗边界的《申诉》里,他则以战死者的视角思考死亡背后的欺骗与欺骗之必要:

> 我们不要说死亡的结果是痛苦,我们要说死亡的缘由是振奋,是义勇,是伟大的中华民族的灵魂之跳荡!
>
> 然而,不是慰解,这是欺骗。
>
> 是的,没有慰解不是欺骗,然而欺骗在我们的需要正如饥饿之于食粮;要

---

① 丘东平:《通讯员》,《丘东平作品全集》,第 68 页。
② 同上书,第 71 页。
③ 丘东平:《神圣的死》,《丘东平作品全集》,第 614—615 页。原载《光明》1937 年战时号外 4。这种表述也呼应了本专辑周迪灏在《武器与幽灵》中讨论的通过召回"英灵"参与共同体建构的努力。

是食粮的欺骗可以令我们忘掉饥馑啊,我们之切求慰解,也正是饥馑之切求食粮。①

即使承认了欺骗性慰藉的必要,他仍没有放弃质问战争对生命和意义的消解:"战争,这是涂着什么颜面的东西?在算术的演式上,这是抱着众多的数目去乘一个零,要不然,就是(3+2)-5的这个最愚笨的玩意……"②他试图重新以感官体验唤醒意义——死亡不再意味着感官的寂灭,反而成为更加灵敏的感官的延伸,与土地和海洋融为一体:

如今,千金之金躯已成腐烂,群蛆在这里大开盛筵!是地面,还是海洋?然而地面,地面,愿你也要裂开变成海洋!我要远掷了,可怕的残骸哟,我要远掷你于海洋;狂涛与骤浪,快来淹卷!

然而我呢!我是死亡中之感觉,感觉中之死亡!有如舌之尝味,指之探汤;死亡寓于最灵敏的感觉,死亡于我的感觉竟是这么清晰,明显,一丝也不漠然!啊,感觉,感觉,愿你也跟随死亡一体被葬!

……神之巨灵:愿你以权威的臂膀开创死亡中之死亡;不要减轻死亡的痛苦,宁以痛苦加重死亡!③

渴望以死亡加重死亡,是恐惧民族主义的神圣话语与庞大的伤亡数字消解了个体死亡的重量。他一再提醒读者战争的物质性,尤其是中日军队装备的悬殊:

战争所临于我者是凶狂的巨炮,我呢,只是一杆破旧的步枪!战争所临于我者是暴烈的飞机,我呢,只是一杆破旧的步枪!战争所临于我者是残酷的达姆达姆弹,横行无阻的坦克,威猛莫敌的火焰机与毒瓦斯,我呢,只是一杆破旧的步枪,……④

东平的文字揭露了战争中的死亡政治:士兵别无选择,只能与他的步枪合而

---

① 丘东平:《申诉》,《丘东平作品全集》,第493页。原载《现代》1934年第5卷第5期。
② 同上书,第494页。
③ 同上书,第493页。
④ 同上书,第495页。

为一,成为战争机器的零件的同时,亦为战争机器所碾压。个体死亡发出的呐喊让我们重返《通讯员》时,更觉其题目的意味深长——通讯员不仅传递情报,也承担死亡的消息与重量(或虚无),他以语言一再重演少年的死,最后以终结生命回应那不可承受之轻。他"痉挛性"的自毁,也使他如《申诉》中的战死者一样,成为"死亡中之感觉,感觉中之死亡"。而对于几度担任通讯员和宣传员的丘东平,身体的延伸不仅有那一杆"破旧的步枪",还有传递信息、延伸感官的工具——油印机。以下的一节,将讨论丘东平如何利用战地油印报这一与身体紧密相连的低端媒体技术,在战争体制内部寻找空间,思考和表达机械而又流动的战士身体。

二、战地油印术:作为媒介的宣传员身体

油印术早在20世纪初已在中国流行,用以印制讲义、文件、传单以及小型报刊。20年代不少教育刊物已经登出了自制油印机和油墨的指南。战争期间,油印小报成本低廉,油墨易得,器材便携,因而大量涌现,成为军队与战地文艺工作者常用的宣传工具。这些油印刊物多为手工刻字,人力翻印,与操作者的肢体紧密相连。油印术对技术要求不高,却也需要一定的训练。许多战地刊物开始对油印报刊的必要性与特殊性展开讨论,并提供技术指导。1939年山西一份油印刊物《战地动员半月刊》(见图1),就刊登了题为《技术研究——关于油印术》的文章,开篇

图1 油印刊物《战地动员半月刊》

即强调了油印对于西北战地的重要意义:作为文化中心的大城市相继沦陷,印刷事业也遭受摧残。文化的发展却借此契机,"粉碎了御用的宝座,开放出民主的鲜花"。为了适应艰难的战时环境,油印成了主要的宣传形式。"尤其在地瘠民贫、文化落后、交通不便的晋西北,油印更是唯一的印刷工具。"①

这种战时油印文化,可以放在国际语境中考察。仅以美国为例,二战期间,世界上最大的油印机制造公司 A.B.Dick 就推出了一系列介绍油印机在战时宣传与输送情报等功能的广告。1943 年,美国诗人威廉·艾弗森(William Everson,1912—1994)在拒服兵役者的工作营里,以一台油印机制作诗歌刊物《非潮》(Untide),也出版了他个人的诗集《X 战争哀歌》(X War Elegies)。20 世纪 60 年代民权运动期间,轻便价廉的油印机又一次扮演了重要角色。美国"争取民主社会学生组织"(SDS)将油印机称为"我们的奠基人"。② 从 20 世纪 60 年代到 80 年代,美国的地下诗歌界也发起了"油印革命"(mimeograph revolution)。油印"小杂志"手工制作而略显脏乱的质感以及排版的自由,都与地下诗歌的反叛美学相辉映。③ 由此,油印技术展露出体制内机械复制与反叛性地下作业的双重潜质。

在战时中国,质量较好的油印机和蜡纸主要从日本进口。据 1938 年出版于上海的《商情报告》,战前市面上的油印蜡纸市场主要由日本的堀井誊写堂及后来出现的本土蜡纸厂勤业割据。而战争导致后者停产,使前者再度几乎垄断市场。④ 而油印作为民主表达技术这一观念的扩散,也与日本文学与运动实践相关。《新流月刊》就曾在 1929 年刊登了夏衍翻译的日本左翼作家林房雄的小说《油印机的奇迹》,讲述油印技术如何帮助解放日本无产阶级:"工会的新闻,研究会的教程,拿进工场和车库去的传单,贴在墙壁和电柱上的那些'反对帝国主义战争''打倒建国会'的小型标语……不论什么都可以从这件器具产生出来。当然,要将蜡纸的切法,油墨的调法,滚筒的转法等等完全弄熟,那是每天工作也非一礼拜的练习不可。但是,只要这一点时间,就可以成为一个熟练工人而获得参加'神秘出版工人工会'的资格,那还不是很好的事吗?"然而相对较低的技术门槛与较重的肉体

---

① 博风:《技术研究——关于油印术》,《战地动员半月刊》1939 年第 7 期,第 38 页。
② John McMillian. "Our Founder, the Mimeograph Machine: Participatory Democracy in Students for Democratic Society's Print Culture," *Journal for the Study of Radicalism*, 2009, Vol.2(2), pp.85-110.
③ Stephen Clay. *A Secret Location on the Lower East Side: Adventures in Writing, 1960-1980: A Sourcebook of Information*. New York: New York Public Library and Granary Books, 1998.
④ 《战后蜡纸市况》,《商情报告》1939 年特 24。

劳动的维度紧密相连。林房雄这样描写两位印制结党大会传单的工人:"蜡纸不知换了几次。包着手巾的头上,好像变成了石头一样,两手渐渐的发抖,滚筒好像变了一副手铐。印了不到五十张,贵重的蜡纸立刻破碎。眉毛的里面好像针刺一般疼痛,跌倒三次,爬起三次。到了还剩三百张的时候,两个人终于不能动了。"①讽刺的是,林房雄三年后即宣布"转向",拥抱了帝国话语;而油印技术则在中国广泛流行,成为抵抗殖民扩张的武器。

陈灵谷在关于丘东平油印实践的回忆性文字中,也屡屡提及丘东平所投入的身体劳动。早在1926年,十六岁的丘东平之所以被选入海陆丰苏维埃革命的队伍,就是因为他能写一手好字,适合宣传工作。他在共青团海丰县地方委员会担任技术书记,负责抄写、油印、发行等宣传工作,其工作的重心则是编辑团委刊物《海丰青年》。"《海丰青年》是油印刊物,每周一期,篇幅虽不大,而要求颇高,版头要图案,重要文字要花边,空白要插图,全版蝇头细字,要求明白清楚,东平对此认真负责,埋头钻研,不避辛劳。常常因刻得不好,毁了再印;印刷不好,毁了再印……"1931年,丘东平随翁照垣麾下的十九路军一五六旅参加了'一·二八'战役,再次被赋予油印刊物《血潮》的任务:"有一天,丘国珍叫东平和我到屋子里谈了一下,要我们出版一份战地刊物,报道全线抗战动态、国际国内重要新闻等等,目的是鼓舞官兵抗战情绪,帮助各级官兵认识抗战救国意义。"这份刊物每周一期,每期先出一千份,油印效率许可则可多出。"蜡纸、墨油、纸张,均由军需处提供。"对于已经有办《海丰青年》经验的丘东平来说,操作起来非常熟练,"很快就把第一期的《血潮》编印出来,分发到司令部和三个团去了"。②

1944年发表在湖北刊物《诗丛》上的一首《老佟和油印机》,可以帮助我们想象作为战地油印宣传员的丘东平的工作状态。这首诗以其平铺直叙的写实主义,为读者复现了油印的动作、小报的题材、散发方式与功能,以及油印者与油印机的关系,值得作为史料全诗摘录:

老佟/住在破庙里/伴着一架油印机/手在不住的写/忙坏了一枝笔

老佟/把我们士兵的忠勇事迹/敌人的暴行/简短的消息/用心地/织成了张张小型的报纸

他的脸上满沾了油墨/[　]冰了四肢/他走到山谷里/拔把野草/拾些柴

---

① [日] 林房雄著,沈端先译:《油印机的奇迹》,《新流月刊》1929年第3期,第402页。
② 陈灵谷:《忆东平》,《丘东平研究资料》,第16页。

枝/点上暖烘烘的火/老佟又吃劲地干起

　　深夜/老佟伴着油印机/滚动着油轴/小小的报纸/一张张地从油印机里吐出/老佟的嘴边泛起了笑/一盏摇晃的菜油灯/也在高兴地跳

　　老佟把报纸背在肩上/偷偷摸摸地/散发到沦陷区群众的手里/这老佟心血的结晶啊/如燃烧的种子/播种在广大群众的心理/把每个人的抗日烈火燃起

　　老佟/是军队的耳机/是群众的导师/如一颗明亮的星星/闪耀在没有月亮的夜里/他是一条情感的链子/把千万颗群众的心/紧紧地串在一起

　　鬼子来了/老佟把钢笔蜡纸/急迫地收拾便溜之大吉

　　鬼子追在屁股后头了/老佟得拼命地跑/他丢了身边的衣服/饭包/油印机却亲密地搂在怀抱/你若说有点傻气/他却得意地朝你笑/"性命可以不要"/"油印机我却不能丢掉!"①

　　不难看出,油印小报一方面是整个抗战话语生产、传播的关键的一环,另一方面也依靠个人独立完成。老佟"脸上满沾油墨",其肉身与油印机紧密相连,组成地下通信网络一个移动的有机单元。诗中有一个细节或许会使今天的读者费解:为什么称老佟为"军队的耳机"呢?1939年一期《工作与学习/漫画与木刻》上刊登的《试办小型油印报的经验》可以为我们解惑——为了充分发挥油印小报的通讯功能,油印机往往和无线电台、无线电收音机结合使用,为偏远地区提供最新资讯。当然,这种结合也绝非毫无缝隙,尤其在战地或游击区,"中央社的电稿当然无法获得,军事长官的无线电台,除有特殊关系外,也很难允许每天收新闻电报来供给办报,一则因为有无线电的人对新闻的需要已不很迫切,二则是无线的收线员在紧张和疲倦的工作以外决不愿意再收新闻电"②。这就要求编辑油印"自由报"的宣传员寻找一切机会通过电台和收音机获取信息,使得办报成为需要调度视觉、肢体和听觉的全身心劳动。

　　丘东平所办的《血潮》,除了参谋长丘国珍要求的国内外新闻和首长讲话外,也设有文艺栏目,刊登诗歌、散文、通讯等。虽然战友们对这份日报多有好评,表示"官兵们都受到鼓舞",丘东平自己对这份宣传工作却怀有复杂心情。这种心情在"一·二八"战役发生后两年发表的那篇《申诉》中可以一窥端倪:身为宣传

---

① 蒂克:《老佟和油印机》,《诗丛》(恩施版),1944年第3、4期。
② 国新社:《试办小型油印报的经验》,《工作与学习/漫画与木刻》1939年第1期,第6页。

员的他,一方面深知宣传的重要,一方面也不能不质问自己是否也参与了死亡的"欺骗"。他在1937年发表的《一个最雄辩的史实——纪念一·二八》一文中这样回顾办《血潮日报》的经验:"[我们]拼命地把战争的场面摆在我们的将士的面前,并且疯狂地作了许多空泛而无实据的预言,——用我们的血和肉吧!敌人的飞机,坦克车,有什么可怕呢!胜利终于在我们的手上。我们在报上这样写着。再觉得无可凭藉的时候,就提出'决心'二字。报是每天不间断的出版,都送到各团的部队里去,但对士兵们说这样的话不是等于一个骗子么?"①出乎当时的丘东平意料的是,中国军队竟然真的在这一战役中、在装备悬殊的情况下战胜了敌人。但他并不认为这是战争话语宣传的功劳,而指出"决心"之"玄妙而难以捉摸",强调这一"血与肉"的史实要求超出语言的直接体验:"是的,这是一个最雄辩的史实,但这史实一在我们的论证之下,总是摆出阴惨脆弱的面孔不耐究问,似乎一经究问,它就要哭出来了,——请用最单纯的情绪来接受这里面宝贵的教训吧!"②这是一篇发表在全面抗战爆发后的宣传文字,"雄辩"之中却不乏缝隙:时而操演着恢弘的战争话语,时而质疑语言的"阴惨脆弱",将胜利诉诸一种近乎机械的生存本能:"他们只要和敌人相见,他们就把敌人打败了!"③

一个战地宣传员如何在话语与身体的裂缝中找寻个体表达的位置?又如何同"老佟"一般,成为"一条情感的链子"?《血潮汇刊》上刊登的宣传员分发报纸(见图2)与士兵在战壕中亲密无间、集体看报(见图3)的照片,展现出油印刊物

图2 宣传员分发报纸

图3 士兵在战壕中亲密无间、集体看报

---

① 丘东平:《一个最雄辩的史实——纪念一·二八》,《丘东平作品全集》,第670页。
② 同上书,第671页。
③ 同上。

营造集体氛围的理想功能。"士兵生活"栏目里刊登了一个小兵描述自己如何被迫与一群"没受过教育"的战友分享报纸的身体感受:"平时有许多报纸丢在地上,没有人看。等到我拿一张来看时,许多兄弟都围了上来,有的把两[支]手压在我的背上,有的把鼻孔靠近我的耳朵去吹气,有的还要大声把报纸上的字念了出来……"①而另一期的通讯则为我们揭示了编者与读者之间的张力:"士兵生活"栏目刊登了丘东平所写的《盟约》,大意是战友们虽然相互约定不得放纵情欲,手淫或"吊膀子",却又一次次情难自禁地破戒。文章甚至细致描绘了他与陈灵谷如何不能自已地跟踪一位妇人,反复用警诫的权威压制情欲,又反复在重温盟约的同时"想起犯罪的事"。②这篇小文很快引起了读者的不满。一名署名为"退出了散兵沟的一个小兵"的读者投书《血潮》。他首先正面评价了《血潮》的宣传功能,肯定编者"时时把精神和光阴来牺牲在血潮上面,去指导我们的精神安慰,启发我们的智慧进步,和鼓舞我们的勇气运动……"接着笔锋一转,开始批评复刊后发表的"不三不四的文字":"在这外患益迫,内乱益炽,国家垂危的当儿,全国军民正应该努力于溅血成潮的准备的时候,谁有那么多功夫看你们这些龌龊生活的记载呢?"来信呼吁编者多用浅显的语言"介绍些国际政治的军事和卫生的消息和常识",停止眼下的精神污染。③值得强调的是,《盟约》一文并未歌颂情欲,而是将盟约的破坏解读为"健康"而克制的士兵身体与"不健康"的欲望之间的持久搏斗,而非提供一劳永逸之法。这种战争意义上"不健康"的挣扎,反而创造出文学意义上的"健康"。与这封读者来信一同刊出的是编者所写《我们的回复》,强调理性与欲念的冲突,是文学亘古而伟大的主题,不能斥为"龌龊"。这篇回复也反省这样的文字对于缺乏文学素养的士兵而言"稍为深刻一点"。④丘东平重现战争身体规训的《盟约》,却遭致了接受精神规训的"小兵"的抵制。而丘东平的亲笔刻印、复制这次书信往还,则从形式和内容两个层次上都将战争与宣传的身体维度推至前台。

战地宣传员的个人身体通过油印技术和眼耳手及全身心的劳动得到延伸。油印媒体既是政策指令上传下达的信息通道,宏大话语与个体叙事之间的中介,也是

---

① 陈灵谷、丘东平编:《血潮汇刊》,第十九路军第七十八师第一五六旅司令部,南星报社,1932年,第139页。
② 同上书,第142页。
③ 同上书,第149—150页。
④ 同上书,第151页。

战士与战士之间想象共同体的纽带。在聂绀弩对丘东平的回忆中有一个饶有趣味的细节：丘东平将他们在马背上写小说的日常实践比喻为"开邮政局"。① 战地作家的身体成为信息流通的媒介，收信寄信的忙碌工作耗费了他创造的能量，而他则试图在充满规训的战争机器中寻求一点能动性的余地。遗憾的是，他向战友、读者们寄出的"挂号信"却未必有人签收。战争令他不断与他者相遇，在"我"与"非我"及"无我"之间彷徨，而他选择将目光投向另一种他者的生存与死亡。

三、动物之眼：战争身体的生态维度

> 风，你平静了一点吧！
>
> 哎，我养身的故土，我朝夕常见的树林与原野啊，你们都不许再会了么？天呀，把这椒辣的灰尘拨开一点吧！然而，那是云呢？还是落日的光呢？那是星河呢？还是月亮的白脸呢？——生疏，生疏得很！那苍郁的，平淡的，是远远的山么？啊，我的归路在那里？那永远也无从寻获的么？
>
> ……我的眼睛告诉我说：你全身都死了，仅仅死剩一副眼睛！②

这是1934年丘东平发表的一篇题为《骡子》的小说的开头，乍读之下，叙事者似乎是荒原上疲惫而无望的旅人。读者受邀进入他逐渐麻痹的感官世界。直到一个突兀的句子出现——"好了！我的主人就在这里了！"③——读者才猛然意识到，原来从开头至此的"我"皆是题目中的骡子。然而，这无目的的漫游，以及与主人的相遇，似乎也只是骡子的梦境。在故事的第二节，"我"如梦初醒，被一群孩子好奇地探看，又被途经的成人嘲弄、虐待。孩子们的试探虽然残酷，却到底承认了它将死的事实，大人们则用种种方式回避它的困境，想将它重新收编利用，从而加重了它的痛苦。看到它的被磨得和纸一样薄的蹄子，路人评论道："这只骡子一定病了。这是天下最奇特的病……患了这种病的骡子最喜欢跑路，因为它要利用路上的砂石来磨掉它的蹄，它的病，就好了……"④这是怎样的一种病呢？是连骡子都不能幸免的战争病——读者被告知，这是一匹超负荷载物而致精疲力竭的骡子，被

---

① 聂绀弩：《给战死者》，《丘东平研究资料》，第4页。
② 丘东平：《骡子》，《春光月刊》第1卷第1期，第121页。
③ 同上。
④ 同上书，第124页。

不再需要它的中国军队留在了路上。骡子陷入昏迷之际,又被棍棒打醒,新的行凶者出现了:"那是另外的一个人。他的身裁是异乎寻常的高而又异乎寻常的消瘦,绝不像我一向在长城以南所见的中国军或中国军的敌人;他是从草泽中爬出来的巨蟒么?"这无法定位的行凶者,使接下来细致描绘施虐过程的段落又蒙上了一重未知的恐怖。在虐待骡子的过程中,行凶者也向围观的孩子们解释了自己同样"非驴非马"的身份——他是一名准备投靠日军的中国区长。这名叛逃者,本想利用骡子载他到日军占领的承德,发觉它的无用后,就要将它虐杀致死。丘东平细致描写了骡子濒死时陡然敏锐的感官,使人想起《申诉》里那无名的战死者:

> 我的眼睛冒出火焰,我的颈项颤抖得好像弹簧;死了,这下真的死了!我竭尽全身的力来忍受死亡的痛苦,——痛苦啊!我忍受痛苦的牙齿交碰得几乎碎裂了。
>
> 然而,死亡绝对不是晕沉,死亡寓有最清楚最灵敏的感觉,——死亡的痛苦于我的感觉竟是这么显明而不模糊。①

丘东平在《申诉》借战死者之眼,在《骡子》借骡子之眼审视战争,既熟悉又隔阂,相通之处,就是这死亡所寓有的"最灵敏的感觉"。骡子在死前哀叫:"人啊!骡子啊!……日本人啊!中国人啊!"作者在此特地注释道:"这里所谓的日本人,是今日屠杀中国人的日本帝国主义及其爪牙;这里所谓中国人,是奴隶,是低等华人,然而绝不是峨冠华服的高等华人。"②行文至此,已经不难把这篇小说读成一则战地寓言了:身为"奴隶"的"低等华人"如同骡马,既受腐败的"高等华人"驱驰,更受日本人压迫虐待……然而作者旋即写道:"中国人虽然做了日本人的骡子,却没有骡子的耳朵;没有骡子的耳朵,就听不出骡子的声音。"③骡子的哀叫不为周遭的人类所理解,骡子之死到底不能简化为人类的寓言。故事并没有就此结束,在最后一节里,或许是骡子弥留之际的幻觉,场景又回到了它在中国军队里的日子:它和同伴互相张望彼此背上枪弹、铁丝网、地雷、无线电机、手榴弹等战争物资,艰难而懵懂地、无止境地向前走着……不以骡子之死而以骡队的行进终结,或许带有战斗仍在继续的积极意味,然而开篇至此所揭示的骡子的悲剧,却给这行进的队伍蒙

---

① 丘东平:《骡子》,《春光月刊》第 1 卷第 1 期,第 127 页。
② 同上。
③ 同上。

上了阴影——战争中被征用的身体仍逃不脱消耗品的命运。

在这个故事的完稿最终发表在《春光》之前,开头的段落已经出现在1933年的《万马周报》上,题为《骡子的自述》,开篇却是以作者口吻所写的"附记":

> 这只骡子,缠在河北燕郊镇张姓的人家,每日从燕郊镇承载客人至高楼,三河,邦均,别山等地方,赚一点脚力帮助它的主人维持全家的生活。后来它给中国军拖去抗日。它在中国军的行伍中拉重车,尝尽了千辛万苦,直至劳悴而死;但是它终竟也不明白抗日是什么事情,它无日不在疑心中国军所干的到底是什么大事!中国军叫它拉重车,绝不许它停息片时,那到底是为要干什么大事儿至于这样跋涉的呢?但是,一到前线,中国军却把它所运载的东西,完全白丢,重车上的物品,从也不会被人用过,日本军一来,连手也不摩它们一下,放一把火就给焚毁了!这样的事情,直到它死了,还是不了解的。①

这个附记为《骡子》的主角作了小传。作者追踪这只骡子的一生,包括它投身"抗日"之前的劳动与旅途。而部分中国军在长城以北的抗战期间的不战而走(作者参加了热河战役),更使骡子之死显得徒劳而荒谬。《附记》中还写到长城以北的人民,他们"困倦,疲乏,忧郁,悲惨",却也无法理解抗日的意义。像萧红《生死场》里所写的,他们"忙着生,忙着死"。虽然这未必是直接批判"国民性"的麻木,读者却难免将骡子的徒劳之死与懵懂受难的民众相联系。1934年这篇小说在《春光》发表时,作者删去了这篇附记——由此造成了前文分析的叙事者"我"的模糊所指。由此,人与骡子在表意上的等级被取消了。骡子不再被视作生产与运输的工具,阶级的标识,或是理解人的中介,而被视为同样卷入战争的个体。当人的战争被置于背景,骡子受虐的哀叫被推至前台,战争中为人们所忽视的动物非工具性的面孔也由此浮显。

在两年后发表的更具寓言意味的《慈善家》中,被无所不包的战争生态所席卷的生存状态则被描绘为"生活在一个最毒的杀身的鬼计里面"。在这个故事里,"慈善家"从孩子们那里买鸟放飞,而孩子们为了活捉美丽的、值得放飞的鸟类,在临近的树林里展开了一场鸟的屠杀。在这个故事里,战争语言无处不在。孩子们捉鸟屠鸟时,"严肃地学着兵队的沉默"。叙事者评论道:"人类对于自然,果然是

---

① 丘东平:《骡子的自述》,《万马周刊》1933年第2期,第20页。

取着残酷无情的战斗的形势,一种猎获品所加于战胜者的益处,正如盈篇累牍的史书的所载,是那样的广博、高深而且巧妙。"①和骡子疲惫的身体一样,每一只鸟的形态都得到工笔细描,迫使读者正视它们的肉体存在——尤其是它们濒死的瞬间。鸟类的美丽与残酷的命运紧紧缠绕,丘东平的文字惊心动魄:"它的神态越发美丽,而它的必将到临的厄运,就越发无从挽救。这是一种火的燃烧的,极端短暂的过程,手也不能把捉,情意也不能叫它多做停留。"②林中鸟一只接一只地死去,整座森林都成为共谋:"它是那样的活泼、生动,在那丛密的浓荫里流窜不歇,仿佛是这座树林的脉搏……使一些洁身自爱的寄生者们也要承认自己并不是和一切的丑恶绝然无关;到了他们也作为一种材料,和别的旧有的材料一起,在生物界的语言中让人喋喋不休的当儿,究竟哪一方应受无情的鄙薄,恐怕其中揭发这或辩护那的凭证,也就不大有用!"③一个含纳万物的生态圈于焉成立,各种生灵都成为它的"材料",预示了一触即发的全面战争。小说以孩子们向慈善家保证明天仍有小鸟供他放飞收尾,暗示了黑暗的绵延、杀戮的循环。

在上述直接聚焦人和动物互动的小说之外,丘东平的其他作品中,也不时出现动物意象,将战士身体置于一个敌人并未现身却同样复杂而危险的生态之中。发表于1935年的《兔子的故事》以一个老兵的声音开篇,邀请读者共同想象一座树林:"山谷,小河流,桥子,——还有,将近落山时的赤烂烂的太阳,半夜里朦朦胧胧的小月亮……这些,不但要叫你去听,而且要叫你去想象[……]这树林,他还可以确凿一点说,正和他们村子背后的树林一样,有着高高的鸭子树;旁边是一个小小的池塘[……]听到了小鸟儿从那黑黝的浓荫里拍着翅膀突然惊起的声音,是觉得尤其相像的。"④随着故事展开,读者意识到他的听众是一群即将入伍的新兵。在老兵讲述的故事中,一个被消了差的士兵,在寻访染上瘟疫去世的战友坟墓时,意外发现战友的遗体由于没有棺椁,且被浅浅掩埋,已经被狼翻出咬烂了。他将此事上报排长,却在无意中揭露了排长贪污士兵埋葬费之事。排长将他骗入树林抓"兔子",将他当作诱捕逃兵的工具,最终将他与逃兵一起击毙。

士兵逐渐接近真相的过程触目惊心:"他的坟墓,高高的像一条番薯畦子,头上插着一枝杉木板子,在未曾加以刮光的板子面上写着——什么名字呀?那是

---

① 丘东平:《慈善家》,《丘东平作品全集》,第97—98页。
② 同上书,第98页。
③ 同上书,第99页。
④ 丘东平:《兔子的故事》,《文学季刊》1935年第2卷第2期,第433页。

过后就容易遗忘了的。上面的草皮是枯死了。远望着像毛毡子一样的红。不，似乎上并没有什么草皮，那红色的也许就是那新制的棺木的盖子。——但是，不呀！……一架赤烂的尸骸！"①而老兵讲述的最后一幕，则将病死的士兵、"牺牲"的士兵与逃兵的坟墓联系在一起："又有了两条新的番薯畦子，远远望去像红毛毡，赤烂烂地。——那边的狼是最凶的。……"②三者的尸身被同样轻忽地处理，成为野狼的食物。他们都是战争食物链中的"兔子"——这甚至超越了比喻层面，而是在界线模糊的人界与兽境中同为弱者的亲缘性。这种亲缘性同样存在于成为"死亡之感官"的战死者与骡子之间。在《兔子的故事》中，讲故事的老兵的声音，与寻访坟墓的老兵视角有时难以分辨。讲故事的老兵对那两座新"坟"的记忆，暗示了他也曾寻访了战友葬身处。而为我们写下这个故事的丘东平，也和笔下的两个老兵一样，是个执拗的寻墓人。作为开篇的亲切而危险的森林，以及反复出现且极具视觉冲击力的"番薯畦子"，使这个故事的意义，不再限于揭露军队内部腐败，而也邀请读者进入战争的黑暗丛林，直视那"赤烂"的土地——那或许就是战争的本相。至此，丘东平从机械化战争中突围的努力又展开了新的维度——一种与人类冲突紧密相连却又无法被其完全包裹的生态维度。

彭燕郊在回忆丘东平时曾写道："对于东平，战争不是一种题材，一个故事，战争只是生活，即使是被扭曲了的生活，也还是生活。"③对于从少年开始东征西走的丘东平而言，战斗并非一种特殊状态，而成为生活的常态。在对敌作战的生活中，他也对僵化、窄化、或曰"单纯化"的战争疾病发出挑战。战士肉身之躯在死亡面前并不能比东平笔下的动物获得更多优待，而借由油印小报这一流动的媒体以及文学创作的"邮局"，东平将身体接入了巨大的战时媒介网络；借由想象的动物之眼，他又揭示了战争与生态之间的频繁遭遇与隐秘联结。置身于动员强健战斗力的主流战争话语之中，丘东平在积极战斗的同时却频频将诗性的目光投向了脆弱及其生命力；在他创造的更为广阔的语境里，他却再次确认了人的限度。或许，本文所撷取的丘东平写作生涯的两种进入方式——油印技术与生态视野，既是一个士兵的突围，也是他的困守。

---

① 丘东平：《兔子的故事》，《文学季刊》1935年第2卷第2期，第434页。
② 同上书，第435页。
③ 彭燕郊：《傲骨原来本赤心——悼念东平》，《丘东平研究资料》，第67页。

武器与幽灵：当代科幻小说的历史经验与想象

■ 文／周迪灏

  2019年春节档上映的科幻电影《流浪地球》在创下票房纪录的同时也在公众舆论激起了争论。一方面，"地球逃离太阳系"的宏大格局、成熟的电影特效等赢得盛赞，评论者庆祝中国科幻电影制作水平终于到达世界级；另一方面，由于《战狼》男星吴京的出演，以及片中"拯救地球"的故事主要围绕几位中国角色展开，有批评讥讽该片为"太空战狼"，认为其泛滥着肤浅、娱乐化的民族主义。这些意见看似对立，其实分享同一观察基准。无论是认为影片制作表明中国文化工业在资本投入和技术运用等方面已在全球市场竞争中位列前茅，还是将地球文明存亡的构想规模归于中国文化思考"人类命运共同体"的超然关怀，又或是批评影片鼓吹了伴随"中国崛起"而出现的自我中心意识，这些评论都将影片视为某种"中国"经验的聚合物。在这一意义上，将叙事设置于未来、想象并不存在的事物的"科幻"文类似乎透露出自身的矛盾性：其接受往往并没有将受众的注意力引向浩渺的未来或未知的他者，却重新导向当下和自身。围绕《流浪地球》的争论竞相呈现出把握当下中国整体图景的企图，也许是因为科幻文本既产生自特定的历史条件下，又试图将历史重新编码。诚如詹明信（Fredric Jameson）所言，我们的想象具有"无法逃脱的情境性"（inescapable situatedness）："通过想象那最遥远而陌生之事物来逃离当下的急切企望实际上比任何事情都更具有意识形态性而作茧自缚——这些想象的贫乏只暴露出我们局限的经验和想象外在于自身事物的无能。"①

　　如果 2015 年刘慈欣凭借《三体》获得雨果奖,以及 2019 年改编自其作品的《流浪地球》取得票房奇迹标志着近年来"中国科幻"在大众舆论中的崛起,那么必须指出这些作品其实都来自上一个十年:《流浪地球》原著发表于 2000 年,而《三体》自 2006 年开始在《科幻世界》连载。彼时的科幻在市场或文坛上都位处边缘,如同科幻作家与学者飞氘所形容,仍是一支"寂寞的伏兵"。② 但科幻在中国并非一贯蛰伏而不为人知,远有清末民初被视作启蒙救国一途而广为传播的"科学小说",③近有"文革"后登上《人民文学》的《珊瑚岛上的死光》(童恩正,1978) 和《黑影》(叶永烈,1981)。叶永烈的代表作《小灵通漫游未来》(1978) 印数更以百万计。彼时正值历史转折之节点,国人对于"未来"和"现代"的热望所引发的科幻潮流,恐怕不逊于今日电影工业大制作所收获的青睐。④ 科幻的蛰伏和勃兴促使我们思考该文类对于未来的想象如何创造性地转化而又不可避免地受限于其身处其中、念兹在兹的历史进程。⑤

　　与武器有关的想象经常是科幻思考、展望技术进步及其后果的重要载体。中国科幻的历史中,从晚清"中体西用""师夷长技以制夷"的富强求索到当代对冷

---

① Fredric Jameson, *Archaeologies of the Future: The Desire Called Utopia and Other Science Fictions*, London: Verso, 2005, pp.170-171.
② 飞氘:《寂寞的伏兵》(2010 年复旦大学"新世纪十年文学"国际研讨会发言稿),飞氘新浪博客,http://blog.sina.com.cn/s/blog_53d0e8e10102v2qm.html,2014 年 10 月 17 日,2019 年 4 月 20 日访问。
③ 关于清末民初科学小说的研究,可参见王德威著:《被压抑的现代性:晚清小说新论》,宋伟杰译,北京:北京大学出版社,2005 年,第五章"混淆的视野"。最近的讨论参见 Nathaniel Isaacson, *Celestial Empire: The Emergence of Chinese Science Fiction*, Wesleyan University Press, 2017。
④ 韩松:《〈小灵通漫游未来〉与中国现代性》,《文学》(2017 春夏卷),上海:上海文艺出版社,2017 年。
⑤ 必须指出,"科幻"并非具有不证自明的文类(genre)身份。如学者里德(John Rieder)指出,科幻的文类身份是历史性的、变动的,不具有内在的性质与统一的起源。理解科幻的文类身份,需要考虑到具体语境中的大众出版/文类系统、实践共同体(比如作家、粉丝、批评家、学者等)的行为等因素。一些文本之所以为"科幻",也是"科幻"历史本身需要关注的问题。本文暂时悬置"科幻"文类身份的历史性问题,而接受已有基础的关于"中国当代科幻"的共识。本文所选择的文本,都是中国当代科幻两个最重要时期("文革"后到 1983 年,1990 年代中期至当下)的代表作。参见 John Rieder, "On Defining SF, or Not: Genre Thoery, SF, History," *Science Fiction Studies*, 37. 2 (July 2010), pp.191-209。

战、后冷战国际政战秩序的想象,对武器的关注同对现代性的思考密不可分。它往往承载着国家现代化、民族自觉与自决、战争与国际秩序变动等沉重命题。在这些标志现代、高扬理性的宏大框架和叙事的角落与裂隙,却又往往充满幽灵的魅影。文学叙事中的幽灵往往产自时代变乱、天灾战祸所造成的死亡,更象征这些死亡造成的长久无法消散的社会症候。如果武器指向技术理性的扩张、秩序的打破和重建、主体的强化和赋权(empowerment)等对于世界理性化的追求,那么幽灵则煽动萦绕这些追求的非理性纷扰:进步的惨痛代价、结构性的受害和牺牲,以及难以平息的焦虑、创伤与忧郁症。本文试图从"武器"和"幽灵"这两个当代科幻作品中反复出现的主题来勾画一段科幻文类编码历史经验的谱系。

幽灵不仅是混淆生/死、实体/虚像界限的形象,也可以是一种概念性的隐喻。这种概念性与鬼魂是否存在的实证问题无涉,而指向一种特殊的经验及其产生的感知结构。用提倡"幽灵学"(hauntology)的哲学家德里达(Jacques Derrida)的话来说,这是关于"同时可见与不可见,现象而非现象:以先在的缺席来标记当下在场的踪迹……一种实际上的解构逻辑"。① "幽灵性"(spectrality)使我们思考"语言与存在同他者与差异性不可避免的纠葛而造成的不稳定性、异质性、多样性和不确定性"。② 基于这种理论视角,考察中国文学中鬼魂叙述的学者王德威曾总结:"鬼魅流窜于人间,提醒我们历史的裂变创伤,总是未有竟时。跨越肉身与时空的界限,消逝的记忆及破毁的人间关系去而复返,正有如鬼魅的幽幽归来。"③

在本文考察的几部科幻作品中,武器/技术和幽灵交杂相生,织就关于现代中国的历史寓言。童恩正的《珊瑚岛上的死光》和叶永烈的《黑影》(1981)来自"文革"结束、万象亟待更新的年代,两部作品都以经历时代离乱的海外华人科学家作为主角。拥有专业知识和技术以及爱国认同的他们被召唤投入新的"现代化"事业并克服战争、动乱和死亡的魅影威胁。二十多年后,刘慈欣的《球状闪电》(2004)则在"当代—近未来"的平行世界中想象中国的尖端武器实验开发如何勾起幽灵的纷扰:无论是殁于战祸的亡者带来的创伤经历和伦理困境,还是冷战后全球秩序剧变中遗留的历史怀旧。

---

① Jacques Derrida and Bernard Stiegler, *Echographies of Television: Filmed Interviews*, Cambridge: Polity, 2002, p.117.
② Maria del Pilar Blanco and Esther Peeren, "Introduction: Conceptualizing Spectralities," *The Spectralities Reader: Ghosts and Haunting in Contemporary Cultural Theory*, London: Bloomsbury, 2013, p.9.
③ 王德威:《历史与怪兽》,台北:麦田出版社,2004 年,第 230 页。

平息与复生：幽灵和现代化民族共同体

就"文革"后复兴的科幻文学常以科学家作为主角这一现象，已有论者指出其反映了从"阶级斗争"向"现代化"的主流意识形态转向中，对于科学家作为技术革新主体的重新定位和权威重建：科学家作为"归来之士"，再次被召唤进入国家发展、民族复兴的想象之中。① 这种关于"归来"的文学想象，并非是对既往历史的完全扭转和割裂，而是对前者的逐渐消化和转化。在这一过程中，文学无可避免地同时与历史经验和当代情境进行协商。本小节关注的两部作品中，科学家主人公以不同的方式回到转向现代化发展主义的民族共同体之中。《珊瑚岛上的死光》中冷战较量造成的死伤在主人公的哀悼中化为英灵，成为其加入民族共同体的条件；《黑影》中的主人公则亲历沦为幽灵又重返人世的历程，折射科学家主体同国家历史的协商和妥协。

发表于1978年《人民文学》第8期的短篇科幻小说《珊瑚岛上的死光》本身就是重新浮出地表的"幽灵"。作家于1963年即已将故事完成，而"文革"后才得以发表。② 如前论指出，1978年3月邓小平于全国科学大会上肯定"科学技术现代化"和"科学家"的讲话自然是促进科幻小说蓬勃的关键因素，③但小说跨越历史时期的幽灵旅程也促使我们思考积淀层累的历史踪迹。比如说，主角的言行中混合着反"苏修""阶级斗争"的话语和类似张扬《第二次握手》中华人科学家的爱国主义。前者可能折射1963年"九评"发表以来冲突逐渐升级的中苏关系，而后者不仅流露出政治运动中因"海外关系"而蒙冤的科学家的心绪剖白，或许还回响着重新对外开放之际，国家同"海外华侨"这一群体重建联系、将其纳入民族共同体、为发展服务的整合号召。④ 小说叙述将这几个元素编织进华侨青年科学家陈天虹回国

---

① 张泰旗、李广益：《"现代化"的憧憬与焦虑："黄金时代"中国科幻想象的展开》，《文艺理论与批评》2018年第6期，第63—71页。
② 童恩正：《关于〈珊瑚岛上的死光〉》，《语文教学通讯》1980年第3期，第57页。
③ 张泰旗、李广益：《"现代化"的憧憬与焦虑："黄金时代"中国科幻想象的展开》，《文艺理论与批评》2018年第6期，第63—64页。
④ William A. Callahan, *China: The Pessoptimist Nation*, New York: Oxford University Press, 2010, pp.150-152. 与此同时，基于对《珊瑚岛上的死光》改编电影（1980）的研究，霭孙纳檀（Nathaniel Isaacson）指出，电影中出现的商业场景（签署合约等）和异国元素（海岛、基督教等）显示出当时中国逐渐进入全球商业/金融系统时对"世界"的想象与焦虑。参见 Nathaniel Isaacson, "Media and Messages: Blurred Visions of Nation and Science in *Death Ray on a Coral Island*," *Simultaneous Worlds: Global Science Fiction Cinema*, Minneapolis: University of Minnesota Press, 2015, pp.276-282。

的曲折历程中：发明"小型高压原子电池"的赵谦教授怀璧其罪，被"某大国"（苏联）的情报机关杀害，被托付了其毕生心血发明的陈天虹所乘飞机又在太平洋上被击落，在海上漂流的他随后被避居珊瑚岛的另一位华侨马太博士救起。陈天虹在岛上逐渐发现爱好和平的马太博士被苏联间谍蒙蔽，不知道自己的研究实际上被用作武器开发。最后，觉悟的马太博士被苏联军方所害，而陈天虹在为他复仇之后再次踏上归程。

一些故事细节比如角色对于正义/非正义战争的区分、对于技术如何在民用/军用之间转化的描写，带有强烈的冷战时代烙印。① 小说主角陈天虹和马太博士仿佛互为镜像：他们都或多或少背负着由于武器杀伤造成的亡故和悲痛，但却在对待武器和战争的态度上截然对立。马太博士身为日侨，由于启蒙老师是参加过二战的残废军人，且其亲人都在广岛原爆中遇难，自小被灌输了战争残酷可怕的思想。他曾经的研究被军方挪用，愤怒的他相信了苏联间谍的诱骗，误信珊瑚岛是一个没有世俗功利困扰可以安静从事研究的世外桃源。具有这样价值观的马太博士同陈天虹几乎甫一见面就发生冲突，因为后者不仅坚信战争分为正义和非正义的，而且认为战争的根源是"人剥削人的社会制度"，必须"通过革命战争的手段，首先改造不合理的社会"；"问题不在于武器就等于罪恶，而在于谁掌握武器"。② 作者借主角之口表达的这一系列观点在之后的剧情反转中进一步展现：马太博士的民用发明"激光掘进机"和"空间放电"都被苏联军方挪用改造为武器。而主角最后为博士和导师复仇所依赖的也是博士的激光器，他利用自己携带的高能电池对其充能后而作为武器摧毁了苏联军舰。

陈天虹的归国旅程伴随着他此生首次经历亲朋亡故（导师和马太博士），显示出对于同胞牺牲的哀悼（mourning）是融入民族共同体的必要条件。如果说主角的科学家身份如之前论者所指出的代表了技术想象主体在"文革"后的重新定位，那么他的海外华侨身份则响应着国家发展转轨之际对于民族共同体的重新整合。日

---

① 举个例子，历史学家指出1950年代中国对于原子能/原子弹的价值判断框架是基于冷战意识形态对抗的界限来严格区划的：一方面庆祝苏联对于原子能的和平利用和开发，同时谴责美帝国主义利用原子弹进行核讹诈。参见 Henrietta Harrison, "Popular Responses to the Atomic Bomb in China 1945-1955," *Past and Present*, 2013, Supplement 8, pp.104-106。另一方面，美国的宣传则几乎是前者的完全颠倒。参见 Robert A. Jacobs, *The Dragon's Tail: Americans Face the Atomic Age*, Amherst：University of Massachusetts Press, 2010, pp.84-95。主角和马太博士的争论，反映出这种评估技术的政治优先语境。

② 童恩正：《珊瑚岛上的死光》，《人民文学》1978年第8期，第49、52页。

本哲学家高桥哲哉(Takahashi Tetsuya)在回顾以费希特(Johann Gottlieb Fichte)和勒南(Joseph Ernest Renan)为代表的十九世纪欧洲民族主义思想时,指出虽然二人对于国民身份的定义殊异,分别以血统/语言的自然联系和公民的政治意志为基础,但均强调一种建立在同胞的牺牲之上的关系纽带。① 如果于小说开头丧生的赵谦教授将发明托付给主角,要求其"叶落归根"回到祖国服务是用一种家庭的血统/财产继承来隐喻民族归属和忠诚的自然性;那么主角在故事最后击毁苏联军舰,就是基于区分敌我的政治决断的实践,通过暴力和复仇来将自己和其他同胞(导师和马太博士)写入"奋斗、牺牲以及奉献的漫漫辉煌岁月的累积"而成的民族历史之中。②

高桥虽然指出勒南使用的"哀悼"跟弗洛伊德(Sigmund Freud)使用的"服丧"是同一个词:法语词 deuil,英语一般译为 mourning;但他并没有进一步阐释其关联性。③ 在《服丧与忧郁症》("Mourning and Melancholia")中,弗洛伊德区分了这两种对于"痛失所爱"的心理反应。"服丧"是自我(Ego)在失去所爱对象后经历的漫长而痛苦的过程。伴随着关于失去对象的记忆和依恋的反复重现,自我逐渐撤回倾注于对象的力比多而回复到自由不拘的状态。④ 这一解释可以帮助理解勒南所谓的基于哀悼的民族共同体纽带。勒南对国民发表《什么是民族》(1882)的演讲时,法国仍处于普法战争(1870—1871)败绩的阴云中。勒南引导国民哀悼先烈,分享战败的痛苦,意在激发国民意识到自己也具有保卫先烈为之献身的民族和祖国的义务。正如弗洛伊德的观察,哀悼的过程虽然历经折磨但最终是达成自我的觉

---

① 在费希特看来,德意志人在历史上对于罗马帝国及其文化的持续抵抗,保证了其日耳曼血统、语言和自由精神的纯粹。对于祖国这一更高共同体的纯粹和自由的维护要求着每个成员承担随时投入自我牺牲的义务。相比费希特的血统主义倾向,勒南虽然强调民族是通过表明公民共同生活意志的"每日全民投票"(daily plebiscite)来维系,但这种民族归属实践中的一大关键内容也是对于祖先牺牲之哀悼的日常化:通过分享悲痛,将祖先的牺牲光荣化为民族的历史,并继承这种牺牲的意志来建立共同体的归属。参见[日]高桥哲哉著:《国家与牺牲》,徐曼译,北京:社会科学文献出版社,2008年,第84—104页。
② [法]厄内斯特·勒南著:《民族是什么?》,袁剑译,《民族社会学研究通讯》2012年第113期,第9页。
③ [日]高桥哲哉:《国家与牺牲》,第101页。
④ Sigmund Freud, "Mourning and Melancholia," *The Standard Edition of the Complete Psychological Works of Sigmund Freud*, Volume XIV (1914-1916): *On the History of the Psycho-Analytic Movement, Papers on Metapsychology and Other Works*, London: Hogarth Press, 1964, pp.244-245.

悟:在民族主义的语境中,即对于个体民族身份和义务的再度认定。回到小说,陈天虹的归国之路也是他经历丧失之哀痛并完成"服丧"的过程。在冷战对抗秩序中同胞(导师和马太博士)的丧生,在主角那里经由服丧的过程而转化为巩固其民族认同的基础。主角使用武器为同胞复仇是一个高度象征性的时刻:它在主角与死难同胞的"英灵"共同体间建立起纽带,将他转化为模范的国民。①

如果说《珊瑚岛上的死光》中同胞的死难和英灵化铺就了年轻科学家的归国之路,叶永烈1981年的作品《黑影》中的科学家主角本身便是历史的幽灵苏生。小说以"鬼山"上发现神秘踪迹的悬疑开篇,讲述"警察博士"金明如何探明这鬼影的真身:它原来是因"海外关系"而在"文革"中蒙冤、被迫抛弃事业和家庭而避世隐居的归国华侨科学家娄山。金明的调查驱散迷雾、恢复受害者的名誉,终将这幽灵迎回人世。

科学家/知识分子作为"幽灵"的形象,在时代转折之际传达捉摸不定、复合多义的历史隐喻。它给人的第一印象可能是一种伤痕文学式的对过往暴力的揭露和纠正呼吁。基于毛泽东五十年代末对于戏剧中"牛鬼蛇神"形象的评论,学者彭丽君指出其语言跳跃于现实社会中的"鬼"(作为阶级敌人的隐喻)和文艺中的"鬼"(源自民间神话、迷信文化色彩的形象)之间,动听地勾连起政治斗争和民间的道德寓言。② 她借鉴巴塔耶(Georges Bataille)对于仪式象征性地排除牺牲物(sacrifice)以使参与者达到"自主"(sovereign)状态的这一讨论,思考作为"幽灵"的知识分子如何占据一个"生与死之间"的社会象征地带,并被召唤为革命的对象而驱动其发展。③《黑影》中的娄山既见弃于革命的人世,便只好流入鬼域:他前往墓地,取出父亲(一位含冤而死的归国科学家)留给他的发明"穿壁衣"。在这一发明的帮助下他得到了隐形和穿越固体物质的能力,从此如"一个到处流浪的幽灵"苟活。④ 他潜进火葬场搬动被草草处置的父亲尸体,又遁入金库取回家庭的财产,甚至暗中和曾经被迫分离的恋人相会;纠正过往错误和委屈的努力,只能依赖于让他作为幽灵的身份和技术能力,却并没有被人世所认可,徒留悬疑和谜

---

① 霭孙纳檀指出《珊瑚岛上的死光》的改编作品(电影和连环画)中的人物(马太博士和其助手)的民族身份更加暧昧不明。由此看来,陈天虹的归国/哀悼历程也是排除暧昧、确认自己民族身份的过程。参见 Nathaniel Isaacson, "Media and Messages," pp.279-282。
② 彭丽君:《复制的艺术:"文革"期间的文化生产及实践》,香港:香港中文大学出版社,2017年,第231—233页。
③ 同上书,第238页。
④ 叶永烈:《黑影》,北京:地质出版社,1981年,第131页。

团。直到身兼科学家和警察两重身份的金明作为干涉者出现：他代表重新转向依赖科学技术理性的国家机器，调查、纠正以往的错误，此时幽灵才获得重回人世的机会。

对于过去的揭露和纠正无法和对于未来的展望分离，幽灵的形象也被征用进入朝向未来的叙事。娄山在故事结尾走出鬼山山洞时自嘲"白毛男"，而小说关于历史进程中人/鬼转化的叙述主题，令人不得不联想到曾经的红色经典。如果说《白毛女》的创作中的人/鬼区别和最终转化反映出新/旧断裂、"革命"克服"封建"的社会线性进步的政治观念，①那么这一主题在八十年代初的再次浮现就折射了驱动当时政治社会思想转变的历史印象。在对于七十年代末以来人道主义的马克思主义，以及和前者关系紧密的"新启蒙主义"思潮的批评中，汪晖指出其对于中国社会主义的历史的理解框架服从于一种"现代化的意识形态"。② 具体来说，"'新启蒙主义'的政治批判（国家批判）采用了一种隐喻的方式，即把改革前的中国社会主义的现代化比喻为封建主义传统，从而避免了这个历史实践的当代内容。这种隐喻方式的结果就是：把对中国现代性（其特征是社会主义方式）的反思置于传统/现代的二分法中，再一次完成了对现代性的价值重申"。③

《黑影》和《白毛女》形成的平行关系，可以说是"隐喻的方式"在跨文本指涉层面的具体展开。金明将娄山从鬼山解救并带回人间，是国家通过纠正历史错误而将知识分子重新引导加入"现代化"进程的微缩再现。知识分子"人变成鬼，再从鬼变成人"的身份转换，国家都不曾缺席。这种"重新起步的"的前景展望，反映出类似张旭东所指出的八十年代知识分子在争取恢复"形式—话语自主性"时暴露的"不受控制的无意识"："接受邓小平的社会规划，或更确切地说，接受了普遍进步或进化的观念，现代主义者认为这种观念正是新时期的国家理性。"④作为幽灵的知识分子被国家救赎的故事不仅是昭明历史正义的道德寓言，也切合国家再度整合动员知识分子的修辞。

---

① 李杨：《50—70 年代中国文学经典再解读》，济南：山东教育出版社，2003 年，第 271—272 页。
② 汪晖：《当代中国的思想状况与现代性问题》，《去政治化的政治：短 20 世纪的终结与 90 年代》，北京：生活·读书·新知三联书店，2008 年，第 68—72 页。
③ 同上书，第 72 页。
④ 张旭东著：《改革时代的中国现代主义：作为精神史的 80 年代》，崔问津等译，北京：北京大学出版社，2014 年，第 12 页。

与幽灵同在：威慑、怀旧和牺牲

2004年发表的《球状闪电》可以说是刘慈欣在《三体》之前最重要的作品，其中一些人物和科幻构想也延续到后者中。① 两部作品最显著的连贯性是都对技术/武器的竞争和博弈格外关注；《球状闪电》虽不如《三体》上升至星际文明存亡的宏伟规模，但在充斥国际军备竞争和战争的平行宇宙中也细密描绘了某种历史想象。主角"我"幼年目睹父母被球状闪电所杀，长大后选择成为探究这一神秘现象的科研人员，后来又因结识醉心于武器开发的女军官林云，而加入到军方对于闪电武器的研制中。随着研发的进展，主角们不仅探明了球状闪电的性质（一种存在于宏观尺度下，具有电子性质的存在，书中称其为"宏电子"），更将其开发为新型武器。在随后的中美战事中，球状闪电武器因为情报泄露而被美军成功防御，林云则不惜违抗命令以推进更加危险的"宏聚变"武器实验。实验造成了巨大的损失，林云也因此牺牲，但却向全世界展现了新型武器的巨大威慑力而结束了战争。

武器是《球状闪电》的核心主题，其在多个层面上同故事中的"幽灵"和"幽灵性"紧密联系。首先，小说展现了个人创伤心理同战略思维的危险平行：武器杀伤引发的忧郁症（melancholia）的自我伤害倾向，同军备竞赛中战略武器威慑（deterrence）逻辑带来的自我毁灭的可能性互相呼应。故事中的几位主角或多或少都显示出精神分析意义上的忧郁症状：科研人员主角"我"和导师张彬因为亲人/爱人死于球状闪电，偏执于研究这一现象而倾尽精力。女军官林云则因为母亲牺牲于对越自卫反击战中的毒蜂武器，自幼痴迷武器而成为研制武器的技术军官。小说着力刻画林云身上的"危险因素"：她将仍处于待发状态的竹节地雷作为汽车挂饰，佩戴的胸针也是纳米技术的切割利器。前文所引的《服丧与忧郁症》指出，区别于哀悼过程中自我逐渐吸收投注于所爱之物的力比多而恢复自由，忧郁症源自无处安放的力比多对自我激烈的逆冲（regression），导致自我的分裂并以此代替了失去的所爱对象。这种过程产生了一种扭曲的自我惩罚，甚至自杀的倾向。②

小说中的球状闪电是勾连起个体创伤和自我毁灭倾向的关键。它被角色们称为"幽灵"，因为其来去无踪、无法被理解，在故事前半段几乎象征着人类认知的极

---

① 刘慈欣：《球状闪电》，成都：四川科学技术出版社，2016年。
② Sigmund Freud, "Mourning and Melancholia," pp.245-251.

限,且往往伴随着死亡。角色们不顾危险地追逐、接触它,除了对于未知的探索,很难排除个人创伤经历的暗中驱使。故事的核心科幻想象更是利用球状闪电来为"幽灵"现象提供了理性化的解释:由于球状闪电的"宏电子"性质,被其所杀的人们并没有完全消失,而只是失去了稳定的身体和意识成为了"量子态"的存在,仍有一定几率以生前的姿态复现并对现世产生影响。故事中死去的角色,包括主角的父母、张彬的爱人以及林云,都以"幽灵"的形态出现来推动过故事的发展。这一想象设定不只是在故事层面为幽灵提供了理性认知的基础,更促进就生者对待死者的心理状况和伦理原则的复杂思考。球状闪电在故事后半段被开发为"武器",这一过程表面上是人类理性对于自然更深层的认识与改造以及国防战略上的考量,但林云对于武器开发的狂热却透露出对于失去母亲创伤的无意识补偿,而这种迫近危险的无意识重复最终导致了她抗命进行实验的极端行为。

除了象征创伤对于个人心理的不断萦绕(haunting),球状闪电被开发为"武器"也由此引入了战略攻防博弈的语境。小说对武器开发、实验、实战运用所牵涉的策略、伦理问题倾注描写与讨论,显示出冷战以来的战略预防(prevention)、威慑逻辑是作者主要依赖的思想资源。林云相信为了避免自己所爱的人再受到武器的伤害,最好的办法是比敌人先开发出更新进的武器。这一思维表现出从预防到威慑的思路发展,并朝向一种接近失控甚至自我毁灭的危险迫近。根据加拿大哲学家玛苏米(Brian Massumi)的分析,预防战略基于这样一种认识论:世界是客观可知的,所有威胁的成因都可以经验性地辨明。一旦认清问题所在,那么相关的专家知识就可以应用实施而避免威胁。① 威慑战略虽然在认识论上同预防战略没有区别,但它产生于一种紧急情况(imminence):预防失败而敌人威胁迫在眉睫。这种临界的紧迫性促使威慑战略放弃外部知识/力量的支持,而将这近在咫尺的威胁和毁灭可能作为组织自身的基础:以威胁回应威胁,以毁灭阻止毁灭。② 发展自冷战核对抗中的"相互毁灭保证原则"(Mutually Assured Destruction)即是这一逻辑的最佳体现。玛苏米随即指出,"相互毁灭保证原则"追求的"恐惧的平衡"是动态的,逼迫双方不断主动地进行维持:制造更多更好的武器以求能和同样这么做的敌人保持这种危险的均势。③ 互相威慑的竞争由此成了

---

① Brian Massumi, *Ontopower: War, Powers, and the State of Perception*, Durham: Duke University Press, 2015, pp.5-6.
② Ibid., p.6.
③ Ibid., p.7.

一种自我驱使的运动(self-propelling movement);它搅乱了一种线性时间:威慑将存在于未来的果(毁灭)捕捉,以转化为当下动作(军备竞赛)的因。①

林云狂热地投入武器的开发甚至不惜最终牺牲自己,既是因童年创伤而陷入了不断迫近创伤来源(武器)的病态重复(repetition),又是中美军备竞争、威慑逻辑推演下造成的事态升级(escalation)。在球状闪电武器实战被防御后,她甚至提出用球状闪电攻击自己,将自己转变成"量子态"存在的幽灵来寻求进攻敌人的机会。这一要求谶语般地预言了她的结局:强行进行"宏聚变"实验,被爆炸波及而变成"量子幽灵"。她的故事是个人创伤心路、地缘政治、战争想象三者的寓言式缠绕。相比于《珊瑚岛上的死光》的主角义正言辞地区分正义/非正义战争以及依靠牺牲和战斗来重塑自己的民族身份,《球状闪电》展现出一种略为阴暗的视野:理性的政治判断可能无益于缓解以至消除战争的灾难性后果,因为它将受到个人潜意识和武器威慑逻辑的干扰。创伤如同幽灵一般来自过去经验或未来预期,其侵袭将加速毁灭的涡旋。

必须指出,小说并非将林云塑造为完全囿于神经症状的战争狂人,或视武器竞争只带来不可避免的毁灭。相反,作为小说中唯一充分着墨的女性形象,林云身上投射了许多积极要素:她在大部分时候都活跃而果敢,对于小说中的几名男性角色极具吸引力。她同另外几名男性角色(武器研发基地军官许文诚、航母舰长江星辰、林云的父亲林将军等)代表着小说对于军队这一机构的总体印象:具有集体主义的纪律性但又培养个人的英雄气质、工作高效而果决、成员富有牺牲精神。从小说中的社会背景来看,专业科研工作者也受市场化的进程影响向能够应用、盈利的项目妥协,而冷落基础、理论的探索。"我"同军方合作研发球状闪电武器时,感叹军队相较于民间机构的优异组织和行动力,透露出对于军事化作为另类的社会组织、生产方式和秩序的企望。

小说中另一处具有类似意义的情节出现在"我"和林云远赴俄罗斯的新西伯利亚州科学城,拜访苏联科学家以了解当时球状闪电研究的时候。这一段情节充满着对于社会主义过去态度复杂的时序错乱感(anachronism)。主角们同苏联科学家最初建立联系的方式即带有这种反讽:因为最开始没有足够的计算容量来演算球状闪电的数学模型,林云入侵了 SETI@home 项目的服务器来将其挪为己用,②也由此受到

---

① Brian Massumi, *Ontopower: War, Powers, and the State of Perception*, Durham: Duke University Press, 2015, p.8.
② SETI@home 项目始于 1999 年,是加利福尼亚大学伯克利分校科学家利用接入因特网的成千上万台计算机的闲置计算容量来帮助搜寻地外文明的实验。

了一位曾研究球状闪电的苏联科学家的注意。SETI@home 项目往往象征着全球信息联网、协同合作的乌托邦前景的实验,小说让违反规则私用这一平台的主角们在此遭遇冷战时代的科学家,在信息全球化的宏大叙事中刻意制造出裂隙和历史错乱之感。类似的,苏联科学家回顾起他们曾经的研究时,小说对于苏联社会主义往昔和俄罗斯当今的叙述也充满了上述张力:理想主义和政治内耗、被历史遗忘的成就和僵硬内卷的体制、光荣的过往和萧条的现在混合在一起。临别时,苏联科学家感叹:"在那个可悲的理想主义年代,有一群共青团员来到了西伯利亚的密林深处,在那里追逐一个幽灵,并为此献出了一生。"①这里的"幽灵"字面上是指神秘莫测的球状闪电,但又何不可将其也读作一种概念性的比喻,指向超历史的理想和实际历史进程的分离,尤其是过往历史看似尘埃落定却又绵延不绝,让人难以摆脱的纠结之感?不同于之前讨论的个体创伤或者与其形成隐喻关联的威慑/毁灭预期,此处的"幽灵性"描述的是一种历史意识。如同政治理论家布朗(Wendy Brown)讨论德里达的"幽灵学"对于历史观影响时指出的,过往历史的"萦绕/作祟"(haunting)感觉挑战了线性进步的历史观。它让我们认识到当下意义的不稳定和开放性;它同时是记忆的成就和失败,因为它保存了现象的些许鲜活,却又没有完全复原它们。②

依据这一视角回到上面谈到的小说情节和想象,"幽灵性"也许代表了一种属于晚近中国科幻小说发展独具的历史感觉力。学者王洪喆在讨论刘慈欣小说的历史语境时,指出"在上世纪八十年代,科幻文艺的矛盾在于,一个知识分子从政治运动中走出的时期,也恰恰是国家科技预算大幅削减,尖端技术项目纷纷下马,武器和战略工程的'飞地'难以为继、逐步瓦解的时期。换句话说,在'科学的春天'的同时,也带来'卖导弹的不如卖茶叶蛋的''脑体倒挂''以技术换市场'等说法"。③ 具体来说,王洪喆指出的是根源于社会主义时期,却在八十年代变得岌岌可危的现代化想象及实践历史。学者费根鲍姆(Evan A. Feigenbaum)将中国于五十年代末以来确立的以尖端战略武器技术发展为中心的模式称为"具有中国特色的技术民族主义"。这一方案主要由聂荣臻和钱学森提倡,在五十年代末反省抗美援朝战争经验、考虑新中国发展路径和冷战地缘政治的诸多讨论中胜出;④它强调

---

① 刘慈欣:《球状闪电》,第95页。
② Wendy Brown, "Specters and Angels at the End of History," *Vocations of Political Theory*, Minneapolis: University of Minnesota Press, 2000, pp.37-38.
③ 王洪喆:《冷战的孩子:刘慈欣的战略文学密码》,《读书》2016年第7期,第4页。
④ Evan A. Feigenbaum, *China's Techno-Warriors: National Security and Strategic Competition from the Nuclear to the Information Age*, Stanford: Stanford University Press, 2003, pp.25-31.

技术发展的战略核心基础、中央政府的统一规划和投入、各部门的灵活合作,以及技术扩散对于整体国民经济的拉动。① 总的来说,这一模式的主导地位在七十年代末以来逐步让位于民用、轻工业、消费品生产的模式。

　　针对上面的历史,小说并非完全根据既往经验复现了这一主导模式并将其投射至一个近未来的平行宇宙。对于一部完成于世纪之交的作品来说,这种历史经验的消散和碎片化本身就是其想象产生的条件。小说的平行宇宙中的苏联社会主义历史、中国当代/近未来的军队叙述,并非科幻小说中更常见的投射想象至极度他异性的象征空间,而是一个渗透着前述历史经验碎片、当代现实政治考量和想象的杂糅组合。这种混杂的经验和想象在小说中被寓言式地写入林云的个人和家庭故事。林云的创伤来源,即她的母亲于七十年代末对越自卫反击战中的阵亡,本身标定了一个极具意义的历史时刻。学者汪晖认为,这场战争标志着社会主义国家奉行的国际路线的消退和中国融入以美国主导经济秩序的开端。他指出这场战争"揭示了市场化和暴力之间的历史联系"。② 林云的形象也极具复杂性:她一方面依赖身居高位的父亲的庇护,最大程度动员、优化了可使用的资源而收获巨大成果,另一方面违背禁令将私下开发的武器通过国际黑市出售给交战中的南美国家以投入实战。近乎反讽的是,在小说最后对美国的战略威慑的成功构建,是由于她抗命独断地推动武器实验。林云扮演了一个形象混杂模糊的角色:她可能象征着战略考量优先、权力集中、各部门灵活动员的军队研发生产模式的遗产,但她身上也带着相反的,即随时失去控制、逾越界线的倾向。如果前者投射着对于社会主义历史的怀旧,那么后者就仿佛是对于后冷战格局的一种回应:面对两极化对抗和国际主义路线的终结、市场机制的扩张、美国霸权的延续等情势带来的不稳定和危机,国家权力(至少是其一部分)被想象成为保障自身利益(无论经济的还是战略的)而不择手段的强力存在。

---

① Evan A. Feigenbaum, *China's Techno-Warriors: National Security and Strategic Competition from the Nuclear to the Information Age*, Stanford: Stanford University Press, 2003, pp.37-40.
② 汪晖:《中国"新自由主义"的历史根源:再论当代中国大陆的思想状况与现代性问题》,《去政治化的政治:短 20 世纪的终结与 90 年代》,北京:生活·读书·新知三联书店,2008 年,第 122 页。霍孙纳檀在其研究《珊瑚岛上的死光》的论文中也引用了这句话,为他论述该作体现了中国"文革"之后"加入世界"的焦虑提供语境。参见 Nathaniel Isaacson, "Media and Messages," p.277. 如果将《珊瑚岛上的死光》和《球状闪电》对比,我们可以看到中国主流话语从 20 世纪 70 年代末到 21 世纪初的转变,从初入全球化市场的焦虑逐渐变为一种国家主导的主动竞争意识。

这种权力想象无可避免地触及牺牲者的问题，这也是小说关于"幽灵性"的想象综合并超越了之前关于个人创伤、战略威慑、历史意识等命题指向的最终思考方向。球状闪电武器在小说中的首次实战是应用于解决一起核电站的人质危机：在没有更好手段的情况下，高层同意使用这种新武器同时消灭了恐怖分子和人质（一群孩子）以避免更大的伤亡。提议牺牲人质并亲自操作新武器攻击的林云，之后以自己的生命为代价坚持了这种逻辑：她牺牲自己推动"宏聚变"实验，发明了对美国构成战略威慑的新武器而结束了战争。由于球状闪电的特性，核电厂事件牺牲的孩子们和林云都成了量子态的"幽灵"，她们的存在超越了人类所处的时空限制。在小说的结尾，"我"看到一张照片显示林云和孩子们在另一个时空安宁地生活在一起；"我"也曾感到过林云的"量子幽灵"的来访，而她的幽灵在"我"书桌上的花瓶中留下了无法用肉眼看见的"量子玫瑰"。借助量子力学的想象，小说模糊了生死界限：因球状闪电武器而死的人们并非完全消逝，而总以某种方式与我们保持着微弱的联系。

小说中徘徊的幽灵并没有对于历史牺牲者的问题给予明确答案，但这一暧昧和延绵也许是不断问题化的基础。幽灵并非完全的消逝，她们的存在持久影响着"我"的日常（"我"常常记挂桌上的"量子玫瑰"）。就像一些理论家试图指出的，幽灵的存在抵抗遗忘，将过去甚至未来那些无法明辨、对话的他者带入我们的考量。① 但也需警惕，"我"在照片上看到林云和孩子们在异时空幸福生活的情节可能不过只是哀悼（mourning）的具象：纪念和共同体平息了幽灵的萦绕，过往责任/伦理问题因生死之隔而勾销，"往生"的幸福代替了对于牺牲问题的追问，生者可以安心地背向历史而投入现世生活中。哀悼将个人根植于同共同体的联系中，却也局限了个人和共同体的视域："我"仍能接触到林云和孩子的"幽灵"而心怀安慰，而同样死于球状闪电武器的激进生态主义恐怖分子却再也没有出现在故事中，他们所代表的现实世界的一部分张力被排除，即使在幽灵的领域也不再具有它的位置。小说选在这里终止，保留了继续思考的可能，却也显露出叙事难以克服的困境。

结语：阅读幽灵

追随詹明信的历史化批判思路，本文选择"文革"后和世纪之交两个科幻作品

---

① 关于幽灵性和责任的讨论，可参见 Jacques Derrida and Bernard Stiegler, *Echographies of Television: Filmed Interview*, pp.120-124。亦可参见 Wendy Brown, "Specters and Angels at the End of History," pp.31-33。

高产时期的代表作为讨论对象,通过对其中武器和幽灵形象的考察,解析作品中的历史经验和思考。"文革"之后国家发展转轨、万象更新的乌托邦氛围,以及知识分子和国家重建的亲密关系影响了科幻作品对于科学技术、科学家、过往历史的失落和牺牲等元素的刻画。历史的牺牲被纪念而英灵化,曾经被排除出历史的"幽灵"光荣地重返人间;在"现代化"旗帜下,民族共同体再一次动员整合向进步的未来进军。世纪之交的中国则面临更复杂的内外局面:冷战/后冷战国际战略秩序的变动、对社会主义历史的怀旧、民族国家面临全球化和地缘政治的危机等新旧因素寓言式地写入科幻小说中个人和国家命运的想象中。武器同时成为制造创伤的源头和克服创伤的凭依,而面目不明的幽灵从历史和未来涌来,暴露当下意义的内在分裂和浮动不定,并试图引发关于牺牲的终极思考。

  回到文章开头提到的于当今再次掀起科幻热潮的《流浪地球》,其叙事可以说是积淀着矛盾经验的混合物:蕴含发展、进步、希望,却也充满灾难、毁灭、牺牲。片中人类文明最夺目的技术成就是能够推动地球的巨型推进器,而在载人航天、城市营造、人工智能、机械骨骼、武器等方面的进步也各有细致刻画。但在太阳异变带来的大规模文明毁灭和伤亡面前,这些技术进步只勉强使人类苟延残喘。面对迫在眉睫的"地球坠入木星"的灾难,几位主角最终以悲剧英雄般的牺牲换取了人类文明的生存。也正是因为"父亲"角色的牺牲(吴孟达饰演的祖父/驾驶员韩子昂、吴京饰演的父亲/航天员刘培强、李光洁饰演的队长/上尉王磊),叛逆的"儿子"(屈楚萧饰演的刘启和他的同伴们)和前者达成了和解并继承了他们的事业,成为延续文明希望的象征。

  这种"经历牺牲,克服苦难,继续前行"的老套叙事,让一些批评家不以为然。但在集中于生者的叙事之外,科幻作家韩松提供了一个独特的视角。他谈到:"在电影中,我目瞪口呆地看到了未来的北京和上海,那些高楼,东方明珠,环球金融,上海中心,已成废墟,是一幢幢冰封的骨架。这在中国电影史上,是绝无仅有的画面,也是尺度很大。"他进而讲到:"影片中,死人不少,包括整个杭州城 35 万人全部死掉。同样尺度很大。这是没有办法的事情。可能有一天真的就会遇到这样的灾难。地球开始流浪时,全球人口死掉了一半,仅剩 35 亿。这也是没有办法的事情。电影的残酷性,在中国电影史上,也是罕见的。"[①]在电影叙事中,这些人类文明的废墟和幽灵只是为设置于未来的主线叙事提供一个背景,其成因被简单地交代为

---

① 韩松:《〈流浪地球〉观影记:好多人看哭了》,韩松新浪微博,https://www.weibo.com/hansong,2019 年 1 月 21 日,2019 年 5 月 1 日访问。

太阳变异灾害的结果。它们是电影叙事的"当下"得以自然成立的因素,又在电影中构造了冲击人心的奇观。韩松在影评中不讳谈"中国人的宇宙观"等宏大话题,但又在此荡开一笔,将我们的目光引向那些被主角们抛在身后、意义莫名的废墟。如果我们坚持历史化、寓言化的解读,我们将如何对待这些废墟,以及跟其有关却在叙事中缺失,如幽灵般的历史想象?这些幽灵为我们带来了怎样的问题?仰赖一种幽灵的视野,我们或许能打开文本和历史的多层褶皱。

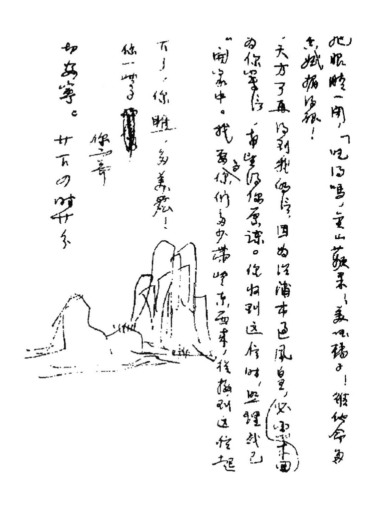

对话

战争视野与沈从文的理性精神问题

战争视野与沈从文的理性精神问题

■ 对话／吴晓东　唐　伟

从"希腊小庙"到"无形战争"

唐伟：老师好，感谢您给我这次访谈的机会，让我博士后出站之后再次与您一起谈沈从文。我感觉这些年的沈从文研究似乎并未取得大的实质性突破，若究问原因的话，我个人认为其中一个重要问题就在于，我们对沈从文的一些核心概念处理得似乎过于简单和表面化了，比如人性、理性、道德等。

吴晓东：你说的沈从文的人性、理性以及道德等概念，确实是沈从文研究中非常关键的论域，以往学界对沈从文的人性理想以及伦理关切有较为充分的研究。而一旦把这个话题扩展到沈从文的理性精神以及道德重建思想，可能就需要寻求新的研究途径。我觉得沈从文由战争视野引发的一些思考，值得我们重新关注，可能也有助于把沈从文的人性理想与政治哲学视域勾连在一起进行整体性考量。

唐伟：我的话题先从"人性"说起。沈从文自己有个著名的说法："我只想造希腊小庙。选山地作基础，用坚硬石头堆砌它。精致，结实，匀称，形体虽小而不纤巧，是我理想的建筑。这神庙供奉的是'人性'。"我认为：希腊小庙里供奉的是人性的说法，其独异之处或并不在所谓的"人性"，而是"希腊"。换句话说，这句话的症候性在于，对从来都以湘西乡下人自居的沈从文而言，为什么他强调的是"希腊"的神庙，而不是中国式的寺庙？当然，也可能是我小题大做了。

吴晓东："希腊小庙"的背后，也许是与西方现代启蒙主义相关的理性精神的自觉。而沈从文对"希腊"的强调，不仅仅是一个比喻修辞，或许还可以让我们联想到沈从文身上的西方式的古典主义和浪漫主义情怀。从这个意义上说，沈从文的理想人性，虽然是以湘西世界的"自然"人性为原型，并附着在自然风物、有原始生命力的民俗民风以及二老、翠翠、爷爷一类的素朴人物身上，但已经是同时经过了西方古典主义和启蒙理性的折射。

唐伟： 就理想人性而言，沈从文笔下的小说人物，特别是男性人物，通常有两类突出的品质："勇敢"和"负责"，比如，我们刚才提到的《边城》里的爷爷和傩送、天宝兄弟，在他们身上，很明显就能看到这两点。能否先以"勇敢"和"负责"为线索，谈谈沈从文在塑造理想人物过程中体现出的道德观？

吴晓东： 你总结的沈从文笔下的两点人物品质——"勇敢"和"负责"，确实可以在沈从文小说中的男性形象身上获得印证。比如《边城》中的二老傩送就是完美的代表。而对沈从文的道德谱系进行研究，需要的可能就是首先把沈从文创作中的道德图景具体化，比如像你提出这种描述方式，在诸如"勇敢""负责"等关键词上先下点功夫。

唐伟： 沈从文曾多次表示"中国道德哲学得重造"。

吴晓东： 厘清沈从文所谓的"中国道德哲学重造"，必须以具体的文本以及人物形象为依据，不然这个话题会失于空泛，很难落实。沈从文确实是道德感非常强的作家，但目前这方面的研究还不够充分。讨论沈从文，道德维度的确非常关键，这不仅仅表现在沈从文本人始终关注道德重建的问题，并在抗战以及四十年代中后期始终把这个问题作为思考的聚焦点，而且可以说在沈从文一生的创作中，一直有伦理关怀，道德问题也是贯穿性线索。湘西世界中的伦理、道德图景一直是沈从文创作中着力表现的内在视景，而且在小说中获得了小说化或者美学化的表达。所谓的小说化或美学化的表达，意味着沈从文笔下的道德向度并非是以某种理念和哲学的方式呈现，而是落实到人物形象塑造以及小说内在远景的层面，因此是繁复的，他的道德判断，也并非单线条的，不是非此即彼的单一图景。

唐伟： 沈从文的道德观是繁复而并非单向度的，这一判断能否再详细展开一下？

吴晓东： 有必要指出的一点是，沈从文在二三十年代的都市题材的小说中，对都市人和都市文化的判断，给人一种稍显简单的印象，尤其是在湘西道德世界的参照中，似乎更为黑白分明。不过如果暂时悬置了他的湘西图景，沈从文关于都市文明的判断和批判也自有其复杂性。可以说，就现代文学中的都市图谱而言，三十年代的上海左翼、新感觉派以及徐讦代表的都市浪漫派，还有老舍的京味儿小说、张恨水的通俗小说,都提供了相对自足的都市道德图谱。沈从文独异的都市道德图景,与他们都有所不同。而沈从文在湘西世界中思考的道德向度,就更是独属于他的文学贡献。简单地说,沈从文试图贡献和发明一种清新、健康、刚健,甚至有些野蛮的人性化道德质地,其中最具有涵括力的范畴,应该是人性化。

唐伟:联系到他的另一类作品,比如《八骏图》中对知识分子的批判,我们发现"勇敢"和"负责"恰恰正是"知识分子"所稀缺的,而沈从文对不负责、不勇敢的这类知识分子的批判,并不是要做人身攻击和道德审判,而是基于在抗战危难时局中知识分子的不作为提出批评?

吴晓东:我赞同你所谓《八骏图》中对知识分子的批判,并不是要做人身攻击和道德审判,但是不太赞同你认为沈从文"是基于在抗战危难时局中知识分子的不作为提出批评",其实沈从文在早期的都市小说中对都市人和知识分子的批判,基于的仍然是一种自然人性意义上的人性观,由此才把都市人格看成是一种阉寺性的人格。

唐伟:在作品的阶段性分期上,我跟您好像有一点差异。抛开这点不谈,沈从文繁复的道德向度是否寄予了他更深切的家国关怀或者某种政治想象?

吴晓东:的确如此。《边城》时期的沈从文,已经"所谋者大",要建造供奉"人性"的希腊小庙,其超越性的思考,已经有着某种"总体性"。当然,沈从文在人物身上赋予的伦理属性,首先是地方性的,《边城》里的爷爷和二兄弟的道德品质,首先只能出自湘西一隅,但沈从文同时也试图把湘西品质升华为普遍性。在沈从文那里,这种普遍性在不同具体时间段中有不同的向度,我认为1937年的全面抗战开始是一个时间节点,此前"边城"时期的普遍性,是人性的普遍性,抗战之后,沈从文的思考就如你所说,更具有深切的家国关怀,也更是政治想象。因此,我们就获得了考察沈从文的一个有效的同时也具有历史感的战争视野。

唐伟:我个人表示疑虑的是,1937年全面抗战的历史节点,是否完全适用于标识沈从文的个人心理节点?

吴晓东:我还是延续以往的历史节点的划分习惯,即1937年的全面抗战,使沈从文的家国情怀与中华民族救亡图存的复兴大业勾连起来。我印象特别深刻的是,沈从文一再强调,只有把湘西看成是中国的湘西,才不会犯错误。在这个意义上,沈从文是个政治敏感度极高的作家——地方自治思想,在沈从文那里即使存在,到了抗战阶段也暂且先悬置了。此后他的伦理关怀和道德重建,就与全民族抗战语境中的御侮建国思考紧密联系在一起。

唐伟:关于"战争",沈从文有些很有意思的个性表述,他认为战争既是争国格,争民族人格,并争取人类生存不可少的一个庄严名辞,即"正义"。同时,他在当时的战争背景下,又把战争分成"有形战争"和"无形战争",并认为,我们和敌人有形战争,也许三五年内因国际局势转好转劣都可以告个结束。另外民族与民族间,却有个永远不能完结的无形战争!谁个民族能团结向上,谁就存在,且活得又自由又尊严。谁个民族懒散而不振作,谁就败北,只会在奴隶身份中讨生活。

吴晓东:沈从文的"无形战争"的说法很有意思,意味着沈从文关于战争的思考向更有深度的层面沉潜。这与欧战爆发之后中国的一些作家关于战争的想象获得了世界性的视野有关。如冯至、穆旦、钱锺书、汪曾祺、张爱玲等都生成了一些关于战争的具有形而上意味的思考,可以与沈从文相互印证。不过相对说来,沈从文的战争思考形而上意味不那么鲜明,却更具有理性主义特征。如果说,冯至、穆旦等作家的创作与战争话题相关的理念中既有民族本位,也有个体本位,那么沈从文则更致力于关切民族的生存与未来的发展,是从民族本位的意义上考量中华民族"又自由又尊严"的存在状态。而无论生存还是发展,的确像沈从文所阐释的那样,都隐含着现代民族国家间的"无形"的对决。我同时看重的是沈从文把正义问题带入战争思考,因此获得的是某种政治哲学的面向。如果说,沈从文关于战争话题形成了某种观念形态的东西,那么"无形"与"正义"都是其中值得进一步展开的部分。

唐伟:或许正是在"正义必胜"以及民族心理/精神较量的意义上,沈从文不同于所谓一般自由主义知识分子,他对"有形战争"的正义一方,向来有充分的必胜信心。据常风回忆,沈从文曾经非常敬仰周作人,但在抗战全面爆发之后,在了解到周作人的所作所为后,他与常风通信就再也不过问周作人的近况了。

吴晓东:从这个意义上说,沈从文的引入了"正义"维度的"民族"本位意识,可以构成审视周作人战争期间关于民族话题的一些相关言说的有效和有力的参照视野。

"理性"的"普遍性"形迹

唐伟:您刚刚说到沈从文试图把湘西地方品质升华为某种"普遍性",这种"普遍性"具体是指什么呢?到了战争年代是否又有了变化?

吴晓东:沈从文的"普遍性"当然不是一个固化和本质化的范畴。如果我们从沈从文笔下作为总体叙事的湘西世界这一宏大角度考察,那么可以说,《边城》时期的普遍性,是沈从文试图把自己故乡中诗意的田园牧歌氛围,展示给身处现代性焦虑中的都市文化,支撑其希腊小庙的基座的,是一种美好而自然的普遍自然人性,可以在卢梭那里找到某种原型。比如,翠翠便是这种美好而自然人性的化身,是"勇敢"和"负责"的人物谱系之外的另一种沈从文的理想人物。而在爷爷、翠翠这些理想人物身上,都闪耀着一种有普遍性的神性之光,体现出人性中庄严、美丽、虔诚的一面,用沈从文自己的话说,即追求一种"优美、健康、自然,而又不悖乎人性的人生形式"。这些面向无疑也可以从伦理维度进行进一步读解。而到了1937年之后,沈从文对湘西一隅能否再度构成中国的普遍性资源已经有所怀疑。到了散文集《湘西》以及小说《长河》《雪晴》这里,我们看到的是,具体的"历史性"已经介入到湘西世界,或者说,这种历史性是湘西世界中本来固有的,只不过被先前的沈从文的记忆美学的距离感给过滤了。而具体的"历史性"是抽象的"普遍性"的敌人。抽象的"普遍性"很难抗衡具体的"历史性"的侵蚀。

唐伟:1937年正是您刚才强调的抗战全面爆发的那年。

吴晓东:1937年全面抗战之后,沈从文获得了一个理解湘西的新的视野:湘西不再孤绝于中华之外,它本来就是中华文明总体性中的一部分。而正如沈从文在《长河》中所说,"现代"已经进入了湘西,这个边城世界想继续保持自足性,已经不再可能。尤其是当"有形战争"也介入到湘西之后,湘西的存续与发展就与整个中华民族的生死存亡关联在一起,成为一个所谓的命运的共同体。当然,沈从文在湘西寻求普遍性寄托的美好愿景,依然没有彻底丧失。而沈从文1940年代的"普遍性"诉求,一方面是《烛虚》《水云》之类的散文化写作中试图把个体生命的玄学式体验升华为大写的经验,另一方面,则是从道德重建的伦理实践中践行某种家国政治的普遍性。

唐伟:您以《边城》为例,把地方性到普遍性的升华,情境化为"乡村"和"都市"的一种对话或转化,但这是不是还是没有跳脱出自然人性的美好设定?就是说这依旧是自然人性内部的一种叙事逻辑?我的理解是,所谓从地方(特殊)到普遍性的升华,对应的应该是"自然"到"非自然"(政治)。也正是在这里,沈从文"道德"的言说空间才被启动,即道德本身即分为两个界面,一个是于私,一个是于公,即我们通常所说的私德和公德。

吴晓东:你认为从地方(特殊)到普遍性的升华,对应的应该是"自然"到"非自然"(政治)。我喜欢你引出的这个"政治"维度。而我的理解是,沈从文试图把自然人性观升华为都市现代性中所匮乏的普遍性,这本身就是一种政治性的言说方式。沈从文早期的可资利用的文化资源,主要的一部分,就是湘西的"自然"。当然,其中也必然蕴含伦理甚至政治维度。边城时期沈从文的复杂性,可能就在于

"自然·伦理·政治"的纠缠。当沈从文以湘西自然人性观去观照都市的时候,其实也如你所说,已然启动了"道德"的言说空间。"自然"观不一定是"私"的,在沈从文1930年代面对都市的写作中,它本来就是"公"的体现,可以兼及公民、公众、公德、公共空间等意涵。

唐伟:您的意思是这里仍存在一个阶段性的分野,即您前面提到的是"全面抗战"使得"沈从文的家国情怀与中华民族救亡图存的复兴大业勾连起来",而在此之前,沈从文似乎并没有那样一种政治觉悟?

吴晓东:至少《八骏图》阶段的沈从文是这样的。

唐伟:在一个较为宽泛的尺度,即一般所说的沈从文文学创作阶段或技术风格划分的意义上,我认同您所说的,是"全面抗战使得沈从文的家国情怀与中华民族救亡图存的复兴大业勾连起来"。但在沈从文这里,我感觉似乎仍需进一步辨析。换句话说,当我们以后设视角来裁定作家的文学观念或思想脉络时,有可能忽视作家自身的特殊性——沈从文可能就属于这样的个案。就像您刚才说的,如果您也认为沈从文是一位政治敏感度很高的作家的话,那么如果我们把这种以今人的历史感做出的判断,加之于沈从文身上,就很有可能忽略了政治敏感自身所蕴含的丰富性。我的意思是,后来者和当事人,对同一历史事件的感觉,可能并不总是同频同步的。

吴晓东:那你认为基于沈从文特殊性的那样一个历史节点,具体是在何时呢?

唐伟:我认为可能比1937年全面抗战要更早一些,至少可以回溯到1932年的"一·二八"事变。沈从文以"一·二八"事变为背景,创作完成了在我看来具有里程碑意味的小说《懦夫》。

吴晓东:你提到的《懦夫》这篇小说的确非常重要,《懦夫》确实称得上是沈从文"理性哲学"的一个小说化起点。这篇小说既集中反映了沈从文对理性的凝思,同时也把对理性的思辨具体倾注在诸如战争、责任、国民、勇敢、政府等相当"政治哲学化"的关键词上。可以说,《懦夫》以1932年的上海"一·二八"事变为语境和背景,虽然没有直接书写战争,却从战争中引发了一系列重大问题,让主人公做出政治哲学意味的思辨和选择,的确是当年因应时代重大主题的不可多得的文学文本。当然,小说中的两个大学生主人公真正上过战场,亲历了战事,因此才有资格断言"中国不能打仗,战争不是挽救中国的一条路。中国只有两条生路,一条是造成秩序,想富国强种的办法,一条不要旧的制度,重新改造"。从"秩序"和"制度"两个层面寻求挽救中国的道路,的确是相当理性主义的逻辑和思路。

唐伟:《懦夫》的主人公断言"中国不能打仗"不是说中国怕打仗,更不是说要放弃抵抗。对任何一个国家来说,破坏性的战争,肯定不是富国强种之路,他要表达的是这个意思。

吴晓东：对,不是怕打仗,正如我们前面所说,沈从文对抗战必胜,从来都有足够的信心。恰恰相反,有过行伍经历的沈从文,其实骨子里有一种争强好胜的尚武精神。

唐伟：所以,沈从文式的理性精神,有必要进一步澄清。

吴晓东：确实有必要,延续这种理性精神,小说《懦夫》的主人公也试图节制热情,认为"把热情归纳到一个固定方向上去,一面才能持久,一面才能稍有益处",并把这种理性精神的培植,看作"我们一种责任"。所以,在这个意义上,我赞同你的判断——早在1932年,借助于对"一·二八"事变的反思,沈从文已经开始有系统性地思考关于"国民""责任""理性""忍耐"等政治哲学问题。或者说,思辨的理性意味,已经相当浓郁了。不过《懦夫》写在1932年沪战危机已经缓解的时间段里,因此,其中的理性意味是与沪战拉开了一定距离的结果。所以,我们今天反而更容易从相对抽象的意义上去解读其中所蕴含的沈从文的思想和哲学。

唐伟：我记得您曾在一篇文章中指出,五四启蒙理性把非理性和无意识看成是异己的因素加以排斥,所以启蒙理性常常与非理性发生冲突,造成的直接后果是,启蒙理性缺乏非理性的深厚的肉身性基础,最终难免成为无根之木。如果说您是在学理的层面对五四启蒙理性进行了有效的反思,那么《懦夫》可能做的刚好是一个诗化的反思。

吴晓东：《懦夫》确实是篇有着浓郁哲理氛围的小说。而且哲理的表达是小说化的呈现,使其中的哲理思辨具有了诗化哲学的意味。在这个意义上说,小说的核心诉求是关于理性精神的,而表达方式却是诗学的,或者说是诗性的。而从小说化的意义上说,沈从文意图表达的哲理和理性精神,是附着于小说人物——尤其是凌介尊身上的,这个沉思型的人物本身就是沈从文哲理思考的载体。《懦夫》是耐读的小说,并没有因为大段表达哲理和理念而抽象化和过于枯燥,其中重要的原因是,这些理念主要不是叙述者的长篇大论,而是或聚焦在人物心理活动,或外化为人物的对话。

唐伟：小说的论辩意味十分浓郁,凌介尊跟荆淑明的对话简直就像是在写一篇有关"理知"的论文。在您刚刚谈到的相对抽象的思辨理性层面,我的阅读感受是,沈从文实际上是尝试把理性的哲学构造推向纵深。这点从小说人物的命名上似乎也能得到印证：从音译的角度看,凌介尊—Intellect(理知)、李伯鱼—Liberal(自由)、荆淑明—Enthusiasm(热情),每个人物与其对应的精神概念一目了然。换句话说,"理性"或许才是真正的小说主人公!小说中一句原话更是直接呼应了小说题目:"这种时节正是把理知当作奸细,把智慧当成怯懦,一律加以毒恶詈骂和嘲笑时节。"

吴晓东:称《懦夫》是论辩式的现代小说,这个概括很别致。这篇小说使我联想到俄罗斯经典写实主义小说,比如列夫·托尔斯泰以及陀思妥耶夫斯基小说中关于宗教哲学的长篇大论。无论是两位男主人公凌介尊、李伯鱼之间的对话,还是凌介尊跟荆淑明的对话,都有很强的论辩性。但不同于陀思妥耶夫斯基的对话体复调小说之处在于,小说中凌介尊的声音太过强大,是唯一的中心人物,而你所谓的"理知""自由""热情"三位一体的辩证综合,在这部小说中其实主要凝聚为凌介尊所代表的理性精神。

当然,从抽象的意义上看,"自由""热情"也是历史理性中不可或缺的精神向度,但《懦夫》生成于特定的反思"一·二八"战争的历史背景上,使得凌介尊的清明而务实的理性精神成为小说的主导诉求。也就是你所谓的"理性"才是真正的小说主人公。当然,如果没有李伯鱼的"自由"和荆淑明的"热情"为参照,凌介尊的理知也会失却根基,《懦夫》作为你所谓的诗性小说,也由于李伯鱼的"自由"和荆淑明的"热情"为理性提供了一些感性维度或者说诗性维度,用沈从文的惯用说法,可能是"抒情性"因素。

唐伟:借用王德威先生的说法,在沈从文这里,抒情因素或抒情传统并不是与革命传统或启蒙理性相左,而是对革命传统和启蒙理性的有益补充,或干脆说,综合了抒情性的理性,实际上就超越了我们所熟知的启蒙/革命的二元论述?

吴晓东:王德威先生的确是借助于沈从文的抒情性来弥合"启蒙/革命"的二元论述,建立起一个启蒙/革命/抒情的三维阐释空间,但他主要试图强调:抒情性是对现代性(的启蒙和革命)的某种救赎和超越。而《懦夫》这类小说昭示出的是,抒情性因素也是理性精神的内在视景,是内化于启蒙理性精神的内部结构之中的。仅仅说抒情性因素是"对革命传统和启蒙理性的有益补充",可能会低估了抒情因素作为结构性的存在。

唐伟:您刚才提到,《懦夫》主人公凌介尊的长篇大论,让您想起托尔斯泰以及陀思妥耶夫斯基,《卡拉马佐夫兄弟》里的宗教大法官也是可以佐证的例子。正是在这一意义上,沈从文内在的"思想"成色或许需要我们重新检视。或者说沈从文一再申说的"使理性完全抬头",其"完全"意义的"理性",究竟何谓呢?

吴晓东:当我们过于强调沈从文的抒情性多么重要的时候,可能的确会或多或少忽略了沈从文其实一直在倡导理性精神,并且把理性作为国民的最重要的基本素质。而沈从文关于理性的具体内涵，可能不需要完全套用西方理性主义和政治哲学。你所强调的《懦夫》恰恰从小说学的意义上提供了沈从文式的理性的丰富性，即这篇小说在人物内心活动以及辩论过程中所触及的一系列范畴，如责任、勇敢、忍耐、担当、自由、热情，等等。这些与思想性相关的范畴，或许就是你所谓的沈从文内在的"思想"成色的体现。在这个意义上，沈从文也是一个思想型的作家，不仅仅以抒情性取胜。还是那句话，包括鲁迅在内的文学大家，其思想的体现方式，不是哲学体系性的，而是恰在文学形象中获得赋型。因此，作家论研究中，发现和阐释尚未被充分关注的关键文本，比如《懦夫》，是拓展我们认知作家的新的空间的重要环节。

唐伟：是否可以这么说，抒情作为一种结构性存在，或者说启蒙/革命/抒情的三维空间，在沈从文这里，其实都熔铸在了他所谓的"理性"概念之中？

吴晓东：如果想找一个统摄性的维度，用以整合沈从文的思想的话，我觉得"理性"的确是一个有效的范畴。当然，这个"理性"，是我们前面讨论过的兼容了感性维度或者说诗性维度的理性。与那些祛除了感性维度的"理性"相比，沈从文的意义可能恰在这里。

唐伟：如果回过头来说沈从文对理想人性的推崇，携带的是一种"希腊"式的西方想象："真正西方所课于共同生活的种种美德，责任与宽容，求知而爱美。"那么，沈从文言说的重点或不在于对美德的描述，而是对一种可能的"共同生活"的拟想。也正是在这里，"希腊"与"理性"再度联结到一起。沈从文的理性道德或道德理性，借用罗尔斯的说法，其本质是一种"理性的道德心理学"，作为"理性的道德心理学"之"理性"，"它不是源于人性科学的心理学"，相反，"它是表达某种政治的个人观念和公民理想的一种概念和原则的图式"。

吴晓东：以往我们更倾向于认为的沈从文的自然人性的观念，通过"理性的道德心理学"中介，确实很自然地与政治哲学建立起了内在关联，从中也许可以勾勒出一种沈从文式的"政治理性"。如果说，在《边城》时期的沈从文那里，这种政治哲学还不那么明晰化，也许更体现为一种你所谓的"共同生活"的朦胧拟想，但是到了1937年之后，这种政治哲学的意味，就开始渐渐自觉了。

思想性观照：另一种研究视角

唐伟：我注意到您在解析沈从文的创作时，比较看重"前中后"这样的分期，作家的创作，有时的确存在文学风格的自觉或叙事技巧成熟的渐进过程，但对沈从文来说,是否也存在一个一以贯之的东西——用您刚才提到的"沈从文的思想和哲学"一说,我们姑且把它叫作"思想"?

吴晓东: 如果承认一个作家的写作生涯的不同阶段有所变化,或者说不同阶段贡献了不同风格的创作,那么,分期的方式是一个比较简明和方便的办法。当然,也总是有研究者迷恋所谓"总体性"的东西,试图为一个作家或者哲学家的一生寻求贯穿性的思想脉络,以及具有整合意义的框架。沈从文当然在其创作生涯中也体现出某些相对稳定的东西。比如抒情性的浪漫美学观,以自然伦理为基础的文明观,以及基于上述观念背景带给他的对现代性的某种独特的反思性等。相比其他一些善变的作家("善变"在我这里是个中性判断),沈从文相对恒定的东西的确很明显,即他所谓的"常"的一面。但与其说用"思想"概括,我觉得用认识论结构和情感结构的范畴也许更有效。因为真正的"思想"是变动不居的,反而思想的结构才有某种相对稳定性。我这里最想强调的概念是"相对化",也是担心一旦认为沈从文有某种不变的"思想",反而会局限他的现代认知的丰富性。当然,另一方面,如果作家创作生涯中有这样一个相对"一以贯之的东西",的确有助于丰厚其思想含量。

唐伟: 在比较的意义上,您怎样看待沈从文与同代作家的思想异同?

吴晓东: 讨论作家的思想问题,是一个具有普遍性的大问题。而讨论这个话题,也需要独特和具体的方法论。也许可以说,考辨不同作家的思想,都要找到有针对性的方法和讨论方式。简单地说,就是要在具体的文学性图景中思考一个作家的思想问题,而不是仅仅把一个作家作品中的所谓思想抽离出来进行演绎式的归纳,这样可能不仅不会抽象出一个作家的思想,反而恰恰扼杀了一个蕴含着丰富思想的作家的真正可贵的思想。以鲁迅为例,即使是鲁迅,我们说他是一个思想家,其思想形态也是以文学形态表现的。但正因为鲁迅的思想表现为文学形态,才具有无法替代的独异性。比如在钱理群先生看来,鲁迅的文学性正体现在鲁迅思维方式的复杂性,以及鲁迅的思想及其表达所具有的"丰饶的含混"的特点之中。这就是鲁迅独有的文学的方式,或者说是鲁迅言说世界的方式。由此,在关于认知文学性的问题上,鲁迅也正在成为当代诗学的无与伦比的资源。而钱理群先生启示我们的正是一种从文学性的意义上重新理解鲁迅的视野,真正理解鲁迅身上所体现的思想家与文学家的统一,即鲁迅作为一个思想家的存在方式,是以文学家的形态具现出来的。钱理群尤其重视丸山昇的一个判断:"丸山先生提醒我们注意:在二十一世纪初,人类面临没有经验的空前复杂的众多问题时,'鲁迅的经历和思想,尤其是他的不依靠现成概念的思考方法中',保留着'我们还没有充分受容而非常宝贵的很多成分'。"这种"不依靠现成概念的思考方法"或许就是鲁迅特有的文学的方法。

唐伟：就思想性而言，您认为沈从文的哪些文本比较具有独异性呢？

吴晓东：就思想性而言，我可能更看重沈从文在《烛虚》这类哲理空间和抒情向度中展示出来的思想的意向性；或者在小说《雪晴》中展示出来的思想状态的踌躇和不确定性。另外，应该说，沈从文不是一个思想型的作家，或者说不是以思想取胜的作家，如果脱离了比如小说《懦夫》中的情境氛围或者比如《烛虚》中的哲理氛围，那些单纯进行政论式的思考的文章，大都有些失之浮泛。当然，沈从文的确也是一个对思想性问题有所迷恋和自觉的作家。尤其是进入抗战时期，很多写作都力图显现思想家的质素。比如"国家重造"方面的大问题，如果不诉诸思想力，是难以企及的，就此而言，沈从文1940年代的著述实践中，的确有一定的思想性。但如果说沈从文的思想具有相当的成色，应该说是更基于他自己的人生经验和常识，基于自己的独特而丰富的生活经历。沈从文是一个有常识感的作家，而基于常识去参与诸如道德重建、抗战建国之类的重大政治话题，则使沈从文的政论式的写作的确显得别具一格，也是他与同时代的其他作家有所区隔之处。比如老舍，老舍对自己的思想力的不足一直特别自觉，就更倾向于把文学作品写好，把人物写好。但是在《四世同堂》中，我们可以看出老舍也同样显示出思想的诉求。而像中学、西学都有深刻功底的冯至，抗战时期的文学作品、政论杂文或者学术研究中的思想性就更加显豁，也更具有均衡性。

唐伟：我们一般遵循诗学的路径，来考察沈从文文学创作的日趋成熟及风格流变，而在思想成型的意义上，是否也存在跟其小说艺术自觉相类似的那样一个标志性作品？

吴晓东：沈从文的思想一直有着未完成性。如果说他的小说艺术在《边城》中达到一个高峰，使他记忆中的，或者按照汪曾祺所说"印象里"的湘西得以审美性凝定的话，是因为记忆中湘西相对封闭的自足性较为容易获得美学塑形。但是《边城》的结尾也呈现出了开放性，从而也就预示了湘西想象的开放性。这种开放性可能与沈从文创作《边城》期间在1934年初有一次短暂的返乡经历有关。而到了1937年之后，沈从文重返湘西，对湘西有着进行时的认知，关注到的是湘西的具体现实。而现实思考的开放性必然反映在美学的开放性中。所以，就小说为例，从1939年开始书写的《长河》直到40年代中期的《雪晴》，都表现为小说结构意义上以及意识形态图景上的未完成性。其中的原因，除了审美认知的未能有距离感地进行塑形之外，也有思想的未完成性的制约。这一时期，沈从文关于湘西的想象和书写,已经与他在战时对中国的现实和远景的思考重叠在一起,与民族道德的重建以及抗战建国的主潮意识形态重叠在一起。而民族的未来远景还处于玄黄未定之际,作家的思考大都表现出意向性。当然思考的意向本身就是可贵的。

相对说来,沈从文这个时期的《烛虚》或许可以说构成了你所谓的思想相对成型的一个标志性作品。也许因为《烛虚》本来就是一个思想性的文本。沈从文在其中集中思考了个体生命、道德哲学与民族大业等问题。但我还是想说,《烛虚》与其说是思想成型的,不如说仍是未完成的。而这种未完成性,其实是四十年代很多作家小说创作的共性特征。除了沈从文的《长河》《雪晴》,再比如茅盾的《霜叶红似二月花》《锻炼》、废名的《莫须有先生坐飞机以后》、萧红的《马伯乐》、骆宾基的《混沌》等作品,都印证了这种未完成性。

唐伟:我记得您之前跟我说过,您十分看重沈从文早期的创作,您认为关于沈从文早期创作的研究还远没有充分展开,那么在"思想"的意义上,是否可以对沈从文早期创作重新做某种非文学性的观照呢?

吴晓东:这个问题很好。因为在我刚才的划分中,沈从文以1937年为界,似乎显示出的是一个前后差别太过明显的作家。你提醒我关注早期沈从文的创作,可能不仅仅因为早期创作"在其个人成长的道路选择上,也有一定的'文献参考'价值",换句话说,早期沈从文不是为了他的后期提供一个前史。一方面,在对沈从文早期创作的关怀过程中,我们可以寻求一个整体的而不是过于分裂的沈从文的完整传记形象;另一方面,早期创作也许同样有本体意义上的自足性,或者说,至少同样有独立或独异的价值可供挖掘。我开设的研究生课程"沈从文研究",主要分析的文本恰恰是他的早期也就是三十年代之前的作品。如果说,从文学性的意义上看,沈从文早期创作已经有其独特的诗学风格可以再深入阐释,那么你提示的是另一种研究视角,即对沈从文早期的创作也可以进行"思想"性观照。我很赞同这一思路。更进一步,思想性的观照由此会有望成为一种方法,可以在所谓的文学性研究视野外,提供另外一种挖掘沈从文早期文本价值形态的思路。当然,我也不赞同把思想性研究与文学性研究相孤立与隔离的路数,说到底,沈从文的思想是蕴含在文学文本中的。

谈艺录

"傅译莎"推荐语

"无地王"约翰：
一个并非不想成就伟业的倒霉国王

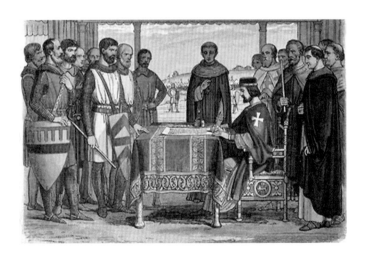

"傅译莎"推荐语

■ 文／韩　秀

《哈姆雷特》

生死抉择曾经是也将永远是人类无可回避的大哉问。丹麦王子哈姆雷特的内心独白是莎士比亚乐府中的著名篇章。傅氏新译展现新格局、新风格。不仅优雅贴切，保持莎翁诗境的幽远深邃，更是以学者的严谨为现代读者还原这出诗剧在创造与流传中的种种变异。戏中戏的新译最令人赞叹。莎翁创作黄金时期的独具匠心悄然跃出，蔚为奇诡的风景。

《罗密欧与朱丽叶》

爱情是比生命更值得珍惜的一件物事，人们用无数不同的语言咏哦爱情。但是，爱情的真谛又是什么？当人类被爱神丘比特的箭射中的时候，盲目、迷乱、疯狂，只要能爱，一切都不再计较。这是发生在意大利维罗纳的爱情故事，也是发生在古往今来每一个人身上的故事。只要还有人存活于世，罗密欧与朱丽叶的故事就没有落幕的时分。唯一不同的，是莎翁在这出戏里所展示的哲学内涵。坚贞的爱情、残酷的命运、睿智的哲学在永不蜕色的诗句中升华。

《威尼斯商人》

"仁慈的美德有着超越王权的力量。"比起权势与利益,慈悲为怀才是具有神性的精神力量。在商言商,本无可厚非,经商的目的本就是为了赚取金钱,天经地义。但是,仁慈与爱心人皆有之,商人也在其中。莎翁的睿智,莎翁对于公道、正义的诠释,在这出戏里表现得淋漓尽致。莎翁穿越数百年的历史空间,直指今日世界之症结所在。这出笑中含泪的戏剧创造出犹太商人夏洛克的艺术形象,其复杂的心理来源于深刻的历史、宗教背景,使得这出戏不断以各种艺术形式再现人间。

《奥赛罗》

高大强壮、孔武有力的威尼斯摩尔人奥赛罗英勇善战,却不敌内心的虚妄,听信口蜜腹剑的伊阿古,亲手杀害了美丽的妻子苔丝狄蒙娜,酿成世上最为惨烈的悲剧。莎翁戏剧都有历史本事作为根据。傅译不仅丝丝入扣以现代精湛、华美的汉文诠释剧情与对白,更将本事追根寻源,证实生活比艺术更加残酷。伊阿古无处不在,危险的陷阱就在面前,然则,最大的危险却是在受害人的心中。战胜邪恶最有力的武器正是内心的自信与对爱情、亲情、友情的信任。"谣言止于智者"便是莎翁在十七世纪初给我们留下的理性的忠告。

《李尔王》

世人可扪心自问,真的会不爱听甜蜜的奉承吗?被捧得飘飘然的时候,真的能够洞察奉承所包藏的居心吗?人们真的能够辨别善良、诚实与奸诈、虚伪吗?为什么,人们常常会被巧言令色蒙蔽了眼睛、混淆了心智,失去理性判断,采取无法追悔的愚蠢行动?莎翁的《李尔王》之发人深省正在于人性的软弱与痴迷是普遍存在的。何以头脑清楚、言语平实、热爱父亲的考狄利娅在这出戏里最终难逃一死?莎翁毫不留情,借命运之手正猛敲世人脆弱的心田,力图将愚蠢、轻信轰击出去,加固人类本该具有的理性精神。

《麦克白》

威力无边的太阳神阿波罗唯一在行动上不能逆反的便是命运女神的指令,虽则他的心里有着完全不同的看法。莎翁却在告诉我们，人间竟然有着如此愚顽的生灵，不仅千方百计探究命运指令的底蕴，以配合自己的私心欲念；进而甚至在自己的内心培植与野心相伴的阴毒邪恶，不惜嗜血，不惜陷入疯狂。苏格兰的麦克白夫妻成为典型。与其相反，具有高贵天性、正直无畏、坦诚睿智的班柯却为世人显示出全然不同的美好结局，自己虽不能称王，子孙后代却会是世代明主。命运女神对班柯展露出了难得一见的诚挚微笑。

《第十二夜》

如果，能够"随心所欲"那该有多好啊！芸芸众生为了这样一个目标不惜任何手段。机智、诙谐的莎翁却为世人指出一条明路，不必随心所欲，因为那不存在于人间；但是，在某种情形之下，"随你所愿"却是办得到的，是可以争取到的美好。两位相貌一样、嗓音相同、装束一致的孪生兄妹便得到了这样的美好。莎翁当然不会在这里止步，他要让人们知道，文字可能造福，也可能被玷污、用于肇祸。性别在戏剧中会制造出离奇的效果，在生活中则更是吊诡。马伏里奥这个人物在这部新译中凸显出矛盾的多重性格，出色地还原了莎翁创造这位"清教徒"的旨趣。

《皆大欢喜》

四对恋人经受种种磨难终于称心如意结为美眷；两个"坏人"终于痛改前非、改邪归正。这样的故事情节在莎翁的笔下以灵巧而优雅的诗情画意见证了仁慈与爱的神性。兄弟阋墙本是悲剧之源，被兄长欺负的勇士奥兰多同被叔叔驱逐的美女罗莎琳德在莎翁的安排中却不仅以其仁爱获胜，更以其智慧、宽容、乐观、诙谐成就了这样一出甜美、精彩的欢庆喜剧。宫廷与乡野的对照在这出戏里凸显了世外桃源的生机勃勃、意趣盎然。在驱逐中，乡野本是惩罚；人性的光华却还原了乡野正是上天恩赐的真理，令人惊喜，令人深思。欢庆喜剧的哲学意涵超越人生益发隽永。

《仲夏夜之梦》

神话的故乡雅典，离神最近的雅典人，在莎翁的魔棒指挥下展开一连串优雅的追逐，追逐的对象是让人神魂颠倒的爱情。雅典人在五朔节的夜晚进入了仙人的领地——森林,受"相思花"汁液的魔法导引,瞬间被仲夏夜狂乱的迷梦笼罩,"错爱"不止,笑闹一团。梦醒时分,无论是人还是仙,都得到了圆满的爱情。莎翁以盎然的诗意,温柔地引导着我们看到现实世界的冷酷,梦幻世界的安详。莎翁以美妙的诗情画意带领我们感觉舒缓的适意与甜蜜的欢愉。莎翁以无与伦比的设计照亮前路,让我们认识漫无头绪的迷乱之中所潜藏的真理。

《亨利四世》

没有人会以为这是一部历史剧,因为历史老人被蒙上了眼睛跟着莎翁团团转;没有人会认为这是一出喜剧,因为浪荡子们的欢笑并未能延续到终场;也没有人会认为这是一出悲剧,因为篡权者内心的恐惧并没有妨碍他寿终正寝。这是莎翁主导的一台戏,将历史、悲剧、喜剧融合在一起,让我们看到一位血气方刚的勇士决心为正义而战却死在敌人的剑锋之下;当我们正掉进伤痛之时,却发现那浪荡子竟然改邪为正成了英国历史上的明主亨利五世,正在开始赢取辉煌;当我们欢欣鼓舞之时,却发现了历史上的大笑话,一个篡权者却丝毫没有受到惩罚。于是我们放松下来,心甘情愿掉进莎翁的迷魂阵,看戏。

《理查二世》

一座罪与罚的旋转门,充满了血腥与暴戾。莎翁毫不留情直指横征暴敛、听信奸诈谗言、犯下一连串罪孽、众叛亲离的昏君罪不可赦。然则遭昏君流放被强夺家产与贵族继承权的受害人却在唾手可得的王位面前改变了初衷,食言自肥,登上了国王宝座。原本受害,原本能够伸张正义赢得公道人心的机缘在这座旋转门内完全地迷失了。失去诚信之人必将接受命运的惩罚,背负沉重的负罪感走完余生。我们在这出雷霆万钧的生死搏斗中见识到了莎翁的冷峭、莎翁的严峻以及莎翁毫不姑息的霹雳手段。

《亨利五世》

困境与伟大并存,亨利五世是莎翁笔下颂歌声中的战神国王。四百多年来如同战鼓激励着大英帝国的子民攻城略地实现着"日不落国"的骄横。然则阿金库尔以少胜多的辉煌战果被战俘遭到杀戮的阴影遮蔽了光辉。英法百年战争最耀眼的军事胜利被鲁昂壕沟里饿死的妇孺掩去了光华。黑底斯含笑凝视,亨利五世真正在乎的高卢王冠在巴黎近郊因疾病而幻灭,那近在眼前的王权啊,就这么不翼而飞了。然而,莎翁妙手回春的戏说,却让数百年来的英国沉醉在胜利的梦境中不愿苏醒。

《约翰王》

创作乃神之呼吸,吐纳之间化腐朽为神奇。莎翁对此了然于心,运用起来更是顺手。约翰王并非仁人君子也不是大奸大恶之人,但他生逢极为戏剧化的时代。王室贵族之间、英格兰与法兰西之间,充满内忧外患。而且,进退之间还需得考量罗马教廷的意愿。两军厮杀可以用联姻来避免,也可以用承认教廷权威来化解。到了莎翁的时代,英格兰与教廷错综复杂的关系,"只要对英格兰没有二心,英格兰必定永远挺立"成为王室权威正当性的基石,面对如此大好机会莎翁自然要善加利用。

《亨利六世》

天使轻声细语:"他在伦敦塔读祈祷书。"神没有搭理。他就是九个月大即登基的英国国王亨利六世,一辈子陷在红白玫瑰跨世代的争权夺利中,陷在英法两国的角斗中,陷在阴谋、背叛、刀光剑影中不能自拔。他没有雄心壮志,只能苟且偷安,只能在家不家国不国的混沌中虚掷前辈赢得的荣光。莎翁毫不手软,将这一切搬演成连台大戏。当幕布最终落下来的时候,莎翁看到了血光之外,神伟岸的背影,他已经拂袖而去。

《理查三世》

历史老人摇头叹息,究竟是谁靠着一支生花妙笔,将一位幼年便因家族争斗而离乡因胜利而返回,依据法理登上国王宝座,能征善战、治国有方、受到民众拥戴、死在叛军刀剑之下的理查三世变成丑陋、凶残的嗜血魔王?比理查三世晚生一百多年的莎士比亚是也。理查之死结束了金雀花王朝,真正的篡位者开始了都铎王朝的统治。虽然精彩大戏坐实了非法夺权的正当性,满足了观众数百年不变的好奇心,最终的胜利依然属于从未赢得掌声的历史老人,也属于含冤五百年的理查三世。

2012年访美时，常跟韩秀在她书房里聊天。一次，提及许多年前出于好玩儿，新译过查尔斯·兰姆跟姐姐玛丽·兰姆合作改写的《莎士比亚戏剧故事集》，不想韩秀当即说，她与台湾商务印书馆的方鹏程总编辑相熟，可推荐一下，看有无可能再出一个繁体字版本。我心向往之。

回国后，我便将译稿通过电邮传给台湾商务的方总。很快收到方总回复，译稿已通过编辑部讨论，接受出版，合同会很快寄来。我自是高兴，回复致谢时，又提到自己还曾翻译过一部题为"我的童话人生"的《安徒生自传》。2012年8月15日，收到方总回复："谢谢您寄来译稿大作《安徒生自传》，将提到下月编辑会议讨论。冒昧想请问，您是否还有翻译西洋经典名著？或是仍在翻译书籍？可否将已翻译、可出版的西洋名著书名提供给我，以便进一步考虑合作方式。"

我感到方总的诚意，遂回信致以谢忱，表示"愿推诚相与，并希望和期待未来我们之间可能有的更多合作"。然后，便将已有的小小翻译经历如实告知方总。未曾想到，发出邮件的8月16日当天，方总即在回信中问询"如果台湾商务愿意出版您翻译的《莎士比亚全集》，您会有意愿翻译吗？"

方总这一问改变了我的命运，或曰，使我有缘成为一个莎士比亚戏剧的新译者。而这一缘分由韩秀牵引而来。

2013年4月，台湾商务印书馆出版了我新译的《莎士比亚戏剧故事集》，韩秀为此特意写了推荐序。

2014年4月，台湾商务印书馆出版了我新译的中英对照本《罗密欧与朱丽叶》。书前由方总执笔写下"出版缘起"："'出版好书、有益人生'，是台湾商务印书馆在台六十多年来的一贯传统。近年来出版书籍以'知识、经典、文学、生活'为四大方向，'新译莎翁全集'乃是'重译经典'的项目之一，目的在以当代的语言、思考逻辑，来解释古代的经典，并加以注解，让读者在欣赏经典名著之余，也能充分了解当年许多用语、事件的时代背景，从而思考出当代与未来的走向。"

这话说得多好啊，一个出版家的理念气魄、远见卓识，全在里面了。同时，方总也对新译莎翁何以为"新"，以何为"新"，做了诚挚表白，那就是：

> 为了要让海内外的华人都能够看懂《新译莎翁全集》，势必要用现代的语言来翻译。语言是随着时代而改变的，梁实秋当年的优雅用语，现代年轻人可能无法完全理解。但是，莎翁当年编写的戏剧是用诗的语言，如今要如何用简洁雅致的白话来表达呢，这是一大考验。
>
> 除了语言要符合当代的需要之外，也需要运用注解，让读者了解莎翁当年

所说的一些典故、一些用词的时代背景,以及一些隐藏的真意。简洁的白话、详细的注解、中英对照,就是《新译莎翁全集》的三大特色。

朱生豪和梁实秋都历经时代的考验,他们所翻译的《莎士比亚全集》都成为当代的通行本。许多译者都未完成的翻译大事,我们期望读者能给我们一个机会和鼓励,让莎翁的作品能够有一套新的白话译本,能够更普及地流传下去。

方总的话诚恳而朴实,这既是我们合作的缘起和初衷,更是我们共同的愿望和志向。对我来说,新译之"新",简单一句话就是:以散文诗般的现代白话再现莎翁的诗剧精彩,并配以丰富的注释、详尽的导读,引领读者全新读解莎翁。

因此,能"新译"莎士比亚,对我既是一个机缘,也更是一份殊荣。这份机缘是由韩秀和台湾商务印书馆原总编辑方鹏程先生一先一后所缘起。我再次向他们致谢!

事实上,从一开始我就和韩秀约定,因这新译莎翁之缘,缘起于她,所以一定请她不辞劳费心神,要为每一部新译写个推荐语。韩秀慨然应允,当她每读完一部新译和导读文稿,便把心生之言写成推荐语,其中有她对莎翁深深的理解和浓浓的感悟。我想,这也能算是莎翁新译本的一个特色。

非常感谢《文学》以这样一种方式,将韩秀为"傅译莎"写下的推荐语发表出来,以飨读者。

现在,傅译《莎士比亚全集》正由天津人民出版社陆续推出中,已出版了三辑,计有:"五大悲剧"(《罗密欧与朱丽叶》《哈姆雷特》《奥赛罗》《李尔王》《麦克白》)、"四大喜剧"(《仲夏夜之梦》《威尼斯商人》《第十二夜》《皆大欢喜》)、"四大历史剧"(《理查二世》、《亨利四世》上、《亨利四世》下、《亨利五世》)。而韩秀,已为我最新完成的新译《理查三世》写好了推荐语。

——傅光明谨识

"无地王"约翰：一个并非不想成就伟业的倒霉国王

■ 文/傅光明

一、写作时间和剧作版本

（一）写作时间

现已公认，《约翰王》写于1594—1597年间的1590年代中期，五大理由如下。

第一，1598年9月7日，弗朗西斯·米尔斯（Francis Meres, 1565—1647）牧师在伦敦书业公会（Stationers Company）登记印行的《智慧的宝库》（*Palladis Tamia*）一书中，提到《约翰王》。

第二，许多莎学家认为，从诗体风格来看，《约翰王》应与《理查二世》写于同一时段，再从后者戏剧结构的相对合理、剧中人物刻画的相对丰满以及诗风抒情的相对强化来看，前者写作在前。诚然，拿作家写作这件事来说，并非晚作一定好于少作。这不，"牛津版"《莎士比亚全集》的编者们，由剧中稀有词汇的发生率、诗体中的俗语运用、停顿模式、罕见的韵诗等几方面断定，《约翰王》1596年完稿，比写于1597年的《亨利四世》（上篇）早，比写于1595年的《理查二世》晚。不过，这个事实十分清楚，即在全部莎剧中只有两部是全诗体，一部是《约翰王》，另一部是《理查二世》。

第三，戏剧家托马斯·基德（Thomas Kyd, 1558—1594）写于1582—1592年间的《西班牙的悲剧》（*The Spanish Tragedy*）对莎剧《约翰王》有直接影响。比如，《西班牙的悲剧》第一幕第一场的三行诗句"他专擅狩猎死狮子,/剥下狮皮做衣裳,/好比兔子敢揪死狮子的胡子。"几乎被莎士比亚原封不动植入《约翰王》第二幕第一场私生子(福康布里奇)与布兰奇公主嘲弄奥地利大公的对话中,当私生子挖苦奥地利大公"你就是俗语里说的那只兔子,勇气大的敢扯死狮子的胡子。"之后,布兰奇随声附和:"啊,剥狮皮之人,身披狮皮最合体!"

《西班牙的悲剧》常被认为是伊丽莎白时代第一部成熟的剧作。除此之外,被认为八成出自基德之手、写于1593年的另一部剧作《索丽曼与珀西达》(Soliman and Perseda),也对莎士比亚编写《约翰王》有影响。

第四,1591年出版,可能出自戏剧家乔治·皮尔(George Peele,1556—1596)之手的《骚乱不断的英格兰国王约翰王朝》(The Troublesome Reign of John, King of England),是莎剧《约翰王》的重要素材来源,两剧剧情十分接近。

然而,英国当代莎学家霍尼格曼(Ernst Honigmann,1927—2011)在其为1954年第二版阿登版《莎士比亚全集·约翰王》所写序言,及其1982年出版的专著《莎士比亚对同时代人的影响》(Shakespeare's Impact on his Contemporaries)中,坚持认为,莎剧《约翰王》早于《骚乱不断的英格兰约翰王朝》,因写作上并非前者借鉴后者,而是后者效仿前者。若此,《约翰王》的写作时间则要提早至1589年之前。霍尼格曼的学术前辈、著名莎学家多佛·威尔逊(Dover Wilson,1881—1969)持相同观点。不过对此,莎学家们多不赞同。

第五,一些文学史家认定,莎剧《约翰王》中康丝坦斯痛失亚瑟之伤悲绝望,分明是莎士比亚丧子之痛的真实写照。1596年8月11日,莎士比亚的独子哈姆尼特(Hamnet)因病夭折,莎士比亚痛不欲生。何处寄哀思?设计《约翰王》剧情时,莎士比亚安排康丝坦斯在第三幕第四场,以为儿子亚瑟已死,心烦意乱,披头散发,悲从中来,向宽慰她的法兰西国王腓力二世慨叹:"若悲愁能填补我没了儿子的空缺:睡在他的床上,和我一起走来走去,装出他可爱的模样,重复他说过的话,令我想起他身上一切可爱之处,以他的形体把他空落落的衣裳填满;那我就有理由溺爱悲愁。……主啊!我的孩子,我的亚瑟,我的漂亮儿子,我的命根子,我的喜乐,我的食粮,我的整个世界!我孀居中的安慰,我悲愁里的良药!"

或许有理由相信,莎士比亚在借康丝坦斯哀悼亚瑟,来浇丧子之痛的胸中块垒!若此,《约翰王》的写作时间几乎可精确到1596年夏秋。

除了以上,另有莎学家认为,《约翰王》的写作早在1587年告竣,因为史学家拉斐尔·霍林斯赫德(Raphael Holinshed,1525—1580)所著《英格兰、苏格兰和爱尔兰编年史》(Chronicles of England, Scotland, and Ireland)第二版在这一年出版,该版《编年史》第三卷是莎士比亚历史剧的主要素材来源之一。显然,这个理由不充分,虽说莎士比亚历史剧中有许多情节都是照霍林斯赫德《编年史》里的葫芦画的瓢,但并无任何证据表明,莎士比亚刚一看完新版《编年史》,便摇着鹅毛笔写起了《约翰王》。

另外,早在《骚乱不断的英格兰约翰王朝》和莎剧《约翰王》之前,舞台上还上演过一部名为《约翰王》(Kynge Johan,约 1538 年)的"插剧"(the Interlude),作者是新教辩护士约翰·贝尔牧师(John Bale,1495—1563),这部插剧是英国戏剧由旧道德剧向历史剧过渡的标志。但并无直接证据显示,它对莎剧《约翰王》有丝毫影响。

(二)剧作版本

莎剧《约翰王》不存在任何版本问题,1623 年出版的世间第一部莎士比亚作品集,即著名的"第一对开本"《威廉·莎士比亚先生的喜剧、历史剧和悲剧》(*Mr. William Shakespeare's Comedies, Histories, & Tragedies*)中的《约翰王》,是唯一的权威文本,剧名全称为《约翰王的生与死》(*The Life and Death of King John*)。不过,该本是否根据剧团的一份台词本(a prompt-book)或莎士比亚的编剧草稿(foul papers)印制而成,尚无定论。

二、原型故事所从何来

(一)莎剧《约翰王》的原型故事

现已认定,可能出自乔治·皮尔之手的旧戏《骚乱不断的英格兰国王约翰王朝》(以下简称《约翰王朝》)是莎剧《约翰王》的重要原型故事。其实,关于《约翰王朝》到底出自谁手,一直存疑,有人认为作者不详,有人推测作者可能是剑桥、牛津出身的"大学才子"作家克里斯多夫·马洛(Christopher Marlowe,1564—1593)、罗伯特·格林(Robert Greene,1558—1592)或托马斯·洛奇(Thomas Lodge,1558—1625)中的某一位。

《约翰王朝》共两部,于 1591 年分开印行,第一部标题页如下:

> 骚乱不断的英格兰国王约翰王朝,及狮心王理查的私生子(俗称"私生子福康布里奇"):另有约翰王在斯温斯特德修道院(Swinstead Abbey)之死。该

剧曾由女王陛下剧团(于各种时间)在荣耀的伦敦城公演。由桑普森·克拉克(Sampson Clarke)出版,并在其位于伦敦交易所后身的书店出售。伦敦,1591年。

第二部标题页如下:

  骚乱不断的英格兰约翰王朝,包括亚瑟·普朗塔热内之死,路易登陆,以及约翰王在斯温斯特德修道院中毒而亡。该剧曾由女王陛下剧团(于各种时间)在荣耀的伦敦城公演。由桑普森·克拉克出版,并在其位于伦敦交易所后身的书店出售。伦敦,1591年。

"普朗塔热内"(Plantaginet),即后人熟知的"金雀花(王朝)"(Plantagenet,1154—1485)之音译。

此后,这部篇幅比莎剧《约翰王》长约300诗行的《约翰王朝》再版过两次:1611年,两部合二为一,由约翰·赫尔姆(John Helme)出版,标题页印有"Written by W. Sh."字样,W. Sh.是威廉·莎士比亚(William Shakespeare)的缩写字头;1622年三版由托马斯·迪维斯(Thomas Dewes)出版,标题页印明"Written by W. Shakespeare"(W. 莎士比亚著)。不用说,出版商这么干,意在盗用莎士比亚之大名大赚其钱。不过,这却一度造成有后代学者误以为这部《约翰王朝》真的出自莎士比亚之手。

关于《约翰王朝》对莎剧《约翰王》有何影响,或曰莎士比亚如何改编这部旧戏,梁实秋在其《约翰王·译序》中说:"这部旧戏虽然不是什么天才之作,但是主要的故事穿插以及几个重要的人物都已具备,莎士比亚加以删汰改写,大体的面目都被保存,甚至旧戏中的错误,亦依样葫芦。不过,旧戏的重点在于反天主教,莎士比亚的重点在于人物描写。例如私生子那个角色,好像是为了某一个演员(可能即是理查·博比奇)而特写的一般,大事渲染,除第三幕外每幕结尾处均是私生子的台词。莎士比亚删掉了旧剧的四景,没有增加新景,比旧戏共少三百行,但是给予我们一个更充实有力的印象。这是研究莎士比亚如何改编旧戏之最好的一个实例。"[①]

由梁实秋所言,对两剧之异同稍作比对:

---

① 梁实秋译:《莎士比亚全集》(第4卷),北京:中国广播电视出版社,1995年,第7—8页。

第一，两剧均以约翰王 1199 年加冕英格兰国王到 1216 年去世的统治时期为剧情背景，剧中涉及的人物、事件相同。

第二，莎剧《约翰王》第五幕第四场第 42 行台词与《约翰王朝》一模一样，即法国贵族梅伦临死前向索尔斯伯里伯爵透露："他（休伯特）是我好友，——另外还有一层考虑，因为我祖父是个英国人。"

第三，两剧均未涉及约翰王在叛乱男爵们的强大压力下，于 1215 年 6 月 15 日在温莎附近的兰尼米德（Runnymede）签署的、以拉丁文书写的、有 63 项条款、旨在限制王权的《自由大宪章》（*Magna Carta Libertatum*, i.e. *Magna Carta*），英文为 *Great Charter of Liberties*。

在后人眼里，约翰王与《大宪章》密不可分。为何两剧均不提这件令约翰王受辱蒙羞之事？对旧戏《约翰王朝》或只能这样推测：女王伊丽莎白一世 1558 年继位后，王权极不稳固，整个王国内忧外患，于内，贵族中一直有人阴谋废黜女王，于外，须不时提防信奉天主教的法兰西和西班牙两大强敌。尽管 1588 年女王的海军打败了西班牙无敌舰队，但 1591 年便在《约翰王朝》中把贵族们逼迫约翰王签署旨在限制王权的《大宪章》情景再现，恐刺激女王。对莎剧《约翰王》来说，或可由其戏剧结构之混乱，这样推测：莎士比亚对该剧兴趣不大，只为赶紧照葫芦画瓢，把《约翰王朝》的爱国主义及反天主教宣传淡化掉，匆忙编一部"下锅之作"（a piece of hack work），①把快钱挣到手。

第四，《约翰王朝》有强烈的反罗马天主教色彩，莎剧《约翰王》将其所有反天主教的剧情，包括一些对戏剧力有强化作用的细节全部"删汰"。比如，《约翰王朝》中，意图毒死约翰王的那位斯温斯特德修道院修士，在一段独白中表明，自己之所以谋害国王，只为他洗劫修道院罪不容诛，要让他受到应有惩罚。而且，剧中有修道士投毒、约翰王饮酒一场戏，在戏里，约翰王从假扮宫中"试吃者"（taster）的修士手里接过酒杯，喝下毒酒。毒性发作，约翰王在极度痛苦中死去。

另外，《约翰王朝》中还有一处喜剧性桥段：当私生子彻查一座修道院时，竟搜出一位藏身于此的修女。莎士比亚将此抹去，只在第三幕第四场借潘杜尔夫主教之口一语带过："私生子福康布里奇，此时正在英格兰洗劫教会，冒犯基督徒的爱心。"

说实话，被莎士比亚"删汰"的这几处，都不无戏剧表现力。

---

① 参见"新剑桥版"《约翰王·导论》，*King John*, Edited by L. A. Beaurline, Cambridge University Press, 2012, p.1。

（二）历史上的"无地王"与莎剧中的约翰王

约翰·普朗塔热内（John Plantagenet，1166—1216），即约翰·金雀花，简称约翰王，是英格兰王国"金雀花王朝"（the House of Plantagenet）第三任国王（1199—1216年在位），因在位期间将其父（亨利二世）、兄（理查一世）赢得的在欧洲大陆的诺曼底公国（Duchy of Normandy，1066—1204）及英格兰王权所属大部分领土，都输给了法兰西国王腓力二世（Phillip Ⅱ，1165—1223），导致安哲文帝国（Angevin Empire，1154—1216）消亡，造成法兰西卡佩王朝（Capetian Dynasty）于13世纪崛起，使王国在欧洲大陆的领地丧失殆尽，赚得"无地王"之诨名。

安哲文帝国指英格兰的安哲文国王（Angevin Kings of England）12—13世纪时所拥有的英格兰和法兰西的领地，是早期复合君主制（composite monarchy）的一个典型例子。第一位君主是诺曼底公爵亨利二世（Henry Ⅱ，1133—1189），他从母亲那儿继承了英格兰王位和诺曼底公国，从父亲那儿继承了欧洲大陆的安茹伯爵领地，又因娶了法兰克国王（King of the Franks）路易七世（Louis Ⅶ，1120—1180）的前妻"阿基坦的埃莉诺公爵夫人"（Duchess Eleanor of Aquitaine，1124—1204），遂又获得其在欧洲大陆的公国领地。第二任君主是"狮心王"理查一世（Richard Ⅰ，1157—1199）。安哲文帝国鼎盛时期，所拥有的布列塔尼（Brittany）、安茹（Anjou）、阿基坦（Aquitaine）和诺曼底（Normandy）领地的总面积，超过东面的法兰西王国（France）。到约翰王去世，这些领地全都被腓力二世收入囊中。遥想约翰少年时，亨利二世在尚未给他继承任何一块欧洲大陆领地时，曾开玩笑昵称他为"无地约翰"（John Lackland），竟一下子注定了约翰未来将"无地"的终极命运。

约翰是亨利二世与路易七世的前妻"阿基坦的埃莉诺"所生五个儿子中的幼子，最初并无继承大量土地之寄望。随着几个哥哥在1173—1174年间发动的叛乱失败，约翰独为父王宠信。1177年，被任命为爱尔兰勋爵（Lord of Ireland），拥有部分不列颠岛及在欧洲大陆的一些领地。

大哥威廉（William，1153—1156）三岁夭折，二哥亨利（Henry，1155—1183）、四哥杰弗里（Geoffrey，1158—1186）都在年轻时过世。1186年，杰弗里在一次比武竞赛中死于非命，留下一个遗腹子"布列塔尼的亚瑟"（Arthur of Brittany，1187—1203）。杰弗里之死使约翰离王位更近了一步。因此，当约翰唯一在世的三哥"狮心王"理查于1189年加冕国王时，身为小弟，他成了一个潜在的继承人。尽管约翰在哥哥理查参与第三次"十字架东征"（1189—1192）被囚禁在神圣罗马帝国期间，曾受腓力二世唆使，起兵谋反，试图夺取王权。但获释后返回英格兰重获王权的理查，宽恕了弟弟，并最终在临死前一年指定他为王位继承人。

1199年4月6日，三哥"狮心王"亡故，随后，约翰与四哥杰弗里之子"布列塔尼的年轻亚瑟"（即莎剧《约翰王》中约翰王的侄子"年轻的亚瑟"）围绕安茹帝国王位继承权，爆发冲突。虽说理查生前指定约翰为英格兰王位继承人，却并未同时确认约翰继承安茹帝国王位。

在多数英国人和诺曼贵族的支持下，且依靠母后埃莉诺，1199年5月25日，约翰在威斯敏斯特教堂由坎特伯雷大主教休伯特·沃尔特（Hubert Walter, 1160—1205）加冕，成为国王约翰。

此时，亚瑟在布列塔尼、缅因（Maine）和安茹贵族的支持下起兵，沿卢瓦尔河谷向昂热（Angers）进兵，为配合亚瑟，腓力二世的军队沿河谷挥师图尔（Tours），金雀花王朝在欧洲大陆的领地面临一分为二的危险。加冕两周之后，约翰王前往欧洲大陆。此时，诺曼底公国战事吃紧，安茹、缅因、都兰（Touraine）都遭到法兰西和布列塔尼联军的进攻，诺曼底公国与阿基坦公国相连地区危在旦夕。后来，战局逆转，迫使亚瑟和母亲康丝坦斯向约翰王投降。但这对母子担心约翰王加害，趁着夜色投奔腓力二世。

1200年，得到神圣罗马皇帝奥托四世（Otto Ⅳ von Braunschweig, 1175—1218）和教皇英诺森三世支持的约翰王，与支持"布列塔尼的亚瑟"的腓力二世，达成《勒古莱条约》（*Treaty of Le Goulet*），缔结和平。表面看，腓力二世承认约翰对欧洲大陆的安茹帝国、诺曼底公国和阿基坦公国拥有统治权，但条约明显对法兰西有利，因为它奠定了英格兰国王对法兰西国王的依附关系。除此之外，约翰王还将许多用来防御的城堡拱手相送。眼见英格兰向法兰西如此妥协，批评约翰王的人送他一个"软剑王"（King of soft sword）的绰号。

1202年春，腓力二世集结大军，准备向约翰王开战。理由嘛，依据《勒古莱条约》，约翰王作为法兰西国王的封臣，须交出其在欧洲大陆的领地。同时，引荐对约翰王有夺亲之恨的骑士吕西尼昂（Lusignan）与亚瑟结盟。两年前，约翰王劫持了吕西尼昂十二岁的新娘，霸占为妻，激怒了吕西尼昂家族。为将约翰王赶出欧洲大陆，腓力二世封十六岁的亚瑟为骑士，将幼女玛丽（Marie）许配给他，承认他为布列塔尼公爵、阿基坦公爵、安茹伯爵和缅因伯爵。随后，派亚瑟和吕西尼昂率军攻打安茹领地。7月29日，亚瑟率250多名骑士来到米雷博城堡（Mirebeau）城墙下，力图将七十八岁高龄、已从隐居修养中逃往此地的祖母埃莉诺抓为人质，向叔叔约翰王挑战。此时，正在诺曼底布防的约翰王，接到母亲埃莉诺出逃途中写来的求援信，迅速在勒芒（le Mans）集结一支部队，急行军，于7月31日晚抵达米雷博。这便是莎剧《约翰王》第二幕第一场腓力国王在昂热城墙前所说的情形:"没想到英军这次远征如此迅疾!"

约翰王的大军迟来一步,米雷博已落入亚瑟之手。8月1日拂晓,约翰王的军队发起突袭,一举攻入城堡,不仅救出埃莉诺王后,并将亚瑟、吕西尼昂兄弟及200余名高贵的骑士生擒。亚瑟被关进诺曼底法莱斯(Falaise)城堡监狱。身为囚徒,亚瑟并不惊慌,以为叔叔不敢把他怎么样。出乎约翰王意料的是,虽打了胜仗,但因禁亚瑟,令他很快失去几位重要盟友。他更没想到,这几位盟友居然合兵一处,联手反攻昂热。安茹危在旦夕。同时,阿基坦公国内部叛乱。迫于压力,1203年春,约翰王释放了吕西尼昂兄弟。随即,重获自由的吕西尼昂兄弟俩再次向约翰王开战,加上腓力二世的大军,约翰王溃不成军,相继失去了布列塔尼、安茹、缅因、都兰和诺曼底的几乎全部领地。

值得一提的是,1203年初,约翰王曾密令英格兰首席政法官休伯特·德·伯格(Hubert de Burgh,1170—1243)弄瞎亚瑟的双眼,并将他阉割。亚瑟苦苦哀求,休伯特不忍下手,但为了向国王复命交差,便放出话,说亚瑟已死,不想却惹怒了布列塔尼民众,民众发誓要为少主报仇。休伯特赶紧改口,透露消息说,亚瑟还活在人世。但民众的复仇怒火已成燎原之势。

此景此情,在莎剧《约翰王》第四幕第一场得到戏剧化的展现,莎士比亚把亚瑟向休伯特苦苦哀求的那两大段独白,写得催人泪下:"你忍心?有一次你头疼,我把我的手帕系在你额头上,——那是我最好的手帕,一位公主为我绣的。——我没再往回要。夜里,我手捧你的头,像不眠的时钟,从分钟到小时,不停振作着缓慢移动的时间,不时问你'想要什么?身上哪儿难受?'或是问'怎么做才能表达我高贵的爱意?'多少穷人家的儿子情愿倒头安睡,绝不会有谁对你说一句体己的话。而你却有一位王子照顾病体。不,也许你把我的爱想成虚妄之爱,称它狡诈。——你愿怎么想,随便吧。倘若上天乐意见你作践我,你也非如此不可。——你要把我眼睛弄瞎?我这双眼从不曾对你皱过一次眉,今后也不会。"休伯特不依不饶,执意说:"我已立下誓言,必须用热烙铁烫瞎你双眼!"亚瑟继续动之以情:"啊,只有铁器时代[指古典时期(上帝时代、白银时代、青铜时代、铁器时代)最后一个,也是最邪恶、残忍的时代]才干这样的事!就算那块铁烧得通红,一旦靠近这双眼,它也会啜饮我的泪水,在我无辜的泪水里把它炽热的愤怒熄灭。不,从今往后,只因它曾含着怒火要害我眼睛,它会生锈烂掉。你比锤炼过的铁还死硬吗?哪怕一位天使降临,告诉我休伯特要弄瞎我眼睛,我也不会信。——除非休伯特亲口说。"

眼见父兄以武力赢得、凭国力捍卫的安哲文王国在欧洲大陆的领地逐一沦丧,约翰王的情绪坏到极点。1203年复活节前的星期四晚上,退守鲁昂(Rouen)的约翰王喝醉了酒,也许是借着酒力,也许是欲除掉亚瑟而后快的心魔作祟,他晃悠着身子走向关押亚瑟的牢房。他一路溃败,却不忘把这个年轻的囚徒带在身边。亚瑟是他的心病!极有可能,是约翰王亲手杀了亚瑟,并将尸体绑上大石头,沉入塞纳河。后尸体被一名渔夫打捞上来,由一修道院的修女按基督徒仪式秘密下葬。

或许莎士比亚不想把约翰王写得太坏,或许他只想图省事儿,临摹那部旧戏《约翰王朝》,不想节外生枝,在他笔下,亚瑟并非死于约翰王之手,而在第四幕第三场,从关押他的城堡出逃时,站在高高的城墙上,横下一条心,独白"冒死逃生,在这儿等死,横竖都是死。"随后发出祈祷"上帝佑我!这石头硬似我叔叔的灵魂:/愿上天带走我灵魂,英格兰收我尸骨!"

尽管在此之前,早已风传亚瑟已死,但直到1204年,腓力二世才接受这个事实。亚瑟是他手里的王牌!每当约翰王打算谈判议和,腓力二世便明确告知:"必先交出亚瑟,否则永无宁日。"12月初,约翰王横渡英吉利海峡,撤回英格兰。1204年3月,坚固的盖拉德城堡(Chateau Gaillard)失守。约翰王在欧洲大陆的领地,只剩下母亲留给他的阿基坦公国。之所以如此,全在于阿基坦的贵族们愿效忠他的母亲。4月1日,这位"阿基坦的埃莉诺"在丰特弗洛(Fontevraud)修道院过世,享年八十岁。她被安葬在丰特弗洛教堂,长眠在丈夫亨利二世和儿子"狮心王"理查的身边。

失去了母亲这座靠山,约翰王六神无主,英军对腓力二世的抵抗也越来越弱。阿基坦的贵族们担心被剥夺财产,开始与腓力二世修好。8月,腓力二世相继攻占诺曼底、安茹,随后进入普瓦图(Poitou)——阿基坦的统治中心。至此,安哲文帝国(或曰金雀花王朝)失去了在欧洲大陆的最后一块基石。

约翰王不甘心失败。1205年夏,约翰王准备兵分两路进攻法兰西,收复失地。其中一支舰队的指挥官是约翰王的异母弟弟、索尔斯伯里伯爵三世威廉·朗格斯佩(William Longespee,1176—1226)。他是亨利二世的私生子,因其身材魁梧,手里使的剑超出常规尺寸,人称"长剑威廉"(long sword)。这个亨利二世的私生子"威廉",应是莎剧《约翰王》中理查一世的私生子、约翰王的异母侄儿"菲利普·福康布里奇"的原型。

人算不如天算。约翰王虽集结起一支兵强马壮的大军,但政治格局已今非昔比,以前效忠他的大多数贵族,此时必须在他和腓力二世之间做出选择。有些领主做起了两面人,一面为保住公国的领地,表示效忠腓力二世,一面为保住在英格兰本岛的地产,又向约翰王称臣。结果,大部分贵族不愿为约翰王卖力,作战计划搁浅。1206年4月,约翰王再次耗费大量钱财,组织起庞大的远征军,并亲临前线指挥。6月,英军夺回了阿基坦公国的部分失地。随后,约翰王得到腓力二世备战的消息,因担心再次战败,选择退兵。10月,与腓力二世签订议和条约。

此次出兵,约翰王并未讨得什么便宜。但为了长久对抗腓力二世,夺回父兄赢得的一切,约翰王必须募集足够的金钱,一方面维持军队,一方面还要贿赂欧洲大陆的盟友。唯一可行的办法是搜刮金钱,课以重税,连继承贵族头衔,也要向国王交钱。几年下来,约翰王拥有了比历任国王更多的财富,并将王室权力辐射到苏格兰、威尔士和爱尔兰。

在此期间,随着坎特伯雷大主教休伯特·沃尔特于1205年7月过世,围绕大主教继任人选,约翰王与罗马教皇英诺森三世的矛盾公开化了。约翰王相中了诺维奇主教约翰·德·格雷(John de Gray),而教皇中意的是罗马天主教会的英国红衣主教斯蒂芬·兰顿(Stephen Langton,1150—1228)。1207年6月,教皇在罗马将坎特伯雷大主教这一圣职授予兰顿。约翰王拒绝接受,致信教皇,发誓捍卫王权,并将禁止任何人从英国港口前往罗马。见教皇不予回复,约翰王遂将坎特伯雷所有修士驱逐出境,宣布兰顿为王室之敌,把整个坎特伯雷教区的财产霸为己有。

在莎剧《约翰王》第三幕第一场,莎士比亚借教皇使节潘杜尔夫主教之口,将约翰王拒绝兰顿一事,以一段独白表现出来:"本人潘杜尔夫,美丽米兰城的红衣主教,奉教皇英诺森之命来此,现以他的名义郑重向你质询:你为何如此固执,抗拒教廷,抗拒圣母,并强行抵制当选的坎特伯雷大主教斯蒂芬·兰顿入主圣座?对此,我以罗马教皇的名义,向你质询。"约翰王当场拒绝,强硬表态"我偏要独自一人,孤身与教皇作对,并把他的朋友视为我的敌人"。潘杜尔夫主教随即回应:"以我的合法权力宣告,你将受到诅咒,并被开除教籍。"

1208年3月,教皇叫停英格兰一切圣事。1209年11月,教皇将约翰王开除教籍。

从1208年春直到1213年约翰王向罗马教廷做出让步为止,英格兰王国全境陷入宗教沉默,人们的日常宗教生活,除了婴儿洗礼、告解和临终涂油礼,一切都被禁止。教堂紧闭大门,教士们无所事事,婚礼在门廊举行,神父不再主持葬礼,死者葬在城镇的城墙之外或路边的壕沟里。

教皇英诺森三世本打算通过教会禁令使约翰王服软,不料约翰王借此横征暴敛,他先以国王的名义没收教会全部财产,继而动辄命教士们缴纳罚款,随后又把贪婪的手伸向犹太人。同时,他开始算计那些势力强大、家财殷实的贵族世家,以偿还王室债务的名义,命他们缴纳大笔金钱,否则罢官削爵,逼得一些有头有脸的显赫贵族无奈之下逃亡避难。

为铲除异己,确立威权,约翰王不忘招募军队对外用兵,1209 年,约翰王率军入侵苏格兰,迫使苏格兰国王"狮心威廉"(William the Lion,1142—1214)签下屈辱的《诺勒姆条约》(Treaty of Norham)。1210 年,约翰王的大军进入爱尔兰境内平叛,短短两个来月时间,约翰王的军队所向披靡,将敌对势力消灭殆尽。约翰王不惜大动干戈,意在以武力重申,爱尔兰王国之统治须遵照英格兰法律,爱尔兰人须按英格兰风俗习惯生活行事。1211 年,约翰王率两支大军侵入威尔士,打击威尔士的心脏地带,取得军事上的胜利,令位于北威尔士的圭那特诸侯国(Gwynedd)的国王卢埃林大王(Llywelyn the Great,1173—1240)不得不暂时俯首称臣。

尽管约翰王打不赢法兰西腓力二世,出兵苏格兰、爱尔兰和威尔士,却未尝败绩,取得了先王们不曾有过的荣耀——令爱尔兰、苏格兰和威尔士三国人民对英格兰国王臣服听命。

约翰王对教会、贵族、臣民横征暴敛之狠毒,对敌人、异己惩罚手段之残忍,日渐激起民怨。1212 年,约克郡一位能未卜先知的隐士"韦克菲尔德的彼得"(Peter of Wakefield)的预言开始在民间流传。彼得说,基督两次在约克镇(York),一次在庞弗雷特镇(Pomfret),化身孩童,由一位神父抱在怀中,向他显灵,嘴里念叨着"太平,太平,太平。"彼得预言,国王将在下一个加冕周年纪念日,即 1213 年 5 月耶稣升天节(庆祝耶稣升天的节日,在复活节 40 天之后的星期四)那天退位,得更多上帝恩典之人将取而代之。约翰王闻听,先不以为然,随后细思极恐,立即命人将彼得逮捕,押至约翰王御前审问。约翰王命彼得解释,他会否在那一天死去,或将如何失去王位。彼得回答:"毫无疑问,那天一到,你就不是国王。若到时证明我说谎,听凭发落。"国王命人把彼得押送科夫堡(Corfe Castle),关进大牢,等候验明预言。然而,彼得的预言迅速传遍英格兰。

在莎剧《约翰王》中,莎士比亚将这个彼得写成"庞弗雷特的彼得"(Peter of Pomfret),并在第四幕第二场约翰王王宫一场戏,以私生子福康布里奇向约翰王禀报时局的独白方式,道出预言之来由:"我一路走下来,发现百姓满脑子奇思怪想:听信谣言,充满愚蠢的幻梦,不知在怕什么,却满心惊恐。我从庞弗雷特街上带来一位先知,当时看,有好几百人都快踩到他脚后跟了。他给这些人吟唱粗俗刺耳的打油诗,预言陛下,将在下一个耶稣升天节当天正午之前,交出王冠。"约翰王当即质问彼得:"你这个痴人说梦的傻瓜,为何这样做?"彼得回复:"预知此事成真。"约翰王命休伯特:"把他带走:关进大牢。到他说我将交出王冠的那天正午,绞死他。"

绝了内患，发了横财的约翰王，决定再次挑战腓力二世。约翰王一点不傻，为全力对付法兰西，必先与罗马教廷和解。签署条约之后，约翰王再次成为教皇的臣属，英格兰王国重新变成神权的领地。1213年5月30日，"私生子"索尔斯伯里伯爵率一支由500艘舰船组成的英格兰舰队，从海上突袭达默（Damme），将停泊在港口内的约1700艘法兰西战船一举摧毁。这支瞬间毁灭的法兰西舰队，原本是腓力二世打算执行教皇废黜约翰王的判决，为从海上入侵英格兰准备的，谁料约翰王已与罗马先行和解。

达默海战胜利后，7月20日，由教皇挑选委派的斯蒂芬·兰顿正式就任坎特伯雷大主教。约翰王答应向罗马教会缴纳巨额罚金，重新得到教皇的宠幸。入秋，约翰王准备兵分两路进攻腓力二世，夺回失地，一雪前耻，索尔斯伯里指挥一路军队，约翰王统领另一支大军。战役进展顺利，到1214年春，约翰王已相继夺回阿基坦的普瓦图、布列塔尼的南特（Nantes）和安茹的昂热。约翰王向世人展示，那个豪勇善战的金雀花勇士似乎又回来了。

然而，当决战即将在普瓦图和布列塔尼边界地区打响之际，腓力二世二十六岁的路易王太子率军杀到，加之普瓦图的贵族们拒绝与法兰西卡佩王朝为敌，约翰王功亏一篑，只好提前撤兵，等待下次战机。

7月27日，英法布汶战役（Battle of Bouvines）开打。经过三个小时惨烈激战，由腓力二世指挥的、约由7 000名将士组成的法军，击败了由神圣罗马皇帝奥托四世和索尔斯伯里伯爵指挥的、约由9 000名将士组成的联军，索尔斯伯里伯爵等几位英国贵族被俘，押回巴黎。

这一败仗使约翰王陷入绝境，不仅他此前所有的战争投入血本无归，还要再与腓力二世签订停战协定，支付巨额战争赔款。而对于腓力二世，布汶战役标志着长达12年的"金雀花—卡佩王朝"战争结束，法兰西王室赢得了布列塔尼公国和诺曼底公国，并巩固其对安茹、缅因和都兰的主权。约翰王的好日子到头了！

在莎剧《约翰王》中，莎士比亚把历史做了极简化处理。第五幕第一场，约翰王先向罗马教皇的使节潘杜尔夫主教交出王冠，再由主教把王冠交回约翰王，象征从教皇那儿重新获得至尊王权。潘杜尔夫主教承诺："既然你已温顺皈依，我便用舌头使这场战争风暴安静下来，让你狂风暴雨的国土放晴转好。记好：耶稣升天节这天，你宣誓效忠教皇，我让法国人放下武器。"

事实上，约翰王并非没有头脑，在此之前，他的治国方略似乎颇有成效，他一面强化王权统治，一面向普通自由民灌输君权神授的思想，并给百姓带来实际好处，使百姓得以在法律保护下捍卫个人财产。

然而,在反叛他的男爵们和教会眼里,他是一个暴君。当他发动的代价高昂、试图捍卫王国在法兰西领地的灾难性战争彻底失败后,为尽快筹钱恢复元气,他不顾一切地以税收及其他支付方式,向那些男爵和骑士们提出不公平和过分的要求,使他们的权力、利益受到极大削弱、侵害。同时,他干涉教会事务被视为进一步滥用王权。

终于,贵族们为私利讨回公道的机会来了。1215 年 5 月 5 日,由 1212 年起就密谋起兵的罗伯特·菲兹沃尔特(Robert Fitzwalter)挑头儿,联合一些贵族起兵造反,宣布与国王断绝关系,否认约翰王为英格兰国王,揭开国王与男爵们之间"第一次王爵之战"(First Baron's War)的序幕。

简言之,经过一个多月的交锋、争吵,男爵叛军终于迫使约翰王坐到温莎附近兰尼米德的谈判桌前。6 月 15 日之前,双方讨价还价,先签署了一份《男爵法案》(*The Articles of the Barons*)。6 月 18 日,国王极不情愿地同意了男爵们的要求,在双方达成的新协议上签字,此即著名的《大宪章》。次日,达到目的的贵族们宣誓效忠约翰王,他毕竟仍是合法国王。

《大宪章》签署后,抄写了约 40 份副本,送至各地,由指定的王室成员及主教保存。

《大宪章》第 61 条对限制王权最为有力,规定由 24 名贵族和伦敦市长组成的"保障委员会"有权随时召开会议,其不仅具有否决王命之权力,还可使用武力占据国王的城堡及财产。换言之,假如国王违反宪章,其有权向国王开战。可想而知,这对于约翰王不啻是一种侮辱。因此,当贵族们相继离开伦敦返回各自封地之后,约翰王立即宣布废除《大宪章》。很快,约翰王得到教皇支持,英诺森三世拒绝承认《大宪章》,痛斥其乃以武力威胁强加给国王的无耻条款,有损国王尊严。

实际上,《大宪章》的核心要旨在保护特权精英的权利和财产不受侵犯。但它同时维护了教会自由,改进了司法体制,建立起君主统治须遵循的基本原则,即王权不能逾越法律,国王只是贵族"同等中的第一人",无更多权力,每个人,包括国王在内,一定要公平待人。

顺便一提,2017 年 9 月 21 日,笔者前往索尔斯伯里大教堂(Salisbury Cathedral),目睹了用鹅毛笔书写在动物皮上的《大宪章》原件。世上现仅存四份《大宪章》原件,这里所藏最为完好,其他三份,一份藏于林肯城堡(Lincoln Castle),归林肯大教堂(Lincoln Cathedral)所有,另两份藏于大英图书馆(British Library)。

《大宪章》的签署不仅未能终止英格兰内部的"王爵战争",而且,法兰西的入侵已近在眼前。1215年年底，腓力二世援引此前曾对约翰王做出的一次"审判"，再次宣布他是害死"布列塔尼的亚瑟"的凶手，不再是英格兰国王。一旦受到英格兰叛乱贵族的邀请，即可兴兵入侵，废黜暴君。

1216年5月，由路易王太子统帅的法兰西军队在肯特（Kent）郡海岸登陆。6月14日，法军攻陷温切斯特（Winchester），随后进入伦敦。很快，英格兰王国一半多沦陷敌手。法军7月19日，开始围攻多佛城堡（Dover Castle）。约翰王被迫四处流动作战，一面试图攻打被贵族叛军占领的城镇，一面尽力躲避与法军交战。10月14日，约翰王的部队在途经位于林肯郡和诺福克郡之间的"沃什湾"（the Wash）时，因对潮水判断失误，导致大部人马渡过后，剩余装载辎重和宝物的车马被回涌的潮水卷走。至今，此处地名仍叫"国王角"（King's Corner），这亦引起后世传闻，称此处埋葬着约翰王的大笔宝藏。在莎剧《约翰王》中，莎士比亚移花接木，把这件发生在约翰王身上的历史真事，嫁接到剧中的私生子身上。第五幕第六场，私生子福康布里奇对休伯特说："今晚过那片沙洲时，我有一半人马被潮水卷走了。——林肯郡的沃什湾吞食了他们。我多亏骑了一匹高头大马，才逃过一命。"

一路行军，约翰王染上痢疾，且病情渐重。10月18日，约翰王在诺丁汉郡（Nottinghamshire）纽瓦克城堡（Newark Castle）病逝，时年四十九岁，遗体葬于伍斯特大教堂（Worcester Cathedral）圣沃尔夫斯坦（St. Wulfstan，1008—1096）的祭坛前。1232年，教堂为约翰王制作了一具新石棺，上面的雕像栩栩如生。

或是出于保全英格兰一代君王之情面，莎剧《约翰王》对法兰西路易王太子领兵入侵英格兰，只通过私生子之口轻描淡写："肯特郡已全部投降。除了多佛城堡，无人坚守。伦敦接待法国王太子和他的军队，就像一位好客的主人。您的贵族们不愿听从您，一心投敌效忠；您的少数并不牢靠的朋友，一个个吓得心慌意乱，忐忑不安。"对英格兰内战——"第一次王爵战争"则只字未提。

第五幕第七场，全剧最后一场戏，临终前的约翰王在斯温斯特德修道院花园盼来了私生子，他满含凄凉地说："啊，侄儿！你是来叫我瞑目的。我心里的船索已崩裂、焚毁，维系我生命的所有缆绳已变成一根线，一根细细的头发丝；一根可怜的心弦撑着我的心，只为等你带来消息。然后，这一切在你眼前，顶多只是一块泥土，一具毁灭了的君王的模型。"私生子向他禀报战况："法国王太子正领兵前来，我们如何迎战，只有上帝知晓。因为我正想连夜调集精兵，赢得先机，不料在沃什湾，部队毫无防备，全被突如其来的汹涌狂潮吞噬了。"话音刚落，约翰王死去。

在历史上，约翰王并非死在斯温斯特德修道院花园。此处，剧中原文虽为"Swinstead"（斯温斯特德），实际应为林肯郡的"Swineshead"（斯韦恩斯赫）。抵达斯韦恩斯赫第二天，约翰王被人用担架抬到"新斯莱福德"（New Sleaford）城堡，10月16日，前往纽瓦克。

可见，莎士比亚写历史剧并不尊重史实。

三、剧情梗概

第一幕。

英格兰。约翰王王宫。约翰王召见法兰西王国使臣夏迪龙，夏迪龙奉腓力国王之命，向约翰王宣告："法兰西腓力国王，代表已故令兄杰弗里之子亚瑟·普朗塔热内（金雀花），对这美丽的海岛及所属领地——对爱尔兰、普瓦捷、安茹、都兰、缅因——提出最合法的继承权，要你放弃假冒的统治各个领地的权力之剑，把它们交到年轻的亚瑟，你侄子、合法的君王手里。"约翰王强硬回复，将"以战还战，以血还血，以强制对强制"。母后埃莉诺提醒约翰王，"眼下，两个王国的争端非得靠可怕的血战裁决了。"约翰王并不担心，以为"强权在握，权力合法，对我有利"。但在埃莉诺看来，"手握强权比权力合法更牢靠"。

一名郡治安官进宫，他从乡下带来一桩纠纷案，要请约翰王裁决。原来，已故罗伯特·福康布里奇爵士的两个儿子，亲生的罗伯特和私生子菲利普，为谁是父亲的继承人争得不可开交。罗伯特说自己是家产的合法继承人，因为菲利普并非福康布里奇爵士之子，而是约翰王的哥哥、狮心王理查的私生子。埃莉诺见身材魁梧的菲利普跟儿子理查长得一模一样，接连问道："你到底想选哪个：像你弟弟一样，做福康布里奇家的人，享有你的土地，还是做狮心王为人公认的儿子，只是自己的主人，寸土没有？""我很喜欢你，你愿放弃财富，把土地给他，跟随我吗？我是个军人，马上要进兵法国。"为了荣誉，菲利普决定放弃土地，跟随王太后去法兰西"撞大运"。约翰王十分兴奋，很喜欢这个侄子，因他长相酷似哥哥理查，立刻授封他为理查爵士。

这时，福康布里奇夫人来到王宫，菲利普再请母亲证实，"我的生父是谁。希望是位可敬之人：是谁，母亲？"母亲明确回答："狮心王理查是你的生父：禁不住他长期激烈求爱，我受了诱惑，在我丈夫的床上给他腾出空来：愿上天别把我的罪算我头上！求爱如此猛烈迫切，我抗拒不了，你就是我这珍爱之罪的产物。"菲利普宽慰母亲毫无过错，他从心底"替我父亲，由衷感谢您"。他以身为狮心王之子为荣，兴奋地对母亲说："来，母亲，带您进宫见亲眷，/他们会说，理查使我怀胎时，/您若一口回绝,那才是罪恶:/说有罪的撒谎,我说您无过。"

第二幕。

法兰西。昂热城墙前。腓力国王与奥地利大公统帅的联军分两路兵临城下。亚瑟感谢杀死狮心王的奥地利大公前来助战。腓力国王向亚瑟表示,此次兴兵,全为亚瑟赢回英格兰王权而战。奥地利大公随即表态,若不能让英格兰王国及所属领地"向你致敬,让它们尊你为王,否则,我再不还家:不到那一刻,好孩子,我一心作战,绝不想家"。亚瑟的母亲康丝坦斯向腓力国王和奥地利大公献上"一位寡母的感谢",同时表示先等使臣回禀,"以免轻率攻城,令刀剑染血"。

夏迪龙来到阵前,向腓力国王禀报,约翰王的"部队正向此城急行军,兵强马壮,士气昂扬。……从没一支天不怕地不怕的舰队,比眼下这批英国战船更威风地乘着涨潮的海浪,前来冒犯、危害信奉基督教的国家。(鼓声。)他们粗野的鼓声切断我详述军情。英国人近在眼前。因此,谈判,还是战斗,准备吧"。

约翰王率领的英军来到城下,与法奥联军对峙。腓力国王质问约翰王,英格兰王权当由杰弗里继承,而亚瑟正是杰弗里的继承人,"我以上帝的名义问你,他理应拥有被你夺去的王冠,而此时,他鲜活的血液正在他圣殿里流淌,你凭什么称王?"约翰王拒绝回答腓力国王的指控。随后,埃莉诺与康丝坦斯吵了起来。奥地利大公劝架,却遭到私生子菲利普的一顿挖苦,嘲笑他"是俗语里说的那只兔子,勇气大的敢扯死狮子的胡子"。

腓力国王以亚瑟的名义,向约翰王"索要英格兰、爱尔兰、安茹、都兰、缅因,你愿不愿交出它们,放下武器?"约翰王"誓死不交。——法兰西国王,我向你挑战。——布列塔尼的亚瑟,投降吧。出于挚爱,我给予你的,一定比你从懦弱的法兰西国王那儿得到的更多。归顺我,孩子"。双方僵持不下,腓力国王提议"吹号,把昂热城民召到城墙上来:我问问他们,承认君权归谁,约翰,还是亚瑟"。

约翰王告知城民,法军已架好攻城的大炮,"这些法国人已准备好一切,你们的城市之眼,那紧闭的城门,面临血腥的围城和残忍的进攻"。他率军火速赶来,只"受威胁的城市面颊免遭抓伤","恳望在城里安营驻扎"。腓力国王向城民表态,只要昂热"向这位年轻的王子效忠",他立刻"带着祝福,安然撤兵,刀剑无损,盔不留痕,我们将把准备在这儿喷向你们城池的满腔热血带回家,让你们和你们的妻儿老小安享和平"。否则,便"下达愤怒的号令,踏着血泊占领该城"。城民的选择是:"谁最终证明自己是国王,我们效忠谁:在此之前,城门堵的是全世界。"

英军与法奥联军交战。

法军传令官宣称法奥联军取胜,"损伤很小的胜利,在法兰西招展的军旗上飘舞,他们近在眼前,要以凯旋的队列、以征服者的姿态进城,宣布布列塔尼的亚瑟为英格兰国王,你们的国王"。英军传令官随宣告:"尽情欢乐吧,昂热城民们,把钟敲响:约翰王,你们的国王、英格兰国王,就要来了,他是这场激烈鏖战的胜利者。"在塔楼观战的城民明确表态:"眼下两军胜负未决,我们只好固守城池,既不单为哪一方,又是为双方。"私生子看出昂热城民分明在戏弄两位国王,"他们安然站在城垛上,像在剧场里,对你们独创的场景和决战表演,咧着嘴,品头论足"。他建议两位国王"像耶路撒冷两个对立教派一样,暂时讲和,两军联手,对这座城发起最凌厉的凶猛进攻"。等举攻下昂热,双方再决一死战。

城民眼见昂热将陷入战火,提出和平良策,建议路易王太子娶随行而来的约翰王的外甥女布兰奇公主为妻,"这联姻比炮击对我们紧闭的城门更有效:因为,盼这门婚事,迫切心情比火药的威力能叫我们更快让路,我们将四门敞开,放你们进城。但若没了这婚事,我们便死守这座城"。约翰王同意联姻,当即表示"把福克森、都兰、缅因、普瓦捷和安茹这五个省,连同布兰奇一块儿送给王太子,另加三万马克英币"。腓力国王欣然接受,叫"年轻的王太子和公主:牵手!"

昂热躲过一场劫难,安享和平。

打算替父亲狮心王理查向腓力国王和奥地利大公报仇的私生子最不开心,他觉得这是"疯狂的世界,疯狂的国王,疯狂的妥协!约翰,为阻止亚瑟索要整个王国,情愿放弃一部分领地;法兰西国王,——良心为他扣紧盔甲,虔诚和慈悲把他作为上帝的战士带到战场,——可他竟听信那唆使之人的耳语改了主意"。

第三幕。

法兰西。腓力国王营帐。康丝坦斯不相信路易王太子与布兰奇公主订婚之事,认为这是"欺诈的血液与欺诈的血液联姻"。她对索尔斯伯里说:"我有病在身,受不住惊吓,你这样吓我会受惩罚的。我受尽了委屈,一肚子担惊害怕:一个寡妇,没了丈夫,容易心里害怕。"康丝坦斯担心路易若跟布兰奇结婚,将置亚瑟于何地,"英法一旦交好,我可怎么办?"亚瑟劝母亲千万别心急,康丝坦斯痛骂腓力国王背信弃义,"法兰西国王就是命运女神和约翰王的皮条客,命运女神那个妓女,那个篡位的约翰!"索尔斯伯里请康丝坦斯与他同去见两位国王,康丝坦斯拒绝,她一屁股坐在地上,以此为王座,"叫国王们来向它鞠躬"。

见到腓力国王,康丝坦斯怒不可遏,痛斥"你用一枚带国王像的假币骗了我,经过检验,证明一钱不值。你发了假誓,发了假誓。你举兵前来,为的是让我的敌人流血;但现在双方联姻,你的臂膀却增强了敌人的力量。……莫让这邪恶的一天在和平中耗尽;我只求,日落之前,叫这两个背弃誓言的国王兵戎相见!"在康丝坦斯脑子里,只有战争,没有和平!"对我来说,和平就是战争。"

这时,罗马教皇的使节米兰红衣主教潘杜尔夫前来,质询约翰王"为何如此固执,抗拒教廷,抗拒圣母,并强行抵制当选的坎特伯雷大主教斯蒂芬·兰顿入主圣座?"约翰王当场拒绝,强硬表态"我偏要独自一人,孤身与教皇作对,并把他的朋友视为我的敌人"。潘杜尔夫主教随即回应"以我的合法权力宣告,你将受到诅咒,并被开除教籍。谁反叛一个异教徒,谁得祝福。谁能以什么秘密行为夺走你可恶的性命,谁就是有功之人,将被封为圣徒、奉为圣人"。然后,潘杜尔夫主教撺掇腓力国王"同那个反叛教会的首领放手绝交,否则,你有遭诅咒的危险。你要唤起法兰西军队向他开战,除非他向罗马拱手投降"。见父王尚在犹豫,路易王太子却表示拿起武器,效忠教皇。伤心的布兰奇眼看做不成新娘,愿跪下乞求路易,"不要和我舅舅作战"。最后,腓力国王决定遗弃约翰王。康丝坦斯松了一口气,感叹"放逐的王权顺利回归!"埃莉诺则大骂"法国人反复无常,邪恶的反叛!"约翰王怒道:"法兰西国王,不出一小时,你就要深感悲痛。"

昂热附近平原。英军与法奥联军交战。英军取胜,私生子杀死奥地利大公,约翰王俘虏亚瑟,命休伯特严加看管。

亚瑟是约翰王的心腹大患,活在人世一天,约翰王便感到王权受了威胁,他对休伯特交代:"看一眼那边那个年轻的男孩,实不相瞒,我的朋友,他是我路上遇到的一条毒蛇,甭管我从哪儿迈出一步,他都拦在我前面。"约翰王暗示休伯特,他要亚瑟死。

腓力国王营帐。失去儿子的康丝坦斯,心烦意乱,披头散发,拒绝一切劝告和宽慰,她拿死神自我调侃:"啊,可爱的、亲密的死神!你这芳香的恶臭!健全的腐烂!最令好运憎恨、恐惧的死神,……来,咧嘴冲我笑,我要把你的呲牙当微笑,我要像你妻子似地吻你!悲苦的情人,啊,到我这儿来!"腓力国王劝她安静,她偏要喊:"愿我的舌头长在雷霆之口!"潘杜尔夫主教指责她在说疯话,她反唇相讥:"身为神父,你不该这样诋毁我。我没疯。扯的这头发,是我自己的。……我没疯,每一种灾难带来的不同的痛苦,我感受得太清楚,太清楚了。"一想到"可怜的孩子成了俘虏",康丝坦斯便撕心裂肺:"我的孩子,我的亚瑟,我的漂亮儿子,我的命根子,我的喜乐,我的食粮,我的整个世界!我孀居中的安慰,我悲愁里的良药!"

路易王太子心里难过,叹息"所有光荣、快乐、幸福的日子都没了"。潘杜尔夫主教开导路易:"听我一句话,话里有一颗先知的灵魂。我话一出口,那气息,便将把你直通英格兰王座之路上的每一粒尘埃、每一根稻草、每一个小小的障碍,吹干净。……约翰要想站稳,亚瑟必须倒下。"路易没听明白,问:"年轻的亚瑟倒下,对我有什么好处?"潘杜尔夫主教出谋划策:"你,可以凭你妻子布兰奇公主的权利,像亚瑟一样,索要全部权利。"潘杜尔夫主教向路易分析眼前形势:"约翰为你计划好了一切,时不我待,即使亚瑟现在还活着,只要约翰王听说路易进军英格兰,亚瑟必死无疑。到那时,英格兰势必民心反叛,整个王国陷入骚乱。何况此时,私生子福康布里奇正在英格兰洗劫教会,冒犯基督徒的爱心,眼下,英国人的灵魂里盈满敌意,他们的不满将造成怎样的局面,这足以令人惊奇。"听完这番话,路易表示愿率军进攻英格兰。

第四幕。

英格兰。某城堡(监狱)一室。遵照约翰王的授意,休伯特准备用烙铁烫瞎亚瑟的双眼。面对天真的亚瑟,休伯特不忍下手,却又不敢违命,便让亚瑟看约翰王的手谕。亚瑟读完,问休伯特:"你一定要用烧烫的烙铁烙瞎我双眼?"休伯特表示必须从命。亚瑟不甘失去双眼,用动情的话打动休伯特:"你要把我眼睛弄瞎?我这双眼从不曾对你皱过一次眉,今后也不会。""哪怕一位天使降临,告诉我休伯特要弄瞎我眼睛,我也不会信。——除非休伯特亲口说。"休伯特心一狠,命令行刑者捆绑亚瑟,准备动手。亚瑟再次恳求休伯特:"救救我!见他们一脸凶相、面带杀气,我两眼已经瞎了。""用得着这么粗暴吗?我不挣扎,我会像石头似的一动不动。看在上帝份上,休伯特,……只要把他们推开,无论你怎么折磨我,我都会原谅你。"休伯特最终决定冒险放走亚瑟:"即便你叔叔把所有财宝都给我,我也不会弄瞎你眼睛。可我发过誓,孩子,的确想用这烧红的烙铁烫瞎你的眼睛。"他要用亚瑟已死的假消息糊弄约翰王的密探。

英格兰。约翰王王宫。约翰王第二次加冕,心情愉悦,表示乐意听取贵族们的要求。彭布罗克请求释放亚瑟:"囚禁亚瑟,已使心怀不满之人,由抱怨的双唇透出这样危险的论调:假如你安享之和平,为你正当所得,那你何需恐惧。"约翰王答应让彭布罗克培养年轻的亚瑟。彭布罗克见休伯特前来见约翰王,他从休伯特诡秘的神情判断亚瑟已命丧休伯特之手。果然,约翰王当众宣布:"尽管我的允诺还活着,但你们的请求丢了命。他告诉我,亚瑟昨夜死了。"彭布罗克明确表态:"甭管在这儿,还是在哪儿,这笔账一定要算。"索尔斯伯里怒斥:"这分明是谋杀,至尊之身竟公然干这种事,无耻之极。"两位贵族愤怒离开,去找亚瑟的墓。

这时,一信使来报,埃莉诺王后4月1日离世,"康丝坦斯夫人三天前因发疯而死",路易王太子率领的入侵英格兰的法兰西军队已经登陆。

亚瑟之死引起民众惊恐。私生子向约翰王禀报:"发现百姓满脑子奇思怪想:听信谣言,充满愚蠢的幻梦,不知在怕什么。"他还从庞弗雷特街上带来一位叫彼得的先知,私生子见到彼得时,彼得正给尾随他的数百民众"吟唱粗俗刺耳的打油诗,预言陛下,将在下一个耶稣升天节当天正午之前,交出王冠"。约翰王命把彼得关进大牢,"到他说我将交出王冠的那天正午,绞死他"。私生子告知约翰王,路上遇见毕格特和索尔斯伯里两位大人,"他俩眼睛通红,像刚点燃的火,还有好多人,一起在找亚瑟的墓,他们都说,昨晚是您授意杀了他"。约翰王心里一慌,命私生子迅速追上他们,带他们回宫,"我有办法赢回他们的爱戴"。

这时,休伯特告诉约翰王,昨晚有人看见天上有五个月亮,"四个不动,第五个围着那四个诡异地打转儿"。百姓们由这凶险的天象做着预测,人们交头接耳,不约而同地谈论着亚瑟之死。约翰王想赖账,"你一股脑告诉我这么多可怕的事,用意何在? 你为什么三番五次跟我提年轻的亚瑟之死? 是你亲手杀了他。我有迫切的理由希望他死,可你没理由杀他"。无奈之下,休伯特拿出约翰王一纸文书说:"这是你签名、盖章的手谕,我是按令行事。"约翰王随即忏悔,表示这物证"将成为罚我下地狱的物证。……但一见你那张可憎的面孔,我发觉你适于血腥的罪恶,天性适于受雇行凶,便半心半意向你透出口风,要亚瑟死。可你,为讨一位国王欢心,竟丧尽天良毁灭了一个王子"。休伯特说出真相:"年轻的亚瑟还活着:我这只手,……未染一丝血污。杀人的念头,……从没进入我内心;……我长相虽丑,却藏着一颗清白之心,才不愿当屠夫,杀一个无辜的孩子。"约翰王深感庆幸,又命休伯特"赶紧去见那些贵族",用这消息浇灭他们的怒火,叫他们回心转意。

英格兰。一城堡(监狱)前。亚瑟站在高高的城墙上,决定一赌命运,"倘若跳下去,四肢没摔断,我就能找到一个万全之策,得以逃脱。/冒死逃生,在这儿等死,横竖都是死"。亚瑟摔死了。

私生子快马加鞭,追上彭布罗克、索尔斯伯里和毕格特三位贵族,告知国王请他们速回。三位贵族表示不再支持国王。当看见亚瑟的尸体,彭布罗克感慨:"啊,死神,以纯洁的王子之美为荣吧! 大地没有一处洞穴藏匿此事。"索尔斯伯里怒道:"谋杀,好像恨自己干了坏事,非要把此事昭然于世,催人复仇。"毕格特叹惋:"或者,当他(谋杀)注定要把这美王子葬入坟墓,却发觉王子之美太珍贵,不可入葬。"连私生子也指责"这是一桩该罚下地狱的血案:假如出自一只人手,那必是一只亵渎神灵的笨重之手所为"。索尔斯伯里认定"这件丢脸的事是休伯特亲手干的;国王密谋、主使。我不准我的灵魂再遵从他"。

说话间,休伯特赶来,告知亚瑟还活着,约翰王请贵族们回宫。索尔斯伯里认定休伯特是杀害亚瑟的凶手,拔出剑,要与他决斗。休伯特为自证清白,拔剑相还。没人相信休伯特。三位贵族打算去投奔路易王太子。

私生子警告:"哪怕仁慈无边无际,只要你犯下这桩命案,休伯特,等着下地狱吧。"休伯特满心疑惑:"我离开的时候,他一切安好。"此时,私生子深感"现在,外来军队和国内心存不满之人齐心协力:一场巨大的灾难,等待着篡位的王权即将垮台,活像一只乌鸦等着啄食一头病倒的牲畜"。他让休伯特抱起亚瑟的尸体,跟他一起去见国王。

第五幕。

英格兰。约翰王王宫。约翰王把王冠交给教皇使节潘杜尔夫主教,再由他把王冠交回,以此表示约翰王从教皇那儿重新获得"至尊王权"。随后,约翰王请求潘杜尔夫主教遵守承诺,去劝法国人撤军。主教保证"耶稣升天节这天,你宣誓效忠教皇,我让法国人放下武器"。此时,私生子来报,"肯特郡已全部投降。除了多佛城堡,无人坚守。伦敦接待法国王太子和他的军队,就像一位好客的主人。您的贵族们不愿听从您,一心投敌效忠;您的少数并不牢靠的朋友,一个个吓得心慌意乱,忐忑不安"。私生子见约翰王满脸沮丧,鼓励他"要因时而动,以火攻火,向威胁者发出威胁,……像战神(罗马神话中的战神马尔斯)有意亲临战场一样闪光,展示胆魄和昂扬的信心!"约翰王实情相告,已与罗马和解,私生子不以为然,他不愿"妥协让步,曲意讨好,谈判,不光彩地休战",他要"陛下,让我们拿起武器:红衣主教未必能带来和平,即便他能,也至少让他们看到,我们有决心抵抗"。约翰王命私生子全权处理战局。

圣埃德蒙兹伯里附近平原。法军营地。索尔斯伯里、彭布罗克、毕格特与路易王太子达成协议,反叛约翰王。索尔斯伯里向路易表示自己不愿背叛国王,"但这个时代患了传染病,为挽回和救治我们的权利,我们不得不使用凶暴的非正义和灾难性的不公正手段"。路易激励"闻名遐迩的索尔斯伯里,扬起眉毛,凭一颗伟大的心灵清扫这场风暴"。

潘杜尔夫主教前来告知路易,约翰王已与教皇言归于和,请法军退兵。路易拒绝,表示决不收兵,"当我围攻城镇时,莫非我没听见这些岛民用法语高喊'国王万岁!'?在这场拿一顶王冠定输赢的牌局中,我不是手握王牌,能轻易取胜吗?难道此时要我放弃这手好牌?"

得知法国人不肯放下武器,私生子代表英王陛下,充满鄙夷地严词正告路易,约翰王准备好了,"对这次像猴子似的无礼进兵,对这场顶盔掼甲的假面舞会,对这一鲁莽的狂欢,对这支从未听闻的傲气、稚嫩的军队,国王淡然一笑;他充分备战,要把这场侏儒似的战争,把这支矮子军队,从他国土圈子里赶出去"。

圣埃德蒙兹伯里附近平原。两军交战。私生子独自苦撑战局。约翰王身患热病,离开战场。

战场另一部分。受了致命伤的法军将领梅伦伯爵,与休伯特是好友,而且,梅伦的祖父是英国人,临死前,他向索尔斯伯里讲出实情:"倘若路易赢了这一战,还能让你们眼见次日东方破晓,那他便发了假誓。倘若路易在你们支援下赢了这一仗,就在今夜,……他不惜以一种阴险的手段,结束你们的性命,为你们遭人唾骂的背叛交罚金。"闻听此言,几位贵族决定重新追随约翰王。

圣埃德蒙兹伯里附近平原。战场另一部分。路易沉浸在法军胜利的喜悦里,信使来报:"梅伦伯爵被杀。那些英国贵族经他劝说,又叛变了。您期盼已久的援军,在古德温暗沙失事沉没。"

英格兰。斯温斯特德修道院附近一空地。休伯特告诉私生子,一个修士为毒死国王,假扮"试吃者",给国王下毒,自己的肠子已迸裂。反叛的贵族已回到国王身边,经亨利王子求情,国王赦他们无罪。

英格兰。斯温斯特德修道院花园。中了毒的约翰王,觉得"心里有一个炎炎夏日,整个内脏都要崩溃,变成灰尘。我是一份仓促起草的文件,一支鹅毛笔写在一张羊皮纸上,拿火一烤,我就缩了"。私生子见到气息奄奄的国王,立刻禀报"法国王太子正领兵前来,我们如何迎战,只有上帝知晓。因为我正想连夜调集精兵,赢得先机,不料在沃什湾,部队毫无防备,全被突如其来的汹涌狂潮吞噬了"。话音刚落,国王断了气。私生子招呼贵族们重返战场,"把毁灭和永久的耻辱,推出灰心丧气的领土虚弱的国门。立刻迎敌,否则,立刻被攻:法国王太子一路狂怒紧随而来"。私生子没想到,提前赶来的潘杜尔夫主教带来路易议和的消息。而且,路易"把许多枪械车辆都派到海边,并把自己关切之事和这场争端,全交给主教来处理"。

私生子松了一口气,他向亨利王子表示:"愿仁慈的殿下您,顺利登上合法继承之王位,加身国土之荣耀!我以全部之恭敬,献上我永久真心之臣服,为您效忠。"同时,私生子掷地有声地誓言:"这英格兰过去从不曾,将来也永不会,倒在一个征服者骄狂的脚下,除非它先行动手自我伤害。眼下它这些贵族们重回家园,哪怕全世界武装起来四面来攻,我们也必将击退他们。"

四、约翰王:一个并非不想成就伟业的倒霉国王

(一) 舞台上的约翰王

梁实秋在他为所译《约翰王》写的短序①开篇即说,《约翰王》在舞台上演时相当成功,不过在近代舞台很少上演,主因乃是该剧大体算一出近乎"时事问题的戏剧"(a topical play),并称这是莎士比亚历史剧中唯一触及当时宗教问题及英国君王与罗马教皇冲突的剧作,在 1590 年至 1610 年这 20 年间,或有时对观众产生很大的号召力,但时过境迁,如今的人们已不可能再感同身受。以文学观点来说,"该剧有急就章之嫌,不能算莎氏的精心之作"。

接下来,论及《约翰王》的舞台历史时,梁实秋先说,这部戏观看比阅读有趣得多,因为戏里有三个可以饰演得出色的男角儿(即约翰王、私生子和潘杜尔夫)和一个女角儿(即康丝坦斯),"有富于戏剧性的场面,有炫示布景与服装的机会",然后,再次强调,该剧很少在舞台上演,主要原因在于它牵涉到英国一个最难处理的问题——宗教问题,而莎士比亚在戏里对英王与教皇之争的处理方法,一面暴露了教皇的高压手段,另一面也暴露出英王的丧权辱国,使该剧"在双方面都不便引为宣传之用"。该剧在整个王政复辟时期(1660—1688)无上演记录。

不止如此,该剧的上演记录,在 1737 年 2 月 26 日于考文特花园剧场(Covent Garden)演出之前,一直是空白。1736 年,桂冠诗人科雷·西柏(Colley Cibber, 1671—1757)将莎剧《约翰王》改编为《约翰王朝期间的教皇专制》(*Papal Tyranny in the Reign of King John*),但这个本子直到 1745 年 2 月 15 日才在考文特花园剧场首演。按梁实秋所言,这个改编本旨在攻击罗马教廷,可以说,恢复了作为莎剧《约翰王》重要素材来源之一的那部《骚乱不断的英格兰国王约翰王朝》(1591)的原有色彩。"不仅情节改动很多,原有第一幕全部删除另写,全剧的文字也改动了,成为十足的政治剧。"

尽管这不是莎士比亚的《约翰王》,但它在詹姆斯二世党人(The Jacobites)第二次叛乱前夕上演,正好迎合了新教民众敌视罗马教廷的情绪,颇受欢迎。顺便一提,在 1688—1746 年间,多信奉旧教(罗马天主教)、意在复辟斯图亚特王朝(House

---

① 此处论述参见梁实秋译:《莎士比亚全集》第四卷之《〈约翰王〉序》,北京:中国广播电视出版社,1995 年 4 月。文字稍有润色。

of Stuart,1603—1714)的詹姆斯二世党人,曾策动五次叛乱。

不过,由此一来,改编本反倒刺激了莎剧原作的上演。在西柏的改编本上演五天之后,由那个时代莎剧著名演员大卫·加里克(David Garrick,1717—1779)主演的《约翰王》在伦敦居瑞巷(Drury Lane)剧院上演,加里克演约翰王,吉伯夫人(Ms. Cibber)演康丝坦斯。资料显示,吉伯夫人演的康丝坦斯因言语间透出一种"非比寻常的感伤的热情",成为该剧的主要看点,加里克演的约翰王则不大令人满意。

此后,随着莎剧《约翰王》不断上演,该剧的舞台地位得以确立。到 1920 年代为止,有以下三场堪称经典的演出载入史册:

1. 1783 年 12 月 10 日,由约翰·菲利普·肯布尔(John Philip Kemble,1757—1823)主演的《约翰王》在居瑞巷剧院演出,剧中康丝坦斯夫人这一角色由被誉为 18 世纪最杰出女演员的萨拉·西登斯(Sarah Siddons,1755—1831)扮演。西登斯夫人演绎的康丝坦斯被视为其舞台生涯中塑造最好的一个人物形象,足以和她成功饰演的麦克白夫人相媲美。从后世莎学家提及《约翰王》便不禁对西登斯饰演的康丝坦斯赞誉有加可知,这个舞台上的康丝坦斯夫人无疑是划时代的。

2. 《约翰王》舞台史上最著名场次的演出从 1823 年 11 月 24 日拉开帷幕,演出多场,其中由约翰·肯布尔的弟弟查尔斯·肯布尔(Charles Kemble,1775—1854)饰演的私生子福康布里奇令人难忘,据 12 月 30 日《贝尔每周通讯》(*Bell's Weekly Messenger*)刊发的一篇观众的文章载:"查尔斯·肯布尔饰演的私生子福康布里奇十分出色,达到了他演艺生涯的巅峰,他的演出服装尤为美丽而形象。"这次演出,剧中所有演员的服装都按剧情发生年代量身定制。

3. 堪称《约翰王》艺术精准之高峰的演出,是 1852 年 2 月 9 日查尔斯·基恩(Charles Kean,1811—1868)在公主剧院(Princess's Theatre)的演出。这次演出,不仅舞台布景和演员服装均按剧情发生年代的式样设计,而且,进一步奠定了该戏的演出传统,即私生子须由明星演员扮演,亚瑟这个角色则由女演员扮演。

简言之,从《约翰王》最初时期的舞台演出不难发现,贯穿全剧的第一主角常在约翰王和私生子(福康布里奇)之间变换不定,同时,最吸引人的两个角色是私生子和康丝坦斯夫人。之所以如此,理由只有一个,莎士比亚写的是戏,剧团演的也是戏。在遥远的伊丽莎白时代,一个编剧(如莎士比亚)、一个剧团(莎士比亚先后所属的"内务大臣剧团"和"国王剧团"),写出观众爱看且又能挣钱的戏,便是最大的商业成功,所谓艺术成功在那个时候并不重要。因此,说莎士比亚为钱写戏,并非不敬的贬低之语。

（二）戏文里的约翰王

倘若一个读者对英国历史上的约翰王一无所知，他是幸运的。因为那个历史上真实的约翰王，远比莎剧里的这个约翰王更具有戏剧性。换言之，莎士比亚并没把戏里的约翰王写鲜活，仅就剧中人物的角色分量和出彩程度而论，私生子和康丝坦斯夫人这两个形象，均在约翰王之上。诚然，这在莎士比亚历史剧中属于常态，不足为怪，以他的"四大历史剧"为例，《理查二世》剧中最亮眼的形象是布林布鲁克（未来的亨利四世），《亨利四世》剧中最出彩的角色是哈尔王子（未来的亨利五世）和那个大胖子爵士福斯塔夫，只有《亨利五世》剧中的亨利五世才是同名剧里当仁不让唯一的第一主人公。

俗话说，胜者王侯败者贼。就个人和历史机遇而言，比约翰王小220岁的亨利五世（Henry Ⅴ，1387—1422）是幸运的，他生逢其时，远征法兰西，赢得阿金库尔大捷，成为中世纪英格兰伟大的国王战士；而约翰王这位老前辈国王，则实在不幸，活该倒霉，将父（亨利二世）、兄（理查一世）靠武力赢得的法兰西各公国丧失殆尽，成为货真价实的"无地王"，更被后世认为是英国历史上最糟糕、最武断、最贪婪、最昏庸的一位国王。

事实上，或许并非莎士比亚为给他戏文里的这位约翰王留情，才没把他写成一个上述盖棺论定的"四最"国王。莎士比亚似乎只想按可能出自乔治·皮尔之手的《骚乱不断的英格兰国王约翰王朝》（1591）那部旧戏，照猫画虎，赶紧写完剧本交差，根本没打算把后人眼里令约翰王蒙羞丢脸被迫签署《大宪章》一事写进戏里。

在莎剧《约翰王》中，前三幕强势威权的约翰王和后两幕回天无力的约翰王，判若两人。而随着约翰王王权日趋势弱，私生子权势日益走强，直到最后，他几乎在以一己之力独自苦撑着摇摇欲坠的英格兰王国。显然，这是莎士比亚有意为之，从整个戏剧结构和效果来看，全剧的核心便在于，随着约翰王一步步趋弱，私生子一点点势强。第一幕第一场，约翰王对第一次进宫时还只是"一个绅士"的私生子说："你长得么像他①，从此就用他的名字。你跪下是菲利普，起身之后更高贵。（授封菲利普为骑士）起来，理查爵士，普朗塔热内是你的姓氏。"在此之后，随着剧情发展，约翰王在剧中的耀眼戏份逐渐被这位"狮心王"理查一世的私生子夺了去。对比来看，私生子在剧终时说的最后一句台词是："只要英格兰对自己忠心不二，/没任何东西让我们为之伤悲。"这显然是莎士比亚为私生子量身打造，如此前

---

① "他"，即理查一世。

后呼应,一方面为了写明私生子对英格兰王国和即将继位的亨利三世的绝对忠诚。另一方面,意在给那些将为亨利三世效命的贵族们确立必须遵循的准则,即以私生子为楷模,不能心存二心,分裂英格兰。在戏里,私生子最终捍卫了"普朗塔热内"(即"金雀花")这个姓氏的荣耀,在戏外,贵族们誓言对国王"忠心不二"正是当朝女王伊丽莎白一世求之不得的。莎士比亚用心良苦。

或许可以这样替莎士比亚辩白,即从戏剧结构来看,他之所以把约翰王这个形象在前三幕写得头重,后两幕写得脚轻,为的是在后两幕把私生子的戏份加重,以此来达到结构的整体平衡。

又或许在这个前提下可以更进一步辩称,约翰王的形象塑造还是相对成功的。第一幕第一场,约翰王面对法兰西王国使臣夏迪龙代表腓力国王,以亚瑟的名义向他索要英格兰王位继承权及王国领地,并发出威胁,若不答应,"那便是一场可怕的血战,用武力强制夺回这些被武力夺走的权利"。约翰王断然回答:"那我这儿便以战还战,以血还血①,以强制对强制:就这样回复法兰西。"不仅如此,他要夏迪龙"把我的挑战带给他(腓力国王),你平安地去吧:愿你在法兰西眼里犹如闪电,因为不等你回禀,我已到达,你们就会听见我大炮的轰鸣②:好了,去吧!去做我的愤怒的号角,做你们自己覆灭的沮丧的预兆"。果然,第二幕第一场,当腓力国王刚刚率法军兵临昂热城,便接到快马赶来的夏迪龙禀告军情:"他(约翰王)的部队正向此城急行军,兵强马壮,士气昂扬。……从没一支天不怕地不怕的舰队,比眼下这批英国战船更威风地乘着涨潮的海浪,前来冒犯、危害信奉基督教的国家。"腓力国王闻听,大惊失色。

这是一个多么能征善战的国王!

英军杀到昂热城下,约翰王立刻向腓力国王亮明底线:"倘若法兰西国王和平地允许我合法继承世袭领地,愿法兰西安享和平;如若不然,让法兰西流血,让平和升至上天。眼下,我乃上帝愤怒的代表,谁敢倨傲蔑视,把上帝的和平赶回天国,我就惩罚谁③。"腓力国王不甘示弱,手指亚瑟,痛斥约翰王为篡位之君:

---

① 参见《旧约·创世记》9:6:"凡流人血的,他的血也必被人所流。"《出埃及记》21:23—25:"若有别害,就要以命偿命,以眼还眼,以牙还牙,以手还手,以脚还脚,以烙还烙,以打还打。"《申命记》19:21:"你眼不可顾惜,要以命偿命,以眼还眼,以牙还牙,以手还手,以脚还脚。"《新约·马太福音》5:38:"你们曾听有这样的教训说:'以眼还眼,以牙还牙。'"
② 火炮第一次用于战争,是在1346年的英法克雷西之战(battle of Cressy)。
③ 参见《新约·罗马书》13:4:"因为他是上帝所用之人,他的工作对你有益。你如果作恶,你就得怕他,因为他的惩罚并非儿戏。他是上帝所用之人,要执行上帝对那些做恶之人的惩罚。"

腓力国王　……英格兰王权当由杰弗里继承,而他正是杰弗里的继承人:那么,我以上帝的名义问你,他理应拥有被你夺去的王冠,而此时,他鲜活的血液正在他圣殿①里流淌,你凭什么称王?

约翰王　法兰西国王,谁给了你这一伟大的担保,让我回答你的指控?

腓力国王　是天堂里那位审判者②,他在任何一个强权者心里激起善念,要他们调查对正义的玷污:那位审判者要我做这个孩子的监护人,授权我控告你的罪恶,而且,有他相助,我要对此进行严惩。

……　……

腓力国王　约翰国王,这是全部要求:我以亚瑟的名义,向你索要英格兰、爱尔兰、安茹、都兰、缅因,你愿不愿交出它们,放下武器?

约翰王　我誓死不交。——法兰西国王,我向你挑战。[2.1]

这是一个多么叱咤风云的国王!

第三幕第一场,面对罗马教皇使节潘杜尔夫主教的严词质询,约翰王表现出硬汉的阳刚之气:"尘间谁能以质询之名,考验一位神圣国王的自由表达?红衣主教,你可不能编一个像教皇那样的,如此微不足道、滑稽可笑的名义出来,命我回答质询。把这意思转告他,再加一句英格兰国王的亲口话,——凡意大利神父不得在我领土内征税③。天神之下,我至高无上,因此,我乃天神之下的最高权威,我统治之地,我一人做主,不用凡人插手。把我原话告诉教皇,我对教皇本人及其篡夺的权威毫无敬意。"

这是一个多么豪横强硬的国王!

面对腓力国王指责他对教皇不敬,他立即反击:"尽管你和基督教王国的所有国王,任由这多管闲事儿的神父④如此愚弄操控,害怕那道交了钱就能免除的诅咒;尽管你们想凭着下贱的黄金、废渣、垃圾,从一凡人之手买走堕落的宽恕,其实那只是一个凡人把他自己的宽恕卖了⑤;尽管你和所有其他人甘受愚弄操控,以税

---

① "圣殿",指身体。此为对《圣经》的化用,参见《新约·约翰福音》2:21:"其实,耶稣所说的圣殿是指他的身体。"
② 天上的审判者(supernal judge),即上帝。
③ 此处指取消教会征收"什一税"和一般税收的权力。
④ 指罗马教皇。
⑤ 约翰王指人们购买的赎罪券,只来自凡夫俗子的神父之手,并非上帝宽恕。这似应是莎士比亚借约翰王之口指责腐败的罗马教廷。事实上,罗马教廷从1313年才开始兜售赎罪券,直到1562年天主教特伦托会议(The Council of Trent)决定停发。显然,莎士比亚把教会兜售赎罪券的历史年头提前到约翰王时代,意在挖苦天主教会。因为此时,他生活在新教的英格兰。

收滋养这骗人的巫术,但我偏要独自一人,孤身与教皇作对,并把他的朋友视为我的敌人。"[3.1]

这是一个多么血性豪勇的国王!

然而,当昂热城民眼见英法双方接受私生子提议,欲暂时休兵,联手攻打昂热,毁掉昂热之后再行决战,为化解城池毁灭之危,急中生智,提出让法国路易王太子与约翰王的外甥女布兰奇公主结婚。约翰王为兵不血刃便能保住王国在法兰西的领地,立刻表示赞同,向路易王太子和腓力国王开出结亲的条件:"我把福克森、都兰、缅因、普瓦捷和安茹这五个省,连她一块儿送给你(路易王太子);另加三万马克英币①。——法兰西的腓力,你若对此满意,命你儿子和儿媳牵手。"

这是一个私利之下变化无常、自相矛盾的国王!为求私利,他可以翻手为云,向法兰西开战,为保私利,他也不在乎覆手为雨,转瞬又同敌国议和。

及至第五幕第一场,当潘杜尔夫主教从约翰王手里接过王冠,然后,一边把王冠交回给他,一边表示"从我手里拿回王冠,犹如从教皇那儿接过你的至尊王权②"时,他马上迫不及待地回应:"现在遵守你神圣的诺言:去见那些法国人,以他③所享有的全部神力,在大火吞噬我们之前,阻止他们前进。我那些心怀不满的贵族们反了,我的臣民不愿服从,他们向外族人、向外国的君王发誓效忠,献上最深切的爱。这股愤怒的洪流,唯有靠你来平息。那别再耽搁:当前形势危急,必须立刻下药救治,否则,无药可救,引发肌体崩溃④。"[5.1]

这是一个私利面前屈尊服软、自我打脸的国王!为王国免遭法兰西入侵,更怕失去手里的王权,曾几何时那个"对教皇本人及其篡夺的权威毫无敬意""偏要独自一人,孤身与教皇作对"的约翰王,转眼变成一个听命教皇的顺王。

由此,莎士比亚早在第二幕结尾时为私生子私人订制的下面这段精彩台词,堪称全剧的结构之眼、精神之魂以及私生子本人的性格之根:

私生子　疯狂的世界,疯狂的国王,疯狂的妥协!约翰,为阻止亚瑟索要整个王国,情愿放弃一部分领地;法兰西国王,——良心为他扣紧盔甲,虔

---

① 三万马克英币:一马克币值十三先令四便士,三万马克约合两万英镑。
② 据霍林斯赫德《编年史》记载,约翰王在与罗马教皇长期对抗之后,于1213年同教皇和解,并按教皇的要求先交出王冠,再由教皇的代表为他重新加冕。这也是约翰王的第三次加冕。
③ 指罗马教皇。
④ 指势必引起王国政治的崩盘。

诚和慈悲把他作为上帝的战士①带到战场,——可他竟听信那唆使之人的耳语改了主意②,那个狡猾的魔鬼;那个总撺掇人敲碎忠诚脑壳的媒人③;那个天天打破誓言的家伙;他能打赢所有人:无论国王、乞丐,还是老人、青年、少女,——可怜的少女被他骗得输掉一切,除了"处女"这两个字,空无一物④;那个貌似可信的绅士,便是挠得人心发痒的"私利"。——"私利"是填在世界这个滚球中心的重物⑤;这世界原本滚得很均衡,路平,它笔直向前,等一有这个"私利",这个引人邪恶的重物,这个动向的引导力,这个"私利",就使它叛离了所有的平等公正,偏离了一切方向、计划、步骤、意图:正是这个重物,这个"私利",这个老鸨,这个掮客,这个改变一切的词语,盯牢了变化无常的法兰西国王的球眼⑥,拉他背离了决心救援的初衷⑦,把一场坚决而荣耀的战争变成一场最卑贱的、以邪恶收场的和平。[2.1]

这段台词,使《约翰王》颇具当下的现代感。或正因为此,美国学者乔治·皮尔斯·巴克(George Pierce Baker,1866—1935)在其《莎士比亚作为戏剧家的贡献》一书中指出:"莎士比亚《约翰王》的戏剧技巧是成功的,但仍有一些老毛病。约翰是个怯懦之人,引不起我们更深切的同情,他的死也不怎么打动人心。假如开头几场把他写成气质非凡之人,情况则远非如此。福康布里奇无疑是全剧核心。把莎剧《约翰王》同那部早期戏比较过的读者都知道,福康布里奇这个人物是莎士比亚从《骚乱不断的约翰王朝》和霍林斯赫德《编年史》这些模糊不定的材料中提取的。但福康布里奇这个形象塑造得使人印象深刻,不单在于他有勇气,机智,随机应变,而在于他唤起了我们的同情和喜爱。该剧喜剧性因素的发展尤其值得注

---

① 参见《新约·以弗所书》6:11:"你们要穿戴上帝所赐的全部军装,好使你们能站稳,抵御魔鬼的诡计。"《提摩太后书》2:3:"作为基督耶稣的忠勇战士,你要分担困难。"
② 句中原文"purpose-changer"直译为"使改变意图之人"。梁实秋译为"诱人变心"。
③ 此句原文为:"That broker, that still breaks the pate of faith."梁实秋译为:"那个永远破坏贞操的淫媒。"
④ 物(thing):或含性意味,指阴茎(penis)。此处暗指那个骗人的家伙有本事骗走"处女"(virgin)的贞操,却还能使"处女"在外人眼里守身如玉。
⑤ 滚球中的重物(bias):为使滚木球游戏中的滚球不偏不倚,须在滚球中填充重物,以保持均衡。
⑥ 球眼儿(outward eye, i.e. eyeball):指滚木球游戏之滚球上控制抛球方向的三个圆孔。
⑦ 指最初帮亚瑟夺取英格兰王权的决心。

意。……《约翰王》不同,福康布里奇几乎出现在所有主要场景中,且都是作为主要人物,对他本人的描写也是喜剧性的。……从《约翰王》中亚瑟和休伯特那场戏还可见出莎士比亚的创作日趋成熟。"①

的确,从舞台表演角度,《约翰王》之所以好看,主要归功于私生子亦谐(前三幕)亦庄(后两幕)的喜剧性戏份。其实,私生子开场不久一亮相,便自带幽默滑稽的喜剧色彩。进入王宫,面对国王询问,私生子自报家门:

私生子　我是您忠诚的臣民,一个绅士,北安普顿郡生人,照我想,是罗伯特·福康布里奇的长子,他是一名战士,由狮心王②亲赏荣耀,在战场上受封为骑士。

约翰王　(向罗伯特)你是干什么的?

罗伯特　我是那同一位福康布里奇的儿子和继承人。

约翰王　那个是长子,你是继承人? 这么说,看来你俩不是一母所生。

私生子　一母所生,千真万确,高贵的国王,这谁都知道,而且,依我看,也是同一个父亲:不过,要弄清这事儿的真相,您得直接去问上天③,问我母亲:这事儿我觉得有蹊跷,谁家子女都会疑心。

埃莉诺　该诅咒的,你真粗鲁! 你这样猜疑,羞辱了你的母亲,败坏了她的名誉。

私生子　我吗,夫人? 不,我对此没理由猜疑。那是我弟弟的陈诉,不是我的。他若能证明这一点,就会夺去我至少每年足足五百镑的收入;愿上天守护我母亲的名誉和我的土地![1.1]

埃莉诺王后难以抑制内心的兴奋,她从这位菲利普·福康布里奇的"神情""口音""身影"断定,他是"狮心王"的私生子,自己的亲孙子。于是,她急切发问:"你到底想选哪个:像你弟弟一样,做福康布里奇家的人,享有你的土地,还是做狮心王为人公认的儿子,只是自己的主人,寸土没有?"私生子满不在乎地回答:"夫人,若我弟弟长得像我,我长得像他,像他那样长得像罗伯特爵士;若我的两条腿细如马鞭,双臂像鳗鱼皮里塞满东西,脸瘦得不敢在耳根夹玫瑰花,怕到时有人说

---

① 参见《莎士比亚大辞典》,张泗洋主编,北京:商务印书馆,2001年,第752页。
② 即理查一世。
③ 此处上天或指上帝。

'瞧,路上走着一枚三法寻的小钱儿!'①若单凭这副身形便可继承全部土地,我情愿放弃每一寸土地,留着自己这张脸,绝不离开这儿:说什么我也不做诺布爵士②。"[1.1]

毋庸讳言,莎士比亚从作为受雇演员演戏的那一天起,就懂得一部戏只有人物鲜活才能卖出好票房,而运用夸张的语言和搞笑的表演是保证票房的不二法门。因此,莎士比亚要刻意打造私生子这个角色,在整个第二幕,他已把私生子描绘成独领风头的人物。

面对奥地利大公,私生子开口便发出揶揄奚落、尖刻挖苦的挑衅:"公爵,我是来跟你捣乱的,咱俩单打独斗,我准能把你和你的狮子皮③全逮住。你就是俗语里说的那只兔子,勇气大的敢扯死狮子的胡子④。别让我逮着你,逮着我就把你皮袍子打冒烟。小子,当心点儿:以信仰起誓,我会的,以信仰起誓。"[2.1]

面对英法两位国王约翰和腓力在昂热城民的挑动下,各率王军厮杀鏖战难分胜负,私生子看穿了昂热城民的把戏,故意以玩世不恭的口吻规劝二位国王:"以上天起誓,二位国王,昂热的这些恶棍在耍你们。他们安然站在城垛上,像在剧场里,对你们独创的场景⑤和决战表演,咧着嘴,品头论足。不如二位国王听我劝:像耶路撒冷两个对立教派⑥一样,暂时讲和,两军联手,对这座城发起最凌厉的凶猛进攻。叫英法两军在东西两侧架起填满火药的大炮,直到那骇人的喧嚣,吵闹着轰毁这座傲慢城池坚硬的围墙:我要一刻不停地炮击这些贱货,一直打到墙塌城毁,叫他们像常见的空气一样裸露在外。攻下城池,你们再把联军分开,混合的军旗各归本部;掉转身,面对面,血腥的剑尖对剑尖,转瞬之间,命运女神就会选好一方做她幸运的恩宠,把胜利给她偏袒的一方,以一场辉煌的胜利亲吻他⑦。二位强大的君

---

① 三法寻(three-fathering):伊丽莎白时代铸造的一种小银币,币面很薄,上刻有女王侧面像,女王耳后饰有玫瑰花。另,当时男性亦有在耳根夹玫瑰花或丝缎制的玫瑰花的习惯。此处,私生子菲利普以币值三法寻的小银币比喻罗伯特身形单薄。
② 诺布爵士(Sir Nob):是罗伯特爵士的昵称,含"头"(head)和"一家之主"(head of the family)的双关意。
③ 按剧中所说,狮心王理查掏出了狮心,奥地利大公杀死了理查,把那张狮子皮当战利品披在身上,故而激怒了私生子。
④ 指一句拉丁文古谚:"兔子也敢从死狮子身上跳过去。"
⑤ 独创的场景(industrious scenes):指两军惨烈厮杀的血腥场景。
⑥ 耶路撒冷的对立教派(mutines of Jerusalem):公元70年,罗马大将提图斯(Titus,41—81)率军围攻耶路撒冷,城中两个对立犹太教派放下纷争,联合抵御罗马人进攻。
⑦ 他(him),指胜利一方的国王。

王,对我这不合规的提议①,以为如何？它没点儿计谋的味道吗？"[2.1]

至第三幕,在教皇使节潘杜尔夫主教的挑唆下,英法再度交战,英军大获全胜,私生子杀死奥地利大公,替生父"狮心王"复仇雪恨(这只是莎士比亚窜改历史的戏说)。腓力国王手里的王牌、拥有英格兰王位继承权的亚瑟被俘。剧情发展到第三场,约翰王授意休伯特杀死亚瑟,堪称他身为国王的命运拐点,也是整个戏剧冲突的转折点。

到了第四幕第二场,虽说约翰王"再度加冕",但面对索尔斯伯里、彭布罗克等贵族因怀疑他谋杀了亚瑟而背叛;面对路易王太子来势汹汹入侵英格兰的法兰西大军;面对民间由亚瑟之死开始盛传他"将在下一个耶稣升天节②当天正午之前,交出王冠"的流言;面对休伯特为自证清白当面拿出他欲置亚瑟于死地的"签名、盖章的手谕"之时,他只剩下了一个国王的尊号:"不,在这具血肉之躯、王国的缩影里③,在这王国之内,在这片有血、有呼吸的领土,我的良心在与我的侄儿之死交战,王权陷入内乱。"[4.1]恰在此情此景之下,私生子开始成为影子国王。

除了私生子这个角色,使《约翰王》这部戏还算差强人意,饱受冤屈、歇斯底里、拼命一搏的康丝坦斯夫人,老谋深算、左右逢源、挑拨离间的潘杜尔夫主教,这两个可圈可点的形象功不可没。前者为能让儿子亚瑟继承英格兰王位,发疯一般,不惜"叫这两个背弃誓言的国王兵戎相见!";后者则为能使英格兰臣服于罗马教廷,竟怂恿路易王太子起兵进攻英格兰,"可以凭你妻子布兰奇公主的权利,像亚瑟一样,索要全部权利"。正如英国19世纪著名批评家威廉·哈兹里特(William Hazlitt,1778—1830)在其《莎士比亚戏剧人物论》(*Characters of Shakespeare's Plays*)④一书中的《约翰王》专章所分析的:"约翰王的奸险,亚瑟的自杀,康丝坦斯的不幸,这些都是史实,它们像一个铅块似的压在我们心上,增加了我们的痛苦。有个声音悄悄告诉我们,我们没有权利嘲笑这类不幸事件,也不该将这些实际发生的事当成我们的玩偶。这样的看法也许有点儿怪,可我们还是认为,剧本情节中的史实越为人知,对悲剧之庄严和快感的产生越为不利。"

在哈兹里特眼里,"《约翰王》语言优美,想象丰富,足以消解戏剧主题带给我

---

① 不合规的提议(wild counsel, irregular counsel):亦可做"大胆的建议"(audacious counsel)。
② 耶稣升天节(Ascension Day):庆祝耶稣升天的节日,在复活节40天之后的星期四。
③ 此句原文为:in the body of this fleshly land,应指国王自己,约翰王以为自己的血肉之躯是整个英格兰王国的缩影。
④ 此处论述转引自《莎士比亚戏剧中的人物·约翰王》,[英]威廉·哈兹里特著,顾钧译,上海:华东师范大学出版社,2009年,文字稍有润色,其中所引莎剧译文均由笔者新译。

们的痛苦。对约翰王性格的描绘只有淡淡几笔,且主要在背景中体现。他并未主动寻求犯罪,是形势和机遇强迫并诱使他犯下罪孽。剧中的约翰王被刻画成一个胆怯超过残忍,可鄙超过可憎的人。剧本只反映出他的部分经历,却足以比其他舞台角色引起人们更多厌恶。他没有一种崇高精神或坚强性格,可用来抵挡其行为所引起的愤怒,只能任凭人们对他进行最坏的设想和评价。不仅如此,亚瑟,作为他施加卑鄙、残忍的对象,又是一副弱者形象,那么美好、无助,加之失望的康丝坦斯撕心裂肺的恳求,使之在人们心目中的形象变得更糟糕。亚瑟之死让我们无法原谅他,因为在他收回成命,试图阻止不幸发生时,一切为时已晚,或因他对自己的罪恶企图表示后悔,反倒使我们的是非感大为增加,从而更痛恨他。他的话使我们深信,他的想法一定十分丑恶,连他本人也为此感到害怕。约翰王暗示休伯特去暗杀自己的侄子这场戏极富戏剧性,但比起亚瑟听到休伯特命人烫瞎他双眼那场戏逊色许多。假如有什么作品能打动人心,里面交织着极大的恐惧和同情,那么震撼心灵,又那么抚慰人心,就是这场戏"。

　　哈兹里特对这场戏情有独钟,行文至此,竟禁不住把第四幕第一场做了整场引述,随后才继续分析:"原本十分温柔的康丝坦斯,因朋友们反复无常和命运不公变得不顾一切,并在丧失各种意志力之后越发陷入绝境。康丝坦斯的精神状态在剧作中得到最佳展现。她对腓力国王义正辞严的答复(她在拒绝腓力国王派来的使者同前往去见议和双方的时候说:'让两位国王来见我,来见见伟大悲伤的样子。')她对奥地利大公的愤怒指责,她对'悲苦的情人'——死神——的召唤,虽说这些都精彩动人,但跟她对红衣主教说的那段话一比,都要逊色,在这段话中,她已把愤怒化作一股柔情:

康丝坦斯　　……红衣主教神父,我听你说过,我们将在天堂里见到、并认出亲朋好友。倘若那是真的,我将再次见到我的孩子;因为自打第一个男孩该隐①落生,直到昨天才有了第一次呼吸的婴儿②,从不曾有哪个孩子如此充满神的恩典。但眼下,悲愁这条害虫要噬咬我的蓓蕾③,把他面颊上天生的俊秀赶走,使他

---

① 该隐(Cain):《圣经》中亚当、夏娃的长子,被视为人类第一个男孩,后因嫉妒杀了弟弟亚伯(Abel)。
② 即"昨天才出生的婴儿"。
③ 我的蓓蕾(my bud),即"我的儿子"。

	看起来像一个空心儿的幽灵,面容白憔悴得像发了疟疾;他将那样死去,再这样升入天堂,等我在天遇见他时,就认不出他了。因此,永远、永远,我再也见不到俊美的亚瑟。
潘杜尔夫主教	悲愁在你眼里过于可怕了。
康丝坦斯	没儿子的人,才跟我说这种话。
腓力国王	你像溺爱儿子一样溺爱悲愁。
康丝坦斯	若悲愁能填补我没了儿子的空缺:睡在他的床上,和我一起走来走去,装出他可爱的模样,重复他说过的话,令我想起他身上一切可爱之处,以他的形体把他空落落的衣裳填满;那我就有理由溺爱悲愁。"[3.4]

在此,哈兹里特以莎士比亚另一部历史剧《亨利八世》中的凯瑟琳王后与康丝坦斯做比照:"凯瑟琳王后面对亨利八世的不公正待遇时表现出的温和、顺从,与康丝坦斯为儿子失去王位时表现出的强烈和难以抑制的痛苦,形成鲜明对照,莎士比亚的描写则使这两个美好人物原本就有的差异变得更为凸显。"

显然,哈兹里特对私生子这个角色是《约翰王》最成功的形象并无异议:"私生子菲利普这个滑稽角色的出现使原本剧烈的痛苦大为减弱,对于该剧主角约翰王既冷酷又胆怯的行为,也是一个很好的调剂。菲利普极具热情,富有创造力,伶牙俐齿,行为鲁莽。本·琼森(Ben Jonson)说莎士比亚总喜欢夸大其词,过分渲染。多亏本·琼森不是批准戏剧上演的官员,否则我们将为之遗憾。本·琼森艰涩、雕琢,莎士比亚则挥洒自如、大气磅礴,我们喜欢后者远超前者。本质上,私生子菲利普滑稽幽默的性格,与莎士比亚笔下其他滑稽人物的性格相比,并无二致,他们从不知疲倦,总不断搞出各种花样,他们不仅总爱冒险,且总能成功。他们富于机智,充满活力,说起话来随兴之所至。与其他人物不同,菲利普是一个军人,不仅口头勇敢,行动也很勇敢,他将机智带入行动,用口头上的玩笑增进行动的勇敢。这使得他的敌人必须同时应付他的锋利刀剑和尖酸嘲讽。他妙语连珠,其中最精彩之处莫过于他对自我的评价,对'挠得人心发痒的私利'的抨击,以及对杀死生父的奥地利大公的挖苦(开始闹着玩儿,后来当真)。他在昂热城的所作所为说明他的才能不只限于唇枪舌剑。在昂热,我们同样看到宫廷和利益集团的争斗,以及国王、贵族、神父和主教的权谋。"

最后,由哈兹里特所言,拿《约翰王》与《亨利五世》做个或许不恰当的比较,后者仅凭一个伟大的国王战士(亨利五世)独撑全剧,而前者只能靠一个英雄("狮心王")的私生子为一个倒霉的国王苦撑全局。换言之,从舞台表演来说,《亨利五世》是一个英雄国王的独角大戏,《约翰王》若无群角凑戏,尤其私生子和康丝坦斯夫人大放异彩,那约翰王这个历史上的"无地王"势必成为舞台上的"无戏王"。

(三) 当代莎学家眼里的约翰王

英国莎学家乔纳森·贝特(Jonathan Bate)所写"皇莎版"《莎士比亚全集·约翰王》导言①,可算当今英语世界最新《约翰王》研究成果之一。他写法很妙,以一则英国文坛轶事开篇,讲 1811 年 4 月间,英国著名小说家简·奥斯汀(Jane Austen,1775—1817)与哥哥亨利(Henry)一起住在伦敦,奥斯汀在一封写给家里的姐姐卡桑德拉(Cassandra)的信中抱怨,"真倒霉,今晚的演出变了,——由《约翰王》换成《哈姆雷特》,——我们改周一去看《麦克白》"。贝特随即评述:"两个世纪之后,我们很可能感到诧异,像简·奥斯汀这样眼光如此挑剔的女性,宁可看《约翰王》,也不愿看《哈姆雷特》或《麦克白》。然而,有个简单的解释:奥斯汀是萨拉·西登斯的资深崇拜者,西登斯是那个时代最伟大的女演员,她最为人称道的角色之一便是那个激情四溢的康丝坦斯王后——像莎士比亚全部英国历史剧中任何一个女性角色一样令人满意。"

可见,西登斯的出色表演使康丝坦斯这个舞台形象深入人心,历代不衰。贝特由此继而分析:"《约翰王》在 19 世纪备受推崇,并不单因为这位受了委屈的母亲康丝坦斯。维多利亚时代(Victorian era,1837—1901)的人多愁善感,他们醉心于少年亚瑟哀婉动人地劝说休伯特别用热烙铁烫瞎他的双眼。但剧中戏份最重的角色,是那个私生子菲利普·福康布里奇,他的戏份比那个冠以剧名的优柔寡断的国王还重。这个人物令德国浪漫主义批评家大施莱格尔(A. W. von Schlegel,1767—1845)为之动容:'他嘲笑隐秘的政治权谋,却并非不赞同,因为他承认,连他自己也要竭力凭借类似手段撞大运,唯愿成为骗人者,而非受骗之人,因为在他的世界观里,别无选择。'私生子——一个虚构的戏剧角色,并非真实的历史人物——是莎剧进展中一个自私唯我类型的关键角色,《奥赛罗》(Othello)中的伊阿古(Iago)和《李尔王》(King Lear)中的埃德蒙(Edmund)使这一类型达到巅峰。但他是剧中最能引起人们共鸣的成年男性。他有心机,有智慧,渴望仕途。其他人只是政客。在对政

---

① 参见《莎士比亚全集·约翰王》导言,*William Shakespeare Complete Works*,Jonathan Bate; Eric Rasmussen 编,北京:外语教学与研究出版社,2008 年 12 月。此处论述源自乔纳森·贝特所写导言,其中引述莎剧均为笔者新译。

客们的阴谋所做的灵妙剖析上，《约翰王》堪称莎士比亚最现代的戏剧之一。剧情设定在一个封建世界，那里的君主被视为上帝在人间的代理人，该剧把权力揭示为人们在饥饿中抢食的一件'商品'。"

贝特充分肯定私生子这个角色，认为"私生子是观众唯一信得过的角色，因为他信得过我们。那些提供他思考过程的独白和自我意识的剧场性，允许观众分享他的空间。他同时对两位国王说'不如二位国王听我劝'，使我们享受他的放肆，因为他使我们成为了故事的一部分。他对在舞台围廊的"城垛"上观战的昂热城民讲的那几行台词，同样适用于买票看戏的观众：'他们安然站在城垛上，像在剧场里，对你们独创的场景①和决战表演，咧着嘴，品头论足。'"。

显然，贝特的历史和学术维度为非英语国家的学者所欠缺，这自然也是英国人研究莎士比亚的独特优势所在。显然，将贝特的长篇论述摘引如下，有助于领会和诠释《约翰王》的多重面向和意涵：

> 当英吉利海峡两岸敌对的两支军队围攻昂热时，法兰西国王曾对昂热城民说："说吧，城民们，为英格兰。"在莎士比亚全部历史剧中，《约翰王》是最明确追问为英格兰代言有何意味的一部戏。它探讨的关于合法性和继承性诸问题，关乎英格兰都铎王朝每一户有产家庭，当一个年迈无子的女王高居王座之时，它对于君主政体的意义尤为重大。在更为人所知的《李尔王》一剧中，合法婚生的嫡子埃德加（Edgar）品行良善，非婚生的私生子埃德蒙（Edmund）是个恶棍。《约翰王》构想了一种更富挑战意味的可能性：假如一个伟大的国王死去，他最勇敢、最诚实、最聪明的儿子，是一个私生子。在这种情形下，以德为本选定合法继承人是不可能的：倘若王位由一个私生子继承，整个君主体制的合法性都会受质疑，父系政体、法律、教会和家族之前天衣无缝相互依存的关系势必开始瓦解。
>
> "狮心王"理查一世是一位可作楷模的国王，死时没留下亲生儿子；顺位继承人弟弟（杰弗里）也死了。谁来继位，是顺位的下一个弟弟（约翰），还是头一个弟弟的儿子（亚瑟）？似乎还嫌不够乱，谁为英格兰代言的问题，又与其他关于合法性的争论搅在一起。何谓英格兰领土的地理疆域？——英格兰有保留统治部分法兰西领土的权利吗？而且，谁来代表英格兰宗教？这一棘手问题，焦点在于任命谁为新一任坎特伯雷大主教，领导英国教会。是教皇有

---

① 指两军惨烈厮杀的血腥场景。——笔者注

权把他的人选强加于人,还是英国该为自己的教会事务发声?君主政体可否在某一点上合法拒绝教皇的意愿?这种对抗势必在都铎王朝①的观众心里②,对亨利八世的离婚纠纷和1530年代与罗马教廷的决裂产生回响。

在新教意识形态里,约翰王因其挺身反对教皇专制,成为一个英雄。他被视为前世的亨利八世。16世纪中叶,狂热的新教徒约翰·贝尔(John Bale)据此写过一部宫廷戏,那个时候,一部出自无名氏之手、很可能是莎剧文本主要素材来源的两联剧《骚乱不断的约翰王朝》(1591年出版),里面正泛滥着半生不熟的反天主教宣传。莎士比亚这部戏常被当作他忠于新教的证据:1730年代,因担心詹姆斯二世党人(Jacobite)起义,该剧经改编在伦敦上演,剧名毫不含糊地冠以《约翰王朝期间的教皇专制》(*Papal Tyranny in the Reign of King John*)。不过,莎士比亚的真正用意既深刻又含混。在约翰"凡意大利神父不得在我领土内征税"这句话里,反天主教意味明晰可见,剧中的教皇使节潘杜尔夫主教是一个诡计多端的政客,说话拐弯抹角、含糊其辞("你发誓恰恰是为了不守誓言,越誓言守信,越背离誓言"),也是明证。同时,约翰被贬称为"假冒的君王",而且,他的模棱两可很难使他成为一个统治者的典范。

回到第一场戏,当继承权与信仰、权力与所有权的一切难题毫无解决办法之时,一名郡治安官登场。他的亮相代表诸郡的司法权,"乡村"利益与"宫廷"利益两相对立。诸郡中的两兄弟谁将继承一小块地产,同狮心王理查的兄弟中约翰还是杰弗里(通过亚瑟)谁将继承整个国家,两个问题平行对应。此外,对于1590年代的观众来说,一桩设定在遥远13世纪的纠纷,可能回应着当下的争端,在他们自己所处的时代,无人不知,一名议员在平民院发言时,会说出人们指望本该出自女王之口的话:"我代表全英格兰。"在许多地方,人们秉持这样一种观念,认为"英格兰"并不等同于英国女王和她在伦敦及其周边的宫廷。尽管都铎王朝的君主们试图在各郡建立法定代理人的网络以便统一全国,但"乡村"绅士阶层以及北部和西部的封爵贵族仍强烈捍卫他们的自治权。

私生子自称绅士,生在北安普顿郡;他"好一个直肠子",换言之,他是一个说话爽直的英格兰乡民;后来,他向英格兰的守护神圣乔治求助。他嘴里说的,便是莎士比亚自己的出生地,即英格兰腹地中部地区的话。他有一个选择:要

---

① 从亨利七世1485年加冕国王,历经亨利八世、爱德华六世、玛丽一世,直到伊丽莎白一世1603年去世。——笔者注
② 这里尤指伊丽莎白时代的观众。——笔者注

么继承福康布里奇的产业,要么去"撞大运",虽说没继承权,却可以采用那个非婚生下他的国王父亲陛下的姓氏。

英国绅士阶层的规范是长子继承土地,次子随处流动,可去伦敦,找一份律师的差事,当牧师,从军,出任外交使节,甚至可能从事娱乐业。稳定的合法性与冒险家的生活对立起来。私生子接受了自己非婚生的庶子身份,宣布放弃其实可以享有的土地(由于他是母亲而非父亲通奸所生,因此与《李尔王》里的埃德蒙情形不同,他的继承权不会被强行剥夺),步入家中次子常走的路。这和莎士比亚离开埃文河畔的斯特拉福德时的做法一样。

福康布里奇夫人和詹姆斯·格尼的到来,进一步强调了私生子源出英格兰中部,他们俩一身骑马装,表示由乡间赶来宫廷。随后,私生子把他同母异父的弟弟描述成"巨人科尔布兰德"。科尔布兰德是一个丹麦入侵者,在一场单打独斗中被"沃里克的盖伊"(Guy of Warwick)击败——盖伊在通俗读物、民谣和戏剧里,是一位脍炙人口的传奇人物。假如罗伯特·福康布里奇乃科尔布兰德之象征,那私生子便象征着沃里克郡的民间英雄盖伊。假如北安普顿的郡治安官代表他在诺丁汉(Nottingham)的同事,他甚至可能是一个翻版的罗宾汉(Robin Hood)。罗宾汉,这位约翰王朝时期最著名的民间英雄,他不能亲口说自己的名字,因为一说名字,国王随即变成恶棍。莎士比亚不想在戏一开场就这样做,因为,一则,他希望将约翰和亚瑟声称的合法继承权问题保留开放性,二则,在他写作时代的编年史和戏剧传统里,约翰王因拒绝让教皇提名的斯蒂芬·兰顿出任坎特伯雷大主教,已成为一个新教英雄的原型。

当教皇把英国国王逐出教会,并准许——其实是允诺——将任何一个谋杀他的人封为圣徒,人们不可能把伊丽莎白女王(Queen Elizabeth,1558—1603)时代的英格兰与此对应之处忽略掉,教皇当时对女王下达了同样的判决。变幻无常的法兰西左右摇摆,此处与现实的对应并无二致(埃莉诺王后高喊:"啊,法国人反复无常,邪恶的反叛!"):16 世纪,法兰西饱受因宗教引起的内战蹂躏,几乎没人猜得出,国家会终结在一个天主教徒手里,还是由一个新教徒登上王位。"战争的搏斗精神与横眉怒目"主宰了这部戏的剧情,正如在尼德兰、爱尔兰等地发生的宗教和统治权的战争,影响到莎剧观众们的生活。私生子像《特洛伊罗斯与克瑞西达》(Troilus and Cressida)里的忒耳西忒斯(Thersites)一样,——虽没那么凶残——剖析了联盟和分裂导致的混乱:"疯狂的世界,疯狂的国王,疯狂的妥协!"

私生子代替"沃里克的盖伊",盖伊代替古英格兰的罗宾汉。当好国王理查在中东投入"圣战"("那位力掬狮心、在巴勒斯坦进行圣战的理查")之际,是罗宾汉在国内捍卫着他的价值。随着剧情发展,私生子的角色变为那位已故"狮心王"的替身。他以约翰的名义投入战斗,在某个时候,离升入王座仅一线之隔。他在剧终代表英格兰说的几行台词,那厌世的声音也是他的创作者的声音,这位创作者在其《亨利六世》(Henry VI)系列剧中,展示出英格兰自我背叛的血腥后果。

(四) 蒂利亚德心中的约翰王

英国著名批评家蒂利亚德(E. M. W. Tillyard,1889—1965),是20世纪西方历史主义莎评乃至整个历史主义文学批评的代表人物,在其学术名著《莎士比亚的历史剧》(Shakespeare's History Plays)①中以专章论及《约翰王》,他意味深长地指出,该剧最出彩的高潮戏的主题是"反叛何时被允许了"。以下是蒂利亚德的论述:

> 这段剧情发生在第四幕第三场,亚瑟从城垛跳下摔死,反叛的贵族、私生子和休伯特先后发现尸体。贵族和私生子的反应形成明显对照。彭布罗克、索尔斯伯里和毕格特见亚瑟已死,便认定是被约翰所害,其过度的情感表达显出这一推断的轻率。

索尔斯伯里　……这是谋杀之家盾徽上的顶饰②,顶饰的顶点,顶饰的高峰,顶饰上的顶饰:这是最血腥的耻辱,最野蛮的暴行,最卑劣的打击,是怒目圆睁的狂怒、或拧眉立目的暴怒造成的惨景,令人流下温情悲悯的泪水。

彭布罗克　与此相比,往日一切谋杀皆可宽恕。这件谋杀,如此独一无二,如此难以匹敌,将把一种神圣、一种纯洁,加在还没发生的罪恶头上;还将证明,一场可怕的杀戮与这臭名昭彰的先例相比,顶多算一出闹剧。

---

① 参见[英]蒂利亚德著:《莎士比亚的历史剧》(Shakespeare's History Plays),牟芳芳译,北京:华夏出版社,2016年1月,第250—261页。文中涉及蒂利亚德的论述,均来自该书的相关部分。
② 顶饰(crest):纹章术语,指家族盾徽顶部的装饰图案或标徽。在此取"顶饰的顶点,顶饰的高峰,顶饰上的顶饰"之双关意,强调谋杀亚瑟罪孽深重。

在此,私生子的克制和理性与贵族的肤浅情感截然不同,他补充说:"这是一桩该罚下地狱的血案:假如出自一只人手,那必是一只亵渎神灵的笨重之手①所为。"这里的"亵渎神灵"(graceless)乃超出神恩范畴之意,与所有贵族的夸张之辞相比是更为严厉的指控,但说话之人拒绝在真相大白之前便提出这一指控。贵族们确信约翰有罪,因此反叛乃符合道德之举。休伯特一露面,若非私生子介入,他们会把他当成约翰指派的凶手杀死。贵族们离开后,私生子不再需要平衡他们的轻率,这时,他脑子里的挣扎才真正开始,反叛的问题以最尖锐和最令人分心的形式提出来。所有外在证据,无论对休伯特还是对其主人,都极为不利。在强烈怀疑刺激之下,私生子道出一段充溢着真诚激情的诗,与此前索尔斯伯里和彭布罗克过分矫饰的言词形成鲜明对比:

哪怕你只点头答应过这最残酷的行为,你也没指望了。如果缺绳子,从蜘蛛肚子里织出来的最细一根丝就能勒死你;一根芦苇便是一根把你吊上去的横梁;或者,你若想淹死自己,一把勺子,只往里倒一点儿水,它会变得像大海一样,足以呛死你这个罪犯。我确实非常怀疑你。

尽管休伯特声言无辜,私生子仍对他深表怀疑,这迫使他在反叛还是效忠一位篡位(至少名声不佳)的国王之间,做出可怕的选择。他用手指着亚瑟的尸体,对休伯特说:

去,把他抱起来。——我不知所措,觉得自己在这布满荆棘和危险的世界迷了路。②——你这么容易就举起整个英格兰③!生命,权利,以及这整个王国的真理,都从这一小块儿王者的尸身飞向天国;丢下英格兰,任人拉拽、抢夺,像贪食的动物一样,撕咬这个王权有争议的、胀满骄傲的国家。眼下,为了像狗一样抢食王权这根啃得精光的骨头,凶猛的战争竖起愤怒的颈毛④,在温

---

① 笨重之手(a heavy hand):亦可意译为"一只毒手"。
② 参见《新约·马太福音》13:22:"那撒在荆棘中的种子,是指人听了道之后,生活的忧虑和财富的欲望窒息了道的生机,不能结出果实。"《路加福音》8:14:"落在荆棘里的种子是指人听了道,可是生活上的忧虑,财富和享乐的诱惑,窒息了道的生机,不能结出成熟的果实。"
③ 指抱起亚瑟的尸体。
④ 颈毛(crest):狗颈上的毛。狗发怒时,会竖起颈毛。

柔的和平面前嚎叫。现在,外来军队和国内心存不满之人齐心协力:一场巨大的灾难,等待着篡位的王权即将垮台,活像一只乌鸦等着啄食一头病倒的牲畜。此刻,谁的斗篷、腰带能经受住这场暴风雨,谁就是幸运者。——抱着那孩子,赶快跟我走:我要去见国王。

有一千件事急待解决,
上天对这国土皱了眉。

这些怀疑折磨着一个执行力很强的人,十分触动人心。在此之前,私生子只需效忠主人,眼下,他不得不考虑亚瑟之死的整个情形。他承认亚瑟有权继承王位,怀疑约翰是害死亚瑟的主谋,清楚这片国土的信誉遭到严重破坏。他势必要在反叛之罪和效忠一个糟糕主人的屈辱两者间做出抉择。他以超卓的力量和速度毅然做出抉择,从困惑迷茫中转向为国王的"一千件事"奔忙。

其实,是私生子想清楚了,虽说约翰不是一个好国王,但他并不是理查三世那样的暴君。私生子没想错,尽管约翰不是个好国王,但明智之举莫过于,默许他的统治,寄望上帝令他向善,明白反叛之罪只会叫上帝加重这个国家已在承受的惩罚。由于私生子的坚守,国家免遭法国人击垮,上帝通过不久之后亨利三世(Henry Ⅲ,1207—1272)统治下的联盟,昭示出神的宽恕。

之后,在论及《亨利六世》(中篇)里君王类型的人物时,蒂利亚德指出:

> 构成真正国王的性格,除了狮子和狐狸的特点,还要再加上另一种动物——鹈鹕——的特点,私生子兼具这三种动物的特点。他的掌控力不言而喻,前引他所说有关亚瑟尸体的话凸显出这一点。只有性格异常坚定之人,才能在由如此可怕迷局而感困扰时,仍能如此迅疾地做出决定。约翰在下一场戏里,软弱地将王冠交给潘杜尔夫,并非偶然。在此之后,约翰的决心便随着私生子的是否在场变得果决或游移。出手迅速与决心密切相关,私生子挺身为休伯特挡住索尔斯伯里的进攻只在一瞬之间。索尔斯伯里刚一拔剑,他马上说"你的剑没用过,先生,收起来吧"。临近剧终,当他以为法国王太子还在追击国王的军队时,建议"立刻迎敌,否则,立刻被攻"。

在蒂利亚德看来,

作为一只狐狸,私生子的狡猾大多是虚晃一枪,尽管结果相同,但他不像布林布鲁克(未来的亨利四世)那样,是一个严格意义上的马基雅维利式的人物。在圣埃德蒙兹伯里,他来到法国王太子和英国的反叛贵族面前,替约翰编出一段胸有成竹鄙视对方的话,而实际上,英国军队正深陷困境,远不足以支撑这番言论:

现在,听听英国国王怎么说,此时我代表英王陛下:他准备好了,理由充分本该这么做。对这次像猴子似的无礼进兵①,对这场顶盔掼甲的假面舞会,对这一鲁莽的狂欢,对这支从未听闻的傲气、稚嫩的军队,国王淡然一笑;他充分备战,要把这场侏儒似的战争,把这支矮子军队,从他国土圈子里赶出去。[5.2]

第一幕结尾前,私生子第一次独白,自认具备"上升精神"(mounting spirit),他要研究这个时代的口味,使自己"在升至伟大的步履中"少一些滑倒的"甜蜜的毒药"。但即便他在此处有意表现得只图私利,且也意在逢迎时代,但其目的不为骗人,而只求避免受骗上当:"我不想用这套本领去骗人,但为避免被人骗,我非得把它学会。"

第二幕结尾处,他第二次独白,说到"私利",再次说自己十分糟糕,只因从未受过诱惑才没犯下贪腐之罪:

我干嘛痛骂这"私利"? 只因他从没追过我:这并非因为,当他拿晃眼的天使币②向我手掌致敬时,我有收手攥拳的力量;而只因为,我的手还没受过诱惑,好比一个穷叫花子,张嘴便骂有钱人。那好,只要我是叫花子,就张嘴开骂,要我说,世间除了富贵,没有罪恶:

等我有了钱,自然有本事改口说:
世间除了那叫花子,没什么罪恶。
国王尚且为了一己私利背信弃义,
我便拿私利当君王,我来崇拜你![2.1]

---

① "像猴子似的"(apish):愚蠢(foolish)。"无礼的"(unmannerly):与"怯懦的"(unmanly)具双关意。
② 天使币(angel):上面刻有天使图案的金币。

事实上,私生子有一种英国人担心表现得过于严肃或正直的心理。如此宣称并不代表他真的腐化了,恰如他此后的插入语并不代表他缺乏宗教信仰:"只要我还记得圣礼。"[3.3]

在实际行动中,私生子既忠诚又自我克制,或至少有鹈鹕的责任之心。他对着约翰尸体所说的话绝无不真诚:"您就这样走了?我留存于世,只求为您效劳、替您报仇,然后我的灵魂陪护您升天,犹如尘世之中我始终是您的仆人。"

蒂利亚德认为,

> 莎士比亚在创造私生子这个形象时,充满激情,并赋予他一种坚不可摧的个性,使他身上所有的君王特点都富于生命力,然而,在剧中理应更出色的人物,真正的国王约翰身上,却缺乏这些特点。

除了对私生子的剖析,蒂利亚德也像乔纳森·贝特一样,认为

> 康丝坦斯夫人是剧中第二重要的角色,而这主要归功于西登斯夫人的倾情表演。康丝坦斯夫人不像私生子那样令人惊异,但这个人物形象,标志着莎士比亚在把人物个性化、特征化过程中迈出一大步。

> 我们理应认为她年轻、漂亮、聪慧,她的青春活力与魅力悲剧性地汇成一股悲伤过度的洪流。腓力国王提及"在她那丛美丽的长发里"时,暗示出她的美貌。聪敏的智慧每次都使她占了婆婆的上风,比如,当她们在法兰西第一次见面时,她用了"will"的双关意涵——遗嘱/心愿。

埃莉诺　你这粗心的泼妇,我可以拿份遗嘱给你看,上面写明你儿子没有合法继承权。

康丝坦斯　是呀,谁还能怀疑不成?遗嘱!一份邪恶的遗嘱,一个女人的心愿,一个烂了心的祖母的心愿![2.1]

再如,她模仿对幼儿说话的口吻:

埃莉诺　到祖母这儿来,孩子。

康丝坦斯　去,孩子,找祖母去,孩子。把王国给祖母,祖母会赏你一枚洋李,

> 一颗樱桃,一个无花果:那真是你的好祖母。

哪怕处于最悲痛之际,她也不失机智,比如在痛斥誓言非战斗到把亚瑟推上王位决不罢休的奥地利大公时,她提到他身上披的狮子皮:

> 啊,利摩日①,啊,奥地利公爵,你叫那血淋淋的战利品②蒙羞:你这奴才,你这坏蛋,你这懦夫!你勇气不够,邪恶有余!你攀附强者,永远倚强凌弱!你这替命运女神打仗的战士,若没那位喜怒无常的夫人保你性命无忧,你绝不出战!你也是背弃誓言之辈,只会巴结权贵。你真是一个傻瓜,一个张狂的傻瓜,竟吹牛、跺脚、发誓,声称支持我!你这冷血的奴才,不是像雷鸣一般为我说过话吗?不是发誓做我的战士,叫我依靠你的星宿③、你的命运、你的力量吗?而今竟变节投敌?你居然披着那张狮子皮!脱喽,别丢脸,给你那胆小的肢体披一张小牛皮吧④![3.1]

当痛苦快把她逼疯时,她话里透出的敏锐想象力,可与莎士比亚后来塑造的比阿特丽斯(《无事生非》)和罗莎琳德(《皆大欢喜》)身上所具有的女性光辉相媲美:

> 死神,死神:——啊,可爱的、亲密的死神!你这芳香的恶臭!健全的腐烂!最令好运憎恨、恐惧的死神⑤,从你永恒之夜的眠床上起身,我愿吻你可憎的枯骨,把我的眼球放入你空洞的面额,把你居所的蛆虫当戒指戴满我的手指,用令人恶心的泥土堵住这呼吸的通道⑥,变成一具像你一样的枯骨怪物。

---

① 历史上,曾于1192年囚禁理查的奥地利大公早在约翰王继位前五年的1194年坠马而死。理查则于1199年,在攻打利摩日子爵(Viscount of Limoges)艾马尔·博索(Aimar V Boso,1135—1199)的城堡时,因中箭而亡。在此,莎士比亚将利奥波德五世同利摩日子爵合二为一,"戏说"理查命丧奥地利大公之手。
② 血淋淋的战利品(bloody spoil):指奥地利大公从理查手里夺取的那张狮子皮。
③ 旧时人们相信星象决定命运。
④ 小牛皮(calf'skin):小牛的皮。旧时,贵族之家雇佣的小丑,亦称"傻瓜"(fool),常身穿由小牛皮制成的上装,背后系扣儿,也是小丑身份的标志之一。康丝坦斯夫人在此以叫奥地利大公"披一张小牛皮",讥讽他是懦夫、傻瓜。
⑤ 参见《旧约·德训篇》41·1:"哦,死亡呀,对那些安享财富、没有横逆、万事亨通,仍有精力享受口福之人而言,想到你,真是痛苦!"
⑥ 呼吸的缺口(gap of breath):指开口说话的嘴(mouth)。

来,咧嘴冲我笑,我要把你的呲牙当微笑,我要像你妻子似地吻你!

最后,论及《约翰王》的结构,蒂利亚德不无微词,认为:

> 这部戏缺少整体性,前三幕确实线条清晰,写出了复杂的政治行动和追求私利的野心家变来变去的动机,康丝坦斯和私生子这两个最聪明的参与者给出的批评话语使其更具有活动。包括昂热城战前所有事情的第二幕,是莎士比亚笔下最大,同时也是最活泼、丰富、并具有娱乐性的战争戏之一。第三幕第四场,作为一场政治戏而非真正的战争场景,潘杜尔夫主教劝说法国王太子坚持入侵英国的计划时非常精彩。该剧开场约翰对法兰西使臣夏迪龙的蔑视也十分出彩,其表达都很迅捷,对昂热城之战前的事态广度均是一种完美铺垫。但在最后两幕,政治行动原有的广度、强度都丢了:要么压缩成更具个人化的处理,比如亚瑟受到威胁要被弄瞎眼睛和私生子面对亚瑟的尸体深感困惑两个场景;要么做了弱化或仓促处理,比如约翰把王冠交给潘杜尔夫及其在修道院死去两个场景。即便撇开最后两幕的剧情变化不谈,各场戏之间也缺乏有机联系。
>
> 亚瑟尸体这件事本身的意义非比寻常,但它的能量和新的自由诗风与亚瑟恳求休伯特别弄瞎之间的眼睛,两部分差异很大。通称的看法,要么赞誉这一恳求极为动人,要么批评它十分做作,简直难以忍受。它的确有些做作,不过对于伊丽莎白时代的观众并非不能忍受。他们很可能以为它在展示修辞,而它确如莎士比亚许多别的戏一样,在修辞上精雕细琢,把词语游戏玩得优雅有余。可是,它同前几幕有过的语言上的过度表达不一致。事实上,后两幕戏很难自然融入整部戏中。反叛可能是后两幕的首要主题,且对该剧题材提供出某种连贯性,但它并非由前三幕的特有价值中自然生发,而是变为一种个人困境出现,它没能作为主导性动机来影响成千上万人的情感、命运,没能把后两幕同此前的重要场景连在一起。
>
> 同时,在剧情背景中,也没有任何道德动机赋予该剧一种虽难以界说、却能感受到的统一性。被私生子拟人化了的"私利",只是一处细节而已。很难说,英格兰或国家本身在这部戏里出现过。私生子在其所说关于亚瑟尸体的最后一段话,把英国比喻成像狗一样抢食的骨头,在该剧末尾他则表明只要英格兰内部团结便无坚不摧的重要观念。但该剧其他部分并未强化这一观点。比如剧中很少展现社会的不同等级,很少有堪与《亨利六世》(中篇)里出现的

相对应的卑微角色,他们代表了英国一个阶层的样貌。休伯特向约翰王所做普通民众散播听来的亚瑟之死消息的描述,似乎是个例外:

> 满大街老头儿、老太太,由这凶险的天象做预测:年轻的亚瑟之死是他们的共同话题;一谈起他,他们都摇着头,一个个交头接耳;说的人抓住听者的手腕,听的人做出受惊的手势,皱紧眉,点点头,滚一下眼珠。我见有个铁匠,手拿锤子,这么站着,只顾张嘴吞下裁缝的消息,连砧上烧的铁都凉了。那个裁缝手拿剪刀、量尺,穿着拖鞋,匆忙中还穿错了左右脚,他说有数千法军已在肯特①排好战斗队形、严阵以待。正说着,一个脏兮兮的瘦小工匠打断他,又说起亚瑟之死。[4.2]

但我们读这段话时,关注更多的是其描述性的韵文,它让我们欣喜地看到莎士比亚在营造大的政治动机之外的真正才能,这一才能在该剧中是崭新的。

尽管这是一部出色的剧作,充满新的可能和活力,但缺乏整体上的确定性内涵。此后,莎士比亚将在接下来创作中实现这一可能,并达到新的确定性。

莎士比亚的历史剧写作果真如此,艺术上最成功的历史剧《亨利四世》(上下篇)和最能从戏剧精神上彰显英格兰爱国情怀的《亨利五世》,均在《约翰王》之后完成!

(五)史学家笔下的约翰王

研究英国中世纪历史的史学家丹·琼斯(Dan Jones)在其所著《金雀花王朝:缔造英格兰的勇士国王及王后们》(*The Plantagenets: The Warrior Kings and Queens Who Made England*)②一书中,对约翰王做出这样的历史书写:"约翰身后落下恶名:英格兰历史上最糟糕的国王之一,魔鬼般的谋杀犯,给本国带来暴政和宪法危机。在其统治末期,最早版本的罗宾汉传奇开始流行,传奇讲述一位英雄好汉如何遭受国王手下贪官污吏的虐待,然后向敌人血腥复仇。这些故事的核心即权力如何被滥用。在漫长岁月中,约翰的名字和这些故事里最卑劣的邪恶之事紧密相连,

---

① 肯特(Kent):英格兰东南部的肯特郡。
② 《金雀花王朝:缔造英格兰的勇士国王及王后们》,[英]丹·琼斯著,陆大鹏译,北京:社会科学文献出版社,2015年8月。此处论述源自该书,文字稍有润色。

他被人们斥为怪物、败贼、恶魔。然其所作所为,真比他那位饱受赞誉的王兄理查一世、或父王犯下的某些罪孽更邪恶吗?也许并非如此,但约翰的名声比他们差多了。

"在最同情约翰的人看来,他的最大过错是生不逢时,他偏偏在国运日衰、大势已去之际当了国王。他把其父、兄身上那些最残忍的本能合二为一,却没有他们那份幸运。诺曼底失陷时,他回天无力,后来两次欲收复这个公国,都功亏一篑。他无法用个人魅力激励人民成就伟业,由此我们不禁会想,假如亨利二世、甚或理查一世处于约翰在 1204 年的位置,他们有没有办法夺回诺曼底?我们很容易理解,约翰在 1207—1211 年为何走出这样一条路,但除了他在迫害妄想狂驱动下镇压私敌之外,实在看不出其他任何一位身处其位的国王会采取什么不同的措施。曾有四个虚假繁荣的年头,约翰王不仅是一国之君,还主宰着英格兰教会、英格兰的凯尔特邻国,及一部强力的司法和政府机器,即便王室可以残忍地利用这架机器满足私利,它也能在一定程度上保护平民免受贵族欺压。他没把男爵们当伙伴,而是以债主的身份虐待、鄙视他们。他没能及时认识到,这样做给自己造成多大麻烦。

"约翰给亲人留下的遗产就是一场灾难性的内战,外加法兰西的入侵。1215 年《大宪章》只是一份失败了的和平协议。约翰和与他谈判、协商宪章条款的贵族们都不可能知道,他的名字,以及在兰尼米德签订这份文件的神话,将与英格兰历史永不可分。长远来看,事实的确如此。在约翰死后的许多年里,《大宪章》多次重新颁布,发生在 13 世纪和 14 世纪的每一场宪法斗争的核心,都是如何阐释这份限制王权的复杂文件。当亨利三世努力夺回父亲丢失的权利和领土之时,《大宪章》决定了国王与贵族们斗争的具体条件。1225 年,《大宪章》再次重新颁布,其抄本钉在英格兰各城镇教堂的大门上公开展出,获得了传奇地位。《大宪章》的精神代表着英格兰国王的义务,即在其自己制定的法律框架内实行统治。尽管《大宪章》的传承颇为奇特,但它是约翰的遗产。"

颇具反讽意味的是,时运不济的倒霉国王给后世留下一份伟大的遗产。

但显然,莎士比亚写他这部名叫《约翰王》的戏时,并没想把它作为遗产留给后世。恰如英国 18 世纪著名莎学家约翰逊(Samuel Johnson,1709—1784)在为其所编《莎士比亚全集》写的"序言"中说:"莎士比亚似乎并不认为自己的作品值得流传后世,他并不要求后世给他崇高名望,他希望得到的只是当世的名声和利益。他的戏一经演出,他的心愿便得到满足,不想从读者身上再追求额外赞誉。"[①]

---

① 李赋宁、潘家洵译:《莎士比亚评论汇编》(上),北京:中国社会科学出版社,1985 年。

总之,《约翰王》在莎士比亚的历史剧中绝非上乘之作。已故英国莎学家乔治·哈里森(George Harrison)在其写于 1930 年的《莎士比亚戏剧反映的时事》一文中,对《约翰王》的评价是中肯的,并始终适用:"莎士比亚也生在大战时期(当时处在伊丽莎白女王统治下的新教英格兰随时可能与信奉天主教的西班牙和法兰西爆发战事——笔者注),他也许在无意间为那些用心听戏的人记录下了战争的某些方面和心情。除三篇《亨利六世》外,至少还有七部莎剧——《约翰王》、《亨利四世》(上下篇)、《亨利五世》、《特洛伊罗斯与克瑞西达》、《科里奥兰纳斯》、《皆大欢喜》——分明是战事剧;至于《理查二世》、《无事生非》、《哈姆雷特》、《麦克白》、《安东尼与克莉奥佩特拉》也都以战争为背景。显然,《约翰王》在这些剧本中最具史实意义,却是最差的一部戏。"①

2019 年 6 月 8 日

---

① 参见《莎士比亚戏剧反映的时事》(1930),[英]哈里森著、殷宝书译:《莎士比亚评论汇编》(下),北京:中国社会科学出版社,1985 年。

著述

秘—逻模式与西方文化基本结构的形成及其展开态势研究续篇
——从怀特海教授关于宗教与科学的一段论述谈起

秘—逻模式与西方文化基本结构的形成及其展开态势研究续篇
——从怀特海教授关于宗教与科学的一段论述谈起

■ 文／陈中梅

内容提要 每一种文化都有自己的基本结构形态,而这一基本结构形态一经大致形成,就会以其形成本身,在哲学、宗教、法律、政治、语言、文艺和社会等视角以外,提供考察该文化历史发展进程并会旁及上述视角的另一个重要、有时甚至是关键的切入点。有鉴于此,对于研究西方文化的中外学者来说,把它的基本结构揭示出来并赋予其尽可能贴切的概念表达,便是一份不应推辞的责任。在笔者提出的秘(索思)—逻(格斯)理论中,秘索思($\mu\hat{u}\theta o\varsigma$)和逻格斯($\lambda \acute{o} \gamma o \varsigma$)是构成西方文化基本框架的两个配套的根源性结构要素,也是认知与解析这一基本框架的两个元概念。秘索思和逻格斯既对立冲突,又互补合作,二者都有各自的存在价值和独立品格。纵观历史,我们得知西方文化的秘—逻品质会在不同时期呈现出不同的主流表现样式。较之其他配套词语和二元模式,秘索思和逻格斯更为贴近西方文化的词源学和古典学根基,具备更强的掌控力、更好的学理对称性和更丰富的学术含量,发挥了前者难以替代的总括性表义功能。在本文提出的概念谱系中,统括性非元概念二元术语的叙事地位有所变动,却依然不可或缺。宗教与科学、信仰与理性、启示与实证、神话与逻辑、文学与科技、诗与哲学、诗性真理与科学真理、唯灵论与机械论、浪漫主义与启蒙精神、耶路撒冷与雅典、狄俄尼索斯与阿波罗、超越的传统与理解的传统、价值理性(或精神和道德因素)与工具理性在现代社会及其人文图谱中的关系和作用,依然是西方主流思想家们极为关注的热门话题。作为其他二元模式理论设计上的包容者和总括性代表,秘—逻模式受益于自身的元概念地位和构成系统性,拥有很强的分辨效能和更精致的解释效力。在该模式的细密爬梳比对下,西方思想和人文脉络的可思辨格局发生了变化,呈现出一种有别于一些西方著名学者所持观点的展开态势,给我们带来了诸多以前不曾有过的智性体验。事实表明,一个对西方文化基本架构以及评判它的一些主要理论成果进行认真梳理与重新评估的重大学术机遇,很可能已经悄然呈现在我们的面前。西方文化崇尚"力",因此也容易造成对立。一部西方思想史既是一部二元冲突的历史,也是一部某种意义上来说不断尝试将对立的双方调和与综合起来的历史。如同帕斯卡尔以降的许多伟大思想家一样,怀特海牢牢抓住了影响近当代西方文化发展进程的宗教与科学这两个基本要素,通过长期和深入细致的研究得出了一些重要结论,在西方乃至全球学界产生了广泛而持续的影响。然而,尽管他很正确地看到了冲突所造成的负面结果,但对它的正面或积极作用却似乎略显估计不足。为了多角度解析西方文化的二元构成,有时亦会有意无意地借此扩展宗教的概念外延,他采用了包括机体论与机械论以及美学与理性在内的各种配套术语,却因为心仪于冲突的化解与事态的终极谐和,而始终未能形成一种周全且层次分明的系统表述。

关键词 宗教与科学 诗(文学)与哲学 秘索思 逻格斯 秘—逻模式 总括性元概念二元术语

引言

二十二年前,经过长期准备,我完成了拙文《"投竿也未迟"——论秘索思》的写作。当时,虽然已知这只是一项旷日持久的研究工作的开始,也做好了攻坚克难的心理准备,却还是没有想到日后会为此用去这么多时间。该文刊载于《外国文学评论》1998年第二期,其篇幅翻倍的完整版以"论秘索思——关于提出研究西方文学与文化的'M‑L模式'的几点说明"为题,作为"附录"见诸商务印书馆次年出版的拙著《柏拉图诗学和艺术思想研究》。2008年,经过少量增补和修缮,该文被纳入主要由自选文章构成的拙著《言诗》,以"秘索思"为名成为其中的第十章。**文章揭示了 μῦθος(秘索思)古老的元概念词品属性及其在古希腊语中与 μυστήριον(神秘、秘仪)和 μύστης(入仪者)等词汇的同源关系,表明西方文化的根基语汇并非如许多中外学者习惯于认定的那样只有"逻各斯"**。作为"话语"的原始表征,被人们因其后世背上的"谎言"恶名而极不公正地长期遗弃于概念冷宫的秘索思,其实却一直都在或隐或显地发挥重要作用,与后起之秀逻格斯一起构成了西方二元文化的气质底蕴,以其实际效能参与、引领并见证了西方思想和历史的发展进程。**秘索思元概念身份的被解蔽,既是此后全部接续工作的起点,也是它的支点,是提出秘—逻理论和建构秘—逻模式的关键之举。**西方学者之所以容易在相关研究中出现这样那样的偏颇,究其原因,一是缺少明晰的秘索思意识,二是未能将其放置于和逻格斯同等重要的根源性结构要素(我们称之为元概念)的层面上来认识。此外,便是还存在着所选用的二元术语恰切性和元质度不够的问题。秘—逻模式的理论和实用指对性都很明确,由于因需而生,故而基本上能做到有备而来。该模式透过表象,触及深层,揭示了西方文化最本己的内在品质,从而在初步开辟出一条认知新途径的同时,也为我们对一些既有定论和重要观点进行审慎而客观的重新评估,大致奠定了一个有待于进一步夯实的理论基础。"秘索思"和"逻格斯"是对希腊语词 μῦθος 和 λόγος 的兼顾了表义需求的音译,因此能够巧妙展示后者虽然内含但却无法直接表达的某些词义要旨。"秘索思"的字面意思几乎一目了然。"逻格斯"中的"格"可表"推究"之义,"斯"可作"这"解,由此会使人联想到"格物致知"。清朝末年,"格致"的词义大致等同于今天的"科学"。有了以上铺垫,该词中的"逻"字亦可附带具备某种表义功能,理解中或可将其与"逻辑"联系起来。当然,由于像"秘索思"一样,"逻格斯"兼顾了音译和意译两种需要,所以研究者亦完全可以将其作为一个单纯的音译词来使用,无需也没有必要总是顾及它的"字面"意思。在跨文化语境的叙事平台上,凭借汉字的组合与表义优势,译成词语甚至可以在一定程度上比它们的被译词语更好地适用于对西方文化基本结构的揭示和探究,这一洞悉使我深受鼓舞,增强了以一名中国学者的身份创建秘—逻理论的信心。拙文《〈奥德赛〉的认识论启示——寻找西方认知史上 logon didonai 的前点链接》(上、下篇)发表于 2006 年,分载《外国文学评论》第二、四期。文章打破了诗与哲学之间的学科壁垒,在中外西学研究史上首次发掘并论证了荷马史诗里名词(sēma[塞玛],"标记"、"证据")的词品可塑性,认为它在希腊认知史上的坐标位置应该在 μῦθος 和 λόγος 之间。《奥德赛》里的 **sēma eipe**(**告示标记**)具备重要的标志功能,既可视为其后悲剧作品里人物"索证"自觉的史诗先行,亦可成为西方学者从后世典籍中觅得的用以定位公元前五至前四世纪希腊人认知水准的 **logon didonai**(**给出理性的解释**)的前点链接。① 西方业内学者熟悉 logon didonai(海德

---

① 英国古希腊哲学史家格思里将 λόγον διδόναι (logon didonai) 英译作"to give a logos",并明确重申了该短语在希腊认知史上的坐标功能(详阅 W. K. C. Guthrie, *A History of* （转下页）

格尔亦用过这一短语),却似乎不曾有过对 sēma eipe 的能够体现上述指向的提及。sēma 是 Mylo(米罗)中潜在"尚理"气质的粗朴展示,是逻格斯精神在其自身表义范畴内尚未找到原词表述之前的初始载体。② sēma eipe 和 logon didonai 一前一后,遥相呼应,标志着希腊人认知意识的逐步增强,展示了希腊认知史由前者向后者递进的发展轨迹。③ **秘一逻模式的理论基础由此逐渐变得厚实起来。** 2012 至

(接上页)*Greek Philosophy*, Volume 1, Cambridge: Cambridge University Press, 1962, p.38)。参看拙文《〈奥德赛〉的认识论启示——寻找西方认知史上 logon didonai 的前点链接》上篇注 5。柏拉图多次使用过这一短语(见《斐多篇》76B、78D、95D,《美诺篇》81A,《国家篇》7.534B 等处)。除了演绎和推理,希腊人也擅长观察,并且"总是试图(always tried)为观察到的现象提供一个理性的解释(λόγον διδόναι)"(John Burnet, *Greek Philosophy: Thales to Plato*, London: Macmillan, 1924, p.10)。公元前五世纪,古老的神话因哲学的兴起而受到了"虚构"、"谎言"和"非理性"的指责,逐渐变得名声不佳。理性(rationality)指要求提供合理的解释,亦即 logon didonai,这在那个提倡用新的方法进行探索的时代,已经成为一个标志或"口令"(the watchword, G. E. R. Lloyd, *Demystifying Mentalities*, Cambridge: Cambridge University Press, 1990, p.142)。logon didonai 不只是指一般地给出理性的解释,它还内含要求观点的提出者具备"对方"意识并随时准备接受其质疑和辩驳的意思。"lógos,来自 légein,意为'放在一起',指将零星的证据,即把可资证明的事实收集起来;lógon didónai 意为面对带着批判和怀疑态度的听众陈述观点。"(Walter Burkert, *Structure and History in Greek Mythology and Ritual*, Berkeley and London: University of California Press, 1979, p.3)"科学取代神话,就是问题取代古老的传说,就是将社会与人生'问题化'。提出问题意味着要找出答案,找出合乎理性的答案,用来解决问题。这样,理性便应是衡量一切的准绳。生活中出现的情况首先是个'问题',必须对其作出概念式的分析。为了解决问题而提出的建议亦须合乎理性,亦即在面对批评时提出自己的理由。承认批评因此是理性生活的前提。"(汉斯·波塞尔:《科学:什么是科学》,李文潮译,上海三联书店,2002 年,第 244 页)波塞尔紧接着谈到批评者和被批评者均应遵守的"游戏规则",依据正确的见解修正自己的观点(详见该书第 244—245 页)。sēma eipe 语出《奥德赛》24.329,为 σῆμά τί μοι νῦν εἰπὲ ἀριφραδές(现在告诉我某个明确的标记)的简约表述。对 σῆμα(sēma)的词义感兴趣的读者,可参看前示拙文上篇注 52。关于塞玛在西方科技发展史上所能发挥的标示作用,可请参阅拙著《荷马的启示——从命运观到认识论》,北京大学出版社,2009 年,第 162—164 页。

② Mylo(米罗)是笔者为合理解析西方文化基本结构中的原始质素所作的理论构想,《词源考》(文章全名见正文下页起始处)上篇对 5.1 评论的第 6 段就此有所阐述,可资参考。在荷马史诗里,logos 仅出现两次(且以复数形式,见《伊利亚特》15.393,《奥德赛》1.56),作"话语"解,其所含"尺度"、"比例"、"秩序"、"原则"和"理性"等诸多指义,一般认为均形成于哲学产生之后。

③ 自德国古典学家威廉·奈斯特勒(Wilhelm Nestle)于 1940 年发表 *Vom Mythos zum Logos: Die Selbstentfaltung des griechischen Denkens von Homer bis auf die Sophistik und Sokrates*(《从神话到逻各斯:从荷马到智者和苏格拉底希腊思想的自我发展》)一书以来,西方学者围绕发生在希腊认知史上"从神话到逻各斯"(from mythos to logos)或"从神话到理性"(from myth to reason)的演进这一话题,讨论颇多,见解纷呈。国内学者通常将 logos 译作"逻各(转下页)

2013 年间,我写出约十四万三千字的长文《Μῦθος 词源考——兼论西方文化基本结构的形成及其展开态势》(上、下篇,以下简称《词源考》),分载陈思和、王德威教授主编的《文学》2013 年春夏卷和秋冬卷(上海文艺出版社,2013/2014 年)。长文较大幅度加强了对 μῦθος 的词源考证,从词源学、语言学、语文学、社会学、思想史和文化人类学等角度出发,进一步论证了将该词称作"元概念"的学理基础和现实可行性。秘索思和逻格斯元概念身份的昭示,带有"互证"的特点。秘索思元概念身份的彰显,其意义不仅在于自身基质作用的被解蔽,而且还在于附带促成了逻格斯元概念身份的明晰浮现,而有了明确的身份定位后,逻格斯又会反过来印证秘索思的不可或缺。除了别的理论关切,文章还提出了一些有厚实文献资料辅证的新颖见解,结合对西方学者在一些问题上所持错误或有偏颇观点的评论,比较全面和系统地表达了笔者对西方文化的基本结构形态及其运行图谱的新思路解读。考察μῦθος 的根源含义,并非只是一个事关词源学的问题。文章得出的指涉面较为宏阔的结论中包括以下内容:"评估一种文明的战略竞争力,应该从细察它的基质成分以及由基质成分搭建起来的文化基本结构入手;""在西方,秘索思与逻格斯交替发挥主导作用(二者均有各自的道德维度),引领思想与文化的潮流,形成了一种既对抗排斥又互补合作的二元模式,亦即西方文化的基本结构,其强大与脆弱同在的基质影响力决定了西方文明的格局形成和当今态势,预示着它将来的发展方向。"(《词源考》"结论"第 12、13 段)秘索思和逻格斯均有各自的司职。逻格斯(或逻格斯精神)必须在所有应该接受其制衡的领域内得到合理的配套实施,而把它难

(接上页)斯"(不含表示元概念的意思),笔者在以上译文中沿用了这一译法,以"体现使用现状"(见下文)。笔者原则上赞同 F. M. 康福德等学者主张的渐进式发展的观点,认为上述转变不是突发和一蹴而就的,过程中应该有一个中间和过渡环节,亦即应该有一个如 G. S. 柯克等西方古典学家所说的"准理性的"(quasi-rational)发展阶段(G. S. Kirk et al., *The Presocratic Philosophers: A Critical History with a Selection of Texts*, 2nd edition, Cambridge: Cambridge University Press, 1991, pp.7、71)。参考本文注 22(除个别明示出自他处者外,下文中出现的注码均指本文注释,为避免繁冗,不再用"本文"二字标示)。塞玛的发现为这一渐进转变提供了一个"标志",从而不仅使上述演进看起来更显合理,也在国外同行的研究和论述之外(其中不乏反对这一进程及其提法合理性的声音),为它总体上的立论可信度提供了一个较为有力的学理支持。关于"神话"与"逻各斯"词品地位的不对称,可参考注 51 的解释。为了以示区别,也出于体现使用现状和准确表义的需要,本文中"逻格斯"是一个和"秘索思"配套的元概念,"逻各斯"则不作如是解。在西方语境中,无论是 myth,还是 mythos(或 mȳthos、muthos、mūthos),通常均解作"神话"。如同在中文里一样,"神话"在西方人的理解中,其实际指涉面亦可因上下文的不同而有所不同。mythos 有时作"话语"解;在亚里士多德的《诗学》里,除了"神话"或"故事",该词亦经常被用来指对悲剧的"情节"。

以乃至无法胜任的工作留给秘索思来完成。二者亦须各尽所能,在那些有必要互相配合的认知和人文境域内展开合作。西方文化有其优长,亦有可资借鉴之处,却并不完美。对于它的优长和缺陷,秘索思和逻格斯既享有各自应得的荣耀,也负有各自无法推卸的责任。逻格斯在政治领域的实施给西方带来了理性政府,却也助长了国家和社会内部的纷争与冲突。同样,秘索思(以基督教为例)曾在一个很长的历史时期内满足了西方民众的精神需求,却也在某种意义上如尼采所说,使其变得懦弱。**秘一逻理论无意,事实上也不可能减小西方文化的可批判性。相反,为了把事情做得更好,该理论要求加大批评的精准度、稳健系数和资料支持,要求提升高水准从事此项工作的学术门槛。几乎可以肯定,对于西方学者中的许多人,秘一逻模式带来的不是宽慰,而是压力。**研究(包括批评、批判)西方文化及其基本要素,不能只是把眼睛盯住"逻各斯"。与之相关的另一个要点是,仅仅满足于替神话"正名"是不够的。至于对它的单方面极致推崇,则如同只是把眼睛盯住"逻各斯"(有时也会附带旁及神话)一样,势必会造成另一种形式的偏颇。随着资料的积累和思考的深入,也随着需要合理解答的新问题的陆续出现,我于三年前制定了一项在该长文的基础上撰写一本专著的计划,目前已大致完成初稿主体部分的写作,但仍有大量的工作要做。本文是初稿新写文字中的一部分,细读之后感觉内容还算丰富,亦有较好的连贯性,可以独立成篇,故打算经过充实和必要调整后尝试先行发表,如此一来可使一些新的研究成果得以公布,二来或可部分迎合关注此事进展的同仁们的期待,三来更可抛砖引玉,得到方家的指教。文章形式上仍按照在上述长文中行之有效的布局安排(但新增了注释),也就是说,先提供一段精心挑选的译文,然后进行分析评论并随文做出有助于取得前后呼应解读效果的提示(譬如见"评论"某段、参看某注),行文中亦会适时引入译文所出原著作者的相关见解并旁涉中外学者的精彩论述,酌情选择评议的要点,通过具有一定学术深度的梳理剖析,将引文所蕴含的思想性及其对笔者观点的证示作用表达出来。客观且有序展示秘一逻模式的学术价值,使它的理论意义和实用效益被更多的学界人士所了解,并尝试由此进一步带动对西方文论与文化研究领域内的一些既有提法乃至定论的重新评估,亦是本文的一项旨趣诉求。探究和阐释西方文化二元框架所用的概念谱系,其实是可以接受重构并被组织得更加有序和条理分明的,本文在这方面作了一些新的探索,进一步增强了叙事的系统性。文章所采译文出自何钦教授翻译的美籍英国哲学家阿尔弗雷德·诺斯·怀特海的名著《科学与近代世界》之第十二章"宗教与科学",该书原文发表于1925年,也就是怀特海应聘执教于崇尚兼容并包治学理念的哈佛大学哲学系的第二年,以后一再重印,广为中外学界人士所熟悉。

译文

如果考虑到宗教对人类有什么意义,科学的实质是什么,我们就可以毫不夸大地说,未来的历史过程完全要由我们这一代对两者之间关系的态度来决定。除各种感官的冲动以外,对人类具有影响的两种最强大的普遍力量,一种是宗教的直觉,另一种是精确观察和逻辑的推理。而这两种普遍力量彼此似乎是对立的。④

评论与阐发(以下简称"评论")

1. 译文语句通畅,用词准确达意,但出于细致分析的需要,我们还是觉得有必要把它的原文摘录下来。这段话的英语表述是这样的:"When we consider what religion is for mankind, and what science is, it is no exaggeration to say that the future course of history depends upon the decision of this generation as to the relations between them. We have here the two strongest general forces (apart from the mere impulse of the various senses) which influence men, and they seem to be set one against the other — the force of our religious intuitions, and the force of our impulse to accurate observation and logical deduction."⑤ 也许是为了照顾中文的表达习惯,译文对原著中个别语句的顺序做了调整。"我们这一代"原文作"this generation","我们"为译者添加,此举可使句子读来更显顺畅,大概也符合作者的本意。"我们"之前的"完全"一词不见于原文。原文三次用到"force"(其中一次为复数 forces),以示强调,译文用自己的方式较好地体现了这一点。请注意,怀特海将科学和宗教都称作"力量"。西方人推崇"力"。英国文论家马修·阿诺德亦在更大的时间和空间跨度上把"希腊精神"(Hellenism)和"希伯来精神"(Hebraism)视为表征以"对立"的形式体现在"人身上和历史中"(in man and his history)的"两种力"(two forces),认为"可将它们看成是瓜分了大千世界的对抗势力","整个世界就在它们的影响下运转"⑥。"各种

---

④ A. N. 怀特海:《科学与近代世界》,何钦译,商务印书馆,1997 年,第 173 页。后文出自同一著作的引语,将随文标示该书全名简称《科学》和引文出处页码,不另作注。

⑤ Alfred N. Whitehead, *Science and the Modern World*, New York: The New American Library, 1925, p.162. 后文出自同一著作的引语,将随文标示该书全名简称 *Science* 和引文出处页码,不另作注。

⑥ 详见马修·阿诺德:《文化与无政府状态:政治与社会批评》,韩敏中译,生活·读书·新知三联书店,2008 年,第 97 页;英文词语见 Matthew Arnold, *Culture and Anarchy and*(转下页)

感官的冲动"(the mere impulse of the various senses)或可大致等同于伯特兰·罗素

(接上页)*Other Writings*, Edited by Stefan Collini, Cambridge: Cambridge University Press, 1993(政法大学出版社影印本, 2003年), p.126。参看注97。比较注11所示歌德和尼采的观点。参阅注35和60所示怀特海的见解。阿诺德对这两种精神的基本解释是:"希腊精神最为重视的理念是如实看清事物之本相(to see things as they really are);希伯来精神中最重要的则是行为和服从(conduct and obedience)。"(前引译著,第99页;阿诺德原著, p.127)在此基础上,他还对二者作了不少引申性阐释,这就不可避免地会于无意中用到笔者所说的关联和延扩技巧(见注14,参考注134);事实上,该书第四章"希伯来精神和希腊精神"中的大部分内容,均可被视为合理运用上述修辞手段的文本产物。他的解释涉及面宽泛,其中多有思想光芒的闪烁,也不乏精辟、中肯的见解。但是,阿诺德先生是把希腊文化作为与希伯来文化(或基督教)相对立的一个"一元化统合体"来看待的,故而只字未提前者内部所包含的神话(或诗)与哲学之间的二元抗争(详见注1、3、16)。由于上述两种精神或曰"两希文明论"所指称的二元冲突无法涵盖西方文明早期表现样式中的此类现象,它的局限,或者说它的软肋也就暴露了出来(参看注139)。此外,阿诺德对"希腊精神"的理解,其基调明显主要指涉思想或哲学思想及其智识取向,但在具体的解析中,他却会把希腊人在包括文学和艺术等领域所取得的成就,也一并归入这一精神的涵盖范围(见前引译著,第110页)。这么做的好处是有利于拓宽包容面和某种形式的回旋余地,却也因为没有在学科间做出必要的范式划分而难免含带自相矛盾的隐患。如果说诗或文学也是"希腊精神"的一部分,那么阿诺德在《诗的研究》一文中所表达的诗可以取代正在走下坡路的宗教的观点,就难以与"两希文明论"相匹配,因为取代的结果将导致"希伯来精神"的消解(而这并非阿诺德的愿望),西方文明将可能被误解为是一元的,由一个不包含内在冲突的"希腊精神"所支配。这是"两希文明论"的另一根软肋。我们说过,宗教、神话和诗具备共同的元概念根基,同为秘索思的分支成员(详见《词源考》"引言"中的相关论述以及对译文3.8评论的第3、6段等处)。参看注149所示桑塔亚纳的观点。所以退一步讲,即便"希伯来精神"将来真的消失了,西方文明的基本结构也依然是二元的,因为秘索思与逻格斯之间的冲突仍将继续进行下去。秘-逻模式让我们看到了"两希文明论"的理论短板。阿诺德观点的直接和间接影响是广泛而深远的。有的中外学者会在各自的表述中将哲学、科学和文艺统归为希腊文明的强项,但更为流行的做法则是将哲学或哲学和科学当作是希腊文明的表征,并以此与希伯来的宗教和道德形成对比,视其为西方文明的两个源头(详见注23)。如此一来,旧的问题解决了,却也失去了阿诺德模式原本赋予"希腊精神"的回旋余地,造成了新的麻烦。上述更为简明和流行的提法带给人们有待纠正的印象是:希腊文明的优长仅限于它的理性主义,讨论西方文化的基本质素时,可以忽略不计包括被霍克海默和阿道尔诺(即阿多诺)毫不过分地誉为"欧洲文明的基本文本"(马克斯·霍克海默、西奥多·阿道尔诺:《启蒙辩证法》,渠敬东、曹卫东译,上海人民出版社,2003年,第47页)的荷马史诗在内的希腊文学和神话传统。两种解释或"两希文明论"的上述两个版本有一个共同点,那就是它们所造成的错觉在这一点上是一样的:西方文明基本结构中二元格局的形成不是一个希腊现象,它的出现开始于既有文化对希伯来《圣经》的接纳之时(细读注41和50所示罗素的观点;参看《词源考》下篇对译文7.4评论的第9段)。大概主要是出于与被其称为"一位卓尔不群的自然科学信徒"(a brilliant and distinguished votary of natural sciences)(《文化与无政府状态:政治与社会批评》,第181页;英文原著, p.188)的T. H.赫胥黎进行论战的需要,始终坚(转下页)

所说的与"审慎"(prudence)形成二元对立的"激情"(passion)⑦。"mere"作"仅为"或"仅仅只是"解。罗素采用的另一对显示"通贯全部历史"中二元对立现象的词汇是"理性"(the rational)和"神秘"(the mystical)⑧。与之相比,怀特海认为,赋

(接上页)定不移地站在文化一边的阿诺德,在阐述"希腊精神"时其实并未如人们想当然地以为的那样直接赞颂科学。综观并依据以上评述,我们当可得知美国哲学家威廉·巴雷特的如下归纳在哪些地方略显粗糙,存在着需通过细致说明来加以修正的不甚稳靠之处:"阿诺德在希伯来人和希腊人之间作出的区别基本上是正确的,这可由两个民族对人类的不同贡献看得出来:希腊人给了我们科学和哲学,希伯来人则给了我们《旧约圣经》。"(威廉·巴雷特:《非理性的人——存在主义哲学研究》,段德智译,上海译文出版社,1992年,第75页)"两希文明论"有其软肋,或曰鞭长莫及之处(见"评论"第3段),但我们却并不主张不分场合地一概用具备总括作用的秘—逻模式取代它的经常显得很是恰切的表义功能,注140从统括性二元术语(详见注14)之存在价值的角度谈到这一点,可资参考。

⑦ Bernard Russell, *A History of Western Philosophy*, London: George Allen and Unwin, 1946, p.34. 十八世纪是以思想启蒙为标志的理性主义过度膨胀的世纪,也是浪漫主义随后勃兴和强势反弹的世纪。以赛亚·伯林以"理性"和"情感"为概念抓手,对西方文化中的二元对立现象做出了具有历史深度的分析:"同时,毫无疑问,过分的理性主义使得人类的情感受到阻碍。在此情形下,人类的情感总要以某种别的形式爆发出来。当奥林匹亚诸神变得过于驯服、过于理性、过于正常时,人们很自然地就会倾向于那些较为黑暗的冥府之神。这种情形曾发生在公元前三世纪的希腊,到了十八世纪,又开始出现了。"(以赛亚·伯林:《浪漫主义的根源》,吕梁等译,译林出版社,2011年,第51页)

⑧ Russell, *A History of Western Philosophy*, pp.50-51. 比较《科学》:5。"审慎"是"理性"或"有理性"的另一种说法,均为逻格斯的重要指义;而"激情"和"神秘"则都与理性相悖,是秘索思的概念表征。罗素先生没有必要非得对他所使用的包括上述词汇在内的诸多二元术语进行元概念归类,但知道存在着这种可能性,并且在需要的时候真的这么去做,对于我们深度认知西方文化的二元本质即便不是不可或缺,也应该是大有裨益的。罗素熟悉尼采心仪的"阿波罗因素"和"狄俄尼索斯因素"的统括功能(见注50)。参看贝尔所示"理性"与"非理性"(以及"理智"与"意志"和"本能")的冲突(注41)、梅尼克所谓"理智的"与"非理智的"对立("评论"第8段)、怀特海所言"深思熟虑的诸种愿望"与"无情感的诸种力量"的对垒(注35),以及罗蒂笔下"合理的"与"非理性"的对峙("评论"第14段)。比较注51所示克罗齐的二元对举:"逻各斯"与"无理性"。参考注7、31、41、46、59和99等处。卢梭及其学说"是反启蒙运动的一部分"(唐纳德·坦嫩鲍姆、戴维·舒尔茨:《观念的发明者——西方政治哲学导论》,叶颖译,北京大学出版社,2008年,第246页)。"这场运动以浪漫的方式反对由诸如霍布斯和洛克这样的启蒙思想家所代表的理性和科学。和他们相比,卢梭强调激情和情感的重要性。"(同前引书)卢梭也许没有想到,在做出这一反潮流举动时,他其实是在以一种更为明晰和有条理的方式重复维柯已经做过的事情。朱光潜先生高度重视维柯的贡献,认为他对近代西方哲学思潮的转捩之功主要体现在以下两个方面:"一是对笛卡尔的'我思故我在'那个理性主义教条的反驳,二是他突出情感和意志的动力或动因的重要性",这一点"在近代西方思想中正在获得日益广泛的影响。尼采的'酒神精神',(转下页)

予古希腊文明以生命力的两个原则(principles)是"美学"(aesthetics)和"理性"(reason)，并称二者在十五世纪以后"推动着宗教、科学和哲学一起前进"的时代浪潮中貌合神离，"披上了现代思想的新衣"(《科学》：133；Science：126—127)⑨。W. C. 丹皮尔亦区分了"情感"(emotion)和"理智"(reason)，认为二者分别与"宗教"和"科学"相关联(详见"评论"第 16 段)。"宗教的直觉"与"精确观察和逻辑推理"分别是对"宗教"和"科学"的关联表述，关于这一点，可请参看注 18 和"评论"第 5 段里的解释。鉴于怀特海也会把"审美"与"科学"对立起来(《科学》：

(接上页)叔本华的'意志世界'，弗洛伊德的'里比多'，和柏格森的'生命的跳跃'都是著例"(转引自汪涛：《中西诗学源头辨》，人民出版社，2009 年，第 177 页)。黑格尔采用的统括性二元词语包括"热情"和"观念"，前者通常指理智行为的对立面，后者则经由"自由的观念"而体现精神的本性，顺合历史发展的最终目的。"因此有两个因素就成为我们考察的对象：第一是那个'观念'，第二是人类的热情，这两者交织成为世界历史的经纬线。"(格·威·弗·黑格尔：《历史哲学》，王造时译，上海书店出版社，2006 年，第 21 页)参考注 62。上述二元词语，如果分散或仅就某一位作者的用词遣句来看大概不一定会引起人们的注意，但如果把它们归集起来，放到同一个"议题"下来审视，也许就很能说明问题，给我们带来有必要对其进行某种形式的"整合"并达成"总括"的启迪。可请沿循这一思路，参读"评论"第 7 段所示"敏感性精神与几何学精神"等适合于描述西方文化基本状况的诸多二元术语。这些术语里，受到"特别征用"者中有的"个性化"程度较高(详见注 18)，不易从所在的文本中被"识别"出来，其"不一定会引起人们(的)注意"的可能性，还要大于上文所示的"理性"与"非理性"和"理智的"与"非理智的"等常规意义上的二元术语。

⑨ 参看"评论"第 5、10 段里的相关论述和注 76。将"美学"视为希腊文明的二元表征之一，也许有失偏颇。我国学者尹大贻批评过汤因比对"一些文明特征"不很合理的"概括"，其中就包括这一点。但是，尹教授在纠偏的同时似乎也制造了新的问题。首先，他的取向是一元的，他用"科学技术"(而非"神话"或"诗")取代汤因比的"美学"，似乎没有把话说到点子上。其次，称古希腊文明从公元前 600 年至公元 200 年间的"主要倾向是科学技术的发展"也显得不很贴切，因为至少在这一时期最初的两三百年里，它在逻格斯领域所取得的成就主要体现在哲学(包含一定比重的科学，但与技术进步的关系不是很大)、历史和政治体制的建构等方面。尹大贻是这样写的："汤因比对一些文明特征的概括是牵强的。比如他说西方基督教文明的特征是科学技术的发展，这只能是文艺复兴以后的事情，在这以前，西方的科学技术并不发展。他说古希腊文明的倾向是美学的，也不合于事实。古希腊从公元前 600 年至公元之后 200 年的主要倾向是科学技术的发展。"(尹大贻"中译本序"，第 6 页，见阿诺德·汤因比：《一个历史学家的宗教观》，晏可佳、张龙华译，四川人民出版社，1990 年)有一点需要说明。我们知道，英语词 aesthetics 中包含得之于其希腊语词源的"感觉"和"体察"的意思，但这一层或可减轻上文所说"有失偏颇"的含义，在中文词"美学"上却未能得到体现。怀特海用来表示希腊文明中二元冲突的词汇，还有"强制力"(或"暴力")和"说服力"等(见注 35)。文明制服野蛮、理性消除愚昧、说服终将战胜征服(怀特海赞同的柏拉图的观点)，构成了他的《观念的冒险》一书中大部分内容的叙事主旨，也是其解释历史的认知起点、方法论依据和观念底牌。

150、194),这里所说的"宗教的直觉"与第五章里出现的"审美直觉"(《科学》:85)意思相近。从字面上来看,本段译文里"宗教"和"科学"的语义指涉是人类(mankind);但从上下文来看,作者探讨的分明又是西方社会里的宗教和科学,他所说的"宗教"其实指的就是基督教,"our religious intuitions"和"our impulse to accurate observation and logical deduction"(请注意两个短语中的"our"一词)可以证明我们的判断大致不错。⑩ 怀特海教授的叙事背景和立足点都是西方,但他在这段话里字面上宣示的评析视野却是全人类(而这似乎也正是其在《科学》第十二章开篇处以他的行文方式明确表示想要取得的叙事效果),这种以偏概全的做法显然不很妥当。处理好基督教与科学的关系对于西方来说至关重要,却不是一个直接关涉人类命运的核心议题。评价中国传统文化的优缺点时,怀特海设置的二元范畴中没有包括宗教(见注76),这件事本身就很能说明问题。就历史和具体的发展状况而言,西方人的生存经验和人文现状或许并不完全适合于对人类文化的解释,也不足以在所有的议题上成为这种解释的依据,但一些西方学者却不管合适与否,经常倾向于把对西方文化的研究等同于对人类文化的探讨,这一点笔者以前说过,⑪此处有必要再作提及。

---

⑩ 参看注6结尾处所引巴雷特依据阿诺德"两希文明论"的人类指向所作论述中的类似情况。参考"评论"第16段临近结尾处摘引的怀特海论述中对"西方"的提及。笔者有意在此提请读者注意的,是怀特海笔下的"宗教"经常指的就是基督教,而非旨在强调讨论西方文化和宗教问题时全然不可使用"宗教"一词,只能以"基督教"代之。使用"宗教"一词亦有它的好处,那就是可以在西方语境中更显稳妥地涵盖基督教内部的不同派别,譬如天主教、东正教和新教。
⑪ 详见《词源考》上篇对译文3.1评论的第9段。细读歌德的如下概括:"世界和人类历史真正的唯一的和最深刻的主题——所有其他一切都受其决定——一直是不信仰与信仰之间的冲突。"(转引自纳赛尔·贝纳加:《施特劳斯、韦伯与科学的政治研究》,陆月宏译,华东师范大学出版社,2010年,第86页)不能说歌德有意在此夸大自己对世界主义的青睐,但我们还是觉得有必要指出,实际情况非常复杂,很可能并不完全契合他的判断。比较当代基督教神学家科林·布朗的如下表述:"西方思想史可以理解为信仰与怀疑论之间发生无情冲突的故事。"(科林·布朗:《基督教与西方思想》卷一,查常平译,北京大学出版社,2005年,第294页)注意句首"西方思想史"一语所起的限定作用。不过,尽管在表述上稍显宽泛(但若换一个角度来看则又会显得不够宽泛),歌德对"历史"语境中二元冲突之本原模式的探寻和揭示,还是应该引起我们重视的。不宜忽略这一归纳或曰歌德模式所具备的优长,对于像注40提到的那种情况(指"基督教"与"实证主义科学"的对举),它有助于我们开拓思路,找到同样宜然而却有可能更具统括力的解释。此外,针对西方文化,它还能以自己的方式尝试克服"两希文明论"所含带的局限。参考尼采的观点:"狄俄尼索斯和阿波罗的关系也可以在任何国家形式、在国民精神的一切表达中辨认出来。"(弗里德里希·尼采:《重估一切价值》下卷,F. 维茨巴赫编,林笳译,华东师范大学出版社,2013年,第989页)(转下页)

2. 每一种文化都有自己的基本结构形态,亦即或大致类似于英国文化史家和政治思想史家以赛亚·伯林所说的"主导模式"⑫。因此,对于研究西方文化的中外学者来说,把它的基本结构揭示出来并赋予其尽可能贴切的概念表达,便是一件分内之事,是一份不应推辞的责任。就西方文化的主导模式或基本结构而言,能够在不同程度上胜任此项表达的词语固然不会太少(见"评论"第 7 段),**但从词语自身的词品性质、本原表义能力、人文负荷、实际使用状况以及对理论概括和阐发的**

(接上页)另见上文提到的阿诺德对"希伯来精神"和"希腊精神"的普世化运用。在阿诺德看来,无论是"希腊精神"还是"希伯来精神"都不足以独自"代表人类的整个演化过程",但若让二者各司其职,交替发力,便可以把"人类的全部历史"囊括起来(详见阿诺德:《文化与无政府状态:政治与社会批评》,第 107 页)。"两希文明论"显然不具备这样的效力。我们已经指出,即便仅对西方文化,阿诺德模式亦有它的鞭长莫及之处(详见注 6)。有必要申明的是,我们并不认为在讨论文化(包括历史)及其与二元构成问题的关系时不能使用"人类"和"世界"这样的词语。我们不很赞成的,诚如正文中指出的那样,是"不管合适与否",就贸然"把对西方文化的研究等同于对人类文化的探讨",亦即无论妥帖与否,便不甚稳当地把著述者本人对西方文化的熟悉和理解,想当然地应用于对人类或世界文化的阐释。在本文中,对于那些亦被延用于指涉人类文化的二元术语,我们的关切主要在于它们的西方指向,也就是说,在于它们对西方文化的解释效力。基于以上认识,做出这样的说明应该便是合适的:在我们的理论构想中,和那些专门用来指对西方文化的二元术语和模式一样,具备重要乃至非常重要的表义价值的它们亦受到秘—逻模式的总括,同样可以被理解为后者的分支模式(参看注 13),尽管通常情况下我们不会,也没有必要强调它们的分支身份。参看注 140 结尾处的解释。附带说一句,秘索思和逻格斯亦可被应用于对人类文化的阐释,就像凯伦·阿姆斯特朗女士已经以她的方式做过的那样(见注 51;参看 W. W. Douglas, "The Meanings of 'MYTH' in Modern Criticism", in *Theories of Myth*, Edited by R. A. Segal, Volume IV, New York and London: Garland Publishing Inc., 1996, p.72),但我们却既不打算这么做,也不认为秘—逻模式的首选和最佳工作场所应该是在那个地方。

⑫ 只有从纷繁芜杂的生活和社会现象中梳理出催生这些现象的主导模式,人们才能对其进行更为深入和卓有成效的研究。伯林的整段话是这样的:"不仅是思想史,就连其他有关意识、观念、行为、道德、政治、美学方面的历史,在很大程度上也是一种主导模式的历史(a history of dominant models)。任何时候观察一种独特文明,你都会发现这种文明最有特色的写作以及其他文化产品都反映出一种独特的生活方式(a particular pattern of life),而这种生活方式支配着写出这些东西的作家、画出这些东西的画家、谱出这些音乐的作曲家。因此,为了确定一种文明,为了阐明该文明的种属,为了理解人存身其间思考、感受、行动的世界,很重要的一点是,要尽可能地分离出这种文化所遵从的主导模式(the dominant pattern which that culture obeys)。"(伯林:《浪漫主义的根源》,第 10 页;英文词语见 Isaiah Berlin, *The Roots of Romanticism*, Princeton: Princeton University Press, 1999, p.2)比较法国古典学家韦尔南指出的展示"希腊特征"的"社会生活形态和思维模式"(让-皮埃尔·韦尔南:《希腊思想的起源》,秦海鹰译,生活·读书·新知三联书店,1996 年,"引言"第 2—3 页)。接着,(转下页)

可接受程度等方面来评判,西方学者的用例以及由此形成的二元解析模式尽管均有各自的特色,有的还在某些方面具备明显的表义优长,却都在不同程度上存在着一些欠缺。在笔者提出的秘—逻理论中,秘索思(μῦθος)和逻格斯(λόγος)是构成西方文化基本框架的两个配套且地位均等的根源性结构要素,也是认知与解析这一基本框架的两个元概念,是对其二元品质的整体定位和具备高度概括力的总称。⑬ 秘索思和逻格斯之间的对立以及与之相辅相成的互补与合作主导着西方文

(接上页)伯林虽然没有明说,却还是通过对希腊文化和犹太文化所奉行的迥然不同的两种主导模式的解析,以一种分别陈述的方式间接指出了西方文明的"两希"特征(前引伯林著作,第10—11页)。然而,由于对西方文化的秘—逻本质缺少透彻的了解,伯林也像其他一些西方学者那样,一方面直接或间接认可西方文化的二元品质,另一方面却又会一再强调,在风靡十八世纪的浪漫主义兴起之前(这一点是伯林理论的特色),该文化只有一个侧重于理性和知识的传统或内核,从而事与愿违地掉入自相矛盾的叙事陷阱(详见前引伯林著作,第28—29、119—120页)。有造诣的西方思想家,大都会从被表面现象掩盖的"根基"上来审视他们自己的文明,差别只在于关注的程度和切入的方式。怀特海认为,在现代思想的根基上(at the basis of modern thought),存在着一种导致西方文明不稳定的根本或极端矛盾(radical inconsistency),它潜伏在思想的背景中(lurking in the background),虽说还不致引发分裂,却也使它受到了削弱(详阅《科学》: 74,英文词语见 Science: 73;参看"评论"第 16 段里的细述)。注意"根基上"和"潜伏"等字眼。在另一本著作中,他还谈到存在于历史学家头脑中的"隐蔽的前提"(implicit presupposition),认为这种认知上的预设在其对思想、行动和事态做出判断时,发挥了决定性的作用(阿·诺·怀特海:《观念的冒险》,周邦宪译,译林出版社,2012 年,第 8 页;英文词语见 A. N. Whitehead, *Adventures of Ideas*, New York: The New American Library, 1955, p.12)。

⑬ 参看本文"引言"所示的相关考证。秘索思和逻格斯是"西方文化的根基语汇",乃构成该文化"基本框架的两个配套的根源性结构要素";"元概念"是笔者根据实际情况和研究的需要,对这两个核心语词所作的词品定位。"内容提要"和"评论"第 17 段均强调了秘索思和逻格斯较之其他二元术语"更为贴近西方文化的词源学和古典学根基",请予留意。作为元概念,秘索思不单指"神话",逻格斯也不单指"哲学";"神话"和"哲学"只是秘索思和逻格斯诸多指义上对立的二元配套分支词语中的一对。《词源考》就此多有论述,读者可重点参考该文上篇对译文 3.1 评论的第 6、7 段。秘索思和逻格斯既是各自所含或可涵盖的分支名称的观念底蕴,又是其当之无愧的总括性代表(参看注 11 下半节),是分别集中体现两个概念集群之类型能量的观念符号。相对于这两个元概念的总括功能,对立分支名称的成对出现可构成统括性(或标示性)非元概念二元术语(见注 14)。秘索思和逻格斯对其他二元术语的总括地位,决定了秘—逻模式可以、乃至必然具备对其他二元模式的总括性功效。参读注 31 结尾处的说明。秘索思与逻格斯的潜在纷争在荷马史诗里已见端倪。相关情况,尤其是逻格斯后来的"僭越",详见《词源考》上篇对译文 3.6 评论的第 4 段和对 5.1 评论的第 4、8—10 段。《词源考》下篇对译文 7.4 评论的第 3 段谈及希腊宗教(也是神话)中分别表征光明与黑暗的两股力量之间的抗争。

明的发展路向,体现了西方文化最基本的类型特征。"对立"意味着争斗中的双方不可能做到两全其美,而"合作"又意味着争斗有可能得到舒缓,不至于因为剧烈程度的失控而导致同归于尽。既然有总称,就应该也必然会有分支名称。纵观西方思想和人文史的发展全貌,我们得知这一以上文所示的那两个经过元质度提炼(某种意义上来说也是还原)的希腊语词为词源、语文学传统和文化人类学根基的二元品质,会在不同的历史时期呈现出不同的表现样式。在公元前六世纪初期以后的古希腊,它的典型表现样式是神话与哲学(即柏拉图所说的诗与哲学)[14];在后

---

[14] 根据本注释即将提供的相关解析,这句话里的"神话与哲学"当属一对"标示性非元概念二元术语",换言之,它在这一语境中行使了此种术语的表义功能。对立概念的成对配套使用形成二元术语。在笔者的理论构想中,按词品性质来划分,二元术语分两类,即(一)元概念二元术语,和(二)非元概念二元术语(或具体和非基质性二元概念,见《词源考》上篇对译文 3.1 评论的第 4 段)。元概念二元术语只有一对,即秘索思和逻格斯。除因应行文和阐析的需要,元概念二元术语主要行使以下两种功能,即(1)时段指对,和(2)总括作用。我拟按上述不同功能将该二元术语的称谓区分为:(1)指对性元概念二元术语(简称指对性二元术语),和(2)总括性元概念二元术语(简称总括性二元术语)。除秘索思和逻格斯外,其他成对或以此为表义指向的配套词语均为非元概念二元术语。在需要强调它们的重要性的语境中,我有时亦称其为"基干性二元术语"。非元概念二元术语中有的会因其常用性和概括力而更易于获得"基干"乃至"标示"和"统括"的地位,如诗与哲学、信仰与理性、宗教与科学等。除一般的常态性应用外,非元概念二元术语可以行使以下两种功能,即(1)时段标示,和(2)统括作用。我拟按上述不同功能将该二元术语的称谓区分为:(1)标示性非元概念二元术语(简称标示性二元术语),和(2)统括性非元概念二元术语(简称统括性二元术语)。由于一般而言"标示性非元概念二元术语"和"统括性非元概念二元术语"经常均无法贴切涵盖其他同类二元术语(譬如"神话与哲学"无法涵盖与之同期发生的"故事与历史"的二元对立,"伦理学与本体论"也无法涵盖或囊括侧重点明显与之有所不同的"满足的意志与统治的逻辑",见"评论"第 7 段),"指对性元概念二元术语"和"总括性元概念二元术语"所蕴含的根源性表义能量便获得了释放的时机,其存在价值和使用效益也会因此而得到充分的体现。作为"指对性元概念二元术语",秘索思和逻格斯可以囊括并表征古希腊时期存在的各种二元对立现象,是对包括"神话与哲学"、"诗与理性"、"口头言说与书面论证"、"故事与历史"、"巫术与科学"和"王权或僭主统治与理性政制"在内的所有此类二元术语的整全概括。作为"总括性元概念二元术语",秘索思和逻格斯的表征性更强,涵盖面更大,基于"评论"第 2 和第 17 段提及的那些词品优势,总的说来可以比诸多"统括性非元概念二元术语"更为适合于对西方文化二元品质的整体定位,是它们的总括性代表。注 140 结尾处提到"关涉西方文化二元品质研究的概念体系"的建构,可请参考。非元概念二元术语的来源,一是普通词语,二是地名和神名等;其构成一般而言可通过两种方式,一是常规沿用,二是特别征用(详见注 18)。以上划分和解释都是必要的,却也带有提供"理论储备"的意思。换言之,它们并非总是针对,或者说并非必须在所有的场境中被付诸实用,而其中的"指对性元概念二元术语"和"标示性非元概念二元术语",则只有在某些(转下页)

来的教父时期和整个中世纪,它的主流表现样式是信仰与理性(或信仰与理解、启示与哲学);文艺复兴尤其是科学革命以后,这一抗争的主导方又逐渐演变为宗教与科学。⑮有必要指出的是,这种二元对立在各个时期的西方社会和政治领域里都有相应的体现。譬如,依据他们的秩序感和有其自身特色的天人合一观念,梭伦和阿那克西曼德时代以降的古希腊人,会把神话想象和理性思维分别与王权统治和城邦政治联系起来;⑯而对于启蒙运动时期的法国思想家们,贵族特权之所以必

(接上页)有必要用到它们的语境中才会出现。一般情况下,本文不会(事实上也无需)对诸如"哲学"、"科学"、"宗教"和"神话"等频繁出现且适合于以其常规含义和词品性质来理解的语汇逐一进行对号入座式的审视(但在某些上下文里会作必要的提示),也不会在解析中为所有的它们"定性",附加不必要的修饰性词语。需要说明的还有,二元术语也是,并且首先是术语(或概念、词语);譬如,在注140里,笔者也称"统括性二元术语"为"统括性术语"。在"术语"前冠之以"二元"一词,是出于解析西方文化二元品质的需要,而非意在强调所有的术语都是二元配套的,只能在二元的框架下来凸显它们的意义。

⑮ "信仰与理性"和"宗教与科学"在此具备标示特定时代的功能,因此像上文中的"神话与哲学"一样,均为"标示性非元概念二元术语"。问题的另一个方面是,在有些西方学者的实际用例中,诸如此类的术语,尤其是"诗与哲学"、"信仰(或情感)与理性"和"启示与哲学"等,经常会被赋予某种广义或跨时代(乃至全时域或广延至全人类)的指代功能(参看"评论"第6,7段里的相关提及)。在此类语境中,这些术语发挥了"统括"的作用,其词品地位也随之发生变化,具备了笔者在注14中所说的"统括性非元概念二元术语"的表义功能。参看注41等处。细读注11结尾处的解释。标示性非元概念二元术语亦可接受广延,被用来指对全人类,如怀特海在"译文"中所做的那样。有时,具备统括能力的二元术语会被用来指对时段,注59所示高乐田的那段话可以为例。功能决定词语的范畴归属。在没有被赋予上述"特殊"功能的上下文里,这些词语仍为一般的非基质性二元术语;若在不作强调且非配套使用的语境中单独出现,它们即为一般的普通词语。

⑯ 详见 Richard Seaford, *Cosmology and Polis*, Cambridge: Cambridge University Press, 2012, pp.290-292。人间和天体遵循一种共同的原则。生活在城邦里的希腊人不仅可以,而且也应该把顺应天意等同于维护社会公正,铲除政治和经济生活中的不平等现象。"在神话中,王权和个人统治建立并维护秩序,但在阿那克西曼德的新视野中,它们却似乎成了秩序的破坏者。秩序不再是等级,而是各种从此相互平等的力量之间的平衡,任何一种力量都不应对其他力量实行最终的统治,否则就会毁灭宇宙。"(韦尔南:《希腊思想的起源》,第110页)"对希腊人而言,自然秩序是 eunomia,即合法的和公正的秩序。自然秩序的整体是宇宙(kosmos),并且它是善的和美的。希腊科学的诞生同步于其社会的巨大变革,即在政治上从贵族统治的封建制生活秩序转换到法律规范的生活秩序。据说,他们有关世界秩序的看法源自于把人类共同体中法律秩序的观念投射到宇宙之上,经过一次奇妙的再投射,这个秩序然后又被构想为一个理想的模式,国家的法律必须模仿和反映该模式。"(冯·赖特:《知识之树》,陈波等译,生活·读书·新知三联书店,2003年,第28页)希腊思想的主流表现样式从神话到哲学的转变(参看注3)具有划时代的意义,它与发生在希腊人现实生(转下页)

须铲除,是因为它们"既不公正,也不合逻辑"⑰。其实,针对国家的治理,即便是基

(接上页)活其他领域内的变革息息相关。诚如柯克等学者指出的那样:"从神话到哲学(from myths to philosophy),或者像有时候所说的,从 muthos 到 logos 的转变,远比包含在一个去人格化或者去神话化(de-mythologizing)的单纯过程中的东西要剧烈得多,后者要么被理解为对寓言(allegory)的一个否弃,要么被理解为一种解码;它或者甚至也比那在思维方式、理智进程本身的一种几乎神秘的突变中(in an almost mystical mutation)所也许会包含的东西(如果这个想法不是完全没有意义的话)要剧烈得多。毋宁说,它意味着一种政治的、社会的和宗教的而非单纯的理智的变化,并且是这一变化的产物(the product),远离封闭的传统社会……"(G. S. 基尔克[即柯克]等:《前苏格拉底哲学家——原文精选的批评史》,聂敏里译,华东师范大学出版社,2014 年,第 111 页;英文词语见 Kirk et al., *The Presocratic Philosophers: A Critical History with a Selection of Texts*, p.73)考虑到重要观念对人们的巨大影响力,不知柯克等学者是否会赞同,除了称其为"变化的产物",他们所提及的那个智识进程及其所包含的观念元素,其实也会反过来促进"变化",成为引导变革的动力。这段文字给我们带来的启迪还在于,他为本文即将讨论的"关联"、"延扩"和"述域"(见注 18)提供了来自现实生活的场域基础,等于是间接地告诉我们,对"从神话到哲学"的研究并非只是事关智识的进步,而是一个可以也应该与政治、社会和宗教等领域内发生的变化结合起来进行探究的重大议题(参看前引韦尔南的著作,"新版序言"第 11—12 页)。我们注意到,柯克等学者是把"from myths to philosophy"和"从 muthos 到 logos"当作两个同义短语来使用的,其中"muthos"等同于"myths",作"神话"解;而"logos"的含义则大致等同于"philosophy",既可译作"哲学",亦可作"逻各斯"或"理性"解。四个语词均可产生较大的旁涉效应(但并没有被明确赋予根基语汇的特殊地位和表义功能),其词品定位应该均为我们所说的"标示性非元概念(二元)术语"(详见注 14)。然而,如果换一种解释方式,情况也可能发生改变。考虑到这段话指涉面的广阔和叙事内涵的丰富,我们似乎并非全然不可把其中的 muthos 和 logos 权且当作两个不具备完整元质度的"准元概念"来看待。根据它们的实际使用效果,这两个词其实已经贴近注 14 所示的"指作性元概念二元术语"的功能边界,行使了该二元术语的部分功能。"准元概念"依然不是严格意义上的元概念,但却可以在需要的时候一定程度上把它们与其他词语区别开来,这一术语的提出反映并回应了事态的复杂性,增强了秘—逻模式的应变能力和理论上的回旋余地。所有这一切自然都没有进入柯克等人的评析视野,而关于秘索思的元概念理论构想则大概会离他们的"思想预设"(借用怀特海的话来说)更为遥远。西方学者未能注意到的事项也可能是重要乃至非常重要的。如果以为只有受到他们关注的议题才是有意义的,没有受到他们关注的议题别人也不应该关注,我们就会在缺少自主意识的被动跟随中,失去一些有时或可用"宝贵"来形容的治学契机。注 51 谈到 logos 在西方文化里的"中心"语词地位,注 64 讨论了"神话"含义的拓展,可请结合此间的论述参读。

⑰ 哈罗德·伯尔曼:《信仰与秩序——法律与宗教的复合》,姚剑波译,中央编译出版社,2011 年,第 122 页。参看约翰·H.布鲁克:《科学与宗教》,苏贤贵译,复旦大学出版社,2000 年,第 165 页。逻辑(logic)是逻格斯(logos)的同根词;"不合逻辑",自然也就意味着有违体现理性与合理性的逻格斯,因而是"错误的"——对这种错误的纠正,构成了法国大革命的"基本前提"(详见前引伯尔曼著作,第 122—123 页)。细品怀特海的如下评述:"十七和十八世纪的思想在'原始契约'的假设下将其政治哲学理性化了。这一概念经证明是十 (转下页)

督教思想家,也会在相关理论的建构中适度顾及政论阐述的逻辑合理性。早在十四世纪,奥卡姆的威廉就已经指出国家和教会及其教义的区别,认为教义必须被遵守,尽管它们中有些与圣史相关的内容对于智力有限的凡人来说无法理解,但国家却是一个务实的政治实体,应该托付给理性来管理。从某种程度上来说,但丁也持有这样的观点。秉持类似见解的还有其他一些中世纪晚期基督教思想家,包括巴黎的约翰和帕多瓦的马西利乌斯。马丁·路德用他的"两国论"替代教皇格里高利七世(1073—1085年在位)的"双剑论",坚称教会属天上的国,应由福音来统治,而地上的国则应摆脱教会的控制,交给法律来治理。对于有心全面了解西方政治思想史和国家观念史上神话与理性持续对垒和冲突的读者,抽空浏览一下恩斯特·卡西尔的《国家的神话》大概是一个不坏的主意。十九世纪中叶以来,尽管科学已明显压制了宗教,尽管二者之间的纷争已逐渐趋于平缓,基督教的部分功能已被文学、艺术、其他新兴宗教团体和各种神秘主义思潮所取代,但显示西方文明本原活力的秘索思与逻格斯之间的抗争却并没有停息。⑱

(接上页)分厉害的。它助长人们将斯图亚特王朝看成是传奇故事而予以摈弃,促使人们建立了美利坚合众国,并促成了法国革命。"(怀特海:《观念的冒险》,第64页)参考罗素的解析:"希腊人所建立的几何学是从自明的、或者被认为是自明的公理出发,根据演绎的推理前进,而达到那些远不是自明的定理。""(美国的)'独立宣言'说,'我们认为这些真理是自明的',其本身便脱胎于欧几里德。十八世纪天赋人权的学说,就是一种在政治方面追求欧几里德式的公理。"(伯特兰·罗素:《西方哲学史》上卷,何兆武、李约瑟译,商务印书馆,1996年,第63—64页)注意伯林在以下论述中并立提及了科学对宗教的攻击,以及世俗政权对中世纪等级制度的攻击:"众所周知,十八世纪是科学取得伟大胜利的年代……发生在那个年代的人类情感最深刻的变革是由于旧秩序被破坏而造成的——是自然科学对已有宗教攻击的后果,是新的世俗政权对古老中世纪等级制度的攻击的结果。"(伯林:《浪漫主义的根源》,第51页)启蒙精神和浪漫遐想构成了研究近代西方文化的重要叙事"接口"(见注18)。注41的相关引文中并立提及了理智主义和反智主义以及启蒙精神和浪漫主义的双重对立。参看注7。关于浪漫派和有机论的关联(二者均反对机械论)以及二者在十八至二十世纪上半叶的西方思想和社会学说建构中所产生的重大影响,见注137。关于十七、十八世纪新教国家中新教徒与科学的"联盟"及其后来的"破裂",详见本文结尾处和相关注释。

⑱ 详见"评论"第14—16段。参看注41所示罗素的见解。秘—逻模式的理论意义和实用效益在此得到了体现。秘索思和逻格斯是表征西方文化深层结构的两个元概念(详见注13等处)。在实际应用中,它们通常会借助上文所说的"分支名称"、"不同的表现形式"或"标示性非元概念二元术语",说得更具体一点,即为通过诸如"神话"、"诗"、"启示"、"信仰"、"宗教"、"哲学"、"理性"、"逻辑"、"科学"和"技术"(也包括"逻各斯",见注3的说明)等承载西方文化二元品质的基干性术语来展示它们的"隐性"存在,行使自己的总括和主导职能(参看注40所示尼采心目中西方人"隐蔽的"历史;比较注12所示伯林和怀特海的观点;另见注62所示黑格尔的历史观;参考注31)。不过,此类非元概念二元术语的叙事地位是可变的,它们既可以常规性地接受由别的词语构成的关联性表达,也可以在需要的时候成 (转下页)

西方文化的二元品质依旧,尽管在表现样式上发生了某些值得我们认真探究的改变。

(接上页)为别的二元术语的关联词语。譬如,"科学"既可以接受关联,但必要时也可以充当关联,在注 23 所引斯特龙伯格的那段话里,"科学的"便是"希腊哲学思想传统"的关联性词语(比较注 134 所示阿诺德论述中的统括性二元术语及其关联和延扩表述)。"关联"可以跨越叙事的学科范畴。关于这一点,可请参看注 16 所示柯克等学者的分析和注 17 所示伯林的论述。需要说明的还有另一种情况。受秘索思和逻格斯统领的词语分两类,一类如上文所示,是常规和基干性的,另一类则带有因需而设的意味,因而是被"临时"征用的。换言之,非基质性二元术语中有"常规沿用"和"特别征用"的类型区分。譬如,"宗教与科学"是一个人们耳熟能详的常规表述,其在文本中的出现通常情况下属于常规沿用;而"稳定化与进化"(见"评论"第 7 段)则带有鲜明的个性化色彩,既不是已有或已经"定型"的,也不是大家所熟悉的,因此是一个得之于特别征用的二元配套术语(由于已被赋予广义上的指对功能,所以确切地说,它还是一个统括性二元术语)。怀特海是擅长特别征用的高手,这方面的例证可请参看"评论"第 6 段里的相关提及和注 35。有的表述介于二者之间,譬如同样见诸"评论"第 7 段的韦曼所言"敞开的意识"与"理论化的工作",前者是一个特别征用术语,后者的词品定位则当为常规沿用。得之于特别征用的二元词语,经常可以是一般情况下受到常规沿用的二元术语的现实或潜在的关联性且可起延扩作用的词语。譬如,注 70 所引斯蒂芬·科里尼笔下的"计算和测量"与"修养与同情心",其实分别就是常态情况下"科学"和"宗教"所接受的修饰或解释,是对它们的关联表述。此类词语一经被征用,便如同受到常规沿用的词语一样,成为相关语境中的具体和非基质性二元概念,具备了成为基干性二元术语的潜质。非元概念二元术语既可单独(即单系地)展开工作,亦可互为辅衬和依托,联合发挥作用。在许多文本中,尤其是在涉及西方文化基本特征及其在哲学、科技、政治、法律、历史、宗教和道德层面的各种表现样态的语境中,上述二元术语能够提供叙事的"接口",并和它们的关联词语及其延伸表述一起形成表义上的延扩,构成大小不等的述域。本文开篇部分摘用的那段"译文",其实就是一个现成的例子,而类似的例证在《科学》里还可以找到很多。关于《科学》里隐藏着的一条"二元线索",详见注 76。述域可以小至一段文字,亦可大至整章乃至通过涟漪效应渗透进入整本书的叙事之中。同仁们如果愿意就此花一些时间,可请细读 R. N. 伯尔基的《马克思主义的起源》、C. 巴姆巴赫的《海德格尔的根——尼采,国家社会主义和希腊人》、H. 马尔库塞的《爱欲与文明》,以及 R. Barfield 的 *The Ancient Quarrel between Philosophy and Poetry* 等著作。在弗里德里希·梅尼克的《近代史中国家理性的观念》里,多种形式的二元表述贯穿全书,作者着意于让"权力和精神之间的张力"在国家实力的具体展示中"一再重现","权力和道德、自然和精神,在梅尼克心目中成了永恒的冲突中相对立而又不断斗争的力量"(格奥尔格·G. 伊戈尔斯:《德国的历史观》,彭刚、顾杭译,译林出版社,2006 年,第 277 页)。卡尔·施米特的《政治的概念》也属于此类著述。在这部广泛涉及政治议题和重要历史事件的著作中,"理性与神话之间的张力"(亦可理解为技术与神话之间的对立)以及"施米特对后者的始终倾心"占据了各章的"中心地位","并且是贯穿整书的线索"(约翰·P. 麦考米克:《施米特对自由主义的批判》,徐志跃译,华夏出版社,2005 年,第 15 页)。顺便说一句,刚刚提到的麦考米克的这部著作,本身几乎亦是一个政论型整式述域。对此议题感兴趣的同仁们,还可顺便关注一下霍克海默和阿多诺的《启蒙辩证法》,以及二位学者经常采用的"神话"与"启蒙"这对二元词(转下页)

3. 科学与宗教的关系错综复杂,讨论十六世纪以来的西方历史,不能脱离对这两股"最强大的普遍力量"及其互动关系的认真评估。在西方人文发展史上,基督教的兴起无疑是一个极其重大的事件,之后可以与之相提并论的另一个宏大事件是发生在十七世纪的科学革命。"历史学家赫伯特·巴特菲尔德(Herbert Butterfield)在其关于近代科学起源的经典讨论中,做了一个被人广为引用的比拟:十七世纪的科学革命具有如此深远的影响,以至它的里程碑作用只有基督教的兴起才能与之相比。在形成西方社会的价值方面,科学和基督宗教各自都扮演了卓越的角色,留下了持久的印记。"⑲和怀特海将科学与宗教称作"两种最强大的普遍力量"大同小异,熟悉怀特海观点并被誉为"当今研究科学与宗教关系最受尊崇的学者"的约翰·布鲁克,⑳称其为"两种强大的文化力量"㉑。不过,我们不应忘记,基督教兴起后遇到的第一个强大对手并不是一千六百年后方始出现的近代科学,而是根基深厚、学派众多、影响深远的希腊哲学。以后,希腊哲学虽然接受了基督教的招安,却从来没有彻底臣服。它的思想能量逐渐汇集到中世纪人文二元格局的"知识"一端,与强势占据另一端的"启示"和而不同,形成了一种时而隐晦、时而又相对公开的对峙局面。圣经和基督教神学借用了希腊的 logos,却阉割了它的精神实质,使其基本上丧失了在 logon didonai(见注1)中所体现出来的那种不受宗教和世俗权威束缚的求知与批判的锐气。记住西方二元文化在不同时期的表现特征是有益的。了解秘索思和逻格斯之争的古希腊表现形式,具体说来,知道米利都自

(接上页)语。除了本文正文中的多处提及,相关例证另见注 23、40、70、130、134 和 156 等处。参考注 45。囿于篇幅,笔者已经写就的那部分书稿中还有一些内容在此无法尽述,恳请读者谅解。有必要说明的还有,尽管秘—逻模式的确可以用于文本的结构和表义解读,亦可由此带动对具体事例的多视角分析,却既非专为、更非仅为达到这一目的而设计。这一模式的主要任务和功能,在于实现对西方文化基本结构及其展开态势的新思路描述,并由此顺理成章地开启对一些既有理论和观点的重新评估,上文所说的文本解读和与之相关的多视角分析,只是这一更为根本且在更大范围内展开的框架性"解读"工作中的一部分。

⑲ 布鲁克:《科学与宗教》,第 1 页。"在我们现代世界中,再没有第二种力量可以与科学思想的力量相匹敌。"(恩斯特·卡西尔:《人论》,甘阳译,上海译文出版社,2004 年,第 286 页)
⑳ 理查德·奥尔森:《科学与宗教——从哥白尼到达尔文(1450—1900)》,徐彬、吴林译,山东人民出版社,2009 年,第 18 页。
㉑ 布鲁克:《科学与宗教》,第 1 页。"中世纪生活是理性和道德这两种力量冲突的结果……"(恩斯特·卡西尔:《国家的神话》,范进等译,华夏出版社,1999 年,第 106 页)"道德"在此与宗教信仰相关(在该书第 113 页上,卡西尔谈到信仰与理性的持续冲突)。注意"生活"一词,它会提醒我们理性与信仰的对抗并非仅仅停留在观念的层面上,而是会实实在在地影响乃至掌控中世纪人的现实生活。参看"评论"第 1 段对"力"的解说。

然哲学家们"对宇宙原理的探讨是从希腊宗教(可以理解为能够发挥宗教功能的神话——引者按)思想中的假定开始的"[22],将有助于我们看出把西方文明理解为希腊和希伯来(或犹太)文化的综合,称其为"两希文明"这一惯常做法的鞭长莫及之处。[23] 同样,结合对西方文化根基成分及其基本构型和展示状况的了解,熟悉秘

---

[22] N. G. L. 哈蒙德:《希腊史——迄至公元前 322 年》,朱龙华译,商务印书馆,2016 年,第 267 页。米利都自然哲学家对这些"假定"的借鉴中当然会包含必要的质疑,否则他们就不可能提出自己的创新见解,引发西方思想史上的那一次也许是意义最为深远的伟大革命。

[23] 参考《词源考》下篇对 7.4 评论的第 6 段。参看注 6。以下两段引文分别以"公认的看法"和"大家知道"起句,可见这种"惯常做法"在中外学界的"普及"程度。"公认的看法是:我们所谓的西方文明来源于两个伟大的传统,一个是犹太的,另一个是希腊的。……在基督教中被继承的犹太传统,是一种宗教和道德主义的传统。自古希腊起,我们就继承了这样的信念,即相信事物的自然秩序的可理解性,并且相信作为科学之性格的理性探索精神。"(赖特:《知识之树》,第 1 页;赖特稍后谈到希腊人和自伽利略以来的近当代西方科学家在"阅读自然之书的方式"上的不同)"大家知道西方文化有两大精神支柱:一个是科学、民主、自由和人权,另一个是基督宗教信仰。而它们又主要来自希腊和希伯来这两个原创文化和智慧的源头,核心便是希腊哲学和希伯来的圣经教导。"(杨适:《古希腊哲学探本》,商务印书馆,2003 年,第 8 页)请注意这段引文中"科学、民主、自由和人权"诸词的表义关联及其对进入述域(如有这种必要的话)所能发挥的提示和引导作用。"近二十年来,"宗教学家何光沪写道,"中国学者越来越多地接受了西方文明是'两希文明'(希腊文明、希伯来文明)的'后代'之说,这表明他们已经开始认识到基督宗教对西方文明的塑造作用。"(何光沪:《癌症与重生——罗马帝国、西方文明与基督宗教的关系》,见梅谦立、张贤勇主编《哲学家的雅典,基督徒的罗马——教父时期与中世纪神学研究》,中国社会科学院出版社,2012 年,第 218 页)参考注 66 所示伯曼的见解。关于怀特海对"两希"(即希腊、希伯来)思想的提及,见注 35、60。也许是为了避免"错误归类"(借用 G. E. R. 劳埃德的术语),思想史家罗兰·斯特龙伯格在阐述"希腊精神"时,同样没有提到阿诺德将其包括在该精神之中的文学和艺术(见注 6),从而导致了对它们不应有的"疏漏"。尽管如此,斯特龙伯格对西方文化中根深蒂固的二元冲突现象有着非常真切的体悟,他所具备的强烈的概括意识也很值得称道。从古至今,西方文化向来就是一个充满矛盾和对立的人文实体(参看注 41),"如果说在各种紧张关系或对立关系中存在着一种基本的紧张或对立(one basic tension or polarity beneath all the others)的话,那大概就是科学的、崇尚理性的、深思熟虑的希腊哲学思想传统与狂热的、'献身的'、推崇道德的基督教信仰之间的对立"(罗兰·斯特龙伯格:《西方现代思想史》,刘北成、赵国新译,中央编译出版社,2005 年,第 4 页;英文词语见 Roland N. Stromberg, *An Intellectual History of Modern Europe*, New York: Appleton-Century-Crofts, 1966, p.7)。这段话里的统括性二元术语为"希腊哲学思想"和"基督教信仰",二者各有三个关联词语,通过排比的方式铺开,产生了很好的延扩效应(参看注 40 所示特纳的表述和注 134 所示由阿诺德的一段话构成的述域)。"深思熟虑的"原文作"intellectually sophisticated",译文不是非常准确(比较注 35 所示怀特海的用语"formulated aspirations",其中的"formulated"一(转下页)

索思与逻格斯之争的中世纪以信仰为强势方的二元表现样式，会有助于我们看出德里达将西方文化及其形而上学定性为必须予以解构的强调中心与边缘之差异（譬如理性与非理性）的"逻各斯中心主义"（logocentrisme），将会在解释中世纪思想和人文状况的实际应用中遇到什么麻烦（参看注138、153）。此外，德里达把自己所谓与"书写"相对立的"语音中心主义"（phonocentrisme）视为"逻各斯中心主义"的一种特殊或分支表述的做法，其实同样缺少完备学术史知识的铺垫，因而是经不起细致推敲的。德里达先生一定知道logos在公元前五世纪以降的古希腊常作"话语"和"理性话语"解，却未必真的愿意记住那时该词的另一个主要含义，是与口头诵说的古旧神话形成鲜明可信度对比的"书面论证"（见注14）。"书写"对希腊理性主义的形成，起到了巨大的推动作用。"逻各斯中心主义"的提法有其可取之处，将其大致等同于"西方理性主义"或"在场的形而上学"并因此加以批判也无可厚非，但从词源学、社会学、认知史和秘一逻模式的角度来衡量，它的不当之处亦可谓不一而足。笔者在《词源考》等著述中就此有所论及，今后也还会做一些力所能及的工作，但真正称得上具备学术价值的系统研究，恐怕还得有劳精通法语且熟悉德里达思想和西方观念史的同仁们来完成。我们的期待亦可推而广之，因为新思路带来的理论和实用效益既是多点开花，又是以点带面的，肯定不会仅限于对

（接上页）词同样被译为"深思熟虑的"）。"崇尚理性的"原文作"rationally oriented"。我们注意到，斯特龙伯格教授很明智地没有在下文中采用语义上与之相对立的"非理性的"一语。原因并不复杂。在这一上下文中，"推崇道德的"（ethically-oriented）无疑是一个颇为贴切的用语，因为作者想要表达的并不是一种可以简单地归结为非理性的人生态度，尽管它与信仰（faith）有关。作为一对涵盖面非常宽泛且具备统括功能的词语，"理性"与"非理性"自然有其表义优势，但它的"局限"也很明显。譬如，我们一般不会不设前提宣称诗和小说是非理性的，更不会以此为由对其进行抨击。谁要是说中世纪宗教思想是非理性的，谁就是在和怀特海唱反调（参看注138所示丹皮尔和巴雷特对怀特海观点的平衡）。"理性"和"非理性"是两个主要用于表示两种对立的思维与行为方式的词语，不具备元概念的性质，其词品地位与具备深厚词源学-语文学根基的秘索思和逻格斯相去甚远。在梅尼克看来，"理性"的涵盖面可以小于"理智"（见"评论"第8段）。描述希腊人"使世界发生了……改变"的"双重性格"时，罗素把"秩序和理性"归入了尼采所谓"阿波罗精神"的统括之下（见注50）。有必要多说几句的是，在写下上文所示的那段话之前，斯特龙伯格还借用了尼采的观点，亦即"在西方文明传统破晓之时，希腊人的灵魂中就有狄俄尼索斯精神和阿波罗精神同时在挣扎"（见前引译著，第3页），却未能将其与"两希文明论"联系起来考虑，从中看出二者之间的异同。此外，他也没有意识到尼采的这一二元论所涉范围的"大"、"小"之分（详见注50），未能进行细致的甄别。作为"大二元"的"狄俄尼索斯（精神）和阿波罗（精神）"，其时代涵盖面至少就前端指涉而言或当大于"两希文明论"，但它的短板在于，针对中世纪信仰与理性的冲突，"狄俄尼索斯（精神）"对信仰的表征却无法做到名正言顺，显然不如"希伯来精神"更显恰切。

一两个定论或观点的重新评估。秘索思元概念身份的被遮蔽,是导致许多理论问题的症结之所在。因此,祛除这一遮蔽,促成秘索思本原词品能量的开显并进而引导它的有序释放,是形成我们所说的研究西方文化新思路的关键。没有秘索思的参与,我们就无法建构"关涉西方文化二元品质研究的概念体系"(见注140结尾处),并因此根本谈不上从纷繁芜杂的二元语汇和各种模式的争奇斗艳中理出头绪,澄明展示研究的条理性。在秘一逻模式的细密爬梳比对下,西方思想和人文脉络的可思辨格局发生了变化,呈现出一种有别于一些西方著名学者所持观点的展开态势,给我们带来了诸多以前不曾有过的智性体验。像德里达一样,海德格尔重视逻各斯。有所不同的是,他区分了逻各斯和后出却被他视为窒息了思想的逻辑或逻辑学,因此对西方哲学开源时期的逻各斯不仅未作批判,反而还从存在论意义上予以了充分的肯定。在他看来,逻各斯是"最古老的词语"[24];能够"作为表示存在的名称和表示道说的名称来说话"并"道出自身"的"独一无二"的词语只有一个,"这个词语就是逻各斯(Logos)"[25]。研究西方文化的基质构成,离不开对逻各斯的深度认知。海德格尔教授对逻各斯的探究也许比别的近当代西方学者更显深刻,却也未能幸免掉入时空错置以及对其词义进行过度开发的泥淖。秘索思的元概念属性和支点作用没有引起他的重视。我们注意到,早在十九世纪上半叶,谢林即已把神话(Mythos)看作是包括诗、历史和哲学在内的人类文化成就的最初起源。在讨论"达乎词语的最早事情(Das Früheste)"时,[26]海德格尔未曾想到,或者说没有想到有必要告诉读者,荷马史诗里表示权威话语的词汇是 mythos,与他所谓"独一无二"的 logos 没有关系;而在用希伯来语写成的《旧约》里,指称上帝神圣话语的词汇是 dabhar,该经书七十子希腊语译本用 logos 迻译前者,并由此和受斯多葛哲学影响且将 logos 与"太初"和"神"(所谓"道成肉身")联系起来的《约翰福音》的作者以及斐洛(生卒约公元前30—公元45年)的相关论述一道,制造了一起就客观效果而言或可称之为西方历史上欺骗性最大、后果最为严重的文字上的掉包事件。

4. 十七世纪以降,科学与宗教的冲突逐渐演变为西方文化传统中秘索思与逻各斯二元对立的主要表现样式。科学从一开始就采取了进攻的姿态,只是起初并非有意为之,而是沿着自然神论开辟的道路,以一种辅助乃至为基督教服务的面目

---

[24] 马丁·海德格尔:《在通向语言的途中》,孙周兴译,商务印书馆,2010年,第236页。
[25] 马丁·海德格尔:《语言的本质》,见《海德格尔选集》下卷,孙周兴选编,上海三联书店,1996年,第1088页。
[26] 同上。

示人,在证明上帝的"理性"和"创世功绩"的名义下抒发其对自然和物理现象的观察热情,展示自己的运算技巧与实证功能。开普勒和伽利略毕生都抱有上帝以几何方式创造世界的信念,并据此深信借助数学语言破译宇宙的奥秘不只是一个方法论问题,而是带有明确的神学指向,是忠实奉行上帝旨意的表现。"牛顿本人相信,他的万有引力理论,支持信仰一位神。他在《数学原理》(即《自然哲学的数学原理》——引者按)的序言中,将神描绘为'万有之中最完美的机械师'。"[27]科学的自主意识和自信心伴随着各种成就的取得而不断增长,至十九世纪上半叶,它已经可以彻底与神学划清界限,并且以一种居高临下的姿态睥睨后者。如果说"牛顿的确相信上帝对物理世界进行干预的必要性",那么一百多年后,拉普拉斯则可以针对拿破仑提出的上帝在科学中的地位问题,做出"我们并不需要那个假说"的回答。[28] 科学与宗教持续交恶,对于一些生活在十九世纪下半叶和二十世纪初期的西方知识分子来说,二者之间的关系几近水火不容,可谓势不两立。然而,当时的西方学界也有别的声音,而这些声音也都有各自的历史。除了冲突,那个时期的知识分子所熟悉的应该还有其他两种主要观点,即(一)认为"科学和宗教本质上是互补的",服务于"一系列不同的人类需要";和(二) 二者之间或有"一种更为亲密的关系","某些宗教信条可能对科学活动有益"[29]。一位中国学者用"冲突论"、"无关论"与"和谐论"对上述三种主要观点加以概括,总的说来应该没有问题。他的表述提纲挈领,用词精练、准确,若能在理解中避免生搬硬套、不思通融,我们便能在记取其所作"宗教与科学的关系是一种动态的、包含多重方面的关系,难以一概而论"的告诫的同时,从中有条不紊地大致了解上述三种观点的基本内容,把握住它们之间的主要区别。"简单地说,第一种观点认为,宗教关注的是通过信仰从上帝的启示中获得永恒的真理和心灵的安慰,科学强调的是通过观测和推理来发现有关世界的事实及其背后的规律,这二者无论在认识论还是在方法论上都是不

---

[27] 布朗:《基督教与西方思想》卷一,第 186 页。"牛顿公开承认,仅靠他的力学原理并不能解释宇宙的形成,不能解释其稳定性,也不能解释其趋向的目的地,因此他试图表明他的自然哲学不可避免地要走向上帝。"(米歇尔·布莱、埃夫西缪斯·尼古拉伊迪斯主编:《科学的欧洲——科学地域的建构》,高煜译,中国人民大学出版社,2007 年,第 107 页)
[28] 江天骥:《当代西方科学哲学》,中国社会科学出版社,1987 年,第 234 页。事实上,"到十八世纪中叶,旧的基督教宇宙论在本质上已经名存实亡,基督教作为政治、社会和道德价值的主要基础而具有的统治地位也已名存实亡。所出现的要么是基督教秩序的各种价值观的世俗化,要么是理性和自我完全取代教会和《圣经》,成为人类知识的基础"(坦嫩鲍姆、舒尔茨:《观念的发明者——西方政治哲学导论》,第 194 页)。
[29] 布鲁克:《科学与宗教》,第 2—4 页。

同的,因而它们之间的冲突是不可避免的;第二种观点认为,宗教与科学构成了人类精神生活的不同领域,它们各有自己的适用范围,只要它们各自独立,互不干涉,它们是可以互补的;第三种观点与第一种观点相反,认为宗教与科学并非是根本对立的,实际上,基督教的精神和价值观念有益于科学的发展。"㉚

5. 怀特海了解上述三种观点。他采用的是一种突出互补功能的调和论,其基调是相信宗教与科学可以互不相干,各司其职,但须充分发挥各自的人文优势,以对方不能替代的"专长"服务于人类生活的两个最重要的方面。他的见解得到了不少业内人士的赞同,在当今西方学界尤其是自由派新教神学家团体中仍有较大的影响。在下面这段引文中,怀特海谈到了"冲突",也提到了"过分",指出科学和宗教所涉事项性质上的"各不相同"。基于他本人的学观取向以及对逻辑理性与审美情操之间终将达成二元和谐的信念,他突出了宗教(即基督教)的美学价值,使其与代表科学的"引力定律"形成对比。注意"宗教"和"科学"这两个带有统括意味的基干性二元配套词语,并请关注论述者如何合理运用关联和延扩机制(当然是于无意中),将他的思绪(也是读者的理解力)引领到一个虽然不大但却很能说明问题的述域之中。"因此,"怀特海写道,"从某种意义上讲来,宗教与科学之间的冲突只是一种无伤大雅的事(a slight matter),可是人们把它强调得过分了。……必须记住,宗教和科学所处理的事情性质各不相同。科学所从事的是观察某些控制物理现象的一般条件(the general conditions which are observed to regulate physical phenomena),而宗教则完全沉浸于道德与美学价值的玄思中(in the contemplation of moral and aesthetic values)。一方面拥有的是引力定律(the law of gravitation),另一方面拥有的则是神性的美的玄思(the contemplation of the beauty of holiness)。一方面看见的东西另一方面没有看见,而另一方面看见的东西这一方面又没有看见。"(《科学》:176—177;*Science*:165)"引力定律"是科学的表征,容易理解,但对"神性的美的玄思"则完全是怀特海的个性化表述,与基督教的核心价值观无关,一般情况下,人们通常会用诸如"信仰"、"神性启示"或"神秘感悟"这样的字眼。在"评论"第10段中,我们将会谈到为了增强宗教的活力,怀特海似

㉚ 详阅鲁旭东"译者前言",第1—3页(见安德鲁·D. 怀特:《基督教世界科学与神学论战史》,鲁旭东译,广西师范大学出版社,2006年)。比较陈麟书"代中译本序",第1—2页(见伊安·G.巴伯:《科学与宗教》,阮炜等译,四川人民出版社,1993年);参看傅有德、王善博"《科学与信仰译丛》总序",第1页(见查尔斯·塔列弗罗:《证据与信仰——十七世纪以来的西方哲学与宗教》,傅永军、铁省林译,山东人民出版社,2011年)。

乎还有意借助"审美直觉"的中介,把文学和艺术也纳入它的可盟合的关联方。在怀特海看来,美学或审美既与科学相冲突(《科学》:85、150、194—195),也是理性的潜在或现实的对立面(参考《科学》:133)。因此,审美鉴赏力和宗教信仰可以联手,美学必然可以成为基督教的盟友,是宗教精神得以宽泛展示的一个方面。怀特海对科学与宗教之关系的思考,经常是和他对科学与美学之关系的思考并行乃至混合在一起的。他在一个上下文里谈论的前一种关系,在另一个上下文里会演变为后一种关系,宗教与美学在广义上处于一种可互换的平行地位。譬如,在他看来,宗教与科学其实并不一定非得势不两立;同样,美学和科学也应该接受哲学的疏解,在一个更为宽广的智性视野中调和起来。再譬如,他说过,未来的历史进程"要由我们这一代"对宗教与科学"之间关系的态度来决定"(见"译文");同样,在《科学》第九章"科学与哲学"的结尾处,他宣称本世纪哲学学派的任务(the task of philosophic schools of this century),是把由笛卡尔和莱布尼茨分别开启的两种思想传统结合起来,从而结束"科学(science)与我们所肯定的美学和伦理经验(our aesthetic and ethical experiences)"相脱节的局面(Science:141)。怀特海教授也许会同意我们的判断,他在这里所说的"aesthetic and ethical experiences"中的"ethical",和上文刚刚提及的"moral and aesthetic values"中的"moral"带有同样的宗教指向,含义上没有明显的区别。

6. 怀特海相信,解决宗教与科学的冲突是哲学的使命(见注33,参看《科学》:173)。在古希腊,哲学与科学一体两面,不分彼此(见注148,参看注142)。鉴于"现代哲学的起源和科学近似",并且也是"在十七世纪奠基"因而"是同时的","其中一部分就是在建立现代科学原理的那一部分人手里确定的"(《科学》:133),所以化解宗教与科学的纷争,自然也就意味着必须稳妥和建设性地处理好哲学与宗教的关系。如果说"黑格尔从他的事业的初期开始,就为调和宗教与文化的问题而殚精竭虑",黑格尔哲学"也许是用来解决基督教与哲学思辨之间冲突的最为大胆的尝试"[31],那么康德一生中最

---

[31] 詹姆斯·C. 利文斯顿:《现代基督教思想》上卷,何光沪译,四川人民出版社,1999年,第284页。宗教与哲学的对立和持续冲突,程度不等地影响了一些近当代西方思想家对政治、历史、法律和社会问题的思考,在其建构理论模型和思想体系的过程中发挥了不可忽视的"基调"作用。参看注49等处。细品注50临近结尾处所示怀特的评价。学生时代的马克思极为重视哲学与宗教的古老纷争,并且像他由衷赞赏的古希腊哲学家伊壁鸠鲁一样,毫无保留地站在依他们看来有助于实现人性彻底解放的哲学一边。"伊壁鸠鲁在哲学与宗教的古老冲突中,毫不讳言地站在哲学一边……马克思作为现代启蒙哲人,把古已(转下页)

为关注的问题便是宗教与科学之间的冲突,"康德哲学是对科学与宗教的一种反

(接上页)有之的哲学与宗教的冲突推向极致,不但要以哲学取代宗教的权威地位,而且坚信,哲学不仅仅是认识世界,更重要的是改造世界……"(罗晓颖:《马克思与伊壁鸠鲁——马克思〈关于伊壁鸠鲁哲学的笔记〉和〈博士论文〉研究》,华东师范大学出版社,2010年,第2页)在1841年完成的博士论文中,马克思"突出了哲学与宗教的直接对立,力主以哲学来拯救人的精神或自我意识,他主张要彻底地反对宗教,坚持无神论立场,这基本上构成了他日后成熟思想的基调"(前引书,第5页)。比较柏拉图的名言:哲学与诗的古老纷争(《国家篇》10.607B)。参读卡西尔所言贯穿西方中世纪的"理性与信仰之间古老的冲突"(卡西尔:《国家的神话》,第117页)和巴雷特的类似观点(巴雷特:《非理性的人——存在主义哲学研究》,第102页)。青年时代的马克思的确坚信哲学必将战胜并取代宗教,这与试图调和二者之间剧烈冲突的黑格尔的理论想定截然不同。但是,随着思想的成熟,马克思对西方文化的思考中又增加了一个与斗争并存的维度,其从未被明确表述的核心思想,是突出理性思辨与可行性想象的合理兼容。按照英国学者伯尔基的理解,深入探讨马克思主义基本智识取向的形成及其后来的成熟和发展,可以采用一些"二元语汇"(dualistic terms),而其中最堪担此重任的两个配套词语,便是他自设并在论述中一再用到的"超越"(transcendence)和"理解"(understanding)(及其延扩表述,详见R. N. 伯尔基:《马克思主义的起源》,伍庆、王文扬译,华东师范大学出版社,2007年,第27、39、41、141页;英文词语见R. N. Berki, *The Genesis of Marxism* (Four Lectures), London: J. M. Dent and Sons, 1988, pp.36、38等处)。马克思既坚持了科学立场和唯物主义,又没有放弃"超越性原则",从而在人们的内心深处"成功唤起了一种奉献和自我牺牲精神"(前引译著,第38页)。"马克思思想在被断定为政治经济学、社会主义理论和人本主义哲学这三种现代学说的综合(synthesis)之前",伯尔基写道,"它可以被看作是"欧洲思想传统中固有但却不易被人们轻松察觉的"超越性和理解性两大基本视角的'综合'('synthesis')"(前引译著,第39页;详阅该书第一讲:受精;英文词语见前引原著,p.36)。"两大基本视角"原文作"the two underlying perspectives",其中"underlying"一词亦可作"内在的"或"潜在的"解。综上所述,除了确认宗教与哲学的二元冲突在西方主流学者的思想形成和理论建构方面所发挥的基调作用,我们还能从中洞察到马克思主义二元西学观的"复调"性质。马克思的相关学说是双重的,其中既有"显性"的公开表态,亦有后来逐步完成的"隐性"的深湛阐述。就"哲学"与"宗教"的关系而言,亦即在"显"的表层上,马克思一生强调的都是斗争和取代;而就与之形成表里配备的"理解"与"超越"的关系而言,亦即在"隐"的深层上,他所采用的则是一种兼容并蓄的策略,实现了科学分析与超越原则的有机综合。笔者有意在此指出的是,上述议题其实是完全可以放在秘—逻理论的框架下来讨论的。依据秘—逻模式,我们可以把上述"哲学"(或"科学")与"宗教"以及"理解"与"超越",分别视作作为元概念和总括性二元词语的逻格斯和秘索思的支项(参看注13)。"哲学(或科学)与宗教"是一对学者们非常熟悉的"常规沿用"词语,"理解与超越"则有所不同。在西方文化传统中,与"理解"形成二元对立和搭配的词语通常是"信仰"(或"信"、"相信")。就像可用 logon didonai 来标示古典时期希腊人的智性特征(参看注1),对于界定中世纪基督教思想家的基本认知取向,坎特伯雷大主教安瑟伦(Anselm,1033—1109年)颇能体现奥古斯丁神学之基本精神的箴言"信仰寻求理解"(fides quaerens intellectum),可以起到类似的作用(参看溥林"译者的话",(转下页)

应"㉜。像斯宾诺莎、康德、克尔凯郭尔、涂尔干和韦伯等许多西方主流思想家一样,怀特海把解决宗教与科学这对二元矛盾当作研究西方近当代思想和社会问题的主要切入点。他的有所不同之处,在于希望并相信能够找到一个更为宽广的协商语境,从而使宗教和科学能在哲学的调解下拥有一个和谐共处的栖身之所,在那里基于道德和美学价值的玄思将不再与科学和它的引力定律互相矛盾,如同光的波和粒这两种物理属性虽然在同一时刻互相排斥却可以在更高的层次上统一起来,"更深刻的宗教(a deeper religion)和更精微的科学(a more subtle science)"终将实现和解(《科学》:176;Science:165)㉝。怀特海的远景规划中似乎带有一些来自赫伯特·斯宾塞相关思想的浪漫色彩,对比坚信哲学和宗教不可能在终极问题上实现调和的列奥·施特劳斯等更熟悉后现代思想的学者们,这一点会变得更加明显。㉞ 不是说怀特海的学术视野不如施特劳斯的宏阔。他之所以没有在《科学》里将西方传统中根深蒂固的二元对立现象更加完整和明晰地展示出来,原因大概主

(接上页)见波纳文图拉:《中世纪的心灵之旅——波纳文图拉神哲学著作选》,溥林译,华夏出版社,2003年,第26页)。伯尔基教授将"超越"与"理解"搭配,尤其是以此来揭示并解读始终坚持无神论立场的马克思的隐性二元西学观,似乎带有一些我们所说的"特别征用"的意味(参看注18),尽管他本人也许并没有意识到。"常规沿用"的二元词语经常与"显性"研究相关联,而"特别征用"则有利于另辟蹊径,所用词语比较适合于对同一"范畴"内的议题不同于常规理解的"隐性"表述的揭示。从方法论和思想理路上来说,伯尔基设置"理解"与"超越"这对二元术语以研究马克思的二元西学观(也旁及西方文化传统),与笔者设置逻格斯和秘索思这对元概念以研究西方文化的基本结构,并非没有相通之处,差别在于指涉范围的不同,此外便是我们在"评论"第2、17两段起始处提到的那些因素,它们使秘—逻模式区别于其他模式,具备了自己的特征和工作效能。细读并比较注40、41、50、64和99等处。

㉜ 巴伯:《科学与宗教》,第98页。这句话的同义表述是:康德哲学是对理性与基督教长期抗衡的一种反应。"康德通过对理性能力的限制和他在神学上的'哥白尼式的革命',既否定了上帝的最高权威,坚持理性在人类精神生活中的至高无上性,又能够在实践理性的范围内说明宗教存在的必要性。这说明康德不只是立足于一种纯粹理想的理性主义立场,而是一种包容了理性主义的独特的人本主义立场,从而在对理性的理解上(甚至对整个人性的理解上)超越了启蒙运动。"(高伟光:《西方宗教文化与文学》,中国社会科学出版社,2012年,第135页)

㉝ 借助类似的比喻,挪威学者伯曼强调了西方文化中希腊和希伯来思想的异质互补性(详见托利弗·伯曼:《希伯来与希腊思想比较》,吴勇立译,上海书店出版社,2007年,第282—283页)。参看注47。"由于同宗教和(自然的和社会的)科学的密切关系,哲学使自己摆脱了无效性的缺点。哲学通过把这两种东西即宗教和科学融合为一种理性的思想图式而获得了它的主要的重要意义。"(阿·诺·怀特海:《过程与实在》,杨富斌译,中国城市出版社,2003年,第26页)

㉞ 详见"评论"第7段。这么说并不意味着怀特海全然低估了宗教与科学之间冲突的严重性(参看"评论"第10段)。注76指出了怀特海对一个大一统"事物体系"的青睐,请予参考。

要与该书的叙事主旨有关。事实上,怀特海教授不仅具备覆盖全局的眼光(参看注76),而且还在1933年出版的《观念的冒险》一书里无意中精彩运用笔者所说的"常规沿用"和"特别征用"的方法(见注14),把西方文化的要旨和历史发展的规律极富特色而又不乏生动感地展现在世人的面前。他写道:"整个观念的历史主要由两种因素组成。它们表现为近代的蒸汽(Steam)和民主(Democracy)与古代文明中的蛮族(Barbarians)和基督徒(Christians)二者之间的比较。……从一个时代到另一个时代的明显过渡总是可以用蒸汽与民主的类比来描述,或者,如果你愿意,也可以用蛮族与基督徒的类比来描述。"㉟这一概括的指涉面涵盖古今,并且令人印象深刻地提到了古代世界中蛮族的观念史地位,很有参考价值。稍显不足之处在于没有将其与他所熟悉的机械论和机体论(《科学》:73—74,另见"评论"第16段里的相关论述)放在一起来考量,以辨明被归并为"同项"的一方中是否存在着难以兼容的因素(并由此找到改善立论稳妥性的契机),此外便是未能厘清民主和基督教(或基督徒)以及蒸汽和蛮族所具备的不同的基质属性。诚然,民主和基督教的确有可作同比之处,但二者之间的基质差异也很明显。至于近代的蒸汽(或蒸汽机)和古代的蛮族,在我们看来,前者是逻格斯精神的产物,是一种常态情况下

㉟ 怀特海:《观念的冒险》,第10页;英文词语见Whitehead, *Adventures of Ideas*, p.13。接着,怀特海再次借助"特别征用"方法的泛指功能,将蛮族和蒸汽以及基督徒和民主分别划归为"无情感的诸种力量"(senseless agencies)和"深思熟虑的诸种愿望"(formulated aspirations,出处分别同前引译著和英文原著),展示了他宏阔而繁复的二元视野。将"formulated"译作"深思熟虑的",似略显勉强。稍后,他还谈到"希腊及希伯来思想",并称"人类对这两类普遍观念中的任何一类的单纯兴趣,都会导致其获得新奇观点"(前引译著,第13页)。在同一个上下文或曰述域中,作者采用的二元术语还有"强制力"(有时体现为"暴力")和"说服力"。引发怀特海做出正文所示的那两组对比的灵感,来自历史学家爱德华·吉本的《罗马帝国衰亡史》。按照他的极富启发意味的理解,在这部多卷本的史书中,吉本借题发挥,以古喻今,"讲述的是一个双重的故事"。作为一位卓越的思想家,怀特海的根基意识(见注12)和解读西方文化的二元自觉(详见注76),在行文中得到了充分的体现:"这些史册是十八世纪精神的记载。它们既是一部罗马帝国的详细历史,又展示了近代欧洲文艺复兴这一白银时代的种种普遍观念。这一白银时代,正如七百年前与之对应的罗马时代一样,并没有意识到蒸汽和民主时代,即蛮族时代和基督教时代的对立物,立即要引起它的毁灭。就这样,吉本叙述了罗马帝国的衰亡史,同时又通过这一例证预言了他自己所属的那类文化的衰亡。"(前引译著,第9页)在这里,怀特海似乎有必要在"文艺复兴"(或"白银时代")和"那类文化"(当指传统的贵族文化)之间做出区隔,因为"蒸汽和民主时代"固然摧毁了后者,却是前者符合发展逻辑的顺延。"对立物"原文为"the counterparts"(前引英文原著,第13页),译作"对应物"也许会更达意一些。"评论"第17段将讨论西方科学史上两次"类似"的现象,请对照怀特海教授的以上论述予以解读。参看注149所示桑塔亚纳的解析。

应被用来服务于民生需求的中性能量,而后者所蕴含的力能则受到主体自身粗劣人文素质的掌控,本身就带有缺少理性制约的蛮力性质。㊱ 其实,怀特海本人在《科学》第四章里谈到十八世纪的制度和技术进步时明确肯定了蒸汽机的发明,认为它的出现使得西方"迈进了文明的新世纪"(《科学》: 61)。需要郑重说明的是,我向来认为,指出一种理论或观点所包含的缺憾不是为了显示自己的高明。毋宁说,除了对学术从业者之责任和义务的体认,这是在以一种特殊的方式,对理论或观点持有者的丰沃学识和著名学者地位表示敬意。何况我的"指出"不一定正确,有的甚至还可能是错的,因此更不应该在头脑中保留一丝一毫自以为是的感觉。秘—逻理论的提出打开了审察西方文化的另一扇窗户,开阔了我的学术视野,也增强了分辨意识,使我能够看到一些西方学者的理论和观点中存在的各种错讹并进而提出自己的见解,但那是问题的另一个方面。秘—逻理论从构思到成型都与提出一种包打天下的独断论的企图无关。如同别的智识成果一样,秘—逻理论也有自己的适用范围。该理论的核心要旨在于揭示并着力证明,除了逻格斯,西方文化还有另一个地位与之均等且同样重要的人文支点;而秘—逻模式的优长则主要在于,解释西方文化的二元属性,在中外学者围绕这一课题所作的历时性学术努力中,它能凭借自身更为贴近该文化品质根基的词源属性以及得之于"总括"和注140所示的那种"纲绳"作用的表义优势,总的说来也许可以比别的模式做得更好一些。这"另一个支点"和"做得更好一些",构成了笔者全部理论设计中的思想内核。受逻格斯精神的激励,西方学者勇于探索,勤于思考,高论佳作迭出,是我一生敬重的良师益友。他们的许多精辟见解使我受益匪浅,在秘—逻理论的创建过程

㊱ 尽管如此,蛮族不是机器,族民们有人的喜怒哀乐,并且应该还会比基督徒更容易受到激情的驱使,因此并非如怀特海所以为的那样,是"无情感的"(见注35)。其实,怀特海教授对此并非全然无有意识,只是似乎没有把话说清楚。他不怀疑"雨、匈奴人以及蒸汽机总代表了原始的需要",却还是能够看到,"甚至历史无情感的一面也不能简单地归于无情感这一专门范畴","阿提拉的匈奴人(Attila's Huns)在某些方面自有其远胜衰落的罗马人(the degenerate Romans)的理智观点(their own intellectual point of view)"(怀特海:《观念的冒险》,第 12 页;英文词语见 Whitehead, *Adventures of Ideas*, p.15)。在这里,"罗马人"的二元格局地位当可大致等同于怀特海之前提到的"基督徒",二者的对立面都是"蛮族"或"匈奴人"(怀特海没有区分罗马人的务实精神和基督徒的一神论宗教虔诚)。不过,此处的"罗马人"已经"衰落"了,故而在"理智观点"的某些方面,甚至还远不如匈奴人。参考并比较丹皮尔的观点(见"评论"第 12 段结尾处)。丹皮尔也谈到可以把人(指现代人,亦可理解为泛指"人")看作"是架机器",但他同时还强调,人是"一个活着的灵魂"(a living soul),拥有"精神"(spirit),具备"一个理性的心灵"(a rational mind)。

中发挥了重要作用。我毫不怀疑,在有些方面,相比于他们对自身文化的稔熟,我的所知也许只是涉及一些皮毛。然而,由于秘索思意识的缺失,加之缺少对西方文化秘—逻品质的透彻理解,正如笔者在治学生涯中曾经并且仍将难免出错,他们也会在著书立说的过程中智者千虑,终有一失,出现这样那样的偏颇。**不知这么说是否贴切,但事实的确表明,一个对西方文化基本架构以及评判它的一些主要理论成果进行认真梳理与重新评估的重大学术机遇,很可能已经悄然呈现在我们的面前。**一般性引介和常规研究仍须继续,并且还应加大力度,"重新评估"并不意味着非此即彼,暗示我们在这些方面已经无事可做。怀特海先生是一位优秀的数学家,更是一位有造诣的科学哲学家,具备以其"光速可变论"挑战爱因斯坦"光速不变论"的理论勇气。如同帕斯卡尔以降的许多伟大思想家一样,他牢牢抓住了影响近当代西方文化走向的科学和基督教这两个基本要素,并且很有担当感地做出了"未来的历史过程"有赖于"我们这一代对两者之间关系的态度来决定"的表态。怀特海的研究确实改善并深化了西方人对宗教与科学之关系的看法,但就像其前辈和同时代的学者一样,他也未能一劳永逸地解决问题。宗教和科学各有自己不同的元概念基础,因此从根本上来说不可能被完全调和起来。他的成功并不在于后世西方学者已经不再需要严肃面对他曾经面对过的问题,而在于赋予了他们一项西绪弗斯式的永远无法完成却又不能放弃的艰难使命。**有鉴于此,我们可以说怀特海在将近一百年前提出的此项任务,今天仍在以多样化的二元形态激励着西方学者心智能量的发挥。**历史的发展进程证明了他的表态依然具有现实意义。宗教与科学、信仰与理性、启示与实证、神话与逻辑、文学与科技、诗与哲学、诗性真理与科学真理、唯灵论与机械论、耶路撒冷与雅典、狄俄尼索斯与阿波罗、超越的传统与理解的传统、价值理性(或精神和道德因素)与工具理性在现代社会及其人文图谱中的关系和作用,依然是西方主流思想家们极为关注的热门话题。这些人中包括当今国内学界人士所熟悉的沃格林和施特劳斯。二位学者都意识到"理性和启示问题的重要性","施特劳斯认为这个问题处于体现西方文明活力的核心处;在沃格林关于历史秩序出现的整体观念中,他把这个问题视为中心问题"㊵。从事这方面研

㊵ D. 沃尔什:《施特劳斯与沃格林思想中理性与启示的紧张关系》,见 P. 恩伯莱、B. 寇普编《信仰与政治哲学——施特劳斯与沃格林通信集》,谢华育、张新樟等译,华东师范大学出版社,2007 年,第 460 页。参见注 41。在施特劳斯那里,哲学与宗教的关系经常也就是他极为关注的"神学—政治问题",二者之间错综复杂的历史性纠结构成了"他的政治哲学思想的核心论题"(唐士其代撰"译者的话",第 5 页,见列奥·施特劳斯:《古今历史主义》,冯志娟译,江苏人民出版社,2010 年)。

究的知名学者还有很多。美国物理学家和宗教学家伊安·巴伯赞同怀特海的观点。他"批评了机械论和目的论,主张一种动态的相互作用的人与自然关系的有机论",坚信"科学与宗教"之间存在着一种"互补关系"㊳。作为一位具备良好学术操守且著作等身的"公共知识分子",当代英国宗教哲学家安东尼·肯尼"一直关注宗教哲学,关注自然神学的现状,关注理性与信仰之间的关系"㊴。

7. 讨论十七世纪以降的西方文化,抓住科学与宗教这对主要矛盾当然是正确的。但是,近当代西方文化中还有与之相关的其他重要问题,《科学》中另有"作为思想史要素之一的数学"、"浪漫主义的反作用浪潮"、"科学与哲学"和"上帝"等章次,可见作者对此是有深邃洞察的,只是受制于他的立论取向,未能将其和"宗教与科学"一起,放在一个更大且更具统括力的二元范畴里来讨论。"宗教(指基督教)与科学(指近代科学)"这一表述模式有其当仁不让的表义优势和时代标示功能,但也因为受制于自身的局部特征而难以涵盖整体,有其明显的局限性。它既不适用于对古希腊文化二元成分的词项表达,也不适用于对中世纪欧洲思想界二元分裂状况的样态描述。㊵ 我们即将谈到,对于西方文化的当今状况和将来的二元

㊳ 陈麟书"代中译本序",第3页。
㊴ 王柯平"译者前言",见安东尼·肯尼:《牛津西方哲学史》第一卷,王柯平译,吉林出版集团有限责任公司,2010年,第12页。
㊵ 参考"评论"第2段里的相关论述。比较注9所示汤因比的"牵强"。尼采的思想无疑有其奇诡和深刻之处,但经常也会显得不够周全。在历史学家海登·怀特下面这段写得很生动的归纳性文字中,我们不仅可以读出尼采思想的上述特征(以及他过人的洞察力),而且——借助秘—逻模式提供的观察视角、思路取向和叙事方式——还能从中领悟到,用"基督教"(或圣经信仰)和"实证主义科学"(或科学)来标示"从希腊时代以来"或"悲剧精神衰落以后"西方历史中存在的二元冲突局面的不甚妥帖之处。针对尼采所言"西方人'隐蔽的'历史",怀特写道:"尼采主张,自从希腊时代以来,西方人的历史一直是自己引发的疾病的历史。从那时起,曾经是(作为)混沌和形式之间桥梁的人,呈现出被宰杀了的牛的模样,被捆绑在他自己自我欺骗的两极之间。一极上站的是基督教,它否定生活向人提要求的权利,坚持人要在另一个世界找到他自己的目标,而另一个世界只有在时间尽头才会显示给他;另一极上站的是实证主义科学,它乐于通过把人还原成野兽的形象从而使人失去人性,让人认为自己仅仅是机械力量的一种工具,对于这一力量,人无法施加任何控制,也不能从中找到任何解脱。悲剧精神衰落以后的西方历史描述的是这两种否定生活倾向的轮换;先是一个,再是另一个,轮流让人退化堕落。"(海登·怀特:《元史学:十九世纪欧洲的历史想象》,陈新译,译林出版社,2004年,第467页)参考并比较"评论"第6段所示怀特海的论述。尼采对西方文化中的二元冲突,实际上朦胧持有他本人没有明晰意识到的"大"与"小"两种理解。缺少对这一点的了解,学者们就容易在有必要进行精细分辨的时候,满足于可能造成误解的泛谈。详见注50所示罗素颇具代表性的做法。怀特亦没有说明他所表(转下页)

走向,它的概括也显得有些捉襟见肘。此外,讨论近当代西方思想和社会的主要矛盾亦可借助于别的二元配套术语,譬如文学与科技、神话与启蒙、虚拟与实证、信仰与理性、启示与哲学等。基于以上原因,学者们一般不会用"基督教与科学"来定位西方文化从古希腊至近当代一直保有的二元品质,而会尝试采用或创用指义上更为宽泛也更具(或被赋予某种)统括功能的词语。与怀特海等人所持否定终极冲突的调和论截然不同,施特劳斯指出,"在人类灵魂的戏剧中,哲学和《圣经》是无法兼有的,或者说二者是敌对的";"千百年来,双方都在试图驳斥对方,这种努力在我们今天仍继续着,并且经过几十年的沉寂又达到了一个新的激烈程度"㊶。

(接上页)述的是尼采的"大二元"("大二元"中亦有涵盖面的宽、窄之分,注50所示的大二元词语中,有的或可覆盖自神话时代以降的全部西方历史;参考注11所示尼采的论述)。同样,沃弗斯和科恩也没有想到有必要申明,他俩的如下表述指对的有可能主要是尼采的"小二元":"在尼采看来,谈论一种真正的古典概念,意味着重新整合被排除的(毁灭性的)狄俄尼索斯因素与(建构性的)阿波罗因素,重新创造出一种不可消除的矛盾,一种将互不相容者结合在一起的动力机制,互相反对的价值或倾向的一种'纠缠',在他看来,这种'纠缠'构成了希腊文化的悲剧世界观的核心。正是这种对立面的矛盾或交织,构成了悲观主义的基础……"(弗里德里希·沃弗斯、丹尼尔·科恩:《尼采在歌德古典主义中的本体论根源》,见保罗·彼肖普编《尼采与古代——尼采对古典传统的反应和回答》,田立年译,华东师范大学出版社,2011年,第536页)关于尼采将"悲剧世界观"与"理论世界观"的对举,见注50。有了以上提示,读者也许便可自行判断,韦伯研究专家布莱恩·特纳在以下论述中用的是上述大小二元观中的哪一个:"从这个角度来看,我们可以认为,韦伯社会理论中的许多二元对立正反映了日神精神(阿波罗精神,代表秩序、形式与理性)与酒神精神(狄俄尼索斯精神,代表狂喜、生机与创造力)的差异。尼采在讨论权力意志问题时,率先指出了这两种精神的差异,而后又由托马斯·曼在其文学巨著里加以考察。"(B. S. 特纳:《探讨马克斯·韦伯》,见马克斯·韦伯《学术与政治》"附录五",冯克利译,生活·读书·新知三联书店,2013年,第176页)"日神精神"(即狄俄尼索斯精神)和"酒神精神"(即阿波罗精神)在此发挥了我们所说的"统括性二元术语"的表义功能,是对"韦伯社会理论中的许多二元对立"的统括性表达。注意特纳教授对这两种精神分别做出的关联表述。参考注23对斯特龙伯格用词的解释。

㊶ 列奥·施特劳斯:《哲学与神学的相互影响》,见《信仰与政治哲学——施特劳斯与沃格林通信集》,第308页。在施特劳斯看来,这种冲突展示了西方文明"根本性的张力",是其具备"勃勃生机的秘诀之所在"(前引书,第301、305页)。马克斯·韦伯会因为现代西方文化中存在着终极价值之间不可调和的二元冲突而感到苦恼,但施特劳斯却因为具备上述洞察而没有产生这样的感觉。"他将韦伯影响深远的观点——我们无法解决他所谓的'终极价值之间的冲突',追溯到他的信念——这些冲突中最具根本性的乃是理性与启示的冲突。……按施特劳斯的解读,韦伯所谓'终极价值之间无可调和的冲突'只不过是'雅典还是耶路撒冷'这一根本而'永恒'的问题近来最具影响力的形式罢了。韦伯以一种(转下页)

科林·布朗认为,可以把整部西方思想史"理解为信仰与怀疑论之间发生无情冲突

(接上页)极端方式将这一问题展示出来。"(详见古涅维奇:《自然正确问题与〈自然权利与历史〉中的基本抉择》,彭刚译,见刘小枫选编《施特劳斯与古今之争》,华东师范大学出版社,2010年,第94—95页)。比较特纳的"归纳"(见注40)。参看余英时教授的观点:"西方自宗教革命与科学革命以来,'上帝'和'理性'这两个最高的价值观念都通过新的理解而发展出新的方向,开辟了新的天地。"(详见余英时的文章《从价值系统看中国文化的现代意义》,转引自孙维:《神人之际——索洛维约夫宗教哲学研究》,宗教文化出版社,2009年,第73页)施特劳斯和余英时采用的统括性二元词语不同,但表达的却是同一个意思。参看彼得·沃森转述的美国哲学家和思想史家阿瑟·拉夫乔伊的如下表述,细品这段文字的末句:"他指出,思想的历史并不是一个纯粹合乎逻辑的发展过程,在这个过程中客观事实也不以一种合理的顺序逐渐显现出来。他说,由于一些非理性因素,思想的发展总是在理智主义与反智主义、浪漫主义与启蒙精神之间摇摆不定。他认为,这也是一种'发展'的形式。"(彼得·沃森:《人类思想史——浪漫灵魂:从以赛亚到朱熹》,姜倩等译,中央编译出版社,2011年,第19—20页)"在西方意识中,一直存在着理性和非理性、理智和意志、理智和本能之间的紧张关系,这种紧张关系是人的驱动力。"(丹尼斯·贝尔:《资本主义文化矛盾》,严蓓雯译,人民出版社,2010年,第51—52页)参考法国存在主义哲学家加缪笔下理性与荒谬的持续争斗(阿尔贝·加缪:《西西弗的神话》,林小真译,生活·读书·新知三联书店,1987年,第27—28页;"西西弗"即西绪弗斯)。另见英国科学哲学家波普对西方文化中从古希腊(自然哲学)至二十世纪理性主义与非理性主义抗争历史的简要追溯(卡尔·波普:《开放社会及其敌人》第二卷,郑一明等译,中国社会科学出版社,1999年,第347—348页)。比较怀特海关于西方思想"摇摆不定"的提及和对此所表明的负面态度(《科学》:74)。针对西方历史上理性与非理性(或激情)这两种文化力量及其变异形式之间的历时性冲突,罗素以"纪律主义分子"和"自由主义分子"为叙事的"接口",作过一番非常精彩且很有思想深度的论述。限于篇幅,我们不便把那两段构成一个完美述域的文字全文摘引,而是只能把其中与上文所示议题相关的几句话摘录下来,目的在于强调西方文化中二元冲突的延续性(它始于希腊哲学出现之前[这体现了尼采关于酒神精神和日神精神历时性冲突的思想],并且今后仍将继续进行下去),此外便是再次提醒读者注意它的变异功能,亦即它会在不同的历史条件下"变成各种形式":"这种冲突早在我们所认为的哲学兴起之前就在希腊存在着了,并且在早期的希腊思想中已经十分显著。它变成各种形式,一直持续到今天,并且无疑地将会持续到未来的时代。"(伯特兰·罗素:《西方哲学史》,第22—23页;参看注59)比较为沃格林《中世纪晚期》撰写导言的沃尔什对该书的核心关切,亦即始于中世纪晚期的"信仰与理性的文明分裂"所作的评析,注意他对这一"分裂"的延伸性后果及其现代表征的提及:"沃格林所标出的中世纪晚期信仰与理性的文明分裂,至今仍未消失。整个现代已经在同它的后果斗争,我们仍将面对这些后果。当信仰在对科学之理性批判面前被迫移居私人内部世界,而世俗理性以技术的形式漫无目的地漂泊时,如何才能使它们走到一起呢?在许多方面,这可以视为沃格林作品背后的核心问题。……他在本卷中对首次出现于该时代的问题的本质的反思令人入迷。"(D.沃尔什"英文版编者导言",见埃里克·沃格林:《政治观念史稿》第三卷《中世纪晚期》,段保良译,华东师范大学出版社,2009年,第19—20页)在这里,读者需要区分"分裂"与人们通常所说的"冲突"的不同,因为（转下页）

的故事"㊷,"哲学与信仰之间的爱恨关系……持续了将近两千年"㊸。马克·爱德蒙森的观点是,"尽管哲学和诗之间的争斗在柏拉图时代就已经很古老了,但我们不能自以为是地认为我们已经把它结束在我们这个时代了","因为我认为,尽管论争在一些重要方面发生了变化,但它至今仍在继续"㊹。注意"新的激烈程度"、"无情冲突"和"在一些重要方面发生了变化"等词语。施特劳斯、布朗和爱德蒙森应该都已经想到却还是没有选择用直白的话语告诉读者,他们在各自的表述中实际上已经开启了某种必要的"统括"机制。事实上,"哲学和《圣经》"、"信仰与怀疑论"、"哲学和诗"在此不再是一般的二元术语,而是已经具备了我们所说的"统括性非元概念二元术语"的表义功能(详见注14;参看注40结尾处特纳的论述)。细读以下引文:"在这项研究中,我既把社会科学的相对主义问题恢复为我们自己的问题,又使我们摆脱了现代社会科学对那个问题的表述。我们已经看到,正是韦伯解决哲学和神圣启示之间冲突的无能为力,导致他否认人类理性能够解决一般价值之间的冲突。我们已经看到,在韦伯的心中,哲学和神圣启示之间的冲突,一方面是与知识的精英统治和兄弟友爱之间的冲突联系在一起的,另一方面,是与忠诚于科学和献身于理想或事业之间的冲突联系在一起的。"㊺ 熟

(接上页)信仰与理性的冲突并非始于中世纪晚期,而是早在二世纪以降的教父时期即已强势存在。鉴于本文的立论主旨,我们还想建议读者在进行通盘考虑时,不妨将这一议题历时性地与发生在希腊古典和稍后时期的诗(或神话、宗教)与哲学的抗争衔接起来。西方文化的基本结构是二元对立和互补的,如果说施特劳斯和沃格林就此表明了赞许的态度(沃格林称其为"动力之源",尽管它也是"危险的源头"),罗素的取向总的看来亦与他俩近似(但他对基督教明显没有好感),先于上述学者认真审视这种构成特征的尼采,则对"希腊时代以来"西方文化中的二元冲突采取了敌视和反对的立场,认定在基督教产生以后的欧洲历史中,对立成分之间的位置摆动不具备任何积极的意义。"因此,"紧接着注40所引的那段文字,怀特继续以概述尼采观点的方式写道,"西方意识的历史看起来只是一种位置上的摆动,即在两个有关人类生活和思考能力的同样具有破坏力的观念之间,作一种西绪弗斯式的永恒回归,它是一个否定生活可能性的循环,在即将发生的未来没有任何逃脱这种循环的希望。"(怀特:《元史学:十九世纪欧洲的历史想象》,第467—468页)参看注7所示伯林的描述;比较注134所示阿诺德的观点。

㊷ 布朗:《基督教与西方思想》卷一,第294页。
㊸ 布朗:《基督教与西方思想》卷一,"序言"第2页。
㊹ 马克·爱德蒙森:《文学对抗哲学——从柏拉图到德里达》,王柏华、马晓冬译,中央编译出版社,2000年,第126、2页。参看注31。
㊺ 贝纳加:《施特劳斯、韦伯与科学的政治研究》,第280页。参看注70所示科里尼的论述。关联和延扩可以通过更为"模糊"的方式得到体现。如果不作必要的提示,人们有时很难从作者的繁复表述中读出词语间的这种语义上的内在联系(细品《词源考》上篇对3.1评论第4段所示马尔库塞的相关论述)。

悉笔者思路的朋友们现在大概已经能够指出,在这段引文中,"哲学和神圣启示"是一个具备统括功能的非元概念二元术语,而"知识的精英统治和兄弟友爱"与"忠诚于科学和献身于理想或事业"则是对它所包含的两个对立成分的关联表述,经由它们的阐释促成表义的延扩,并为叙事的进一步展开提供必要的议题基础。需要说明的是,诚如在注40所示的"实证主义科学"中,"实证主义"是对"科学"的关联表述,在这个二元术语中,与"哲学"构成对立的是"启示","神圣"修饰"启示",其实也是某种关联表达,是发生在该二元术语内部的经由关联达成的词义延扩。诸如此类的统括性或具备泛指意味的二元配套表述笔者在平时的阅读中还收集到一些(有的明显带有或涵盖"人类"指向,但表述者叙事经验的主要来源却通常是对西方文化的了解),其中既有属于或偏向于"常规沿用"的,也有程度不等地含带"特别征用"色彩的。譬如:敏感性精神与几何学精神(帕斯卡尔)[46],不信仰与信仰(歌德,见注11),拿撒勒与希腊(海涅)[47],希伯来成分与希腊成分(Niebuhr)[48],

---

[46] 布莱斯·帕斯卡尔:《思想录》,何兆武译,商务印书馆,2013年,第3页。比较莱布尼茨在"混乱的(或感官的)"和"清晰的(或理智的)"认知取向之间所作的区隔(详见 *Philosophies of Beauty from Socrates to Robert Bridges*, Selected and edited by E. F. Carritt, Oxford: Clarendon Press, 1952, p.57)。参看斯宾诺莎笔下或可作统括性特别征用二元词语解释的"怀疑论者"与"独断论者"(详阅本尼迪克特·斯宾诺莎:《神学政治论》,温锡增译,商务印书馆,1997年,第202页)。按照施特劳斯的解释,上述"犹太教内部的这种对立只是临时性地被用于表现并研究怀疑主义与独断主义的对立",斯宾诺莎的用意还在于借此指出"一种贯穿于整个欧洲历史的对立",因为"这一点可明显见于一个事实,即斯宾诺莎将有关原罪的学说视为'怀疑论'立场的一部分(《神学政治论》原文第168页)"(列奥·施特劳斯:《斯宾诺莎的宗教批判》,李永晶译,华夏出版社,2013年,第159页)。

[47] S. L.吉尔曼:《模仿与对观:海涅、尼采和古典世界》,见詹姆斯·C. 奥弗洛赫蒂等编《尼采与古典传统》,田立年译,华东师范大学出版社,2007年,第331—332页。海涅的观点启发了尼采的思考,也影响了阿诺德的立论。比较叔本华的二元对举:意志与观念。希腊的科学精神和基督教的道德实践,二者之间的冲突和可能达成的互补,构成了科学史家萨顿考察公元二世纪前后欧亚地区人文态势及其发展走向的观念坐标。在萨顿看来,基督教产生以后的西方文化面临着一个紧迫的问题,那就是如何使该教与既有的希腊哲学进行协调。萨顿认为,为了实现这一协调所能带来的"美好",人们不得不身不由己地尝试了"许多奇怪而又残酷的实验",因为"进步的道路不是笔直的,而是非常曲折的"(详阅乔治·萨顿:《科学史和新人文主义》,陈恒六、刘兵等译,华夏出版社,1989年,第66—67页)。

[48] Reinhold Niebuhr, *The Self and the Dramas of History*, New York: Charles Scribner's Sons, 1955, p.73. 参考注60。

耶路撒冷与雅典(施特劳斯、赖特)㊾,非理性与理性(贝尔,见注41),上帝与理性(余英时,见注41),狄俄尼索斯与阿波罗(尼采)㊿,神话与逻各斯(卡斯培、

㊾ 列奥·施特劳斯:《耶路撒冷与雅典:一些初步的思考》,见《信仰与政治哲学——施特劳斯与沃格林通信集》,第155页;赖特:《知识之树》,第1页。拉丁教父德尔图良(生卒约160—225年)在其所撰《异教的行迹》一文中用过这对术语。俄罗斯哲学家列夫·舍斯托夫写过一本书,取名为《雅典与耶路撒冷》(1938年首版)。"施特劳斯经常谈论耶路撒冷与雅典。他从未在同样的语境中谈论罗马,从来不是耶路撒冷、雅典、罗马。在他看来,仅仅两座城——而非三座——之间的动态张力滋养西方文明。正是这一在理论上无法解决的耶路撒冷与雅典之间的张力,才使这一文化独一无二。"(沙尔:《治国之才的宽容度——施特劳斯论圣托马斯》,见刘小枫主编《施特劳斯与古典政治哲学》,张新樟等译,上海三联书店,2002年,第403—404页)除了耶路撒冷与雅典和上文所示的《圣经》与哲学等,施特劳斯用过的二元术语还有一些(参看《词源考》上篇对译文3.1评论的第6段)。

㊿ 弗里德里希·尼采:《重估一切价值》下卷,第989页545段、第995页第561段。上下文表明,这两位希腊神祇(或他们的名字)在此分别可作"艺术创造"和"哲学探索"乃至近似于"非理性"(或"超理性")和"理性"的表征来理解,二者之间的冲突实际上涉及两个截然不同的认知领域。与之形成隐晦因而容易被忽略的对比是,在尼采年轻时代第一本正式出版的著作《悲剧的诞生》中,尽管上述情况的"变体"同样存在,但这两位神祇总体上代表的却不是两个不同的领域,而是同一个非理性领域内两种艺术力量之间的对立,是二者之间的互动、磨合与最终促成悲剧艺术诞生的合作。二元艺术冲动的非理性性质,在尼采此后出版的其他著述中亦有所体现。有鉴于此,为了加以必要的甄别,我们设想在解读这一尼采模式中引入"大"和"小"两个概念,称前一种情况为尼采在宏观层面上解读西方乃至人类文化的"大二元论"(简称"大二元"),称后一种情况为更为贴近其艺术哲学思想的"小二元论"(简称"小二元")。悲剧的诞生,意味着"小二元"内部两种艺术力量之间的抗争与磨合达到了完美的顶点。大、小二元论均有别的语词表现形式。譬如,在《悲剧的诞生》中,我们读到"醉"与"梦"的对举,此乃"小二元"的另一种表述,同样的取向也适用于对"酒神冲动"与"日神冲动"等二元术语的解释。与之相比,该书所示"悲剧世界观"(或"酒神世界观")与"理论世界观"(或"苏格拉底世界观")之间的永恒对立和冲突,则近似于作为大二元看待的"狄俄尼索斯"与"阿波罗"之间的二元对立(见本注开启处;在第545段里,尼采并立提及了阿波罗和亚里士多德;在艺术的名义下,第561段里的阿波罗被明确赋予了通过"清晰"、"标准"、"典型的东西"、"纳入规则和概念的意志"和"法则下的自由"等词语传达出来的哲学理性;关于"后期尼采在一种远为更广泛的意义上使用狄俄尼索斯概念"以表达其哲学主张,详阅D.伽格德的文章《狄俄尼索斯针对狄俄尼索斯》,见彼肖普编:《尼采与古代——尼采对古典传统的反应和回答》,第367页),可以视为"大二元"的另一种表述。尼采在该书中还用过"酒神精神"与"苏格拉底精神"、"神话"与"苏格拉底主义"、"神话"(或"诗")与"科学精神"以及"悲剧"与"哲学"等大二元词语。注40所示"基督教"与"实证主义科学"亦是一对大二元语汇,但二者指对的是基督教产生以后的西方历史,其涵盖面也许不及作为大二元且适合于从"超理性"与"理性"之对立的意义上来理解的狄俄尼索斯与阿波罗。诚然,尼采本人不仅从未作过大、小二元的区分,而且有时还会因为思绪的紊乱而在概念的使用上含糊其辞,在"大"和"小"两个范畴内随意游走(这就容易导致周国平教授所说的"误解",见下文),但这并不等于说他必定会觉得所有的二元术语在"类型"(转下页)

马特；参看注 59 所示卡西尔笔下的逻各斯精神与神话精神）(51)，诗与科学（Bassett、

（接上页）上都是一样的。“欧里庇得斯在某种意义上也是面具，”尼采写道，“借助他之口说话的神祇不是酒神，也不是日神，而是一个崭新的灵物，名叫苏格拉底。这是新的对立，酒神精神与苏格拉底精神的对立，而希腊悲剧的艺术作品就毁灭于苏格拉底精神。”（弗里德里希·尼采：《悲剧的诞生——尼采美学文选》，周国平译，上海人民出版社，2009 年，第 132 页）注意“新的对立”一语。“酒神精神”与“苏格拉底精神”的对立，当然和作为小二元的“酒神”与“日神”的对立很不相同。大小二元论的提出拓宽了评论的视野。依据“小二元”，我们得知翻译家周国平是对的，他说：“无论日神冲动还是酒神冲动，都具有非理性的性质。经常有人把日神解释为理性，把酒神解释为非理性，这显然是误解。”（见周国平为前引尼采著作所撰“新版译序”，第 12 页）而依据“大二元”，我们又得知声称“正是希腊人的这种双重性格”（指一方面崇尚“秩序和理性”，另一方面又心仪于“无序和本能的冲动”）后来“使世界发生了……改变”，“尼采称这两种因素为‘阿波罗因素’和‘狄俄尼索斯因素’”的哲学家罗素（伯特兰·罗素：《西方的智慧》，亚北译，中国妇女出版社，2004 年，第 10—11 页），假如面对别人基于“小二元”的指责，其实也未必真的缺少替自己辩护的理由。问题的关键在于罗素先生是否具备上述大、小二元论的意识（我的感觉是，具备的可能性很小），并且在写作中明确选择了“大二元”作为立论的依据。狄俄尼索斯和阿波罗的二元对立构成了尼采看待西方乃至世界的问题视角（参看注 11；细读注 40 所示特纳的论述），反过来也为后世学人研究他以及受他影响的众多学者文人的思想提供了治学的切入点。依据尼采在《悲剧的诞生》收尾处所作的“展望”，海登·怀特的如下评价是正确而富有启发意义的：酒神和太阳神的主导态势“在几代人之间的轮换”，由此“形成的历史观念奠定了尼采大部分思想的基础”（怀特：《元史学：十九世纪欧洲的历史想象》，第 469 页）。类似的见解可参看周国平为前引尼采著作所撰“初版译序”（该书第 69 页），和注 47 所示吉尔曼的文章（见奥弗洛赫蒂等编：《尼采与古典传统》，第 333 页）。参考并比较注 41 结尾处所示怀特对尼采相关思想的综述。有必要略作提及的是，解读尼采的西方观，我们还可以沿循另一条思路。事实上，针对西方思想自公元前四世纪以降的全时段发展状况，尼采还采取了一种迥异于二元论的一元论立场，试图通过对“柏拉图主义”的理念论形而上学及其后世变体形式的猛烈抨击，彻底颠覆在他看来建筑在这一思想传统基础之上的西方文明（详阅吴增定：《尼采与柏拉图主义》，上海人民出版社，2004 年，第 18—22 页）。参读并比较“评论”第 3 段就德里达对西方文化及其形而上学的“定性”所作的简要评述。

(51) 瓦尔特·卡斯培：《现代语境中的上帝观念——耶稣基督的上帝》，罗选民译，华东师范大学出版社，2011 年，第 73、118 页；让-弗朗索瓦·马特：《柏拉图与神话之镜——从黄金时代到大西岛》，吴雅凌译，华东师范大学出版社，2008 年，第 8、12 页。关于神话与逻各斯，另见注 55、59。参考注 116、140。这一常见的统括性二元术语粗略看来似乎很“正常”，但若借用秘—逻模式来细察，便能发现其中存在的问题。“神话”是个普通名词，是对英语词 myth（或法语词 mythe、德语词 Mythos）的“直译”，表示的只是作为元概念的秘索思诸多含义中的一个，但“逻各斯”（logos）则被认为因其重要且广为人知而适宜以音译词的面貌出现，经常（但并非必须）被当作一个表征西方文化基本品质的重要乃至“中心”语词来使用，有些近似乃至类似于（却依然不是）我们所说的元概念（见注 139；参看注 3 以及注 18 起始处的相关说明），二者的词品地位相差悬殊，严格说来是一种不对称表述。“神话”一词亦可从广义上来理解（参看注 64），但这么做需要使用者及时做出必要的界定乃至解释，否则便可能导（转下页）

Feder)[52],美学与理性(怀特海,见注 76;参看注 35),伦理学与本体论(哈贝马斯)[53],涌现(phusis)与技术(techne)(海德格尔)[54],稳定化与进化(卡西尔)[55],浪漫主义与启蒙精神(拉夫乔伊,见注 41),满足的意志与统治的逻辑(马尔库塞)[56],"自我创造"隐喻与"发现"隐喻(罗蒂)[57],价值与事实或"应该"与"是"(赖特,见注 85),超越的传统与理解的传统(伯尔基)[58],以及敞开的意识(或敞开的神秘意

(接上页)致该词在广义和狭义之间随意游走,很容易引起理解上的混乱。西方学者普遍缺少将逻格斯和秘索思作为一对配套的元概念(或接受过必要词源学和语文学考察的根源性结构要素)来使用的学术意图,即使在《神话简史》(*A Short History of Myth*)一书中将 logos 和 mythos(或 myth)作为解释人类历史发展进程的两个关键词语来使用的英国作家凯伦·阿姆斯特朗的笔下,情况也一样。这种缺失使得他们中的许多人一方面在二元对举中使用"逻各斯"时缺少用词上就涵盖面和词品属性而言的对称意识,另一方面又在将"逻各斯"作为一个特殊的类概念来使用时,缺少必要时可将其视为一个如我们所说的和秘索思二元配套的元概念的思想准备。我们读到过意大利哲学家克罗齐将"逻各斯"与"无理性"的对举,在他看来,二者的相互作用创造了历史。当然,与其说这是哪位或哪几位作者或译者的过错,倒不如说这是涉及中西方学界普遍存在着的一个有待于澄清的问题(如果留心辨察,此类例证在中外文著述中都不难找到)。除了"神话"与"逻各斯",马特沿用的另一对统括性二元术语是更显对称和达意的"神话"与"哲学"(前引马特著作,第 12 页),前者包括宗教或基督教神话和现代神话,后者的指涉面同样宽泛,涵盖古今哲学。

[52] Samuel E. Bassett, *The Poetry of Homer*, Berkeley: University of California Press, 1938, p.23; Lillian Feder, "Myth, Poetry, and Critical Theory", in *Theories of Myth*, p.89. 关于汤因比在"诗性真理"和"科学真理"之间所作的区隔以及笔者的相关评议,详见注 99。

[53] 尤尔根·哈贝马斯:《交往行为理论》第一卷《行为合理性与社会合理性》,曹卫东译,人民出版社,2004 年,第 206 页。

[54] 见查尔斯·巴姆巴赫:《海德格尔的根——尼采,国家社会主义和希腊人》,张志和译,上海书店出版社,2007 年,第 13、244—245 页。

[55] "稳定化与进化"在相关上下文里被赋予了指对全人类的意涵(卡西尔:《人论》,第 308 页)。针对西方政治思想史,卡西尔采用的统括性二元词语是"神话"(mythos)和"逻各斯"(logos)(详见 Ernst Cassirer, "The Technique of Our Modern Political Myths", in *Symbol, Myth, and Culture: Essays and Lectures of Ernst Cassirer*, Edited by D. P. Verene, New Haven and London: Yale University Press, 1979, pp.246-247;参看卡西尔:《国家的神话》,第 3—4 页)。参考注 59。

[56] 赫伯特·马尔库塞:《爱欲与文明》,黄勇、薛民译,上海译文出版社,2005 年,第 94—95 页。"爱欲"与"文明"在此亦是一对表示二元冲突的词语。马尔库塞熟悉弗洛伊德的心理学。除了"爱欲"与"文明",弗洛伊德关于"本我"(id)与"自我"(ego)相抗衡的精湛论述(而这会使人联想到柏拉图强调激情和欲望与理性相冲突的心魂学),一定也给他留下过难以磨灭的深刻印象。参看注 45。比较米歇尔·福科笔下"疯狂"与"理性"的二元对立。

[57] 理查德·罗蒂:《偶然、反讽与团结》,徐文瑞译,商务印书馆,2003 年,第 61 页。

[58] 伯尔基:《马克思主义的起源》,第 41 页。参看注 31。

识)与理论化的工作(H. N. 韦曼)(59)。丹皮尔笔下的唯灵论和机械论这对二元词

---

(59) 详见詹姆斯·C. 利文斯顿:《现代基督教思想》下卷,何光沪译,四川人民出版社,1999年,第859页。俄罗斯文学理论家梅列金斯基曾以概述的方式摘引过美国文论家W. W. 道格拉斯的一段评述,其中包括了诸多二元术语。按照我们的理解(参看注18),如果需要,这些术语中的大多数均可接受常规沿用或特别征用,充当叙事的"接口",凭借关联和延扩机制,在建构大小不等的述域中发挥基干性二元术语的标示乃至统括功能。应该提醒读者注意的还有,引文中所有二元术语的文本地位是并立和均等的,"神话和逻各斯"只是其中的一对,没有被赋予统括其他对子的功能。"道格拉斯指出,'神话'主要不是释析性的术语,而是论辩性的术语;这一术语的辩论式运用,正是起源于诸如传统与紊乱、诗歌与学术、象征与论断、一般与特殊、具体与抽象、秩序与混沌、张与弛、构成与结构、神话与逻各斯等之对比。"(叶·莫·梅列金斯基:《神话的诗学》,魏庆征译,商务印书馆,2009年,第26—27页;参考并比较Lloyd, *Demystifying Mentalities*, pp.15、45)细读注1、3。神话的本体价值其实主要并非体现在与"对手"的争辩上,以此观之,道格拉斯的观点似乎稍显片面。我们在这段引文前所作的说明,原则上也适用于对下面两段文字中二元术语的词品作用和文本地位的解释。注意高乐田教授在引文结尾处所作的陈述。"卡西尔生活在十九世纪末,二十世纪初,这是一个充满了矛盾、危机与动荡的时代。……现实社会的矛盾在精神文化领域,在哲学中也有着更复杂、更突出、更极端的表现。人们陷入了无法摆脱的两难困境:物质抑或心灵、现实抑或理想、理性抑或非理性、绝对抑或相对、统一抑或混乱、诗抑或思、神话抑或逻各斯。所有这些对立的术语,都从不同的侧面暴露出整个西方文明的危机。"(高乐田:《神话之光与神话之镜》,中国社会科学院出版社,2004年,第220—221页)"许多后现代主义哲学家主张哲学的终结,原因之一就是反对西方传统哲学把逻各斯与神话、逻辑与修辞、概念与隐喻、推论与描述对立起来,认为具有这种特点的西方传统哲学特别是近代哲学应当终结。"(张世英:《中国传统哲学与西方后现代主义哲学》,见谢龙编《中西哲学与文化比较新论——北京大学名教授演讲录》,人民出版社,1995年,第57页)注意"具有这种特点的西方传统哲学"一语。两段引文的指涉面不同,前者的所指更为宽泛,后者则专门针对哲学和哲学家的主张而言。参考罗蒂所示杜威和海德格尔等学者试图打破的表征西方文化特色的"老框框"(详见"评论"第14段)。在另一段论述中,高乐田谈到逻各斯精神与神话精神的历时性抗争,但其指涉范围只限于哲学史。"在西方哲学史上,一个引人注目的现象,就是'逻各斯'精神与神话精神的对立与冲突。这两种精神的斗争从古希腊时期就开始了,或隐或显、或激烈或缓和地一直持续到现代。卡西尔所谓的'神话遗忘'就是在这一斗争过程中逐渐展现出来的,它是'逻各斯'精神战胜神话精神的表征。"(高乐田:《神话之光与神话之镜》,第66页;关于"逻各斯"的词品地位,见注3和注18的起始处)这段文字是对卡西尔相关思想的精彩概括,卡西尔教授谈的也是哲学史,采用的二元词语是"哲学"(philosophy)和"神话"(myth)(恩斯特·卡西尔:《神话思维》,黄龙保、周振选译,中国社会科学出版社,1992年,"序言"第1—2页;Ernst Cassirer, *Mythical Thought*, New Haven and London: Yale University Press, 1955, p.xiii)。补充说一句,卡西尔所称的"神话遗忘",总的看来也许只有在假设《圣经》不是或没有大量采用神话的叙事前提下才是大致正确的。比较前引张世英教授的评述及其观点指向(参看注106)。参读"评论"第15段所示某些现当代学者宣称的(转下页)

语,有时也会给人带来"统括"的感觉,发挥了"统括性非元概念二元术语"的表义功能(详见"评论"第16段)。无论是采用不带褒贬色彩的中性叙事方式,还是摆出批评或严厉抨击的姿态,抑或是采取基本肯定乃至褒扬的立场,讨论西方(或按他们中有些人的设想亦属人类)文化问题时,学者们都会程度不等地使用各种二元术语,自觉或不自觉地受到二元取向的掌控。怀特海认为,美学和理性使希腊文明获得了生命力(《科学》:133)。但另一方面,作为有机论思想的坚定支持者,他对西方文化中机体论与机械论之间的持续冲突也表示了不满和担忧(《科学》:74)。关于青年时代的马克思对哲学与宗教之持续冲突的高度重视,可请细读注31。注50临近结尾处谈到尼采"大部分思想"的来源(怀特的观点),值得参考。细品注**21。人们也许会觉得**,对西方文化基本结构及其二元品质的探究不是一个受到西方学者广泛关注的课题,但以上远非囊括全部的举例和初步分析表明,实际情况并**非如此**。有的学者显然并不满足于一般的二元解析,而是试图在研究中抓住问题的本质。歌德所言"所有其他一切都受其决定"(见注11),科里尼所言"压倒一切的问题"(见注70),施特劳斯心目中"最具根本性的"、或"这一根本而'永恒'的"冲突(见注41),特纳所示酒神精神和日神精神是对"韦伯社会理论中的许多二元对立"的"反映"(注40),以及斯特龙伯格所言"在各种紧张关系或对立关系中存在着一种基本的紧张或对立"(见注23),都证明了关键性二元配套术语的极端重要。除了别的理由,笔者之所以将秘索思和逻各斯定性为一对"总括性元概念二元术语"(见注14),除了别的原因,也是出于对这一点的考虑。注**8谈到"总括"的必要性,建议结合以上论述参读**。"总括"与词源考证互为依托,是认知西方文化基本结构的有效手段。通过它,我们能够去"粗"取"精",舍"异"存"同",揭示隐藏在五花八门的二元词语背后关乎西方文化基本构成要素之解蔽的"品质"一致性。对此议题感兴趣的读者,亦可重点关注怀特海所说的潜伏在西方思想背景或底子中的"这种根本的自相矛盾"(详见"评论"第16段),丹皮尔所说的本质上没有发

(接上页)与"逻各斯"的胜利针锋相对的"诗"的胜利,以及该段结尾处对秘—逻模式的理论意义和实用效益的强调。那些文字虽然不是专门针对上述情况而准备的,但也具有一定的相关性。任何有价值的学术研究,一般说来都不能回避时代背景的问题。如果愿意把上述矛盾现象严格限制在十八世纪以降西方哲学史的范围内来讨论,那么较之对笼统而言的"胜利"的各执一词(即一方宣称"逻各斯"的胜利,另一方则宣称"诗"的胜利),我们是否还可以更显恰切地说,现代学术语境中"诗"对哲学某种程度上的胜利,其实是包括神话在内的诗性力量,在遭受了"逻各斯"长期压制后对其实施的报复。比较贝尔所示与"诗"的胜利表义指向上大致相似的"精神的胜利"和"意志的胜利"(贝尔:《资本主义文化矛盾》,第52页)。

生改变的"旧问题"(详见"评论"第12段),以及罗蒂所言杜威、海德格尔和维特根斯坦试图在研究中摆脱的"老框框"(见"评论"第14段)。

8. 既然有斗争与冲突,就一定会有调和与各种形式的综合。一部西方思想史既是一部二元冲突的历史,也是一部某种程度上来说不断尝试将对立的双方调和与综合起来的历史。柏拉图一方面把哲学与诗的冲突推向极致,另一方面却又试图予以调和。斐洛既通晓希伯来《圣经》(尽管和当时的大多数犹太知识分子一样主要通过它的希腊文译本),又熟悉希腊哲学,他在一生中所做的最有意义的一件事情,便是初步调和了二者之间的观念冲突,使基督教拥有了一个具备一定理论深度的神学体系的雏形。此后,擅长调和与综合的思想家或宗教思想家在几乎每一个重要的历史时期都会出现,从查士丁到奥利金,从奥古斯丁到爱留根纳,从安塞伦到阿奎那,从康德到黑格尔,再从安德鲁·怀特、怀特海、蒂利希、汤因比、马利坦、布鲁克,到"评论"第6段结尾处提及的巴伯和肯尼。观念的冲突激励乃至迫使人们进行综合,调和与冲突一起既体现了西方文明的活力,也给它造成了新的、有时也许还会带来包藏更大隐患的麻烦。"西方历史充分展现了辩证发展的进程",两千多年来,它"被迫把各种不同的思想和价值体系融为一体,因此也就不断地致力于新的综合。在具有创造力的两极对立中,许多人看到欧洲历史反复出现的这个主旋律"[60]。二元对立中的任何一方都不能随意越界(当然也意味着不应主动放弃己方的独立性),更不可颐指气使,唯我独尊,试图彻底制服对方,否则就会打破原本就不甚稳固的平衡,导致混乱、动荡乃至严重的人文灾难。无论是对理性的赞颂还是对反击它的诗性力量的推崇都必须有一个限度。启蒙理性的原则应该受到尊重,但极为不幸的是,对它的不节制滥用和对其基本精神的过激否定却都曾给近代欧洲文明造成过伤害,尤以后者为甚。德国历史学家弗里德里希·梅尼克的如下"总结"写于第二次世界大战结束之后。他从人们心灵中二元态势的失衡讲到由此导致的国家灾难,突出了保持心智的"健全"、"自然"与"和谐"的重要性:"在近代文化和文明中,人类的一切都来自灵魂生活中的理智的(rational)和非理智的各种力量之间一种健全的、自然的而又和谐的关系。……其中任何一个的片面发

---

[60] 斯特龙伯格:《西方现代思想史》,第3页。斯特龙伯格的此番评析(和相关上下文)侧重于显示西方文明的"创造力",却对其中因持续不断的"两极对立"而可能酿成的人文隐患有所估计不足。"调和"是西方思想史上的常态。怀特海以其对西方思想"两希"来源的了解(见注35)谈到过这一点:在如何看待宇宙规律的议题上,"正如在大多数其他事情上,西方思想史都表现为企图将本源主要是希腊精神的观念与本源主要是闪米特的观念融汇起来"(怀特海:《观念的冒险》,第132页;参看注66所示伯曼的见解)。

展,无论是理智的或非理智的灵魂力量,都会威胁着破坏整体,并且越走越远,最后将能导致对个人、对群众、对整个民族的灾难,如果一场事变的风暴把它们推向危险的方向去的话。"[61]二战的爆发肯定还有别的原因,而遭受战争风暴摧残的也绝非只有德意志民族,但梅尼克的此番见解深刻而不流于诡谲,相信对于生活在今天的人们仍然不失其现实的警示意义。有必要提及的是,梅尼克在相关上下文里无意中熟练运用了我们所说的通过关联词的选用达成表义延扩的叙事方式。在"理智的"领域中,他设立了两个支项,一个是"理解"(Verstand),另一个是"理性"(Vernunft)。在与之相对立的"非理智的"领域,他设立了四个支项,分别是"感情、幻想、渴望和意志的力量"。在他看来,归根到底,理智的能量或所谓的"理性女王"应该控制所有的非理智力量,而"高于一切理性的"还有"某种东西",即"上帝的和平"或曰"宗教"[62]。梅尼克最终还是强调了宗教高于理性的"顶级"重要性,因此他所持有的其实还不是一种总体上保持战略均衡的二元论,从本质上来说还是未能彻底摆脱十九世纪下半叶以降许多德国思想家对秘索思(含宗教秘索思和包括神话在内的文艺秘索思)的单极化推崇。记住这一点是重要的,因为它会帮助我们产生有益的联想,意识到在平时的阅读中涉及某些乍看与梅尼克的做法无关的内容时——譬如海德格尔对"诗"和"诗意"的高度珍视(见"评论"第15段)——不宜把它们看作是一些孤立的现象。

9. 在西方语境中,"宗教"一词经常被用来特指基督教;变换一下角度来看,也可以说基督教被不言自明地当成了宗教的代表。如上文所示,怀特海就是这么做的。梅尼克所说的"宗教",指的其实也是基督教。但是,从世界范围来看,"宗教"

---

[61] 弗里德里希·迈内克(即梅尼克):《德国的浩劫》,何兆武译,商务印书馆,2012年,第45—46页。依据多部德汉词典并参考了其他学者的解读,笔者冒昧对引文中个别译词作了微调。参考伊戈尔斯针对梅尼克二元历史观所作的精彩点评(见注18)。细心的读者当能记得阿诺德所作希伯来精神和希腊精神必定会"在人身上和历史中呈现出对立"的表述(见"评论"第1段;看看注8提及的诸多二元对峙)。参考注7所示伯林的解析和注8所示黑格尔的观点。比较注56。

[62] 详阅迈内克:《德国的浩劫》,第45—46、50页。梅尼克教授应该会意识到,他的观点是对黑格尔历史哲学中理性作用某种意义上的反拨。像先于他提出类似见解的维柯一样,黑格尔相信人的"热情"是促进历史发展的动力,坚称"假如没有热情,世界上一切伟大的事业都不会成功"(黑格尔:《历史哲学》,第21页)。不过,在黑格尔的历史玄想中,绝对精神是在哲学而非宗教中达到自我意识的最高境界,热情(或曰激情)尽管缺之不可,却也只是受普遍观念和理性操控的事态现象(历史的本质是逻各斯),隐藏在人类活动和历史事件背后的是理性的既定安排,他称之为"理性的狡计"(详见前引书,第30页)。

远非总能以"属"代"种",仅指基督教。在《人论》中,卡西尔专章讨论了"神话与宗教",其中的"宗教"作广义解,作为一个类型名称(a generic term),泛指宗教(包括基督教)。在怀特海的著作中,我们也能读到这样的例证。除了上述常规用例外,有的思想史家还设想将"宗教"的指涉面扩大到宗教以外,用"宗教思想一语"(the term of religious thought)"来概括那大量文献中所包含的全部思想,这部分文献并不接受科学和哲学的处理",却构成了十九世纪西方人"心智生活的一个非常重要的成果"㊽,在最广泛的意义上与科学和哲学思想形成对比。㊾ 我们知道,谈到"美

㊽ 约翰・T. 梅尔茨:《十九世纪欧洲思想史》第一卷,周昌忠译,商务印书馆,1999 年,第 61 页;英文词语见 John T. Merz, *A History of European Thought in the Nineteenth Century*, Volume I, Edinburgh and London: William Blackwood and Sons, 1896, p.69。

㊾ 详阅梅尔茨:《十九世纪欧洲思想史》,第 60—62 页。在梅尔茨看来,思想的两个不同的部分可以归结为两类不同的学科。谈论十九世纪文学所取得的丰硕心智成就时,他坦言:"很难找到一个词(It is difficult to find any one term),我们可以用它来涵盖这大量无条理的、零散的、片段的思想,就像我们能用科学和哲学来总括和表征其一般意义和倾向那样。"(前引书,第 61 页;英文词语见注 63 所示梅尔茨原著,p.68)请注意原文中有"any"一词。此外,原文在"就像"(similar to)之前还有同样意在强调的"any one word"(后有逗号隔开)一语,译文没有把这一点凸显出来。梅尔茨教授未能想到这个很难找到的词语可以是"秘索思",但他所说的"宗教"或"宗教思想"的指涉范围,实际上已经非常接近于秘索思或该词在思想层面上的表达(梅尔茨教授的论述虽然直接指对的是十九世纪,但其中的许多内容却不受这一时间段的限制,也就是说,不仅可以,而且还非常适合于作广义上的泛化理解,因此也适用于指对别的时代)。在此提醒读者顺便联想一下埃米尔・涂尔干对宗教的宽泛理解,也许是有益的。在涂尔干看来,人在本性上具有超验的宗教情怀。如果说亚里士多德相信人是理性动物,涂尔干则很可能会在认同这一点的基础上补充道:人也是宗教动物。熟悉卡西尔思想的读者,或许还会由此联想到这位德国哲学家的一句名言,即"人是神话动物"。当代宗教社会学家 T.卢克曼认为,现代宗教正在实现从"有形"(即以教会为基础的体制性宗教)向"无形"(即以个人虔信为道义支撑的内心宗教)的转变。伴随这一进程的,是宗教概念持续而稳定的去狭隘化,"在这方面,卢克曼的知识社会学理论还将作为意义体系、具有超越性和道德性的'世界观'理解为宗教的普遍社会存在形式,以此指称个人与社会的意义生活中的宗教维度"(田薇:《宗教在现代世界的变化、后果及其意义定位》,见马建钊等主编《宗教的现代社会角色》,人民出版社,2012 年,第 17 页)。相对于梅尔茨和涂尔干分别从思想和社会功能的角度出发扩展"宗教"的所指,有的西方学者更愿意拓宽"神话"的指涉面,譬如波兰裔美国哲学家勒泽克・柯拉科夫斯基就是这么做的。与汉斯・布鲁门伯格从广义上来理解神话的研究取向有些相似,柯拉科夫斯基"是在一个比宗教学更宽泛的意义上使用'神话'概念的";在他的理解中,神话的涵盖面非常广泛,不仅包括"所有的宗教神话",而且也渗透进入了"人际交往"的各个方面(详见曼弗瑞德・弗兰克:《浪漫派的将来之神——新神话学讲稿》,李双志译,华东师范大学出版社,2011 年,第 74—75 页)。如同梅尔茨的"宗教思想"、涂尔干的"宗教象征"(史蒂夫・威尔肯斯、阿兰・G.帕杰特:《基(转下页)

学教育"和"审美观念"的养成时,怀特海亦把"非常广泛"的含义赋予了他所理解的"广义的'艺术'"(《科学》:191)。宗教与科学是许多哲学家和宗教思想家解析西方文化并展望其未来走向的观念抓手。如果说怀特海基本上或者说经常把"宗教"等同于基督教,《诠释学·宗教·希望——多元性与含混性》的作者戴维·特雷西,则希望自己的研究能在立足于阐释基督教和《圣经》的基础上引入东方元素,兼顾其他宗教。但是,他们看待问题的方式大致上是相同的。二位学者都相信,西方的未来取决于人们对待科学和宗教这两个最重要人文元素及其互动关系的认识,西方的近代历史建筑在这一二元框架之上,而它的希望也将在人们对这种二元根本性的坚守和各种解释中找到。较之怀特海的"具体",坦陈"我本人的希望植根在基督教信仰中"的特雷西选择了"宽泛"。西方的活力来自于保持文化模式的二元性,来自于对这种二元性被打破之后程度不等的修复。西方人的希望之源有两个,一个是由希腊人开创的体现在"对话和讨论模式中"的"西方理性",另一个是"仍然活在各大宗教中的那些希望——对终极真际的信赖"[65]。这两种希望的浓缩或纲领性表述体现在两句至理名言之中,一句来自哲学家苏格拉底,它告诫人们"未经思考的生活不值得一过",另一句来自佛教经典,它从一个相反的方向警示人们,"未经生活过的生活不值得思考"[66]。

10. 怀特海是有先见之明的。未来的历史进程确实在很大程度上取决于人们

(接上页)督教与西方思想》卷二,刘平译,北京大学出版社,2005 年,第 281 页)和特雷西的包括宣扬"某些乌托邦式解放"的"所有宗教方式"(戴维·特雷西:《诠释学·宗教·希望——多元性与含混性》,冯川译,上海三联书店,1998 年,第 180 页),柯拉科夫斯基的"宽泛的神话概念"(尽管其中也有一些稍显紊乱的提法)能够增进我们对秘索思巨大表义容量和宽广纵深的了解,意识到无论是上述哪一个方面的扩展,本质上都是秘索思蓬勃生机和强大叙事能量的体现,是对其包括诗、神话和宗教等支项在内的本己灵性资源与时俱进的成功开发。参看注 149 所示桑塔亚纳对西方文化之"神话底蕴"的高度重视。另见"评论"第 16 段开始处对"神话"的论及和注 126,重点关注道格拉斯和梅列金斯基的观点。比较"评论"第 15 段所示海德格尔和爱德蒙森对"诗"的泛化理解。参阅注 99 所示汤因比的"诗性真理"。

[65] 详见特雷西:《诠释学·宗教·希望——多元性与含混性》,第 179—180 页。

[66] 特雷西:《诠释学·宗教·希望——多元性与含混性》,第 179、180 页。托利弗·伯曼视西方人为两希文明的"继承者和后嗣",要求人们"一视同仁地关注并保护这两种文化遗产",暗示西方的未来在于对二者进行更好的综合(详见伯曼:《希伯来与希腊思想比较》,第 281—282 页;参看史蒂芬·罗:《再看西方》,林泽铨、刘景联译,上海译文出版社,1998 年,第 171 页)。参考怀特海的观点(《观念的冒险》,第 92、132 页)。参看 T. S. 艾略特:《基督教与文化》,杨民生、陈常锦译,四川人民出版社,1989 年,第 207 页。比较伯林《浪漫主义的根源》,第 10—11 页。

(但不只是他那一代人)对宗教及其与科学之关系的处理。不宜把宗教仅仅理解为一套指导行为的准则。此外,"最要紧的是,宗教生活"的真谛其实并不在于"追求舒适的生活"(《科学》:183)。宗教一方面需要继续追求精神上的"精纯",另一方面又要与时俱进,像科学那样,随时准备纠正自己的错误。"宗教的原则可能是永恒的,但表达这些原则的方式则必须不断发展。"(《科学》:180)文艺复兴运动为文学赢得了弥足珍贵的学科独立。此后,文学尽管依然可以有意无意地服务于宗教,但无论在何种情况下,它都会以平等或相对平等的身份参与,不再是宗教的奴婢。从十八世纪开始,随着基督教影响力的渐趋式微,文艺在西方社会中的作用进一步上升,其地位也发生了与之相适应的变化。"十九世纪纯文学领域取得了重大进展。这是文学在欧洲各地大放异彩的时期。在'阅读时代',作家成了文化英雄。他们可以凭藉写作来摆脱贫困和默默无闻状态,像乔治·桑那样一举成名,像巴尔扎克和狄更斯那样发家致富,像维克多·雨果那样操纵许多人的命运。诗人和小说家承担了以前属于教士的角色。"⑥事实表明黑格尔错了。他对文艺"在一个被哲学和科学造成的透明世界中的命运",曾经持有马克思由于坚信文学有助于培养人们"被日常生存斗争所挫伤的鉴赏力"而成功避免的"悲观看法"⑧。如果说他直到晚年仍对宗教的强劲人文持存力抱有信心后来被证明不失为一种明智之举,黑格尔没有做好充分思想准备的,大概还有文学因部分取代宗教的位置而不幸沦为攻击宗教的科学转而攻击的对象。著名的科学斗士 T. H. 赫胥黎既抨击宗教,也鄙视传统的文学教育,他与自称信仰文化的马修·阿诺德分别以科学和文学为立足点展开的思想交锋,"不仅预示了后来斯诺和利维斯之间的冲突,同时也表征着围绕在这一话题周围的种种社会和制度方面的势利倾向"⑨。**文学与科学的对立,是秘索思与逻格斯历时性抗争的一种可以旁及社会情绪乃至阶层意识的现代表征,亦与宗教与科学的冲突有着历史和人文传统上的关联。**⑩当代基督教思想

---

⑥ 斯特龙伯格:《西方现代思想史》,第 354 页。
⑧ 详见希·萨·伯拉威尔:《马克思和世界文学》,梅绍武等译,生活·读书·新知三联书店,1980 年,第 546—547 页。
⑨ 详阅斯蒂芬·科里尼撰写的"导言",第 9 页(见 C. P. 斯诺:《两种文化》,陈克坚、秦小虎译,上海科学技术出版社,2003 年)。
⑩ 1956 年,英国物理学家、小说家查尔斯·珀西·斯诺在有影响的《新政治家》期刊上发表了一篇题为《两种文化》的文章。三年后,他在剑桥大学里德报告厅做了一次演讲,题目是《两种文化与科学革命》,深入分析了现代英国社会中"文学文化"与"科学文化"之间的冲突。剑桥大学思想史家斯蒂芬·科里尼为后来成书发行的《两种文化》撰写了一篇"导(转下页)

家汉斯·昆赞赏帕斯卡尔"理性"与"情感"并重的认知路径,在讨论"灵敏感觉"和"数学精神"(即"评论"第 7 段所示帕斯卡尔就"敏感性精神"与"几何学精神"所作的区分)的上下文里,他提到了斯诺"就曾谈到的'两种文化'"[71]。文学创作的兴盛也带动了批评的繁荣。"如果有谁被要求对十九世纪后期英国文学研究的增长只给出一个解释,他的回答也许勉强可以是:'宗教的衰弱。'"[72]笔者提出的宗教秘索思和文艺秘索思你退我进、通过弥补缺失以达成总量不减的守恒原则,[73]便是从理论上对此类现象做出的反应。有"得"自然也会有"失",文学的"得"与"失"体现了西方文化内在的发展逻辑,显示了秘—逻模式秘而不宣的调节功能。这一点有些类似于尼采洞察到的"西方人'隐蔽的'历史"(见注 40)。**一种文化的基本结构形态一经大致形成,就会以其形成本身**,在哲学、宗教、法律、政治、经济、语言、

(接上页)言",其中用了较长篇幅探讨"两种文化"之争的起源,很值得认真研读。但是,科里尼对议题所作学术史考察的时间指涉是十八和十九世纪,因而是"狭义"且很不完整的。他既没有提及柏拉图从古希腊思想和学科发展史上归纳出来的"哲学与诗的古老纷争"("哲学"在此包括我们今天所说的自然科学),也没有论及中世纪中后期自然哲学与神学的冲突,以及与之相关的人文学与神学的对立。此外,他没有意识到自己所说的"早期历史"("导言",第 5 页注 1)其实在斯诺生活的年代也同样是一种现实,故而使下面这段描述那一历史时期人文状况的写得相当简明扼要的文字,除了其必预予以肯定的"狭义"层面的正确性,实际上也歪打正着,为我们合理解读《两种文化》提供了一个从秘—逻模式的角度来看有助于拓宽评析视野的知识背景。科里尼教授是这样写的:"至于说到较为普遍的文化忧虑,那也只是对计算和测量或许会到处取代修养和同情心表示担心;当然,压倒一切的问题不如说仍然是一切种类的世俗知识对宗教上的信仰和实践上的虔诚所构成的威胁。"("导言",第 4—5 页)请留意引文中"一切种类的世俗知识"与"宗教上的信仰和实践上的虔诚"的对举,以及"计算和测量"与"修养和同情心"的可用关联和延扩方法解读的二元对立(参看注 45 以及该注所示正文中贝纳加的论述)。关于"压倒一切的问题……",可参看注 11 所示歌德的见解,亦可顺便比较注 23 所示斯特龙伯格的论述。

[71] 汉斯·昆:《现代精神觉醒中的宗教》,见汉斯·昆、瓦尔特·延斯著《诗与宗教》,李永平译,生活·读书·新知三联书店,2005 年,第 9 页。

[72] 特里·伊格尔顿:《二十世纪西方文学理论》(第二版),伍晓明译,北京大学出版社,2018 年,第 23 页。伊格尔顿对宗教与文学的"调和"作用均持批评态度(详见特里·伊格尔顿:《文学原理引论》,文化艺术出版社,1987 年,第 29—31 页),但他却非常明智地没有从原则上反对自十九世纪中期以来在英国思想和文学批评界流行的"文学代宗教"的提法。

[73] 详见《词源考》上篇对译文 3.8 评论的第 9 段。参考注 126。在当今西方社会,广义上的文学的影响力已经大大超过了怀特海生活的年代。没有文学或文艺秘索思的参与,基督教已经很难独自承担起主导西方人精神生活的历史使命。依据上述"总量不减的守恒原则",我们或可预测,文学尤其是经典名著在未来西方社会中的人文影响力还将得到进一步的提升。下文还会谈到神话在二十世纪的复兴("评论"第 16 段),可结合此间的论述参读。

文艺和社会等视角以外，提供考察该文化历史发展进程并会旁及上述视角的另一个重要、有时甚至是关键的切入点。不过，上述昭示隐蔽历史的尼采模式也有它的不足之处，那就是用词上稍显过于具体，词语的涵盖面也显得有些偏窄。尼采的另一个模式（指狄俄尼索斯与阿波罗的二元冲突，详见注50）对后世学者的影响更大，其优点是学理上或可拥有更强的统括力和更广的涵盖面（此处不作大、小二元论的区分），缺点在于没有为狄俄尼索斯和基督教的同质性留出叙事的空间。受制于尼采本人对二者爱憎分明的价值想定和泾渭分明的褒贬评判，他笔下的狄俄尼索斯与基督教形同水火，不可能从道义上名正言顺地将后者统括到自己的一边。怀特海教授没有沿循上述"总量不减"的思路，但他对当时文艺作用的提升应该是有所知晓的。他有意把通常属于诗论或文学评论范畴的审美意识移用到宗教领域，把美学价值和审美玄思引入对基督教的阐释之中（详见"评论"第5段），除了诗人华兹华斯自然观的间接启迪，有可能就是受到了一度流行的美学代宗教思潮的影响。不知这么做是否可以算得上文所示的对"这些原则"的表达方式的"发展"？怀特海本人没有明说，但依据上下文，我们或可沿循这一思路尝试做出判断。"每一种哲学都受着一种无形的思想背景所濡染"（《科学》：8），怀特海本人的学说自然也不可能例外。上文说到怀特海对审美意识的另置。这个短语的确切表述是"审美直觉"，整句话是这样写的："十九世纪的文学，尤其是英国的诗歌（especially its English poetic literature），证明了人类的审美直觉（the aesthetic intuitions of mankind）和科学的机械论（the mechanism of science）之间的冲突。"（《科学》：85；Science：83）[74]在这里，"审美直觉"的证示方是"十九世纪的文学，尤其是英国的诗歌"。按照原文，后半句话的确切翻译当为"尤其是英国的诗歌文学"。由此可以看出，通过将审美意识或"审美直觉"的另置，怀特海其实也附带着把同样反对"科学机械论"的包括诗歌在内的文学，也纳入了宗教的盟合方。[75] 不

---

[74] 比较"评论"第5段里的那段引文。参看"译文"。怀特海高度重视直觉，此处出现的"审美直觉"与"译文"所示的"宗教的直觉"意思相近，但仍有细微的表义差别，"宗教"的表征地位和范畴代表性"审美"无法替代。

[75] 参看"评论"第5段的下半节。基督教有必要对科学的兴起和发展壮大做出反应，同样有必要这么做的还有文学。诗人、剧作家和小说家对科学已经强势出现这一事实的知晓及其对待这一事实的态度（包括"假装"不予理会），改变了他们认知世界的方式，也在不同程度上影响了他们的写作。怀特海就此为我们提供了很有说服力的例证，相信认真研读过《科学》第五章尤其是第75页上关于弥尔顿、波普和华兹华斯等英国诗人的那段论述的同仁们，一定会在智性和学识上有所收获。

仅如此,通过审美和美学的中介,他事实上还把艺术亦归入了宗教的可盟合群体。尽管他自己也许没有很清晰地意识到这一点,但只要仔细阅读《科学》第十三章里的相关节段,我们就能相当直观地体察到那些分析性文字真实的叙事效果。宗教和艺术都关涉审美,都能触及人的灵魂深处,将宗教信仰和艺术趣味融合起来符合怀特海的意愿。在他看来,审美(或艺术)和科学是对立的,是一对不容易解决的矛盾(详见《科学》:191—194),这与宗教和科学的关系颇为相似。科技的飞速发展有可能给人类造成种种"恶果"(evils),其中就包括"失去宗教信仰"和导致"艺术衰败"的"审美创造性的受压制"(《科学》:195—196;*Science*:182)。当然,作为抗衡或平衡科学的主力军,宗教的地位艺术很难取代。怀特海有时会于无意中让美学的"风头"盖过宗教,⑯却从未说过艺术能像宗教那样,成为科学或逻辑推理以

---

⑯ 在怀特海的理解中,美学(或审美)既是一个重要的学科实体,又是一种事关生存质量评估的主要人生经验。此外,它还是一个能将文学和艺术与宗教连接起来的人文枢纽。细致的研读表明,在《科学》的字里行间隐藏着一条与美学相关的通贯全书多个章节的二元线索。这条线索以理性(或科学、哲学)为一方,以美学(或审美)为另一方,其指涉面不仅覆盖古希腊以降的西方文化,而且一定程度上也附带涵盖人类文化的展示状况。请尝试按照以上提示细读《科学》第 19、85、133、150、176—177、194—196 等页上的相关内容。不过,上文所说的"隐藏"绝非作者有意为之,而是如同他下意识地扩展宗教的涵融面以增强其活力一样,是于无意中做下的。怀特海使用了诸多表示西方文化基本状况的二元配套术语,包括科学与宗教、科学与文学、科学与浪漫主义、理性与美学、唯物主义与唯心主义、实在论与唯心论、机械论与有机论(或机体论)、逻辑谐和与审美谐和等,却因为心仪于冲突的最终化解和一种试图将分散的细节(detached details)纳入一个宏大"事物体系"(a system of things)之中以便洞察其真相的学术想象(《科学》:19;*Science*:25)而不可能事与愿违,把关注的重心切实转移到寻找一个本原性二元框架的工作上来。谈到"必须着手创立一种机体哲学"时,他表达了对显然与这一"事物体系"相关的"事物的永恒性"的青睐(怀特海:《过程与实在》,第 70—71 页)。"美学与理性",换一个角度来看或谓"机体论与机械论",也许是他于无意中做出的最接近于上述本原性二元框架的观念表达。《科学》是一本讲演集,其基本框架由八次罗威尔讲座的讲稿构成,各章内容和所用术语之间缺少更好的协调和整合是一件可以理解的事情(同为讲演集的《观念的冒险》中亦存在类似的问题)。怀特海没有真正处理好"宗教"、"美学"和"艺术"等人文实体中哪一个更为根本的问题,也从未打算认真区分他所使用的那些二元术语在涵盖面上的差异。尽管从某些上下文来看,"美学与理性"和"机体论与机械论"的涵盖面应该大于"宗教与科学",但他却从未就此作过明确的宣示。在讨论人类文明发展的观念背景时,他还谈到理性与非理性的二元区分(《科学》:5;参看注 35)。接着,他以"艺术、文学和人生哲学(philosophy of life)"方面成就卓著但"科学"的发展"微不足道"(practically negligible)为由,善意且委婉地指出中国传统文化的布局态势不够均衡(《科学》:6;*Science*:13)。我们注意到,在该书第五章里,他把孔子的学说和佛学称作"two religions"(*Science*:73)。怀特海的评价本来是可以显得更加公允一些的,最便捷(转下页)

外另一种"最强大的普遍力量"。顺便说一句,怀特海教授对待科学的态度有时稍显片面。他似乎既无意认可包括牛顿运动方程、麦克斯韦方程、狄拉克方程和海森堡方程在内的一些著名物理学方程能够给人带来的美感,也不打算推崇那种在丰特奈尔时代就已经形成的相信科学家们对知识的无偏见追求本身就是一种美德的观点,尽管问题的另一个方面应该是,十七世纪的欧洲知识分子大概也像我们一样,知道并非所有的科学家都能如此这般地远离功利。他显然尚未做好准备,如同爱因斯坦在二十世纪三十年代所做的那样,明确指出科学具备有益的教育功能,能够"作用于"人们的"心灵"[77]。当然,事情也完全有可能朝着一个相反然而却同样是错误的方向发展。由于忽略了西方文化的宗教维度以及基督教在现代西方社会中"隐而不显的"巨大影响力,[78]大概也因为缺少秘索思意识,没有真正重视文学与宗教之间存在着的基质关联,使得查尔斯·斯诺会在做出"科学本身就有道德成分"这一正确判断的同时,过度拔高科学家的人文素养,误以为"在道德生活方面,他们是知识分子中最健全的群体"[79]。斯诺先生聪颖、敏锐、善辩,却拙于思想史追溯和整

(接上页)的做法就是在"科学"前面加上"理论"或"近代"这样的字眼,从而避免做出与事实不符的笼统立论。不过,他的归纳还是给我们带来了有益的启示,至少是让我们知道,研究中国文化的基本结构是一件极有意义的要紧之事。业内学者已经在这方面做了大量的工作,相信在不久的将来或能产生更优秀的成果。哲学家杨适的观点值得重视:"我提议运用一种原创文化研究的思路和方法。它要求我们(1)不仅要深入到西方和希腊的原创源头,也要求重新审视中国自身原有的原创源头,通过比较对双方都加深分析批判的认识……"(杨适:《古希腊哲学探本》,第 29 页)

[77] 阿尔伯特·爱因斯坦:《爱因斯坦文集》第三卷,许良英等编译,商务印书馆,2012 年,第 160 页。

[78] 理查德·塔纳斯(Richard Tarnas)在其所著 The Passion of the Western Mind (London, 1991)里有阐述基督教对现代西方文化形塑作用的 "Hidden Continuities" 一节(该书中译本将其译作"隐而不显的连续性",见塔纳斯:《西方思想史》,吴象婴等译,上海社会科学出版社,2007 年,第 352—355 页),可请参考。艾略特出生于 1888 年,仅比斯诺大十七岁,中年以后围绕基督教与欧洲文化的关系问题颇多论述,其中不乏堪称精辟的见解。相信那个时代英国知识分子中的许多人,会对他的如下论述抱有同感:"除了宗教信仰之外,我们还有很多东西来源于基督教传统。""一个欧洲人可以不相信基督教信念的真实性,然而他的言谈举止却都逃不出基督教文化的传统,并且必须依赖于那种文化才有其意义。"(详阅 T. S. 艾略特:《基督教与文化》,第 205—206 页)基督教的确衰弱了(详见"评论"第 14 段),但却没有、并且在可预见的将来大概也不会彻底消亡。如果事情不是这样,对于西方文明来说那就有可能是真正的噩耗。将来的西方也许还会有需要基督教来挽救它的时候,届时它的"体制"会在一定程度上恢复活力,其作用或将远超文学和艺术。

[79] 斯诺:《两种文化》,第 12 页。

全性思维,科里尼称他"不是一个有系统的思想家"⑧,应该说没有言过其实。

11. 康德是一位哲学家,也是一位有成就的科学家,他的"知识观"适合于这两种身份,"是理性主义与经验主义的混合物"⑧。康德出生在东普鲁士的一个虔敬派基督徒家庭,从小受到该教派强调切身宗教体验和道德完善的教义思想的熏陶。这一双重身份使得他格外关注科学与宗教的共存关系,也比同时代的其他学者们更为热切地希望能够从哲学上化解二者之间的争端。他想让二者既能保持各自的独立,又不致为了过度攫取自身的利益而使对方受到伤害。经过深思熟虑之后,他采取了一个被称为"一种新的权宜之计"的折中方案。⑧ 一方面,他通过强调心智的能动作用把理性从休谟的怀疑论中拯救出来;另一方面,他又把超越时空和知性的领域与受纯粹理性掌控的认知活动区隔开来,从而确保了属于宗教(可以理解为基督教)和道德的价值领域不致被科学所侵占,用康德自己的话来说,"我不得不悬置知识,以便给信仰腾出位置"⑧。在十八世纪,尽管也有人攻击科学,但更需要人们保护的一方无疑是宗教。通过限制科学理性的活动范围以防范它的僭越,康德为包括基督教在内的宗教保留了在他看来本该属于自己的地盘。但是,康德让宗教附属于道德,主张道德的伸张必然导致宗教,从而剥夺了宗教的第一性地位,以我们的把道德、法律、历史、政治等视为"居中"学科的观点来衡量,⑧等于是斩断了它与西方文化基本结构直接通连的概念根基。在处理科学(或哲学)与宗教这对基本矛盾时,通过对一方符合其实际能量可及度的限制以实施对另一方(乃至双

---

⑧ 科里尼"导言",第 23 页。
⑧ 布朗:《基督教与西方思想》卷一,第 272 页。
⑧ 巴伯:《科学与宗教》,第 98 页。
⑧ 伊曼努尔·康德"第二版序",见《康德三大批判合集》上卷,邓晓芒译,人民出版社,2009年,第 19—20 页。比较"评论"第 2 段所示十四世纪思想家们对教皇和教会权力的限制。
⑧ 参阅《词源考》上篇对译文 3.1 评论的第 6 段和对译文 3.8 评论的第 6、10 段。以法律为例。法律的理性纯度不及科学,它要顾及道德、公意和民俗等因素,因此不能只是一味强调逻格斯精神的生硬贯彻。法律与宗教的关系,有似同于科学与宗教之关系的一面,但也较少敌意,存在着更多倾向于互补、合作和相辅相成的另一面。请结合怀特海的那段话(见"译文")品读哈罗德·伯尔曼的如下论述,看看我们是否能够借助秘—逻模式的引导,在从中感受到科学和法律之"共性"的同时,也能领略到二者(尤其是法律)的"个性"。"强调法律与宗教的互动,我们就可以这样来看待它们:它们并非只是有几分关联的两种社会制度,而是人类社会生活辩证相依的两大维度——也许是两大主要维度。……生活的这两个维度存在张力,但无论缺少哪一方,另一方都不会完全。法律失去信仰,则会沦为教条;事实上,如今在美国以及西方世界的许多地方,这正在发生。信仰失去法律,则会陷入狂热。"(伯尔曼:《信仰与秩序——法律与宗教的复合》,第 18—19 页)

方)的保护,是包括阿伯拉尔、奥卡姆、阿奎那和波纳文图拉在内的中世纪思想家们以各自的方式尝试过的办法,但如同斯宾诺莎和休谟一样,康德拥有"后发"的优势,无疑做得更好。我们认同这样的提法,那就是通过限制或规定科学理性的有效活动范围,有助于恢复宗教的尊严,帮助其摆脱近代以来在西方社会中所面临的人文困境。但是,宗教的出路并非只能基于或受益于科学的局限。我们的研究表明,除了康德式的限制(或"悬置"、"排斥"、"否定"),自维柯、哈曼和赫尔德以来,西方学界其实还有另一种观点。这种观点自身并不显明,经常还与别的提法混淆在一起,然而却是以可作引申性开发的思想酵素的形式存在着的,它的直白表述需要借助我们"旁观者清"的解读眼光。西方学者确实提供了许多具体例证,但他们的举动大多是"无意识"或未作目标申明的,因此既无法从中归纳出此类举措的方法论特征,也不可能对它的理论意义进行必要的阐发。**经过我们的消化、吸收和重构,这种观点的一个重要表述样式也许可以是这样的:与康德设想限制一方的构思相反,它主张扩展另一方,亦即主张通过借助共性引入别的涉项,以此壮大宗教的声势,拓宽它的受释面,同时也能凭借群体效应巩固它的根基,使其在现代社会中的精神持存力得到增强。**⑧ 有了上述理论"还原",我们现在知道,怀特海采用的实际上就是这种方法。我意识到这是在替怀特海立言,但愿以上判断并没有从原则上违逆他在宗教改革问题上所持的基本立场。毕竟,他说过,当宗教走出低谷,试图重新展示其力量时,它就会带着"更丰富(with an added richness)和更纯洁的内容再现"(《科学》:184;Science:171)。他还说过:"一般说来,科学每前进一步,便证明各种宗教信念的表现方式需要作出某种修正。它们可能需要加以扩充

---

⑧ 不过,在笔者看来,倘若处置不当,这么做亦可能事与愿违,起到相反的作用,由于某些核心教义趋于模糊和信仰的纯净度受损等原因,导致宗教本己素的弱化(参看注97)。需要说明的还有,科学的进步也在逼迫宗教思想不断退缩,逐步失去对物理世界的发白权,怀特海称之为"一再重复出现"的"不光荣的(undignified)撤退"(《科学》:180;Science:168;"undignified"亦可作"有失尊严的"解)。所以,面对科学的进逼,宗教不应采取消极防御的策略,而应化被动为主动,将挑战转变为促进改革的机遇,从而有所为,有所不为,牢牢掌握对灵性事务的主导权(详阅《科学》:180—181)。芬兰学者冯·赖特曾从哲学的高度谈到过这种"分工"。他写道:"我们可以说'科学自由'之战的最后结果是某种形式的妥协、调和或休战。科学必须放弃或让出作为价值之源的资格,让宗教在善、恶以及'超自然'真理等问题上继续扮演权威。宗教则不再要求在'自然'真理问题上充当权威,而把自然真理交由经验、观察和逻辑推理去解决,并以后者作为它们的基础。从哲学上讲,这种所谓的'资格分割'意味着事实与价值之间或'是'与'应该'之间存在着的概念鸿沟……"(赖特:《知识之树》,第9页)比较怀特海关于"事物和价值对立"的提及(《科学》:194)。

(expanded)、解释(explained),或完全用另一种方式加以叙述。"(《科学》:180;*Science*:169)怀特海甚至"力图将形而上学与宗教崇拜联系起来",尽管他在一些著述中讨论得更多的是"有关技术性的哲学问题","但他力图绘出一幅涉及所有人类经验的,基本上是宗教的图画,这一点毫无疑问"⑧。这位视野开阔、学识丰赡的思想家原本是最有资格来郑重宣示自己的创新成果的,因为在康德哲学里,美学与宗教(和道德)各成畛域,但他却反其道而行之,把美学或具备形而上学意味的审美纳入宗教范畴,至少是使其变成了它的关联方。根据以上理论"还原",我们或许还可试着揭示其他一些西方学者类似做法的不为他们本人所明晰知晓的写作意图。新的思路取向会有助于我们看到恩斯特·卡西尔把宗教与神话放在一起来讨论的别样旨趣,看到诺斯洛普·弗莱将《圣经》作为一部伟大文学作品来研究的另一种方法论考量。上文说到,约翰·梅尔茨有意用"宗教思想"涵盖科学和哲学思想以外的"大量文献中所包含的全部思想"。在此之前,在"全书的划分"一节中,他对思想进行了分类。整段文字内容丰富、条理分明,很值得我们认真研读。他写道:"然而,科学也好,哲学也好,两者合在一起也好,实际上都没有穷尽'思想'(Thought)这词的全部意义;科学或哲学都没有涵盖全部思想领域。两者都被纳入到有条理思想这个术语的名下(comprised under the term methodical thought);但是,也还有着数量很大的无条理的、未界定的思想(the great body of unmethodical, undefined thought)。这个大思想体掩埋在一般文学(general literature)、诗歌(poetry)、小说(fiction)和艺术(art)之中;它在当代的艺术、道德和宗教的生活中(in the artistic, moral, and religious life)显现其实际影响。"⑧梅尔茨把思想分成两大类,一类是"有条理的",另一类是"无条理的、未界定的"。引文虽然没有凸显宗教的核心作用,但相关上下文很清楚地表明,他所说的这个"数量很大的无条理的、未界定的思想",指的其实就是与科学和哲学思想对立互补且二分天下

---

⑧ 巴伯:《科学与宗教》,第580页。参考注33。
⑧ 梅尔茨:《十九世纪欧洲思想史》,第58—59页;Merz, *A History of European Thought in the Nineteenth Century*, p.66。梅尔茨重视文学和艺术对思想形成所做的潜在与超前贡献,认为若要透彻考察一个时代的思想,必须顾及它的文艺(详阅前引译著,第59—61页)。参考怀特海的类似见解:"人性的具体外貌唯有在文学中才能体现出来。如果要理解一个世纪的内在思想,就必须谈谈文学,尤其是诗歌和戏剧等较具体的文学形式。"(《科学》:73)"谈谈"原文作"look"(Science: 73),解作"看看"或"看一看"也许会更好一些。两位学者似乎都有意区分广义和狭义上的文学。注意梅尔茨所说的"一般文学",以及怀特海所说的"较具体的文学形式"。

的"宗教思想"⑱。在他的心目中,或者说按照他的理解,宗教思想大大超出了其传统意义上的涵盖面。事实上,为了扩展宗教和宗教思想的势力范围,他甚至不惜混淆了其与文学和艺术之间的界线。但即便如此,他的举措依然是未作目标申明的;换言之,他也像若干年以后的怀特海一样,没有宣称此举的目的是为了裨益宗教并扩展它的影响,推动其在十九世纪欧洲某些地区已经开始的复兴进程。⑲ 梅尔茨教授的这段话带给我们的启迪还在于它的二元统括效应。它已经非常明确地概括出思想的两大范畴,划分出学科门类或知识领域的两大阵营,借助"有条理"和"无条理、未界定"的类型区分,把我们带到了临近西方文化的概念根基之处,几乎是在以他的方式呼唤着作为元概念的逻格斯和秘索思的出现。⑳

12. 从本文对怀特海先生相关思想的解读中,可以看出他虽然把注意力主要集中在科学与宗教的关系上,却也于未作目标申明的情况下附带实现了对宗教所涉范围的扩展,以他的方式指出了未来西方社会中科学的对手或平衡方将不会只是单一的基督教。英国科学史家威廉·C.丹皮尔是怀特海的同时代人,熟悉并赞同这位哲学家同胞的基本观点。在其所撰《科学史及其与哲学和宗教的关系》一书中,他参照怀特海的思路,用了较多篇幅讨论宗教与科学的关系。像怀特海一样,他也认为二者应该和平共处,"我们未尝不可把科学与宗教两者的根本要义(the fundamentals)(在每人觉得自然的方式下)同时予以承认,而静待时间去解决其矛盾(discrepancies)"㉑。像怀特海一样,他所说的"宗教"通常指的是基督教。极个别情况下,他会区分基督教和天主教。㉒ 他知道,神学家与科学家(和哲学家)之间的争论还会继续进行下去,并且很正确地把这看作是唯灵论和机械论(从某种意义上来说也是唯心论与唯物论)之间古来有之的争论的延续。㉓ 从这样的认知视角

---

⑱ 在梅尔茨看来,这种意义上的宗教思想的重要性甚至还超过了科学和哲学思想,因为"它包含着思想的那样一个种类和部分:这种类和部分触及我们最深刻的兴趣、我们内心最深处关心的东西和我们最崇高的抱负"(梅尔茨:《十九世纪欧洲思想史》,第61页)。尽管如此,梅尔茨从未明确说过,宗教思想高于科学和哲学思想。
⑲ 细读梅尔茨:《十九世纪欧洲思想史》,第65页。
⑳ 参看《词源考》"引言"和注释中的相关说明。参考注14、16、59、64。
㉑ 威廉·C.丹皮尔:《科学史及其与哲学和宗教的关系》(以下简称《科学史》)上、下册,李珩译,商务印书馆,1997年,下册,第641页;英文词语见 W. C. Dampier, *A History of Science and its Relations with Philosophy and Religion* (以下简称 *A History of Science*), 4th edition, London and New York: Cambridge University Press, 1948, reprinted 1979, p.498。
㉒ 丹皮尔:《科学史》下册,第642页。
㉓ 丹皮尔:《科学史》下册,第421—422页。

切入,大概也基于自己或某些信徒对宗教经验的直接体验,他会在不是从正面讨论宗教与科学之关系的上下文里有意无意地扩大科学的对立面,从而用我们的话来说,避免使用常规的二元配套术语,亦即没有把科学的对立面单一且理所当然地设想为宗教。如同怀特海在泛谈宇宙谐和的叙事背景下说到"审美学成就的谐和"与"审美的谐和"时引而不发,不提宗教(《科学》:19),在引起我们关注的下面这段文字中,"宗教"一词也没有出现。批评过古代希腊"原子论哲学家"和近代法国物理学家拉普拉斯对科学能量的夸大后,丹皮尔教授总结道:"科学每前进一步,机械论(mechanism)的力量总是要被人过高估计,这已经成为当代思想的特色(a marked feature in contemporary thought)。其实当新知识完全消化后,人们就看出旧问题(the old problems)本质上依然未变(in their essence to be unaltered);而诗人(the poet)、先知(the seer)和神秘主义者(the mystic)也就出来重整旗鼓,以新的言语从更优越的地位向人类宣布他们的永恒的启示(their eternal message)。"⑭多变的事物和事态的表象下面是其不变的本质。从上下文来看,"旧问题"当主要指唯灵论与机械论之间的冲突。"重整旗鼓"英语原文作"again came into their own",译文套用了一句中国成语,稳妥与否似可商榷。"从更优越的地位"原文作"from a higher vantage ground"。比较怀特海希望科学家们将来能够拥有的"some wider vision"(Science:164)。丹皮尔的这段话原文以"At each step in advance"起句,没有提到"science",但译者根据汉语的表达习惯弥补了这一"缺失",应该说"科学"一词用得恰到好处。此举不仅切合当下的语境,而且亦可与前文的用词相吻合。就在相去不远的上一段文字中,作者以同样的句式表示过类似的意思,那句话以"With each great advance in science"开头,⑮明确使用了"science"一词。丹皮尔有意在此强调的是近当代西方文化中的二元反复现象(参看注40、41等处),从一个侧面指出了科学与宗教之争的长期性和复杂性。"宗教"一词的缺席并不意味着宗教本身的不在场,⑯"旧问题"、"永恒的启示"、"先

---

⑭ 丹皮尔:《科学史》下册,第422页;Dampier, *A History of Science*, p.316。

⑮ Dampier, *A History of Science*, p.315.

⑯ 在《科学》临近结尾的第十二章"宗教与科学"里,怀特海在指涉美学时明确提到了"宗教"(见"评论"第5段)。巧合的是,丹皮尔也在《科学史》收官之处的第十二章"科学的哲学及其展望"里,当专门论及科学与宗教的关系并有意强调变革与反变革现象在西方近当代历史上的反复出现时,他亦明确点到了"宗教"。不同的是,这一次他站在偏向于科学的立场上,而不是像先前那样,选择站在"诗人、先知和神秘主义者"一边。宗教本该更加及时地修正自己的错误,并把这当作一条今天仍然有必要坚持的原则,然而不幸的是,"在每一种变革刚刚开始的时候",它却"总是起来反对"(丹皮尔:《科学史》下册,第638页)。接着,他带着赞同的心情摘引了怀特海的一段话:"宗教如果不用与科学一样的精神接受变革,它就不能恢复其固有的权威。宗教的原理……"(同前引书;参看《科学》:180)这段话的英语原文见 *Science*:168。

知"和"神秘主义者"等词语向读者表明了它的强势存在。但是,宗教已不再仅凭一己之力,单枪匹马地与科学相抗衡;它已经成为一个更大的灵性团体中的一部分,可以和其他抵制或平衡科学(以及它的同义表述机械论)的力量一起组成一个强有力的利益同盟。宗教是这个命运共同体中的重要成员,通过"诗人"、"先知"和"神秘主义者"这样的词语,丹皮尔对科学的对立面进行了关联化处理,完成了一种有新意且符合生活经验的延扩表述。人们可以凭借传统的基督教信仰崇敬上帝,也可以通过别的方式"自由接近神灵"。多舛的命运和跌宕起伏的历史进程,教会了西方人如何用更为澄明的"两分"的眼光看待自己和自己的文化。在这种"两分"中,宗教的外延有了明显的扩大。请留意以下引文中出现的"任何方式"和带有泛神论色彩的"神灵"等词语,还需留意"mind"、"soul"和"spirit"在英语中的词义区分:"从机械观点看人,人自然是架机器。但如果从精神观点看人(regarded spiritually),则人仍然是一个理性的心灵(a rational mind),与一个活着的灵魂(a living soul)。科学已经认清其真正的意义,不再想用定律的羁绊,来束缚人的精神(the spirit of man),而听他用他的灵魂(his soul)所需要的任何方式(in whatever way)自由接近神灵(the Divine)。"⑰

13. 扩大宗教的关联面,"以新的言语"向人们宣讲旧有的理想,对于基督教的生存和经受过重创之后的复兴自然是有好处的,至少从表面上来看是这样。上帝

---

⑰ 丹皮尔:《科学史》下册,第 640 页;Dampier, *Science*, p.497。上帝观念的模糊化是一把双刃剑,基督教在这一过程中受益,却也为此付出了导致某些本己质素弱化的代价(参看注 85)。"在宗教盛行的时候,'上帝'这个词的涵义是完全明确的;但是理性主义者猛烈攻击以后,它的涵义就变得越来越苍白模糊,直到最后,当人们宣称自己信仰上帝的时候,别人竟不知他们的真意何在。为了说明论点,我们不妨拿马修·阿诺德的定义作为例证:(上帝是)'一种不属于我们而产生正义的力量。'我们也许可以把这说得甚至更加含糊……"(伯特兰·罗素:《为什么我不是基督徒》,沈海康译,商务印书馆,1982 年,第 32 页)罗素写下这段话的目的,当然不是为了说明基督教及其上帝因此丢失了一些最本己和最宝贵的东西。但是,如果可以撇开出发点和目的不论,他的话总的来看可谓如实描述了上帝观念在近当代西方人心目中的衰变过程。罗素先生未能指出,阿诺德的定义其实一定程度上依然保留了斐洛以降的诸多著名神学家所持上帝观中的思想精华。熟悉基督教神学史的人们,也许会觉得他的表述尽管过于简练,却并非不可理喻。如同阿诺德对上帝的理解一样,怀特海亦把宗教视为一种力量。阿诺德还把希腊精神和希伯来精神称作以"对立"的形式体现在"人身上和历史中"的"两种力"(详见"评论"第 1 段)。对"力"的尊崇有其积极的一面,但若把控不当,便会引发过度或过量的对立和冲突(相信阿诺德和怀特海对此都会有足够明晰的认知),其负面性将不仅给西方文明自身,而且还将给外部世界造成伤害。参考"评论"第 8 段所引梅尼克的评析。

的观念在人们的理解中变得越来越含混和模糊,基督教的本原感召力正在一步一步地受到削弱,但为了求得生存,这一切似乎都是它必须付出的代价。在《科学史》第十二章"科学的哲学及其展望"里,为了进一步阐释他本人坚持的"科学的概念不过是模型而已,并不是实在"⑱这一怀特海认同的康德式观点,他引用了物理学家和科学哲学家亚瑟·埃丁顿(Arthur Eddington)在 *Philosophy of Physical Science* (Cambridge, 1939)一书中提出的见解。埃丁顿区分了物理世界和精神领域,并对宗教精神作了巧妙的宽泛化处理,使其与人的各种神秘感觉和艺术实践毗邻而居,从而既突出了宗教的主导作用,又体现了时代特色,赋予它某种赞同盟合的意愿。注意以下引文中出现的"神秘的"、"上帝"和"灵魂"等词语:"……科学世界的问题,是一个更广大的问题的一部分,一切经验的问题的一部分。我们都知道人类精神(the human spirit)的有些领域,不是物理世界所能管制的。在对于我们四周万物的神秘感觉中(in the mystic sense of the creation around us),在艺术的表现中(in the expression of art),在对上帝的皈依中(in a yearning towards God),灵魂(the soul)在向上生长,并且在其中找到其天性固有的渴望的满足。"⑲译文准确达意,在一些难点的处理上做得很好,但将"yearning"译作"皈依"似稍显牵强,解作"向往"或"热切向往"不知是否会更好一些。宗教依然是触及人类灵魂的主要力量,但已经不是唯一的"方式"。它有了自己必须依靠的帮手,必须与引发并迎合人的神秘感的其他因素(我们会由此联想到神话)和艺术的表现携起手来,为人的灵性需求提供精

---

⑱ 丹皮尔:《科学史》下册,第 639 页。

⑲ 转引自丹皮尔:《科学史》下册,第 639—640 页;Dampier, *A History of Science*, p.497。参考美国当代分子物理学家柯林斯的如下论述,注意他对"心"、"心智"和"灵魂"的提及:"科学的主旨是探索自然,神的领域则属于灵性世界,科学的工具和语言在此不可能适用。它必须用心、心智和灵魂才能考察,并且心智必须找到一条能同时接近这两大领域的途径。"(弗朗西斯·柯林斯:《上帝的语言——一位科学家构筑的宗教与科学之间的桥梁》,杨新平等译,海南出版社,2010 年,第 4 页)参考并比较注 85 所示赖特的观点。汤因比认为,科学真理和包括宗教感召力在内的诗性真理,分别作用于人类心灵的理智和与潜意识相关联的情感这两个不同的层面。有鉴于此,如果以为二者都是真理"而违背经验来断定这两个层面是等同的,在其中一种意义上为真的东西在另一意义上也一定为真",那么,我们或将面临同时在两个方向上失去体验真理的危险(详见汤因比:《一个历史学家的宗教观》,第 135—139 页;熟悉瑞士神学家卡尔·巴特相关理论的读者,也许会由此联想到他在科学真理和宗教真理之间所作的区分)。我们注意到,汤因比教授是在统括性非元概念二元术语的含意上使用"科学真理"和"诗性真理"的,后者的涵盖面非常宽广,其主要指项中包括宗教信念和福音真理(重点参阅前引书,第 142—143 页)。比较伯曼笔下的"宗教"或"宗教思想"(注 64,参考注 88)。参看怀特海对作广义理解的"艺术"的青睐(《科学》:191)。细读注 59 结尾处。

神食粮。未来西方乃至人类社会的人文格局依然是二元的,科学和具有强大精神感召力的人文联合体,换言之,科学理性和泛宗教化的精神的神秘追求,已经并仍将成为这种二元性的组成部分。"不论在科学的知识(或智性——引者按)追求上(in the intellectual pursuits of science),还是在精神的神秘追求中(in the mystical pursuits of the spirit),"埃丁顿教授带着他对灵性感受的高涨热情并以一种稍显过于乐观的笔调接着写道,"光明在前面召唤,而我们天性中汹涌的目的(the purpose surging in our nature),在后响应(responds)。"[100]

14. 二十世纪下半叶,西方社会的世俗化进程加速,基督教的直接影响力继续衰减。怀特海教授早先所作的观察是正确的:"这里的现象是相当混乱的。有些时候有宗教的反作用和复兴,但许多世代的总趋势是欧洲文化中的宗教势力已经日见衰退了。"(《科学》:179—180)[101]需要指出的是,衰退并不意味着消亡,也并非必定就是一件"坏事"。**宗教势力衰退了,但秘索思的能量不减,西方文化的秘—逻品质没有发生改变。**考虑到近当代一些类似于孔德的人道教和二十世纪六十年代引发颇多争议的"世俗神学"这样的以科学面貌出现的世俗宗教的加盟,加之神话因素在某些哲学、宇宙论、超验物理学、心理学和社会学理论中的隐秘卧底乃至公开亮相,此外便是科学自身所内含的某些难以克服的局限的陆续被揭示,我们甚至还可以说秘索思的回旋余地加大了。信仰的缺失当然不是一个小问题(人的"宗教感"不是其他情感可以完全代替的),它的直接后果是导致人心涣散,道德水准降低,虚无主义和享乐主义思潮风靡社会。西方文化的脆弱性正在加剧。但是,换一个角度来看,来世梦想的破灭也增强了西方人的现实感和自主意识,使其具备了更多积极投身于改造社会乃至世界的务实精神。秘—逻模式有助于我们准确评估西方文化的战略竞争力,道理就在这里。问题的另一个方面是,基督教自身也在顺应时势,不断更新观念,以便显著改变自绝于现代科学、哲学和新兴宗教思潮的不利局面,更好地融入世界。第二届梵蒂冈公会议(1962—1965 年)召开之后,罗马天主教会明确"肯定了宗教自由,并保证了宗教信仰免除强制性,保证了公开的崇拜和表达的实际自由。由于宣告'真理除借助其本身的真理性之外,不能强加于

---

[100] 转引自丹皮尔:《科学史》下册,第 640 页;Dampier, *A History of Science*, p.497。
[101] 请注意,怀特海说的是"欧洲文化中的宗教势力已经日见衰退了"。近几十年来,基督教在美洲和亚洲的某些国家和地区的社会影响力有所加大,信徒的人数亦在一些地方呈现出缓慢增长的趋势。关于"有些时候有宗教的反作用和复兴",参看梅尔茨:《十九世纪欧洲思想史》,第 65 页。现代西方和非西方社会中各种新宗教膜拜团体的出现,亦是一个不宜忽略的人文现象。

人',梵蒂冈的教父们就站到了皮埃尔·贝尔和约翰·洛克等人在现代时期开始之初所倡导的宽容传统之中"[102]。对于 1931 年出生的美国哲学家理查德·罗蒂来说,宗教与科学之间的冲突虽然仍未平息,但已无须予以特别的关注。宗教基本上已不再对哲学和科学构成威胁,也不再特别需要通过扩展外延来求得生存。他在谈论杜威、海德格尔和维特根斯坦试图在研究中摆脱西方传统文化的"老框框"时,提到的不是科学与宗教的对立,而是"科学的"与包容面更为宽广的"神秘的"的对垒。[103] 上下文表明,他所说的"神秘的"或可涉及宗教,但其实际指涉已经偏向于文学和艺术方面。埃丁顿式的泛宗教热情在他身上即便不是荡然无存,也已经变得微乎其微。对此议题感兴趣的读者,或可参考并比较查尔斯·斯诺着力阐述的"科学文化"与"文学文化"之间的冲突(见注 70)。我们说过,广泛的盟合既有利于基督教的生存,也会导致其本己质素的弱化(见注 85)。罗蒂是怀特海的高足、过程神学的创建者查尔斯·哈茨霍恩的学生,由他的治学生涯来体现事态演变的某种意义上的结点,历史似乎做出了再好不过的选择。罗蒂提到的另一个"老框框"是"合理的"与"非理性"的对立。[104] 同样是在笔者所说的"统括性非元概念二元术语"的层面上,在《偶然、反讽与团结》一书中,他还谈到"'发现'隐喻"与"'自我创造'隐喻"的对垒,并多次论及"哲学与诗"的对抗。了解秘索思和逻格斯总括功能的读者朋友们大概已经由此再次体察到"整合"的必要(参看注 8),意识到秘—逻模式在笔者所谓建构"关涉西方文化二元品质研究的概念体系"的学术努力中(见注 140)所能发挥的关键作用。与怀特海、丹皮尔和埃丁顿等学者不同的是,罗蒂教授这么做的目的,不管从主观还是客观上来说,都已经和诸如哈罗德·布鲁姆等一些更少顾及治学稳健性的现代西方学者的类似做法一样,与试图改造、救助并继续严重依赖于基督教的意愿无关。尽管如此,具有重要意义的共同之处依然是可以找到的。细致的分析和比较告诉我们,无论上述西方学者对宗教的态度有多大的不同,也无论他们中的一些人是否真的怀揣通过扩展宗教的涵盖面以便使其能够继续发挥作用的目的,他们的确都在全力以赴地做着同一件事情,那就是试图寻找或扩展一种可以也有能力抗衡西方现代科技霸权的精神力量,在反对理性或逻各斯能量的单极化和超限度膨胀这一点上,他们的观点基本一致,或者说

---

[102] 利文斯顿:《现代基督教思想》下卷,第 991 页。
[103] 理查德·罗蒂"中译本作者序",第 11 页(见理查德·罗蒂:《哲学和自然之镜》,李幼蒸译,商务印书馆,2006 年)。
[104] 罗蒂"中译本作者序",第 11 页。参考注 8、12、35 和 62 等处。

没有本质的区别。他们的尝试,亦和我们即将谈到的海德格尔等学者有意赋予诗或神话以更多本体容量的做法有着诸多相似之处,在目标的择取上异曲同工,可谓殊途同归。了解这种异曲同工和殊途同归,对于我们的研究来说非常重要。它将促使我们从众多不同的个别例证中发现共性,意识到这些西方知识精英们其实都在沿循一种不为他们自己所整全把控的认知路向,从各自的分支视角并以各自的方式凸显秘索思的元概念作用,展示其深厚而广博的根基能量。

15. 梅尔茨模式区分了"有条理的思想"和"无条理、未界定的思想",前者包括科学和哲学,后者的指涉面更为宏阔,涵盖"一般文学"(见"评论"第11段)、诗歌、小说、艺术、道德和宗教。此外,他还论及后者的奇特及其与人们心灵感受的通连,称其中蕴含的思想基质"包容和围绕着心智的最深奥处"(it encloses and surrounds the innermost recesses of the mind)[105]。说到科学的对立面时,丹皮尔举出了"诗人、先知和神秘主义者"。换言之,在他看来,有能力与科学对垒的灵性力量是诗、宗教和各种崇尚灵知及超验感悟的神秘主义观点。丹皮尔所说的"神秘主义者"很可能不包括像尼采和海德格尔这样的诗性哲学家,但只要我们在理解中根据他们的实际表现放宽一点尺度,是完全可以不失公允地将其囊括进来的。[106] 埃丁顿提出的科学的对垒方中亦包括"神秘感觉",此外还有艺术和宗教。艺术和宗教其实都离不开人的神秘感,神秘主义是基督教的"心脏"[107],构成了它的"根基之一"[108]。提到科

---

[105] 梅尔茨:《十九世纪欧洲思想史》,第59页;Merz, *A History of European Thought in the Nineteenth Century*, p.66。和梅尔茨的做法有些相似,法国后现代主义思想家利奥塔在其1979年发表的《后现代状况》一书中区分了"科学知识"和"叙事知识",可资参考。

[106] 过犹不及。西方文化的基本品质和历史传统都是二元的;秘索思和逻格斯各司其职,对立互补,均有自己的存在价值和独立品格。有鉴于此,任何背离对这一基本状况的稳健和整全认知并试图对其进行偏激式单向度操控的"宏大"研究,最终都会要么在过度理性主义的浪漫结点上破产,要么在无法避免的神秘主义的晦暗终端上碰壁。"西方传统哲学自柏拉图以后过于严格划分哲学与诗的界线,并片面主张哲学高于诗,黑格尔是这种观点的集大成者,这就使得西方传统哲学家们大多用干巴巴的语言磨损了本来多姿多彩的诗意境界的色泽。后哲学家们大概是出于对这种旧传统的愤懑,所以一意对它加以否定、摧毁,但一些后哲学家们的主张似乎又走得太过头了,他们的哲学往往陷入神秘主义。"(张世英:《论境界——兼论哲学何为》,见《中西哲学与文化比较新论——北京大学名教授演讲录》,第121页)"后哲学家们"在此当指后现代主义哲学家们(参看注59所引张世英的论述)。

[107] Paul J. Achtemier (General Editor), *The Haper-Collins Bible Dictionary*, New York: Haper-Collins Publishers, 1996, p.722.

[108] Mircea Eliade (Editor in Chief), *The Encyclopedia of Religion*, Volume X, New York and London, 1987, p.231. 参看特雷西:《诠释学·宗教·希望——多元性与含混性》,第172页。

学的对立面时,正如前文所示,罗蒂的用词比较简洁,就是"神秘的"(比较"评论"第1段提及罗素所说的与"the rational"相对立的"the mystical")。我们知道,诗、艺术和宗教均属秘索思的分支领域,而"神秘"与秘索思的关系还要更亲密一些,因为在古希腊语里,μυστήριον("神秘"、"秘仪",其派生词 μυστικός 为英语词 mystic 和 mystical 的词源祖先)是 μῦθος(秘索思,含"话语"、"故事"、"神话"、"诗歌"等指义)的同根词。[109] 上述学者列举的科目名称和提及的相关语词,几乎囊括了秘索思家族的所有主要成员。二十世纪三十年代以来,"诗"的地位在原有的基础上得到了进一步的提升。海德格尔认为,真正的思想必然是富有诗意的,因为"诗乃是存在者之无蔽的道说"[110]。由于"真理乃通过诗意创造而发生",所以凡是有助于"让存在本身之真理到达而发生"的艺术便都是诗意盎然的,"一切艺术本质上都是诗(Dichtung)"[111]。按照爱德蒙森的说法,可以把"诗"视为一个包容面宽泛的类概念,"理解为一切有生发力的文化活动"[112]。即便适当缩小评估范围,诗的能量亦非同小可,被誉为足可代表文学的"范式"(paradigm)。在一些英国文学批评家的著述中,"'文学'(literature)已经不知不觉地一滑就变成了'诗'(poetry)。新批评家和 I. A. 瑞恰兹几乎只关心诗;T. S. 艾略特虽然涉足于戏剧(drama)但是却没有触及小说(novel),F. R. 利维斯倒是讨论了小说,但他是在'戏剧诗'(dramatic poem)的标题之下考察它们的"[113]。不少著名学者倾向于将近代以来西方思想和文化的二元分裂状况,看作是柏拉图在《国家篇》10.607B 里指出的"哲学与诗古老纷争"的继续。在柏拉图和那个时代的古希腊人的理解中,诗和神话是广义上的同义词。因此,"哲学与诗的古老纷争",其实也是哲学与神话的持续抗争(参考注31)。有些类似于海德格尔从荷尔德林的诗歌中感悟到"存在"的

---

[109] 详见《词源考》上篇中译文 1.3、3.1、4.2 和 4.3 等节段及相关评述。

[110] 马丁·海德格尔:《艺术作品的本源》,见孙周兴选编《海德格尔选集》上卷,上海三联书店,1996年,第 294 页。

[111] 马丁·海德格尔:《艺术作品的本源》,见《海德格尔选集》上卷,第 292 页。"与纯粹所说即诗歌相对立的,并不是散文。纯粹的散文绝不是'平淡乏味的'。纯粹的散文与诗歌一样富有诗意,因而也同样稀罕。"(马丁·海德格尔:《语言》,见《海德格尔选集》下卷,第 1002 页)参考注 99。注意汤因比所言"诗性真理"的主要指涉方中,包括海德格尔"诗学"原则上忽略不计的基督教及其所宣示的"真理"。参考并比较注 126 对神话之始发或源头地位的提及。

[112] 爱德蒙森:《文学对抗哲学——从柏拉图到德里达》,第 2 页。参看注 64 所示西方学者对"宗教"和"神话"的宽泛处置。

[113] 伊格尔顿:《二十世纪西方文学理论》,第 53 页。

真谛,罗蒂从菲利普·拉金(Philip Larkin)诗作的某些行段里读出了作者的真实意图,相信它的意义在于"把诗与哲学的古老争辩旧事重提"⑭。在当代美国古典学家凯文·克罗蒂看来,亚里士多德的《诗学》对诗与哲学古老纷争的调解是失败的,二者之间的不和"一直延续到我们生活的今天"⑮。得益于"诗"的襄助,秘索思在哲学领域成功实施了对逻格斯的渗透,很大程度上改变了它的运思习惯和叙事方式。在神话与哲学"古老纷争当下化"的现代抗争中——法国学者让-弗朗索瓦·马特转述了古典学家 L. 布里松和 F. W. 梅尔斯坦在《理性的力量与局限》一书中表达的那种明显偏袒诗与神话但也确实有一些道理的观点——哲学一次又一次地失败,"逻各斯"⑯不仅未能取胜,"反倒证明了神话的持久幻象"⑰。像一些近当代西方学者一样,罗蒂认为,"尼采之后的哲学家,诸如维特根斯坦和海德格尔,他们写作哲学,都是为了呈现个体与偶然的普遍性与必然性";二位"都卷入了柏拉图所发动的哲学与诗之争辩中",并且"最后都试图拟就光荣而体面的条件,让哲学向诗投降"⑱。比较斯坦利·罗森从另一个角度谈到的诗的胜利:"如果有整体——就是说,有人类经验的统一性,那只能通过诗去接近。相反,如果没有整体,我们必须再次通过诗发明它。在这两种情形下,哲学献身于充当仆人的角色,或许是诗王国的内阁总理或枢密顾问。哲学的历史因而呈现为谋反的枢密顾问屡屡败北的编年史……"⑲注意罗森提到的"整体"和"人类经验的统一性"。笔者赞赏上述学者以各自的方式表示了对秘索思的热切推崇,并且很清楚这些论述一定程度上也契合"评论"第14、15段的叙事指向。然而,客观和冷静的评估表明,他们其实也像笔者即将谈到的"许多十九世纪理性主义者们"一样(见"评论"第16段开启处)犯了"得理不饶人"的错误,不同之处在于更换了讨论中冲突双方的支项名称,颠倒了胜负方的位置。诸如此类的观点听起来的确有一些道理,却

---

⑭ 罗蒂:《偶然、反讽与团结》,第40页。参看"评论"第7段所示爱德蒙森的观点。

⑮ Kevin Crotty, *The Philosopher's Song: The Poets' Influence on Plato*, Lanham and New York: Rowman and Littlefield, 2011, p.xxii, note 14. 参看注41所示罗素的观点。

⑯ 细读注51。西方学者谈论"神话"和"逻各斯"时,通常会缺少我们在注13、14和139等处提供的那些背景知识的铺垫。参看注3。

⑰ 详见马特:《柏拉图与神话之镜——从黄金时代到大西岛》,第11—12页。参看 Raymond Barfield, *The Ancient Quarrel between Philosophy and Poetry*, Cambridge: Cambridge University Press, pp.8—9; Crotty, *The Philosopher's Song: The Poets' Influence on Plato*, p.xix;斯坦利·罗森:《诗与哲学之争》,张辉译,华夏出版社,2004年,第4页。

⑱ 罗蒂:《偶然、反讽与团结》,第41页。

⑲ 罗森:《诗与哲学之争》,第7页。

显然并不完全符合事实。⑫ 把真理表述得过头了,就会导致谬误。不应忘记,诗对哲学的胜利即使是真的,也并不具有全局性,不宜将其理解为秘索思从整体上彻底战胜了逻格斯。事实上,即便可以有所保留地认同罗蒂等学者的宏观判断,即便可以视而不见对"历史情境"情有独钟的诸多当代文学评论家(仿佛是有意与上述"尼采之后的哲学家"形成职业立场上的换位)事实上会在哲学与诗的古老纷争中"经常站在哲学家一边,尽管他/她在英文系拥有一个教职"⑫,我们也不能因此以为西方文化二元格局中的"一方"已经整体地压倒了"另一方"。有了秘—逻模式,加之具备了对"总括性元概念二元术语"之于"统括性非元概念二元术语"托底和"纲绳"作用的了解(见注140),我们知道公允的评判应该是,总的说来双方在过去的两百年内大致上打了个逻格斯稍占上风的平手,因为在另一条战线上斗争的结果基本上是相反的,是科学在诸多分支领域内继续挫败宗教,是西方社会仍在一些方面缓慢推进的顺应历史潮流且有利于民主思想传播的世俗化进程。"诗"的社会影响力及其对人们思想的掌控,与基督教在中世纪的一手遮天不可同日而语,它在现代西方人文语境中的"胜利",只能算是收复了基督教及其神学败退后丢失的部分阵地。卡西尔所持理性在现代科技领域大获全胜而政治神话却在国家制度层面上击败了理性思想的观点,尽管稍显粗疏,⑫却也从另一个侧面暗示了"平手"的问题,颇具参考价值。进入二十一世纪后,人们对科技的依赖程度不仅没有减小,反而还在加大,逻格斯的引领作用变得更加明显。由此看来,除了上述实际所得,"诗"的胜利也许主要体现在气势和自信心上,因为它已经不再需要韬光养晦,更不需要像草创时期的基督教那样必须标榜自己的教主为"逻各斯"(并称希腊神话、各种民间鬼神传闻和其他宗教故事才是神话和谎言),而是更愿意立足本体,展现自我,以自己真实的秘索思身份示人。**组建并稳妥运用秘索思和逻格斯这对元概**

---

⑫ 一些近当代西方思想家所说的"哲学",有时也包括或可以被理解为包括科学。因此,他们所称的诗对哲学的胜利,有时也包含诗对科学的胜利之意。然而,这样的理解是虚幻和一厢情愿的,整体上并不符合当今西方社会中现实的人文状况。必须指出的还有,如果愿意站在"哲学本位"的立场上来评估,哲学的诗化进程尽管声势浩大,却没有也不可能涵盖近当代西方哲学已经取得的所有思想成就。以怀特海所持欧洲哲学发展进程中最稳定的一般性特征是由对柏拉图哲学的一系列注解构成的观点来衡量(见怀特海:《过程与实在》,第70页;此说稍微有些夸张),尼采和海德格尔等人的诗性哲学尽管新颖,也只是或可以被看作是西方哲学传统中的一个有特色的组成部分。

⑫ 爱德蒙森:《文学对抗哲学——从柏拉图到德里达》,第17页。

⑫ 详见卡西尔:《国家的神话》,第3—4页。

念,对于我们从整体上把握现代西方文化的格局复杂性是大有裨益的。在以上解析中,秘—逻模式的学术价值、理论意义和实用效益得到了彰显。没有它的大格局引领,学者们就容易厚此薄彼乃至以偏概全,在对当今西方文化的态势评估上出现有可能导致严重后果的误判。

16. 秘索思的人文持存力和逻格斯一样强大。宗教没有消亡,神话能够在科学昌盛的现代人文环境里存活乃至复兴,这些都大大出乎许多十九世纪理性主义者们的预料。"十九世纪的哲学家们认为他们的时代是历史达至完满的前一个阶段,这是错误的……"[123]古老的神话继续受益于维柯和海纳(C. G. Heyne)等人开启的"翻身"进程,重新焕发出蓬勃的生机,由旧时的"谎言"摇身一变,赫然成为诸多近当代西方学者和文人竞相赞颂的"另一种真理"。宣称二十世纪是"一个神话的世纪"(the Mythical Age)[124]肯定需要设置一些前提,但二十世纪的西方文学界确实出现过因"现实"之需而向神话复归的强劲势头(包括重塑神话),也是一个不争的事实。"'神话主义'是二十世纪文学中引人注目的现象。"[125]在现代文学批评理论中,"'神话'(myth)有时似乎是一个最重要且涵盖面最广的词汇"[126]。此外,"尽管对有关神话的定义众说纷纭,神话仍是二十世纪社会学和文化论的中心概念之一"[127],神话与科技乃至政治的"互动"在二十世纪中叶前后亦表现得尤为活跃,其能量左右了同时期许多西方思想家对现代性的思考(见注18)。"'神话'是现代批评家喜用的一个术语,它包含了一个重要的意义范围,涉及了宗教、民谣、人类学、社会学、心理分析与美学等领域。"[128]关于秘索思元概念性质的提出和论证,笔者在

---

[123] 威尔肯斯、帕杰特:《基督教与西方思想》卷二,第322页。
[124] 奥地利小说家赫尔曼·布罗赫(Hermann Broch)语(见 "The Style of the Mythical Age",转引自 John White, "Myth and the Modern Novel", in *Theories of Myth*, p.337)。
[125] 梅列金斯基:《神话的诗学》,第316页。
[126] Douglas, "The Meanings of 'MYTH' in Modern Criticism", in *Theories of Myth*, p.68. 参看注3结尾处。神话为"互本互根"的文学和宗教这两个"文化系统"提供故事来源,在它们的"各自传统中"占据着"重要源头地位"(喻天舒:《五四文学思想主流与基督教文化》,昆仑出版社,2003年,第34页)。神话和宗教"都来源于人类生活的同一基本现象",但神话更为古老,它"从一开始起就是潜在的宗教"(卡西尔:《人论》,第122页)。"对于许多作家,神话是诗歌与宗教之间的共同因素。……宗教神话是诗歌隐喻合法的、规模巨大的源泉。"(勒内·韦勒克、奥斯汀·沃伦:《文学理论》,刘象愚等译,文化艺术出版社,2010年,第212页)
[127] 梅列金斯基:《神话的诗学》,第27页。
[128] 韦勒克、沃伦:《文学理论》,第209页。

长文《词源考》中已基本完成,该文对"神话"含义的古今变迁亦有较多阐述,丹皮尔、埃丁顿、罗蒂等学者和一些现代神话学家的论述除了自身的精湛外,也为笔者所持观点的合理性直接或间接提供了新的佐证。不仅如此,让我们有理由表示感谢的,还有丹皮尔也像怀特海一样(详见注76)不仅为秘索思,而且也为它的元概念搭档逻格斯的呼之欲出提供了具体的例证支持。在《科学史》中译本第642页上,他在十三个行次(原文为十九个行次)[129]的简短篇幅里先后提出了三对配套的基干性二元术语,它们是:科学(science)与宗教(religion),科学(science)与神学(theology),理智(reason)与情感(emotion)。依据秘—逻理论,我们知道这三对术语中的前者均为逻格斯的单项表征,而其中的后者则可归入秘索思掌控的范畴。[130]在同一篇幅内,他还提及另外两对直接与哲学、科学和神学相关的二元配套术语,即哲学家(the philosopher)与学者(the scholar,指神学研究者)以及科学家(the man of science)与神学家(the theologian)。通过这些基干性二元术语以及与之相关联的其他词语,作者得以达成表义上的延扩,由此渐次伸展并建构起更大的语句单位,也就是我们所说的进入述域。如同梅尔茨在更有理由这么做的语境中却还是没有做不是一个失误,丹皮尔未能在相关论述中引入秘索思和逻格斯这两个包容面更为宽广的元概念,当然也不是什么过错。但是,假如他抽时间专门从事过这方面的研究并据此真的这么做了,我们也不能说他本来就不应该做出这样的选择。不能假设人们需要的只是对具体事项的了解,所以既没有必要从宏观上把握西方文化的二元格局,也无需节外生枝,尝试从深层次里揭示它的基质构成。有必要说明的是,作为一名知识渊博且经验丰富的科学史家,丹皮尔重视规律,也有较为明晰的宏观视角和概括意识。在"评论"第12段摘引的那段文字所在的"进化论与哲学"一节的起始部分,他明确提到了西方思想史上"机械论"和"唯灵论"宇宙学说(mechanical and spiritual theories of the universe)的"此起彼伏,轮番更迭,如脉搏

---

[129] Dampier, *A History of Science*, p.499.

[130] 神学的立足点是上帝的启示,其精神实质与科学背道而驰。当然,神学也不同于纯粹的秘索思,带有"伪科学"的一面,关于这一点,可请参看注138和"评论"第17段结尾处。行文至此,我们似乎亦可顺便尝试对"评论"第12段所示丹皮尔的论述进行元概念归类(换一个角度来看,也是进行关联性思考),将那段文字中的"科学"、"机械论"、"新知识"以及相关上下文里出现的"唯物主义"和"机械论哲学"等术语(丹皮尔:《科学史》下册,第422页)一并划归到逻格斯的麾下,而把"诗人、先知和神秘主义者"及其所熟悉的"旧问题"和采用"新的言语"向全人类宣布的"永恒的启示",一并归属于另一个元概念,使其坦然进入秘索思掌控的观念领地。比较"评论"第8段所示梅尼克的划分。参考注8、59、76。细读注18结尾处。

的跳动"⑬¹。稍后,他又指出,"至文艺复兴时代,知识的发展重新开始",就像在古希腊时期那样,"见解的自然摆动再度明朗化"⑬²。"见解的自然摆动"(the natural oscillations of opinion)⑬³当指机械论和唯灵论观点的交替出现,和前面所说的"此起彼伏,轮番更迭"是同一个意思。⑬⁴ 看得出来,丹皮尔在此似乎有意赋予"机械论"(或"机械主义")和"唯灵论"以某种类似于统括性二元术语的作用,尽管他自己没有明说。然而,丹皮尔的想法不是一以贯之的,也就是说,他似乎缺少有计划地把这两个配套术语运用到全书写作中去的明晰意图。谈到希腊哲学和科学的产生时,他并没有将其理解为机械论(或机械论哲学)战胜或压制了唯灵论。此外,他也没有明确限定二者的指涉范围。通读相关章节,我们并不清楚"唯灵论"的全部指义,也无法准确把握"机械论"与理性和哲学的关系。"机械论"的指对是比较随意的,除了宽泛的统括性类概念意蕴,它有时是科学的同义词,⑬⁵有时又被当作科学得以展示自身能量的一种手段。⑬⁶ 与丹皮尔带有较多就事论事色彩的描述相比,同样深受柏格森哲学影响的怀特海,更不喜欢西方传统文化中物质与精神的二元分裂。他很正确地看到冲突所造成的负面结果,但对其在可控范围内所能产生的正面或积极作用却似乎略显估计不足。在《科学》第五章里,他把这种分裂具体表述为"机械论(mechanism)与机体论(organism)的对立"(《科学》:73;*Science*:73)。在坦言自己对传闻中中国人有时信奉孔教有时又转而信奉佛教以及这两种"态度"是否互相抵触都无所知晓并由此暗示无法做出明判后,他把话题重新带回

---

⑬¹ 丹皮尔:《科学史》下册,第421页;Dampier, *A History of Science*, p.315。参看注7、40、41、46、49、59、134和149等处。

⑬² 丹皮尔:《科学史》下册,第422页。

⑬³ Dampier, *A History of Science*, p.316.

⑬⁴ 参看"评论"第12段对"旧问题"的解释。关于机械论与唯灵论的纷争,另见《科学史》第十二章结尾处(第639—644页,但"唯灵论"一词没有出现)。比较阿诺德的如下适合于针对西方文化且宜可视为一个小型述域的精彩归纳:"在整个过程中,希伯来精神和希腊精神互相更迭,人的智性冲动和道德冲动交替出现,认识事物真相的努力和通过克己自制得到平安的努力轮番登台——人的精神就是如此前行的。两种力各有属于自己的辉煌,各有一统天下的时光。如果说伟大的基督教运动是希伯来精神和道德冲动的胜利,那么被称作'文艺复兴'的那场伟大运动就是智性冲动和希腊精神的再度崛起和复位。"(阿诺德:《文化与无政府状态:政治与社会批评》,第108页;细读并比较《科学》:8—9)在这段话中,"希伯来精神"和"希腊精神"是两个作为叙事"接口"的基干性短语,也是两个统括性二元语汇,其他语句是对它们的关联和延扩表述,构成了一个体现叙事涟漪效应的典型述域。

⑬⁵ 丹皮尔:《科学史》下册,第422页。

⑬⁶ 丹皮尔:《科学史》下册,第644页。

到自己所熟悉的西方语境,回到机械论与受其青睐的机体论的对垒上来。怀特海写道:"但西方倒真有类似的事情存在(But there can be…of the West),而且有关的两种观点是不相容的,这是千真万确的事实。人们一方面相信以机械论(mechanism)为基础的科学唯实论(a scientific realism),另一方面又坚信人类与高等动物是由自律性的机体构成的(being composed of self-determining organisms)。"(《科学》:73—74;Science:73)值得注意的是,他紧接着还说到"这种根本的自相矛盾"构成了"现代思想的基础",认为"我们的文明""不彻底",在这两种见解之间"摇摆不定"(《科学》:74)[137]。除了"机体论"和"唯灵论"在具体指涉上的差异(但二者都是"机械论"的对立面),怀特海与丹皮尔的不同之处,诚如"摇摆不定"和之前的"半心半意"(half-hearted, Science:73)等词语已经间接表明的那样,在于他把这种潜伏在文化背景中的自相矛盾状况看作是一个导致思想衰退的负面因素(《科学》:74),而对中世纪基于信仰因而显得有些不伦不类的理性主义没有过多留恋的丹皮尔,则认为"到现在为止,这种转换对于认识的健全发展似乎是必要的"[138]。

---

[137] 关于"摇摆不定",参看尼采和拉夫乔伊的观点(注41)。从十八世纪至二十世纪上半叶,有机论与机械论的对立除了在思想领域,也在与之相关的西方学者围绕政制和社会形态所展开的讨论中得到了强势的体现。怀特海对此应该是有所察觉的,从他所说的"人类与高等动物是由自律性的机体构成的"一语中,明眼人或许可以看出他潜在的政治倾向性。"有机体构想是现代性中最有影响力的理念之一:这一理念不仅帮助人们发现了有机生物的生理结构,而且也成为了社会政治话语中的一个隐喻,自浪漫派开始尤其用作具有反市民性质的国家乌托邦隐喻。……尤其让这一理念得到发扬的是社会学家滕尼斯(Ferdinand Tönnies)的一部著作,其中将社会(Gesellschaft)描述为机械的、表面的市民共处,而将共同体(Gemeinschaft)描述为有机的市民共处,这显然是承接了政治浪漫派的传统。而即使在马克思和萨特的作品中,有机体与机械体之间的对立也起着一种结构性的作用。"(弗兰克:《浪漫派的将来之神——新神话学讲稿》,第179页)

[138] 丹皮尔:《科学史》下册,第421页。丹皮尔认同怀特海对中世纪理性主义的赞誉(关于怀特海的赞誉,可参看《科学》:12;但他亦在该书第10和17页里指出了中世纪理性的"漫无边际"与"狂热"),坚称"如果我们以为经院哲学及后来由它产生的正统的罗马神学反对或轻视人的理性,那就完全错了"(前引书上册,第141页)。不过,他同时也看到了中世纪思想的逻辑缺陷,也就是说,"在我们看来",经院哲学家们的推理"前提有问题"(同前引书)。"由于科学主要是经验性的,它归根到底不得不诉诸观察和经验,它不像中世纪的经院哲学那样凭借权威接受一种哲学体系,然后再依据这个体系来论证种种事实应该如何如何。"(前引书上册,第12页)像丹皮尔一样,巴雷特赞同怀特海的见解,认为后者对经院哲学的评价"非常贴切"(巴雷特:《非理性的人——存在主义哲学研究》,第27页)。然而,他也同样有所保留,并且还在揭示中世纪思想的"非"理性这一点上表述得比丹皮尔更加直白:"中世纪思想家平常视为理性的东西其实是信仰。而且,这类错误之所以发生,究其原因并不是由于那些思想(转下页)

17. 西方文化的基本品质是二元的,古代、中世纪和近当代均有展示其主流表现样式的二元配套术语(详见"评论"第2、15段),而在它们的背后,隐藏着支撑并有能力对其进行总括的两个本原性根基语词,亦即我们已经找到的那一对表征该文化基本品质的元概念。较之"评论"第7段提到的那些统括性二元术语或二元模式,⑬⁹**作为总括性元概念二元术语,秘索思和逻格斯更为贴近西方文化的词源学和古典学根基,具备更强的掌控力、更好的学理对称性和更丰富的学术含量,发挥了其他配套词语和二元模式难以替代的表义功能。**⑭⁰ **秘—逻模式拓宽了我们审察西**

(接上页)家缺乏逻辑的敏锐,而是由于他们的理性本身扎根于他们的历史存在——简言之,'信仰时代'的存在。"(前引书,第102页)信仰是中世纪思想的核心和基石。在中世纪,屈从并服务于信仰的理性,诚如卡西尔所指出的,"没有它自己的光明"(卡西尔:《国家的神话》,第116页)。"对中世纪而言,'理性主义'的谈论方式,是一种极不精确和不充分的方式。在中世纪的思想体系中,我们在笛卡尔、斯宾诺莎、莱布尼茨、或十八世纪的'哲学家们'中所发现的思想倾向,即现代'理性主义'毫无立足之地。没有任何一个经院哲学家曾真正地怀疑过'启示的'真理的绝对优越性。"(前引书,第115—116页)

(139) 此类二元模式拥有各自的表义棱角。诸如"哲学与诗(之争)"和"耶路撒冷与雅典(之争)"这样的提法历史悠久。"评论"第3段提及的"两希文明"(或"两希文化",参考注23、33、35和66)亦是一个"天然"具备跨时代统括功能的二元术语,在地域标示和人文积淀等方面具备某些优长。但是,撇开词源背景和元质度等方面的欠缺不谈,它的主要缺点就像"耶路撒冷与雅典"一样,在于无法涵盖古希腊文明的二元构成(详见注6;参看注23结尾处),也会因"希伯来精神"字面意思的直白,而在对基督教式微后的现当代西方文明二元格局的表征上显得有些力所不逮。

(140) 在西方文化传统中,"逻各斯"的重要性不言而喻,无论是古希腊哲学还是基督教,也无论是近代欧洲古典哲学还是反对逻各斯中心主义的现当代人文思潮,一般都把它作为一个核心语词来对待。在我们提出秘—逻模式之前,"逻各斯"已经具备了"中心"词乃至某种类似于元概念的词品特征(见注51,参考注16),其元质性的被遮蔽程度(见注18)也要比秘索思小一些。所以,从某种意义上来说,真正需要接受元概念属性解蔽的是另一个重要词汇,是本该与逻格斯享有同等元质度待遇但事实上却被长期弃置于概念冷宫的秘索思。秘索思元概念身份的被解蔽是建构秘—逻模式的关键之举,其意义不仅在于秘索思自身根基品质的彰显,而且还体现在因为得益于二元配套效应,一方面认证并因此进一步反衬出逻格斯之前未能完整体现的元概念属性,另一方面也通过事实上的收复"失地"(详见《词源考》上篇对译文3.8评论的第3段和下篇对译文7.4评论的第9段)而限制了逻格斯或真正意义上的逻格斯精神的活动范围,厘清了它在西方人文图谱中的格局地位。"逻格斯之于西方文化的重要性不言而喻,无需特别提及。需要说明的是随着秘索思元概念地位的确立,我们似乎有必要对逻格斯的观念能量和结构作用做出某些调整,使其能以另一个元概念的明确身份与秘索思平分秋色,共同参与西方文化基质图谱的描绘。如果说秘索思的元概念属性是被'发掘'出来的,逻格斯的相应属性则是在原有的基础上被'协调'出来的。秘索思元概念身份的彰显,其意义除了自身基质作用的被解蔽,还在于附带促成了逻格斯元概念身份的明晰浮现,而有了明确的身份定位后,逻格斯又会反过来印证秘索思的不可或缺,(转下页)

方的视野,丰富了我们的智性体验,总的说来比其他二元配套术语更贴切、也更合理地揭示了西方文化的基本结构,从宏观上梳理和概括了它的发展态势。这一模式还为我们重新评估迄今为止解析西方文化的诸多理论和重要观点,搭建起一个新的思想与方法论平台。倘若以上判断能如我们预期以及在本文和其他著述中论证过的那样可以成立,那么除了别的功效,该模式对于西方思想史、观念史、人文发展史和科学史的新思路写作有所助益,就会是一件理所当然的事情(参考注 12 所引伯林的论述)。但是,理所当然并不意味着容易做到。怀特海过分强调了希腊科学与近代科学的不同(详见《科学》:7),因此没有把思绪转移到认真寻找相似性并试图加以贴切概括的方向上来。[141] 近代科学固然有自身的特点和优长,但导致其产生的"根本基因"是萌生于古希腊的逻格斯精神,是"希腊理性科学"[142]。丹皮尔不

(接上页)赞同乃至公开支持其(这里主要指宗教秘索思)拥有自己的势力范围和活动领域。秘索思和逻格斯既是'对手'又是'伙伴',共同构成西方文明的基质底蕴,凸显出它的特色。"(《词源考》"引言",文章所在季刊第 245 页注 1)秘索思和逻格斯是一对总括性二元词语,在词品属性上不同于,或者说因其具备元概念资质而"优"于统括性二元术语。秘—逻模式由秘索思和逻格斯这两个总括性元概念语汇构成,因而比其他二元模式更具"统治"力。作为它们理论设计上的包容者和总括性代表,该模式受益于自身的构成系统性,不仅具备上述宏观层面上的优势,而且拥有很强的分辨功能和更精致的解释效力。尽管如此,统括性二元术语以及由它们所构成的表义模式却既不是可有可无,更不是可以被无意也无力包打天下的秘—逻组合随意替代的,没有它们在具体操作层面上的指挥调度,秘索思和逻格斯就难以统筹兼顾,运筹帷幄,发挥幕后"主帅"的作用(见注 18 起始处;这种作用在被揭示出来之后,亦可走向前台)。所有的统括性术语和二元模式都有其自身的存在价值,也都有各自的用武之地,秘—逻模式的产生不是为了减小它们的作用(所谓"尺有所短,寸有所长"),削减它们的独立性,而是为了使包括它们在内的整个关涉西方文化二元品质研究的概念体系,因为有了一个"总纲"或一条强有力的"纲绳"(所谓"纲举目张")和必要的层级划分,而在展示形态上变得比以前更加富有生气,也显得更加有序和条理分明(重点参看注 14、16、18、59、64、75、84、130、140 和 155 等处)。

[141] 怀特海并没有完全忽略这个问题,但他的着眼点是数学。依他之见,欧洲数学史上出现过两个具有某些共同特征(certain common characteristics)的伟大时期,而且都延续了大约两百年之久,前者始于毕达哥拉斯,止于柏拉图,后者纵贯了十七、十八两个世纪(详阅 Science:38)。怀特海的论述有时稍显自相矛盾,缺少细致的梳理和分辨。他会说希腊人的思想观念"不是我们所理解的科学"(《科学》:7),也会说"现代科学导源于希腊"(《科学》:16;参看注 142)。

[142] 吴国盛:《什么是科学》,广东人民出版社,2016 年,第 297 页。"在西方,基于古希腊传统的哲学思想体系对近代科学的发展具有非常重要的意义。"(托比·胡弗:《近代科学为什么诞生在西方》,周程、于霞译,北京大学出版社,2010 年,第 4 页)"西方一直有科学的传统,在近代和现代科学发展上一路领先,实在是同源于希腊哲学的求真精神及其精益求精的逻辑理性思维方式,完全不能分开的。"(杨适:《古希腊哲学探本》,第 2 页)公元前六世纪,(转下页)

像怀特海那样偏向于强调差异,并且还在讨论"原子论"时间接指出了希腊自然哲学和近代科学在"科学精神"(the scientific spirit)上的一脉相承,⑭³却还是因为过分看重"环境却有所不同"⑭⁴等因素,而未能把它所认同的"伊奥尼亚理性主义的自然哲学"(the Ionian rationalist nature-philosophy)或"理性的机械论的哲学"(a rational mechanistic philosophy)战胜神话(mythology)的观点,移用到对近代科学冲破宗教信条和经院哲学之束缚的解释上来。⑭⁵ 与之形成鲜明对比的是,在由默顿·达古特译成英语的《希腊人的物理世界》一书中,以色列物理科学史家撒姆尔·桑布尔斯基倚靠业内学者所熟悉的公元前六至前五世纪希腊思想的主流表现样式从神话向逻各斯(from mythos to logos)转变⑭⁶的认知背景展开讨论,对西方科学史上的这个应该引起人们高度关注的重要现象发表了他的明智见解。桑布尔斯基写道:"希腊科学通过逻各斯(logos)与神话(mythos)的斗争所赢得的独立,在许多方面类似于现代科学的诞生(similar to the birth of modern science),后者通过抨击中世纪僵化的经院主义(petrified mediaeval scholasticism)而得以实现。随着对自然的研究挣脱了神话想象的控制(set free from the control of mythological fancy),科学作为一种智识体系就拥有了发展的前途。同样,科学从中世纪哲学教条的掌控中(from the domination of the philosophical dogmatism)摆脱出来,也就为现代科学作为人类文化的一个自律部门的兴起做好了准备。"⑭⁷ "logos"在此指对自然的理性解释,可以理

(接上页)米利都的希腊哲学家们"开始寻找可以解释自然现象的基本法则":"当时科学研究的方法较不发达,因此这些早期自然科学家提出的假说多少都近于幻想。然而,当时许多领域的成就都足以显示,'有一可观察出的规律秩序'的基本科学观念已足够作为研究的可用基础。这观点在中古虽然沉寂一时,但到了文艺复兴时期,又随着希腊学研究的复兴而再度出现,成为近代科学发展的一个起点。"(弗雷德里克·沃特金斯:《西方政治传统》,李丰斌译,新星出版社,2005年,第9—10页;参看注23所示赖特的观点)在《观念的冒险》中,怀特海肯定了希腊知识精英们的自然研究与近代科学在精神气质上的传承关系:"被人类精神中的好奇心所推动的、充满了批判精神且又摆脱了传统迷信的现代科学,确实是由希腊人发端的。在那些希腊人中,泰勒斯是我们所知的最早的一位典型人物。"(《观念的冒险》,第154页)参看注153。

⑭³ 丹皮尔:《科学史》上册,第62页;Dampier, *A History of Science*, p.25。
⑭⁴ 丹皮尔:《科学史》上册,第47页。
⑭⁵ 详见丹皮尔:《科学史》上册,第46—49页;Dampier, *A History of Science*, pp.12—15。参看"评论"第15段所示丹皮尔的相关论述。
⑭⁶ 参看注3。"logos"在此指对自然、社会和人类生存状况的理性解释(参看注16),其涵盖面大于下引桑布尔斯基论述中的"logos"。
⑭⁷ Samuel Sambursky, *The Physical World of the Greeks*, Translated from the Hebrew by M. Dagut, London: Routledge and Kegan Paul, 1956, p.4. 参考并比较注35所示怀特海对吉本《罗马帝国衰亡史》的"双重"解读。

解为主要指涉米利都自然哲学。⑭⑧ 桑布尔斯基教授目光犀利,见解深湛,使人读后受益匪浅。他看到了古风时期希腊哲学(或科学)挣脱神话的束缚,与近代科学革命时期科学摆脱宗教及其神学教条的羁绊这两次发展进程中的相似之处,比丹皮尔更多地触及问题的实质。在关键词的使用上,桑布尔斯基的选择也要在简练程度和历史感方面稍胜一筹,对比他的用词"mythos"和"logos"与丹皮尔的"mythology"和"a rational mechanistic philosophy",相信细心的读者已经看出了这一点。西方科学史的写作实际上是可以围绕这两次重大变革展开的。考虑到西方政治思想的发展也存在着类似的先是挣脱神话后来又长期面临摆脱宗教纠缠的问题(即政教分离),所以在笔者看来,关于这方面的历史写作也未尝不可参照上述方法来进行。桑布尔斯基教授这段精彩论述的可作"补充"之处,也许在于虽然指出了希腊科学的产生"在许多方面类似于现代科学的诞生",也提到了 logos 和 mythos,却没有把二者当作两个具备历时性功能且可起总括作用的元概念来看待,因此不能很好地体现文化基质的主导作用,未能真正抓住隐藏在形似下面的神似,在充分顾及差异的同时,从西方观念史的角度揭示出两次过程本质上的相似性。⑭⑨ 需要说明的

---

⑭⑧ 早期希腊哲学和科学不分彼此,合二为一。米利都哲学以研究自然和物理为主旨,因此也是科学或自然科学。引文中"希腊科学"的确切所指,当为希腊自然哲学。希腊科学与近代科学之间也有诸多不同之处,而其中的最显著者,亦即"两次历史进程的根本区别(the fundamental difference),在于前者将科学系绑于(tied)哲学,而后者则解开了(untied)将二者捆扎在一起的绑带"(Sambursky, *The Physical World of the Greeks*, p.224)。

⑭⑨ 这一见解一定程度上也适用于对下引桑塔亚纳观点的研读:"现在,欧洲历史已经两次结束了神话学,初次是在斯多葛哲学中,然后是在新教中。这两次事件的环境非常不同……然而,存在于两次事变中的结局却是相类似的。希腊及基督教神话学都相似地在泛神论中结束。"(乔治·桑塔亚纳:《宗教中的理性》,犹家仲译,北京大学出版社,2008年,第118页;比较注7和注35分别所示伯林和怀特海的观点)上下文表明,这段话里的"神话学"为神话的总称,可作"神话"解。此外,对"结束"亦不宜作过于字面化的僵硬解释。"两次结束了神话学"的,分别是同样背靠自然神论的"哲学"(斯多葛哲学)和"新教",发人深省。关于这一点,可请结合"评论"第18段的阐述来理解。桑塔亚纳将基督教视为希腊—罗马神话之外的另一种神话,并认为"也只有这两种神话学可能还继续在西方人的心中存在着影响"(前引书,第55页;参看注126)。桑塔亚纳教授洞察到了西方文化的神话底蕴(换一种说法,即为间接指出了希腊文学与基督教的同质性),这是他的深刻之处(桑布尔斯基未能明确指出基督教也是神话)。但他没有把问题放到元概念的层面上来理解,因而只谈神话(或神话学)和神秘,而不谈秘索思,未能先将其确立为一个独立的范畴,然后再讨论它与哲学和科学(即逻格斯)的包括互渗在内的各种关系,深入探讨"宗教中的理性"。在此顺便提及卡西尔关于西方政治思想史和国家观念史上神话与理性的持续冲突,也许是有益的。宗教的叙事基础是神话,而在这一点上,纳粹的国家社会主义"学说"从本质上来看也一样,(转下页)

还有，上述引文中的"中世纪僵化的经院主义"和"中世纪哲学教条"既不同于希腊神话，也不同于作为另一种神话的圣经故事和教会的宗教实践，因而不是纯粹的秘索思。经院主义及其哲学的本质和首要任务是基于信仰的教义宣传，"建立在启示之上"⑭，但它的表现形式却经常是"学术"的，是披着哲学外衣且具备较强思辨性的神学教条。所以，从这个意义上来说，我们不仅应该看到神话与哲学以及宗教与科学的冲突，而且还应该看到在某些特定的历史条件下，科学的对手除了宗教，还有通常作为其盟友的哲学。

18. 秘索思和逻格斯是两个不可能被整体调和起来却也允许一定程度上"互通有无"的概念领地，而非两块彻底封闭和密不透风的观念铁板。希腊哲学中有神话因素的渗透，而本文谈论得很多的基督教，其实亦是犹太教与希腊哲学思想的有其自身鲜明特色的"综合"。怀特海先生间接指出过同属"无情感"范畴的蛮族和雨、蒸汽等的区别（见注36），也明确指出过西方思想史上希腊思想与闪米特观念的融合（见注60），因此应该能够理解我们的上述观点。**对立支项成员之间的互相渗透和有限度的联合，显示了秘索思和逻格斯这两个根源性基质成分的人文活力和张弛有度的信息容量，因此不仅不会削弱，反而还会增强秘—逻模式对西方文化及其展开态势的释力**。哲学和科学自然可以联合起来反对宗教，这是它们得之于同一根源的基质属性使然。"在文艺复兴时代，哲学和经验科学，作为自然知识共同进行反对作为超自然知识的神学的斗争，并很快战胜了神学。"⑮但是，西方人文发展

（接上页）卡西尔教授对此有着那个时代的许多著名思想家所缺乏的深湛而澄明的认识。纳粹分子和思想健全的理性主义者都会认同并借助科技的力量，差别在于前者只是把它作为实现其雅利安神话诉求的工具，而后者则更为看重科学精神在包括科技进步和政制建构在内的人类事务中的配套实施——既要顾及实施的系统性，又要防范其滥用权威，过度发挥，在本该由宗教和其他诗性力量行使职能的领域内越俎代庖。

⑭ 亨利·奥斯本·泰勒：《中世纪的思维：思想情感发展史》第二卷，赵立行、周光发译，上海三联书店，2012年，第1119页；详阅该书第四十三章：邓斯·司各脱与奥康。奥康即奥卡姆，又称奥卡姆的威廉。

⑮ 孙雄：《神人之际》，第148—149页。哲学与科学的联合并非总是为了反对宗教和神学。哲学思辨的有效展开需要科学知识的启迪和辅佐，而科学的发展也需要哲学思想的引领与方法论指导。近代自然科学的发展离不开与哲学结成的"思想同盟"，得益于以宏观哲学推断为思想后盾的数学演算与归纳法的结合（详阅赵敦华：《基督教哲学1500年》，人民出版社，1994年，第626—627页）。问题的另一个方面是，哲学和科学虽为天然盟友（参看注148），却因理性关切的指向和表现方式的不同而容易造成兄弟阋墙，导致同室操戈。怀特海正确区分了偏向于哲学的希腊（或雅典）精神和偏向于科学的希腊化（或亚历山大）精神，认为二者在分别"重视思辨"和"重视学术"方面所表现出来的差异，导致了它们"在历史舞台上"经常难以和睦相处，"易于成为敌对的双方"（详阅《观念的冒险》，第118页；参看该书第115页）。

史上也存在着这样的现象,那就是两个对立的支项会为了某种共同的利益联合起来,一起反对与其中的一个支项分享同样基质属性的某个支项成员。**所以,宗教(或神话,乃至诗和文学)与哲学可以有意无意地联合起来,共同反对科学。**[152] 不可忽视的,还有宗教和科学亦可心照不宣,因各自的实际需求而结成事实上的反哲学同盟。怀特海虽然没有用明晰的语言表达上述见解,但他的某些论述却实际上能把读者带入如是理解的思路取向。怀特海认为,哲学和文学(包括诗歌)都能比科学更有效地使用有助于"洞察到具体事物的普遍性质中去"的"人类直觉";"十九世纪初期文学上的浪漫主义思潮,正像一百年前贝克莱在哲学上的唯心主义运动一样,都不愿局限于正统科学理论的唯物概念之中"(《科学》:85)。显然,只要稍作引申,人们就能从此类论述中发掘出哲学和文学联手以抗衡科学的潜在意涵。至于后一种形式的联合,怀特海也以他的方式有所涉及。他指出,文艺复兴后期的欧洲思想界出现了一股强烈反对中世纪经院哲学的人文思潮。这一思潮或思想运动包含两个方面,"一个是复溯基督教之源,另一个是弗朗西斯·培根主张动力因而反对目的因"(《科学》:8)。他还指出,十七世纪的新教徒坚决反对中世纪"无限制的"理性主义(《科学》:9);借助数学的帮助,科学否定了经院哲学(《科学》:16)。关于西方近代科学的起源,怀特海的阐述内容丰富,涉及面广泛,但因受叙事主旨的囿限,笔者只能有选择地予以介绍,着重指出促成近代科学兴起的直接原因。[153] 若

---

[152] 详见《词源考》"引言"(文章所在季刊第 238 页注 1)。参看该文下篇对译文 7.6 评论的第 3 段。《词源考》还论及秘索思和逻格斯内部多种形式的纷争,可资参考。哲学和文艺亦可独自(换言之,无需联合)对科学的真理诉求和实证效能发难。可请结合注 99 所示内容,赏析伽达默尔的如下真知灼见:"通过一部艺术作品所经验到的真理是用任何其他方式不能达到的,这一点构成了艺术维护自身而反对任何推理的哲学意义。所以,除了哲学的经验外,艺术的经验也是对科学意识的最严重的挑战,即要科学意识承认其自身的局限。"(汉斯-格奥尔格·伽达默尔:《真理与方法——哲学诠释学的基本特征》上卷,洪汉鼎译,商务印书馆,2010 年,"导言"第 5 页)

[153] 怀特海论及的促成近代科学兴起的因素中,还包括罗马法和修道院制度对生产与技术的重视。此外,他也肯定了经院哲学对近代科学的产生所发挥的积极作用。他强调"中世纪思想对科学运动的形成"做出了"巨大贡献",认为"经院逻辑与经院神学长期统治的结果",有助于"把严格肯定的思想习惯深深地种在欧洲人的心中",而这种有利于科学发展的心理积淀,"在经院哲学被否定以后仍然一直流传下来"(详阅《科学》:12;参考并比较丹皮尔:《科学史》上册,第 12 页,Sambursky, *The Physical World of the Greeks*, pp.242-243)。中世纪留给后世西方人的遗产中还包括一种"坚定不移的信念":"它认为每一细微的事物都可以用完全肯定的方式和它的前提联系起来,并且联系的方式也体现了一般原则。没(转下页)

就上文谈到的这些内容而言,较之怀特海教授略显含糊其辞的简要提及,科学史家斯蒂芬·梅森的分析无疑要显得更为明澈,也较为易于理解。在梅森看来,宗教和科学确实可以不谋而合,就像十七、十八世纪时新教徒和近代科学所做的那样,为了各自的切身利益携起手来,向它们共同的对手发起攻击。针对古旧哲学体系发起猛烈进攻的"这个联盟"(the alliance)⑭仿佛事先作了某种分工,"一方面由新教的革新者(the Protestant Reformers)攻击它的神学部分(the theological elements)⑮,另一方面由科学家(the scientists)攻击它的宇宙论部分(the cosmological elements)",尽管实际情况相当复杂,但"人们可以看出,加尔文教派和科学家的攻击是沿着相互类似的路线进行的(proceeded along lines which bore some similarity to each other),他们都以十八世纪相当流行的牛顿学说为基础,为一种新的包括机械论和神学的世

(接上页)有这个信念,科学家的惊人的工作就完全没有希望了。"(《科学》:12—13)比较怀特海在此之前所作与上述观点有所"自相矛盾"的论述(《科学》:5—7;参考注142 所引怀特海的见解)。他似乎也忽略了科学兴起过程中观念与"物质"因素的互动作用(详见《科学》:16)。怀特海教授对中世纪思想的研究有其独到之处,有些观点富有思辨性,也颇具参考价值,但我们在由衷赞佩之余还是觉得,他对那个时期信仰与理性冲突的严重性和复杂程度也许有所估计不足。中世纪社会以信仰为中心。信仰在包括理性地位有所提升的中后期在内的整个中世纪都处于绝对的主导地位,注 138 所示巴雷特和卡西尔的观点有较强的代表性,可请参考。如果愿意把话说得笼统或"整体"一点,我们亦可称中世纪为一个信仰的世纪(有的西方学者就是这么看,也是这么写的),独立理智与信仰权威(借用沃格林的术语)的冲突发生在基督教或基督教社会内部,该世纪的对立面是同样作为一个整体来表述的世俗理性占主导地位的近当代。

⑭ 斯蒂芬·梅森:《自然科学史》,周煦良等译,上海译文出版社,1980 年,第 175 页;S. F. Mason, *A History of the Sciences*, London: Routledge and Kegan Paul, 1953, p.150。

⑮ 在神学层面上,基督教内部存在着传统且主流的"唯理智论"和新兴并侧重于经验的"唯意志论"两种针锋相对的观点(详见 R. 霍伊卡:《宗教与现代科学的兴起》,丘仲辉等译,四川人民出版社,1999 年,第 53 页),新教知识分子攻击的目标当为前者。所以,准确地说,这里指涉的实际上是宗教内部的一场纷争。笔者在下文(即两段引文中间)所言"尽管实际情况相当复杂",指的就是这一类现象。梅森教授把我们带到了宗教与科学结盟以反对哲学的叙事前厅,但秘—逻模式却不仅能做同样的事情,而且还能让我们洞悉堂奥,走得更远。如同科学一样,宗教内部也存在着派系和观点之间的交锋。在秘—逻模式的解析视野中,此类情况属于同一支项内部次级成分之间的纷争,解析者完全可以按照不同的层次需求,借助二元术语的关联和延扩功能以及相关具体事例的展开态势来予以描述。作为一种合理的顺延,这一方法也适用于对来自不同支项的次级成分之间的纷争或合作关系的解释。

观开路"⑮。当然,梅森教授不可能不知道当时的新教革新者和科学家中事实上鲜有完全志同道合的真盟友。所以,当他指出二者分别针对旧哲学的神学和宇宙论发起的进攻均以"牛顿学说为基础"时,他显然不是在暗示宗教与科学之间的根本矛盾已被化解。科学和宗教都有自己独特且容易与对方形成抵牾的基质属性,这一点既赋予双方赖以安身立命的基本品质,也决定了它们的盟合迟早会在难以避免的冲突中走向终结。⑯ 将"elements"译作"部分"符合中文的表意习惯,比将其译作"要素"或"成分"读来更显恰切。原文中"similarity"前有"some"一词,可以不译,亦可选择译出,作"有些"解,使其在这一上下文里发挥某种限定作用,帮助读者更准确地理解作者的观点。

---

⑮ 梅森:《自然科学史》,第 165—166 页;英文词语见 Mason, *A History of the Sciences*, p.141。"清教主义当然不是现代科学的'来源',但它显然起了刺激这种(科学)思想的作用。"(罗伯特·金·默顿:《十七世纪英格兰的科学、技术与社会》,范岱年等译,商务印书馆,2012 年,第 156 页注 1)在十七世纪的英国,让一些新教领袖始料不及的是,宗教,"不管出于什么缘由",无意中"采纳了一种本质上属于科学的思想,从而使该时期典型的科学态度得到了加强。流行于这个社会的种种对待自然现象的态度导源于科学和宗教二者,它们无意识地支持着新科学特有的观念的持续盛行"(前引书,第 156 页)。

⑯ 随着达尔文传世名著《物种起源》的问世及其巨大社会影响力的迅速彰显,"新教徒的神学和近代科学之间的联盟终于破裂了";"在十九世纪新教徒的国家里,宗教对进化论反对得很强烈"(梅森:《自然科学史》,第 175 页)。

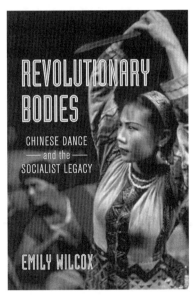

《革命的身体：中国舞与社会主义遗产》(Revolutionary Bodies: Chinese Dance and the Socialist Legacy)，魏美玲（Emily Wilcox），University of California Press，2019；中文版将由复旦大学出版社推出。

《审美的他者：20世纪中国作家美术思想研究》，李徽昭，中国社会科学出版社，2018年。

书评与回应

舞蹈作为方法
评《革命的身体：中国舞与社会主义遗产》

历史情结与认同意识
评《革命的身体：中国舞与社会主义遗产》

重释中国舞
评《革命的身体：中国舞与社会主义遗产》

舞越学界：
对三篇书评的回应

文学研究的美术视野与对话：
评《审美的他者：20世纪中国作家美术思想研究》

舞蹈作为方法：
评《革命的身体：中国舞与社会主义遗产》

■ 文／郝宇骢

魏美玲（Emily Wilcox）教授于2018年出版的作品《革命的身体：中国舞与社会主义遗产》，是英文学界首部基于一手史料研究中国舞的专著。以《红色娘子军》《白毛女》为代表的革命芭蕾舞剧，一度成为人们心中二十世纪中国舞蹈文化最为鲜活生动的化身，而本书的研究对象，则是曾被革命芭蕾遮蔽了的中国舞。① 《革命的身体》追溯了中国舞的多重起源与跨国路径，呈现出革命芭蕾之外的舞蹈文化在现代中国漫长而复杂的发展脉络。

通过对舞蹈理论、影像、书信等第一手材料的解读，《革命的身体》梳理了中国舞自1930年代至2010年代的漫长历程，勾勒出八十年间中国舞的生成与嬗变。从舞蹈家的跨国旅程、舞蹈体制的发展历史直至舞蹈剧目的创新与再造，这些不同的线索共同展示出舞蹈在现代中国极为丰富的形式与内容实验。在总结中国舞的特性时，作者提出了三个核心概念：动觉民族主义（kinesthetic nationalism）、民族与空间的多元（ethnic and spatial inclusiveness）与动态继承（dynamic inheritance）。动觉民族主义所指代的，正是中国舞如何化用本土的艺术资源与身体语言用以表现中国性（Chineseness），它承启延安时期关于民族形式的讨论与实践，通过对于本土艺术范式的实验与继承，自觉地创造一种属于中国的舞蹈形式。民族与空间的多

---

① 中国舞包括中国民族民间舞与中国古典舞，与作为舞蹈文化泛指的中国舞蹈不同。

元,凸显了中国舞的多重形构,汉族的舞蹈形式并非其中唯一或是最为核心的元素,源自不同的民族与地域的艺术传统,共同构建了形式多样、表达丰富的中国舞。而在这一过程之中,中华民族这一概念的"多元一体"也得以彰显。而动态继承,则聚焦于艺术家的创造力与历史感,这两种力量,激发中国舞不断反思传统,自我更新。一代代的舞蹈艺术家,通过对于现有舞蹈形式的探索与实验,使传统形式与当代生活密切相连。

早在二十世纪之初,裕容龄和梅兰芳已分别开展关于舞蹈形式的自觉实验,他们与西方舞蹈和中国戏曲对话,探寻何为身体韵律的艺术表达。然而,对于作者而言,中国舞的真正起源,却应追溯至1930、1940年代之交的战时中国。此时,舞蹈不仅关乎如何表现身体,舞蹈自身也已成为理论思考的主题。对于身体美学的探索,深深地根植于对民族形式的追寻、边疆风景的发现与本土传统的梳理这些艺术实践之中。在此意义上,本书所讨论的五位中国舞蹈的先驱者——戴爱莲、吴晓邦、康巴尔汗、梁伦与崔承喜,他们关于舞蹈形式高度自觉的理论叙述与行动实践,共同构成了中国舞的多重起源。

在第一章中,作者以出生于特立尼达的戴爱莲为中心,追溯她由特立尼达出发、英国中转,最终到达战时中国的跨国旅程,展现出一位生于西方传统的中国舞者,如何经由芭蕾舞与现代舞的中介,在对于中国舞的探索之中,重新思考中国身份与民族风格。在戴爱莲的舞蹈实践中,最为核心的问题即是如何寻找这样的一种表现形式:"它既不被西方中心的舞蹈范式所收编,也不会复制东方主义与种族主义的中国想象,同时它能够表现出作为现代民族国家的中国内部的多种样式与多元构成。"(16)作者将戴爱莲对中国舞形式的探索,放置在战时中国不同地域迥异的舞蹈实践的背景之下:发生在延安的关于"民族形式"与知识分子改造的讨论,与当时当地兴起的新秧歌运动息息相关;而吴晓邦在沿海地区发起的新兴舞蹈运动,则意在通过引介西方现代舞蹈,回应中国的战时状况。与民族形式不同,吴晓邦提出了民族意识的概念:民间形式并非民族意识的唯一源泉,舞蹈不应为既有范式所束缚,而需勉力回应当下的民族现实。如果中国舞蹈想要拥抱现代,那么它必须与民间形式作别。对于吴晓邦来说,传统与现代,中国与西方之间泾渭分明。中国舞蹈的现代性,建立在对民族形式的扬弃之上。

在新秧歌运动与新兴舞蹈运动之间,戴爱莲的舞蹈实验与前者更为相近,他们同样强调拥抱本土美学、吸收当地传统。而戴爱莲在战时中国的流离辗转,使她得以与少数民族的舞蹈形式相遇,边疆舞因此应运而生。日后中国舞这一崭新形式的诞生,正是建立在边疆舞与新秧歌的结合的基础之上。在舞蹈实践之外,戴爱莲在理论上同样清晰地阐明中国舞的要义：对于形式的探索与实践,对于来自民间、民族与不同地域的艺术资源的继承。在中国舞的起源性时刻,对于形式的实验与改造已成为这一舞蹈形式最为核心的追求。

第二章《形式的实验：人民共和国早期的舞蹈创作》着眼于1950年代前期的舞蹈创作。在新中国成立之初,如何创造社会主义的革命舞蹈,成为这一时期中国舞最主要也是最为迫切的追求。与同时代的诸多文化场域一样,此时的舞蹈领域中充满着异议与辩论,讨论的焦点依然围绕形式展开：在这前所未有的划时代的历史时刻,该如何寻找与之对应的舞蹈形式与身体语言？围绕1950年代前期的两部歌舞剧《乘风破浪解放海南》与《和平鸽》,展开了关于舞蹈形式的一场全国性的大讨论。前者融合不同媒介,从民间表演艺术中多有借鉴,而后者的表现形式则更为抽象,深受古典主义与现代主义欧洲美学的影响。这两部作品拥有全然不同的接受史,当《乘风破浪》饱受赞誉之际,《和平鸽》却遭遇了诸多质疑——作品中展现的欧洲美学传统,被认为已经远远地落后于革命了的中国。面对已经革命化了的观众,需要创造更为进步的形式来表现革命的身体。这一关于舞蹈形式的辩论,延续了抗战时期关于民族形式的讨论,也指出了社会主义时代对于新的舞蹈形式的迫切需求。此时,两位女性舞蹈家示范了社会主义舞蹈潜在的发展路径：一种可能来自维吾尔族舞蹈家康巴尔汗对边疆舞的实验,而另一种则是朝鲜艺术家崔承喜基于戏曲的创造性演绎。这两位来自不同传统、同样经历跨国离散的女性舞蹈家,以她们的舞蹈实践丰富了中国舞的美学形式。从此,由1950年代的种种辩论与实验启发,以秧歌为中心的汉族民间舞、以边疆舞为基底的少数民族舞蹈和承接戏曲传统的古典舞,成为舞蹈建制的核心内容。

第三章关注中国舞在1950、1960年代之交的发展,这是中国舞的黄金时代。随着舞蹈的职业化与体制化,长篇叙事舞蹈也在此时出现,它象征着中国舞的成熟阶段。形式及风格的多样与长篇舞剧中丰盈的叙事空间,使得这一舞蹈形式足以再现当下的各种迫切主题。而中国舞在世界青年与学生联欢节(World Festival of Youth and Students, WFYS)上的演出,也展示了中国与社会主义阵营之间多重的文化外交。在这一章中,作者挑战了诸多关于社会主义中国的不见与偏见。社会主义时期的中国远非与世隔绝的孤岛,中国舞不仅因民族风格为世界所瞩目,而舞蹈也在国际舞台上将社会主义中国表演而出。此时,女性与少数民族成为中国舞的中心,舞蹈不仅为他们赢得"渴求的机会、社会地位与文化的合法性"(84),而国际舞台上的民族舞蹈,更是使中国艺术家们得以引领世界舞蹈的潮流。这一时期最为关键的创造,当属以戏曲为蓝本的叙事舞剧与大型音乐舞蹈史诗的诞生,其中包括1957年的《宝莲灯》以及"大跃进"时期的《五朵红云》与《小刀会》。诸如性别、民族、历史等概念,在这些作品中被赋予具象的表达,借以探寻如何在舞蹈中表现革命的身体与革命的年代。中国舞的体制化、国际化与舞蹈形式的成熟,使这段时期成为名副其实的中国舞的黄金时代。

在第四章中,作者关注了芭蕾与中国舞之间的复杂互动。"文化大革命"时期的一个关键改变,即是以革命芭蕾舞剧取代中国舞的核心位置。四部革命芭蕾舞剧——《红色娘子军》《白毛女》《沂蒙颂》与《草原儿女》——成为"文革"时期最主要的舞蹈作品。通过现场表演与电影放映,芭蕾舞剧在全国的观众之间广泛流传。与以往众多关于革命芭蕾的研究不同,作者将芭蕾这一形式放置在二十世纪的长时段历史中,勾勒出舞蹈场域内部芭蕾与中国舞之间的相互竞争与微妙互动。[1] 自1940年代中国舞的诞生之初,一直到"文革"前夜,芭蕾因其与殖民现代性的紧密关联,始终被视为中国舞的他者。继中国舞课程在北京舞蹈学校的开设之后,芭蕾课程也随之被纳入体制,中国舞与芭蕾在不同的路径上共生发展,然而它们的关系却在"文革"中得到了彻底的逆转,后者取代中国舞成为最为主流的舞蹈形式。在这一意义上,革命现代芭蕾舞剧与其被视为社会主义舞蹈文化的代言,毋宁说与之前数十年关于中国舞与民族形式的探索背道而驰。通过对于"文革"前夕不同舞蹈创作的回顾,作者展现了不同的舞蹈形式之间对于舞蹈场域与文化合法性的激烈争夺。

本书的最后两章,回顾了"文革"之后直至2010年代的当代舞蹈文化发展。与通常的后社会主义自由化的叙述不同,作者在第五章中观察到,社会主义时期发展成熟的中国舞重新回归舞台,在"文革"结束之后的1976—1978年之间,中国舞的核心地位被再度确立,两部大型舞剧《召树屯与婻木诺(婼)娜》与《丝路花雨》在随后的1978—1979年制作完成。这一时期的舞蹈发展,重新评估了中国舞及其代表的社会主义文化资源,同时肯定了民族形式在当代文化生产中的相关性与重要性,然而在延安及之后的社会主义时期所强调的艺术家的自我改造的观念,却未能一并延续。"文革"之后中国舞的发展,代表着对于社会主义遗产的批判性继承。第六章以二十一世纪的中国舞为主题,探究中国舞在新世纪的发展趋势,其中包括数

---

[1] 康浩(Paul Clark)的 *The Chinese Cultural Revolution: A History* (Cambridge:Cambridge University Press,2008)是另一部将芭蕾历史化的学术著作,作者在书中考察了1949年后芭蕾在社会主义中国的接受史,革命芭蕾并非原封不动对苏联传统的移植,同时也结合了各类民间舞蹈元素和音乐传统(第158—175页)。

字时代舞蹈与多媒体的互动,"一带一路"倡议下边疆与丝路的再现,以及新近涌现的先锋舞蹈。这些新的风潮,不仅示范出中国舞发展演化的方向,同时也演绎了中国舞如何回应当下的社会与历史现实。中国舞的形式与内容并非静止恒定,而是时刻更新,与之前的每一个历史时期相同,当代舞蹈的发展显示出中国舞对现实的恳切关照与对时代精神的敏锐动觉。中国舞的社会主义艺术传统,并未随着社会主义时代的消逝而远去。正因如此,当作者回望中国舞的社会主义艺术资源时,她将这一传统视为"在当代中国持续鲜活的红色遗产"(214)。

《革命的身体》所书写的不仅仅是一部中国舞在二十世纪的历史,它同时将中国舞的发展置于二十世纪中国文化史的脉络之中,探讨舞蹈如何与其他的艺术形式发生对话与互动,如舞蹈与电影、戏曲、视觉文化等。舞蹈被视为社会主义文化生产的核心组成,也是社会主义文化政治的重要表达,因此,当作者在探讨不同历史时段舞蹈的发展与形式的变迁的时候,她也同时回应着许多关于社会主义文化最为核心的问题:如何形塑并再现革命的身体?怎样创造民族的表现形式?而舞蹈的文化政治又是什么?除了对于中国舞的先驱者的个案研究,本书也始终关注各类知识生产装置的作用,如专业院校中舞蹈课程的设置,舞蹈期刊、文化节等体制建构如何为舞蹈实践提供了平台,以及关于舞蹈理论的自觉性书写。正因如此,中国舞不仅代表着一种独特的美学风格,同时也是一套活跃的生产装置,生成并试验着性别、民族、现代等一系列概念。

在对于舞蹈作品的分析与身体语言的细读中,作者展现出对从音乐厅舞蹈(concert dance)到戏曲身段、东西方不同舞蹈传统的深刻理解,然而在对中国舞的形式分析中,她并未局限于使用既有的英文术语,而事实上,也并不存在这样一种现成的语言足以精确描述中国舞高度民族化的特点。在对于舞蹈语言与本土理论的讨论中,作者引介并翻译了一系列中国的舞蹈术语,它们或代表了不可化约的本土艺术资源,或表现了中国艺术家对于跨国舞蹈传统的重新诠释。值得一提的是,贯穿全书的三个概念,动觉民族主义、民族和空间的多元与动态继承,正是源自中国舞的奠基人戴爱莲在1940年代的理论书写。因此,《革命的身体》所完成的不仅仅是对于中国本土舞蹈理论的重新考掘,同时也是将这些本土理论——而非欧美中心的理论框架——付诸实践。这三个理论关键词贯穿作者对中国舞蹈历史的讨论,它们不仅凝练而精准地概括了中国舞蹈的核心特征,同时也勾勒出中国舞蹈八十年间的演变与发展:在不同的历史时刻,如何在舞蹈形式中想象、构建及表演民族国家,汉族与少数民族的艺术传统怎样共生、交融,而历史与当代、传统和创新之间又是如何辩证互动。通过将这些理论论述介绍给英文读者并揭示其中蕴藏的历史动能,这一跨语际实践不仅展示了去欧美中心式的、非西方语境下的知识生产,同时也极大地丰富了英文学界舞蹈研究的批评词汇与方法论。

《革命的身体》的另一理论贡献,在于对于中国性(Chineseness)的充满历史意识的检视与思索。从战时中国民族形式与民族意识的辩论,1950年代国内与国际舞台上对中国社会主义现代性的表演,再到一带一路时代关于历史与未来的重构与展望,中国舞以其多样的艺术实践,表现出中国与中华民族在不同历史时刻的丰富意涵,并展示了中国性这一概念中内在的情感张力与多元构成。乘着后结构主义与后殖民主义的双重风潮,诸如华语语系的论述,将中国性视为汉族中心主义的霸权话语。这些理论叙述以在地性(locality)置换中国性,以离散取代乡愁,从语言、文化与身份认同的角度,挑战并颠覆中心与边缘、汉族与少数民族或海外族群之间不平等的权力关系。① 然而在这一过程之中,也不免会有将中国与中国性这些概念加以本质化与非历史化的危险,甚或是以西方殖民主义的框架来演绎中国内部不同民族之间的互动模式。与之相对并形成互补的是,《革命的身体》展现出舞蹈何以成为方法,帮助重新思考中国性这一概念的历史变迁与具象表现,并发掘出中国性内部的多元性。② 在中国舞八十年的历史中,从未存在过一个汉族中心的时刻,甚至我们可以这样认为,中国舞自诞生之际便已是去中心了的,它生成与发展的每一个阶段都见证了来自不同的地域、传统与民族之间的互动。而中国舞所要表现的民族形式,正是以对本土传统的采风作为基础,从民间、民族与戏曲的多种舞蹈范式中汲取艺术资源。在地理与身份上边缘的个体,因为他们在跨国经历中与不同国别传统的相遇和对民族身份的反思,成为中国舞创造的过程之中最为核心的动力。

《革命的身体》中对于中国性的重新诠释,并非要为社会主义时代蒙上一层玫瑰色的面纱,或是对已然消逝的时代充满乡愁式的理想化解读,作者所要论证的,

---

① 可参见华语语系的关于在地性的论述,如 Shu-mei Shih,"The Concept of the Sinophone," *PMLA* 126, no.3 (2011): 709-718, 及"What Is Sinophone studies" in Shu-mei Shih, Chien-hsin Tsai, and Brian Bernards, eds, *Sinophone Studies: A Critical Reader*, New York: Columbia University Press, 2013。

② 《革命的身体》所示范的对于中国性的解读方式,呼应了周蕾(Rey Chow)在"On Chineseness as a Theoretical Problem"一文中的倡议。对于中国性的重新思考,仅仅将其拆分或复数化是远远不够的,它应建立在对于文本与媒介的细读和具体历史语境的梳理之中,进而得以揭示这一概念中蕴含的矛盾与复杂性。见 Rey Chow, "On Chineseness as a Theoretical Problem," *Boundary 2* 25, no.3 (1998): 1-24。

恰恰是中国性这一观念如何在历史中变动不居，它并非静止的、以某一族群为中心的抽象概念，而是一种在历史与实践中不断发展变化的具象表达。与中国性这一理论问题直接相关的，是始于1940年代的民族形式的讨论。在作者对历史文献的细致阅读中，她展示出民族形式讨论中理论的分歧与立场的差异，澄清了关于社会主义文化生产的诸多迷思。以中国舞的形式实验为例，我们可以发现，社会主义文化生产并非一个自上而下、政治干预艺术的过程，其中蕴含了诸多偶然和异议、失败与尝试，并不存在一个预设的概念，用以规范艺术的表现方式，只有在反复的实践中，艺术家才能摸索出对民族国家的理想的表达。而正因为社会主义文化的历史性、多义性与复杂性，全书的核心概念"革命的身体"也愈加值得深思：如何形塑革命的身体，身体又如何为革命赋形，身体的革命与文化以及政治的革命怎样互动，而在后革命的年代，我们又该如何回望与观看革命的身体？《革命的身体》代表着英文学界近年来对于社会主义文化的重新解读，通过对于革命与身体的并置，作者引导我们思考关于社会主义文化与其合法性的一系列问题。

在舞蹈理论、舞蹈体制的讨论之外，《革命的身体》也关注了中国舞多位奠基者的人生历程，然而作者并未停留在个人传记式的写作中，而是展示了这些舞蹈艺术家跨越不同地理空间的舞蹈路径，以及他们的经历所串联起的跨国舞蹈网络。这并非由西方至中国的单向知识传输，或是本土对西方资源的创造性调用，这一跨国舞蹈网络比东西方的二元结构要远为精巧复杂。无论是从特立尼达、英国与苏联来到中国，又或是从中国出发前往朝鲜与罗马尼亚，这些多重的路径不仅展示了中国舞吸收阐发的多国舞蹈传统，同时也表现出中国舞如何引领国际舞蹈风潮，民族舞蹈得以在世界舞台上大显身手。在这一跨国知识生产网络中，也充满了对于殖民经验的反思，其中包括戴爱莲对于欧美中心主义与东方主义的双重批判，与崔承喜所亲历的从日本帝国大东亚主义到战后中朝社会主义友谊的转变。这些舞蹈交流的轨迹，勾勒出亚洲及第三世界内部的知识生产的路径。同时，通过将中国的舞蹈文化视为跨国舞蹈网络的关键节点，作者也展现出民族与国际、民族形式与国际主题之间的辩证对话。这不是简单的后殖民式的对于西方话语霸权的抵抗，也不应被视为本土传统对欧美话语的被动式反馈，它的重要性在于对非西方（尤其是东亚）的历史脉络与艺术资源的梳理，进而发掘出时常被遗忘甚或是被压抑的区域内部的交流史。这一交流并不需要以某种宣称具有普世性的欧美舞蹈传统作为中介，而交流的前提则是对不同民族形式与艺术传统的尊重与承认。

《革命的身体》以民族形式为中心、跨国网络为轮廓，重新描绘出一幅世界舞蹈地图。这一讨论，也加入了近年来英文学界对于社会主义国际文化的重新考察，如傅朗(Nicolai Volland)的《社会主义世界主义：中国的文学世界 1945—1965》(*Socialist Cosmopolitanism: The Chinese Literary Universe 1945—1965*)和弗雷泽(Roberson TajFrazier)《东方是黑色的：黑人激进想象中的冷战中国》(*The East is Black: Cold War China in the Black Radical Imagination*)，在这些专著中，两位作者分别探讨了冷战时期社会主义阵营中的文化外交与社会主义中国如何激发了美国黑人民权运动。值得一提的是，《革命的身体》并未将苏联视为社会主义文化的中心或是社会主义文化交流的中介，而是以去中心化的策略描绘出中国与第三世界国家之间千丝万缕的联系，呈现出为冷战叙述所忽略的后殖民盲点。①

与文学、电影等诸多文化形式不同，作为社会主义遗产的中国舞并未经历风格的断裂，社会主义的舞蹈传统也从未在当代消失。社会主义时代的诸多实验不仅在中国舞的形式中层积沉淀，而中国舞的主题上也随着时代变迁不断自我更新。与惯常的社会主义乡愁不同，革命的身体从未离开当代中国，它也并未因社会主义时代的消逝而变得衰弱不堪。正因如此，当我们思考社会主义时期的历史与它在当代的遗产时，作为方法的舞蹈变得更为相关。

---

① 在"The Postcolonial Blind Spot: Chinese Dance in the Era of Third Worldism, 1949-1965"一文中，魏美玲提出了"后殖民盲点"(postcolonial blind spot)这一概念，批评英文学界一直以来深受冷战叙述影响、将毛时代的中国视为冷战二元对立中的社会主义代表，却忽略了1950、1960 年代中国作为后殖民国家与第三世界之间的文化交流(787)，全文见 Emily Wilcox, "The Postcolonial Blind Spot: Chinese Dance in the Era of Third World-ism, 1949 - 1965," *Positions: Asia Critique* 26, no.4 (2018): 781-815。

历史情结与认同意识[*]

■ 文/刘 柳

> 有时候,我们以为在研究某物,其实我们只是在展开一种梦想。
> ——加斯东·巴什拉(《空间的诗学》,2013)

前言

一种流行的观念认为"革命"和"社会主义"独属二十世纪,"全球化"和"新自由主义"则替代它们,成为二十一世纪的流量明星。可这样一来,"美丽新世界"的公民则将丧失记忆与渴念,最终认不清在娱乐至死的盛装下,还游荡着革命的幽灵……或许是对进步史观那种抹平世界暴力的不满,魏美玲的这部著作为我们在特朗普式的全球化时代,带来的一幅从中国舞蹈世界而来的后社会主义启示录。此外,最难能可贵的是,在海外汉学研究中,能专门围绕舞蹈微妙地研讨中国文化的著作可谓是凤毛棱角,更不用说魏美玲所据有的舞者身份、人类学修养、卓群的语言能力及关系主义的历史扒梳方式,都在为我们示范一种够格的汉学研究与对中国舞蹈史的深刻写法。

在另一层意义上,即便这部著作所触及的舞蹈史对国内学人而言并不陌生,但她的视角却重拾了当代中国舞蹈史时常遗忘的两个名字——社会主义与革命。也

---

[*] 本文为2018年度国家社会科学基金艺术学青年项目"20世纪舞蹈人类学理论方式研究"(项目号:18CE182)的研究成果之一。

许,讲到这儿魏美玲的美国白人身份、东亚研究的学术方向,包括她受教的加利福尼亚大学伯克利分校所惯有的激进姿态,以及2016年以来美国知识分子的政治绝望,都会让这部被冠以"社会主义遗产"的中国舞蹈史,闪现某种难言且暧昧的东方学色彩。也许是魏美玲所研究的"中国舞蹈",不论在中国研究者眼里有多么权威、正统、主流乃至无趣,可对居于西方世界的研究者来说,却依旧带有明显的文明他异性和地方色彩。加上近年流行的后殖民研究与对"第三种"现代性的追求,讨论中国舞蹈的"社会主义"传统,无疑具有突围西方霸权话语和拯救历史终结的希望。

当然,在挪用"东方学"这一带有指控西方学者原罪的暴力话语时,笔者也深怕被时下身份政治所特有的那种小家子气及受害者情绪所传染。因为,这很容易让人联想起奥贝塞克(Gananath Obeyesekere, 1992)与萨林斯(Sahlins, 1985)之争——前者来自第三世界,易于被世界体系理论中西方人的自首姿态及过度的坦诚所迷惑,而最终拱手断送地方文明之能动性;而后者是新康德主义在美国的继承人,他批评世界体系理论的傲慢、短视和唯物主义的煞气,并提醒学人在关注变迁、挂心权力及被技术发展弄得眼花缭乱之时,不应忘了土著世界的文化逻辑在热卖"文化"的时代,也有其暗自转化和隐秘延续的文化绝技。

在此意义上,这本书对笔者这位来自中国且研究舞蹈的理论工作者而言,无疑具有反身性的知识启发。首先,"革命身体"(revolutionary bodies)这一标题,赋予了"中国舞蹈"以复调的气质。该书以扎实的历史材料及对舞蹈文本的具身化分析,稀释了西方世界对当代中国舞蹈的东方学想象,特别是那种将"中国舞蹈"等同于"样板戏芭蕾"的刻板印象。而这一方面归功于该书对"长时段历史"的着力再现,尤其是将国内舞蹈史有意或无意省略掉的早期社会主义历史,及"前十七年"的舞蹈活动都给予了清晰梳理,从而让我们看到晚至1930年代便开始酝酿的舞蹈环境,以及从20世纪40年代以来,就逐步形成的那种多元的、动态的与跨区域的中国舞蹈建构历程;此外,该书还将"文化大革命结束"与"改革开放起始"的这段暧昧期,也放置在社会主义文化延续性与传统多样性的视角下来审视;最后,在方法论上,该书当仁不让地挑战了时下流行的政治经济学理论,并在一个几乎人人都"反文化"且叫嚣着社会变迁、人心惟危的颓丧气中,守住了美国人类学重视符号系统在历史过程中的能动性之初心。

一、中国舞蹈:"和而不同"的身体复调

什么是"中国舞"(Chinese dance)?一种"印象主义"的反馈,至少包括中国古

典舞、中国民族民间舞,以及因特殊历史条件而形塑几代中国人审美方式、思维习惯和人生理想的中国芭蕾。但中国学者与实践者所言及的"中国舞蹈",一般意指中国古典舞与中国民族民间舞,前者至少含括早期的戏曲舞、敦煌舞和汉唐舞;后者则由汉族民间舞与少数民族民间舞构成。(2)

为限制概念所指在使用中的开放性,魏美玲专门就"中国舞蹈"这一可大而泛之的概念,或是说这一必定会在身份政治如火如荼的当下引发争议的"中国",进行了从空间、历史和知识型上的理论限定。一方面,该书所言及的"中国舞蹈"是一个"过程"的概念,特指具有保守主义美学倾向的学院派舞蹈实践;另一方面,该书的时间跨度具有"长时段"的特性,即从20世纪30年代至21世纪早期(1930—2010);最后,魏美玲主要以中国舞蹈实践者的经历、舞蹈作品的创作过程、不同时期的话语博弈和围绕这些舞蹈事件的民族志观察,来呈现中国舞蹈的复杂历程及其在动感民族主义、族群—空间之包容性与动态性传承方面的延异。(4—7)

值得说明的是,1949年前孵化中国舞蹈的历史过程,除了与20世纪初期,由殖民现代性及跨文化交流,所引发的中国宫廷舞及沿海半殖民城市舞蹈的现代性启蒙外,还与20世纪40年代,为响应毛泽东文艺思想与文艺造新人的政治策略,以延安为根据地而散播出的"新秧歌运动";以及具有跨文化背景和左翼情结的戴爱莲所倡导的,依据不同地区和民族的民间舞蹈建构区别于西方舞蹈的"边疆舞"实践;当然,还包括一直追随"五四"文化精神,而远赴日本学习西洋舞蹈的吴晓邦所怀抱的"新舞蹈"理想有关。而在酝酿早期中国舞蹈传统的这三条脉络中,"新秧歌"与"边疆舞"的文化内涵,最亲近毛泽东所倡导的"民族形式"与"延安精神",故能与吴晓邦所信奉的那种建立在普遍主义自然法上的"新舞蹈"形成有效互补,由此也造就中国舞蹈1949年前就具有的那种跨族群、跨区域与跨传统之杂糅性格。(14—32)

中华人民共和国成立后,各路不同的舞蹈领路人纷纷从全国各地汇聚北京,参与奠定中国舞蹈未来方向的代表大会,会后还展现了以"边疆舞"和"秧歌"为主打的中国舞蹈方向。随之而来的,便是戴爱莲被选为全国舞蹈工作者协会主席,并在接下来的日子带领其子弟与同仁建构中国舞蹈的语言形式。而从舞蹈形式来看,最紧要的物质基础是身体技术与条件。故在建国初期,一个相当棘手和紧迫的问题,就是培养舞蹈专业演员与成立专业舞蹈院校。为此,当时招募了具有跨国经历的维吾尔族舞蹈家康巴尔汗·艾买提,还有在日本接受西方舞蹈训练的朝鲜族舞蹈家崔承喜,加入中国舞蹈语言的建构工程中。可以说,他们的到来和贡献,使得中国舞蹈在接下来的1950年代迎来了它的黄金期。(61—74)

而不论是毛泽东早期所强调的"民族形式",还是戴爱莲所倡导的基于传统民族文化来建构中国舞蹈的提议,对中国舞蹈的发展而言,紧要的问题依旧是对舞蹈语言的形式创造。因为,动感的身体样式是决定"中国舞蹈何为"的关键。于是,围绕"什么样的形式"才符合社会主义精神,才是"方向正确且艺术上是好的"争论便接踵而来。而当时较为典型的争论,主要围绕1950年代初期的两部作品展开——一部是在广州上演的六幕歌舞剧《乘风破浪解放海南》(以下简称《乘风破浪》),另一部是在北京上演的七幕舞蹈诗《和平鸽》。显而易见,这两部作品都是政治题材的作品,都分享着相似的创作理念和艺术目标,但在审美形式和身体技术上,却呈现南辕北辙的样貌。具体而言,前者较好地继承了延安文艺"向生活学习"的传统,偏重现实主义的表现手法,并倾向从生活、调研和部队操练中提炼不同的动作元素,且因人而异、因地制宜地运用不同的语言媒介——如:话剧、快板与合唱等,来体现人民解放军在南海地区胜利驱逐国民党军队的故事。与之形成对照,1949年后的第一部大型舞剧《和平鸽》,却以象征主义的抽象表现法,特别是18世纪的西方情节芭蕾和20世纪的西方现代舞技术,配以浪漫气息浓重的西洋曲调、国际化的舞台符号及工业主义的舞美装置,以表现一个反帝、反战及反核的国际主义话题。换言之,正因《乘风破浪》坚守了"边疆舞"和"新秧歌"所开启的社会主义方向,而得到了大多数人的首肯。与此不同,人们对《和平鸽》抛出的却是无数的质疑——比如:西方芭蕾的形式与手法,是否会造成中国民众的水土不服,并引出"大腿满台跑,工农兵受不了"之道德质询。此外,还有人还觉得《和平鸽》这种来自西方舞蹈的语言形式太陈旧,不适合体现中国社会的文化理想与时代诉求。(57—61)

  面对建构中国舞蹈艺术形式之困境,舞蹈界顿时陷入绝望。直至1950年代初期,即在第一个国庆节到来之际,由少数民族艺术家组成的巡演队首次来到北京,为全国人民献上时长为四个半小时的大型少数民族歌舞表演。需要补充的是,巡演队的艺术家有哈萨克族、朝鲜族、满族、藏族、维吾尔族、乌兹别克族和彝族等不同民族,他们分别来自中国的西南、新疆、内蒙与延边等边缘之域。而在这场风格多样的舞蹈盛宴中,让大家难忘且追慕的舞者是来自喀什地区的,有着文化离散背景的维吾尔族艺术家康巴尔汗·艾买提。她所表演的《盘子舞》不仅技术精湛、风格浓郁,且在动作和情感处理上都相当迷人细腻。

  换言之,正是有了1950年代初期的少数民族歌舞巡演,主流社会才有机会目睹少数民族艺术的文化魅力,从而也逐步认定吸收少数民族舞蹈文化,是创建中国舞蹈语言独特性的必行之路。于是,引入少数民族艺术家,成立少数民族舞蹈文工团及院系,培养具有少数民族文化背景的舞蹈工作者,便成为当时舞蹈界的当务之急。故巡演后不久,康巴尔汗就被委派到西北艺术学院,担任少数民族艺术系的首席领导,管理和教授民族舞蹈及流传着的经典剧目——如:维吾尔族的《手鼓舞》《多兰组舞》《盘子舞》《俄罗斯民间组舞》与塔吉克族的《仿羊毛舞》等。此外,为促使民族舞蹈技术及风格的系统化,康巴尔汗还发展了一套影响至北舞民族民间舞的教学方法——她将动作分解成七类,其中有行礼动作、头部动作、腰部动作、步伐动作、手臂动作、转的动作、跪及下蹲的动作。而除了课程与教学方面的设计,少数民族艺术系的学生还会频频参加演出及相关的调研实践。与其并驾齐驱的,还有1952年9月1日在北京成立的中央民族学院文工团,它最早由吴晓邦负责组织,用以招收具有少数民族文化背景的专业演员,以确保边疆演员在中央舞台的可见度与合法性。另外,针对边疆人才的培训机构与培养方略,又与当时专门研习汉族民间舞的中央戏剧学院舞蹈团形成互补,最终构成并丰富着中国舞蹈事业的雄伟蓝图。(64—65)

　　有意思的是,在探索中国舞蹈语言形式之初,还遇到朝鲜战争的爆发及中朝文化友好合作的黄金期。在此背景下,具有世界影响力的韩国舞蹈艺术家崔承喜又一次来到了北京。因为,早在日据时期,崔承喜就来过北平,但那时她的巡演只在东北日据区及满洲国进行。直至朝鲜战争结束,崔承喜才从朝鲜平壤逃到北京避难,而又与她于1944年在北平东亚舞蹈研究中心就交集过的戏曲大师们一起记录、分析与琢磨戏曲舞蹈中的文化讲究。需补充的是,受过良好西方舞蹈训练的崔承喜,还掌握着丰富的亚洲舞蹈知识。故中国文化部及舞蹈界同仁非常看重她的到来,特别是在陈锦清的举荐与支持下,她于1951年在中国戏剧学院开设了"崔承熹舞蹈研究班",并以此为根据地来与中国学员们(其中有不少是具有丰富舞蹈表演经验的少数民族学员)一起,探讨如何建构中国舞蹈的语言形式及艺术品格——例如:如何将中国民间舞蹈舞台化;舞蹈作品编排的戏剧化技巧;以及如何从戏曲中提炼并系统化中国舞蹈的动作语汇和训练方法。对此,崔承喜认为,建立独立的、艺术化的且能生动反映中国社会现实与中国性格的舞蹈形式,需依赖对传统舞蹈资源的深度研究和与同仁长时期的集体付出。(67—70)

　　总之,崔承喜在新中国初期的到来及其所传播的"新舞蹈艺术"理念,为中国舞蹈艺术的系统化发展奠定了重要基础。首先,在观念层面,她将传统的舞蹈资源分为"古典"和"民间"两块。其中,"民间"意指在传统中由农民表演的舞蹈形式;而"古典"则指在城市社区或正式场合中表演的舞蹈。所以,在1951—1952年的中国戏剧学院开办舞研班时,崔承喜就教授了朝鲜族的古典舞与民间舞、南方舞、苏联芭蕾、民间舞、新舞蹈、即兴及动律,还有舞蹈理论、文学和音乐等;此外,崔承喜还十分注重从戏曲艺术中提炼中国舞蹈的基本语汇,由此来超越先前创建中国舞蹈的诸种尝试,以另辟蹊径地开创中国舞蹈的另一种可能。(70—72)

与此同时,国家级第一所专业院校"北京舞蹈学校"(以下简称"北舞"),也相应在1954年成立,之后还专门开设了"中国舞"和"西洋舞"两个专业。其中,中国舞专业的课程包括古典舞和以汉、朝鲜、藏与维吾尔族舞蹈组成的民族民间舞课程;而西洋舞的专业课则以芭蕾和欧洲性格舞为主。到了1957年,北舞还添设了"东方舞"专业,并在文化部的大力支持下,请来不同领域的专家为各门课程进行指导。然而,若对三门专业的招生人数、师资、课时和剧目进行比较,我们发现至少在"文化大革命"爆发之前,"中国舞"是三门专业中最受重视的一门,且对中国舞蹈的整体发展影响最大。(75)可不论如何,这三门专业方向,随之构成了中国舞蹈的三个流派。它们分别继承的是"新秧歌"传统中的汉族民间舞,还有从"边疆舞"传统中开启的少数民族舞蹈,以及从崔承喜舞研班中延续出来的,以戏曲舞蹈为基础的中国古典舞。此外,在作品创作方面,北舞还吸收了1950年代初期从《解放海南》和《红绸舞》中所得的经验,都以戏曲舞蹈和民间舞蹈相合成的方式来创作。最后,还需补充的是,从北舞中国舞专业毕业的学生,一般都会流向中国各省及自治区的舞蹈机构,而逐渐在全国促成"中国舞蹈"之大气象。紧接着,依国家对外事务之要求,北舞分别又在1959年与1962年,成立了实验芭蕾舞团和东方歌舞团,可有趣的是,这些舞团的演员很少流向外部,而多是为北京的外事活动服务。所以,到了1950年代中期,中国舞便成为表征国族舞蹈语言的民族形式。(77)

随着第一代专业院校及舞团人才的成熟,到了1950年代末至1960年代初,中国舞开始走向国内外舞台的中心,并在频繁参与社会主义国家的外事活动中,赢得了社会主义世界的瞩目。比如,当时的《红绸舞》《采茶扑蝶》和《跑驴》都在世界青年联欢节中取得了较高奖项。对此,魏美玲依据以下几个方面,而将其称为中国舞蹈的"黄金时代"。(81)

首先,20世纪50年代末至60年代初期,舞蹈界编排了以长篇叙事风格来体现复杂政治议题的民族舞剧——比如,围绕性别、民族、阶级和种族平等的政治主题。其次,这一阶段的中国舞在国际舞台上频繁露面,并以诸多奖项提升了中国舞在国际文化中的地位。为此,中国政府继续加大对中国舞剧的投资力度,以大力提升中国舞蹈在国际上的影响力。与此同时,那些在国际上获得大奖且受国内外瞩目的作品,也反向形塑着中国舞蹈的审美方向。(90—92)另外,如果说先前的中国舞蹈作品,多以汉族民间舞为主体,那么这一阶段的作品则多以少数民族和女性为主体——例如,在1960年国际巡演的12个节目中,以少数民族为主体的作品就有7个。此种突出少数民族文化主体的现象,魏美玲认为是与当时中国共产党的少数民族政策及民族识别的分类工程有关。此外,这一时期参演的作品几乎含括各个省份和地区,从而成功延续了中国舞蹈社会主义传统的文化多样性。最后,这一时期的中国编导不再是国际舞蹈潮流的被动追随者而是主动且有影响力的文化提供者。(86—90)

还需补充的是,1950年代末至1960年代初,民族舞剧的情况也发生了好转。相比先前的创作,特别是1939年吴晓邦的《红罂粟》、1949年的《人民胜利万岁》、1950年《乘风破浪》与《和平鸽》,这一时期的舞剧创作已不再满足小作品样式,而是要力图创作体现时代精神与民族历史的大型舞剧。可力不从心的是,中华民族不擅于身体叙事,故仍需向其他传统取经求学。好在当时正处在中苏关系的蜜月期,不少苏联芭蕾舞团及编导专家都被邀请到北舞进行交流和指导。例如,1955年北舞为期两年的舞剧编创班,就由从苏联来的舞剧编导查普林(Viktor Ivanovich Tsaplin)和古谢夫(Petr Gusev)负责指导。他们都鼓励芭蕾舞剧民族化,并尝试使用芭蕾技术和中国语汇来讲中国故事。此外,中国也会选派一些舞蹈编导到苏联留学,学习那里的舞剧理论及编创方法。(98)

终于,在一系列的付出和努力下,诞生了经典舞剧《盗仙草》(1955)和《宝莲灯》(1957)。尽管这些文本取自中国神话与民间传说,但它们却通过对故事线索和人物的重组,来体现当时中国的时代主题——例如,《宝莲灯》中的"三圣母"形象,就是通过对中国传统性别关系及儒家道德的挑战,来响应婚姻自由和性别平等之时代精神的。无疑这与当时国家自上而下的大力支持不无关系。所以,同那些仅抓着"大跃进"消极面向的研究者不同,魏美玲基于史料、档案和当时的报道,指出这段一味被后人诟病的历史,却是民族舞剧最为生机勃勃的时段。(104)

纵观1958—1960年创作的民族舞剧,不论是1959年由广州部队战士文工团编创的《五朵红云》,还是上海实验歌剧院编创的《小刀会》,都可说是"大跃进"文化政策下结出的善果。因为,"大跃进"时期所倡导的文艺政策——鼓励艺术创新、提倡民族形式、偏好大众化审美、重视身体技术、倡导现实主义与浪漫主义相结合的手法,并广泛邀请社会各界参与创作。所以,民族舞剧在这一时期获得了突飞猛进的发展,其能量不仅体现在数量、规模、影像配置和传播范围,也不只局限于对古典舞、汉族民间舞及少数民族舞蹈的运用,它的卓越性还体现在对现代革命议题的呈现方式上。譬如,舞剧《五朵红云》就是一部并置了性别斗争、阶层斗争和族性斗争于一体,还突出赋予黎族人民和地方女性以能动性的经典作品;还有舞剧

《小刀会》，也精彩实现了传统性别结构的权力逆转——舞剧女主角周秀英，能在不同场合与男性同僚平起平坐，且在革命先进性上领先于他们。此外，该剧还超越了以往"男性编导配以女性主演"这类的性别格局——该舞剧的女主角舒巧，也是舞剧的编导之一，其所编排的《剑舞》舞段，着实拓展了戏曲舞蹈中女性身体的传统语汇，且在不取消性别差异的前提下，还将女性角色带入新的社会场域与革命角色中。由此可见，这一时期民族舞剧中的女性形象，既有别于儒教正统中那类良善无知的女性，又超越于样板戏时期革命女性的依附结构，从而破除了那种将中国革命女性，全都认定是"性别抹除"之后果的西方成见。（108—117）

二、革命芭蕾：一种另类的挪用？

国外对中国"文化大革命"的研究，如对法国大革命研究那般激情不减。似乎"文革"是中国在世界变得响亮的唯一缘由。于是，那种"赶时髦"的中国舞蹈研究，在居心不良的东方学暗示下，引来了那种认为中国舞蹈就是中国样板戏的美杜莎之眼。而要破除此种类型化眼光，我们首先得了解革命芭蕾在中国的前世今生。为此，魏美玲认真梳理了1920年代至1960年代芭蕾在中国不同历史条件下的意义衍变——从最早因俄罗斯革命和内战爆发，而给中国东部沿海城市，尤其是工业化的半殖民城市（如哈尔滨、上海和天津），带来不少白俄移民的历史偶然性中，我们得知其中一个名为"白俄人"的芭蕾团体，成功地在1920年代的中国获得了一席之地，并为芭蕾在中国的传播孵化着火种。好比《宝莲灯》中的女主角赵青、中国新舞蹈之父吴晓邦及妻子盛婕，他们从小都受过很好的芭蕾训练，其生长的城市和家庭的教育，都带有中产阶级和殖民现代性的色彩。（123—125）而有趣的是，对中国舞蹈构建起奠基性作用的戴爱莲、崔承喜、康巴尔汗，也多是以西方芭蕾为启蒙的。可悖谬的是，他们却不相信芭蕾能承担表述当代中国现实生活的重任。尤其是戴爱莲，她在重庆边疆会议中的发言，以及新中国初期由《和平鸽》引发的语言形式之争，都不断地坚定着建构中国舞蹈的唯一目标，是创建中国"自己的"舞蹈语言，以摆脱芭蕾这一"外国的"语言。即便芭蕾在20世纪50年代，是一种被国家允准的艺术形式，但在中国舞蹈建构的过程中，芭蕾一直扮演"他者"的角色，且带有资产阶级、陈腐老套及与中国民众生活无关，而有待被改造的消极意义。（126）

直至1957年，以苏联专家古谢夫为核心而创作的《鱼美人》——这部芭蕾民族化作品之诞生，才开创了芭蕾与其他舞蹈类型（东方舞、民族舞、古典舞）相结合之先河。可即便如此，这部舞剧还是引来有关语汇使用之适恰性的争议。但与此同时,这些争议也再次说明当时文艺政策对民族形式的重视及对芭蕾这一外部他者的警惕。难怪当时的舞蹈评论界常指摘那些使用芭蕾来表达中国当代议题的作品,认为芭蕾这一植根西方宗教及生活方式的语言无法与中国的民众达成沟通。而此种反帝国主义文化侵略的民族主义心态,还体现在1961年北舞的二次教改中。例如,中国舞专业的学生不开设芭蕾课,但芭蕾专业的学生却要求学习中国舞。(131)可见,芭蕾在当时的中国只是舞者增强能力与丰富表演的手段,而不是中国舞蹈构建的目的和主体。就像保尔·克拉克(Paul Clark)所言及的那样:"在'文化大革命'之前,北京和上海只有2所芭蕾公司,提供为数10个左右的剧目。"(132)而中国舞在此时,已在全国各处遍地开花了。

可悖谬的是,"芭蕾"这一被新兴民族—国家视为强大而又危险的语言,却潜移默化地成为现代民族—国家建构其民族舞动语言的潜在范本——一种在类殖民主义文化格局中无法抹除的大写他者。但在承认"芭蕾"这一20世纪霸主之位时,我们也不能忽略20世纪中国的文化立场,特别是1940年代至1960年代中期的历史事实——即构建"中国自己的"舞蹈语言,可以说一直都是革命中国的文化诉求与人心所向。但看起来悖谬且复杂的是,为何是"芭蕾"这一西洋之物而非"中国舞"得以在文化大革命时期享有"一花独放"的权力?

对此,魏美玲指出1940年代至1960年代的文艺政策,都意在建构作为民族—国家文化项目之一的中国舞蹈,同时也准许与各类舞蹈样式并存发展。可那时的主流社会对芭蕾仍心存芥蒂,多数人都将其视作不适合表达中国现实的异域语言。直至1963年"三化"会议结束,艺术工作者才将民族化、革命化和群众化的精神,一路贯通至中国的芭蕾领域。此外,冷战的政治格局和新兴民族—国家的世界压力,让中国在同世界交涉的过程中,逐步意识到"芭蕾"已成为当代民族—国家国际影响力的政治表征。故在1964年中国第一颗原子弹发射成功及中苏关系彻底崩盘之际,中国文化领导人觉得是时候让中国芭蕾走自己的路了。当然,这样的笃定还与之前就有过的苏联《红罂粟》(1927)和日本《白毛女》(1955)这类革命化样板,以及毛泽东早在延安时期的艺术主张——即认为那些与欧洲启蒙运动精神相关的西方文化,也可为中国的社会主义目标服务有关。此外,殖民现代性诞生的早期中国世界主义传统,也为社会主义之国际主义的某些面向提供了知识。它让许多人将芭蕾视为文化现代化的象征,而可有利无害地为革命目标服务。正是此种对待芭蕾舞的世界态度,使其能与更为激进的反殖民主义议程共存。所以,在1966年以前,即便存有各种异议与争论,中国舞蹈界依旧呈现美美与共的世界主义景观。(136—141)

对此,魏美玲还专门总结了1964年以来的作品特征:首先,这一时期的舞蹈作品,告别了之前舞剧的神鬼传奇与浪漫主题,而转向革命题材和现代生活。比如,在全军文艺汇演中,有体现军民与汉藏关系的《洗衣歌》;有反抗种族歧视的《怒火在燃烧》;还有与之前《小刀会》的女性武斗舞形成互文,体现女性革命主体性的《女民兵》。此外,主打芭蕾作品的中央歌剧舞剧院,还于1964年秋上演了之后主宰中国舞蹈界的芭蕾舞剧《红色娘子军》(以下简称《娘子军》),它是第一部用芭蕾来呈现中国民族女性革命的现代舞剧。与此同时,以编创中国舞为主的中国歌剧舞剧院,还推出了融合戏曲、东北民间舞、军队和武术于一体的舞剧《八女颂》。有意思的是,这两部同一时期的作品,分别以不同的舞蹈语言样式,很好地传达了"三化"会议的政治精神。

此外,1964年的北京还创作了第一部是大型音乐舞蹈史诗《东方红》。若以1965年的纪录片为样本,这部作品将中国舞蹈中的不同身体技术,如民间舞中的扇子舞、朝鲜族舞蹈,还有中国古典舞中的圆场、平转、卧鱼、踏步翻身及跪步等动作,包括一些来自军队和武术的技术都融汇其中,并在最后的欢庆场面邀请了少数民族舞蹈艺术家来将作品气氛推入高潮。比如,朝鲜族的崔美善、傣族的刀美兰、蒙古族的莫德格玛、苗族的金欧、维吾尔族的阿依吐拉与藏族的欧米加参。而继《东方红》之后的作品,在题材上都趋向国际化风格。比如,民族舞剧《椰林怒火》,表现的是越南战争的题材和反帝国主义的意志;另外,还有继承边疆舞传统,而关注中国境内少数民族革命史的舞剧——如,彝族的《凉山巨变》、藏族的《翻身农奴向太阳》和维吾尔族的《人民公社好》。最后,这一时期还创作了一些芭蕾舞剧。比如,北舞的《红嫂》(1970年改编为《沂蒙颂》)、上海舞蹈学校的《白毛女》,它们同之前的《娘子军》一起,都纳入了样板戏的作品系列中。但对这些在文本、动作、舞美和道具方面,都看上去"中国化"了的芭蕾作品,魏美玲也认同当时戴爱莲的看法,认为这些作品不过是拼贴了一些中国元素,用外国语言讲中国故事的舞剧,其在身体语法和风格上依旧是芭蕾的,而不属于中国舞蹈。此外,尽管"文化大革命"期间的舞蹈作品并非毫无创意,但样板团统领于世的局势,着实限制了其他舞蹈发展的可能性,中国舞在其间也受到了激烈的压制。(141—150)但若反身思忖,我们同时发现正是在"边缘造反中心"与"打破一切"为口号的"文化大革命"时代,芭蕾在中国的处境才得以从之前作为外部他者的角色,转为带有后殖民色彩的内在他者角色。于是,以往那种将芭蕾认作保守的、外国的和资产阶级的看法,即刻在"芭蕾中国化"的革命轨道上,化为革命激进精神与民族国际能力的表征。

以笔者研究的舞剧《娘子军》为例,从其编创目的、过程与演员的身体经历来看,这部中国芭蕾的经典作品,一直都被视作"芭蕾中国化"的典范,而非"中国舞芭蕾化"的惨案。至少在1963年的"三化"会议上,刘少奇就如何对待"外国"的东西与如何"民族化"的问题就说过:"反对艺术上的教条主义,也可以用外国的芭蕾舞演中国的故事,难道就只能演《天鹅湖》?日本人就用芭蕾舞演了《白毛女》,中国用芭蕾舞演《朝阳沟》好不好?……外国的东西不能拒绝,要吸收,但一定要批判。"(李松:《"样板戏"编年与史实》,2014,76—77)此外,《娘子军》编导蒋祖慧还提到:"周恩来曾建议排《十月革命》或《巴黎公社》,但我却反问为什么不可以排我们自己的芭蕾舞?"更有意思的是,当时中国舞剧团还发表了一篇题为《毛泽东思想照耀着舞剧革命的胜利前程——排演革命现代舞剧〈红色娘子军〉的一些体会》的文章,其中就写到:"就芭蕾那套专门表现王公贵族、仙女幽灵等剥削阶级理想人物的内容和形式,不但不可能为工农兵服务,而且是在舞台上继续对工农兵专政,破坏我国的社会主义经济基础。因此,无产阶级必须对芭蕾舞进行脱胎换骨的革命。……毛主席教导我们不破不立,不塞不流,不止不行……我们坚决剔除旧芭蕾舞语汇中的那套软绵绵、轻飘飘、专门表现剥削阶级理想人物思想感情的糟粕,冲破旧堡垒的束缚,创造出我们无产阶级自己最新最美的舞蹈语汇……"(《毛主席文艺路线的凯歌(革命现代京剧舞剧创作经验专辑)》,96—102)由此可见,创作中国自己的芭蕾舞,是当时社会主义文艺工作者的文化诉求和政治立场。换言之,当时的文艺工作者已不再满足用外国的嘴唇讲中国的故事,而是要批判性地吸收和改造芭蕾,以让它成为中国无产阶级自己的芭蕾。而此种"中国性"不仅是话语、文本与形式上的元素添加,它还是一套活生生的具身实践与政治运动。

笔者仅以《娘子军》女主角钟润良为例——她原是一位有着丰富西方芭蕾演出经历的主要演员,而为上演这部革命芭蕾,她经历了从"吉赛尔"到"吴清华"这一脱胎换骨的身体变形历程。(刘柳:《足尖上的意志》,2019,58)换言之,芭蕾的中国化实践,不仅是动作语素的在地化,还包括身体使用方式与文化风格的在地化。而这也明显体现在《娘子军》演员的选用方式上。以扮演该剧英雄人物洪常青的演员刘庆棠为例,他之前没学过芭蕾,也没有经过长期的专业训练,只是民间舞跳得不错,特别是他的外在形象、表演能力和突出的政治态度,而被提选为舞剧中的核心人物。值得一提的是,今日中央芭蕾舞团在挑选演员时,会特别挑出一些有中国舞基础的演员来承担团里的中国剧目。好比2014年在《红色娘子军》50周年庆典上扮演洪常青的周兆晖,他附中就是民间舞专业的,到了本科才转成芭蕾。

若再从编导的知识和经验上看,《红色娘子军》编导蒋祖慧,其母亲丁玲就是著名的左翼作家,她从小在延安长大,可以说,延安地区的革命歌舞对她的影响根深蒂固。此外,她还在留苏前参加过崔承喜的舞研班。而另一位编导李承祥,也有着丰富的少数民族舞蹈编创经历,其早年编创的少数民族舞蹈剧目《友谊舞》(1955),也获得过世界青年联欢节的银奖;最后一位编导王希贤,也在世界青年联欢节中表演过令人印象深刻的舞蹈《跑驴》("地秧歌")。此外,更不用提《娘子军》第四幕"政治课"中,那排写在黑板上的文字——1964年第一版写着"组织纪律",被纳入样板戏之后,就被改为"只有解放全人类,才能解放无产阶级自己"这类典型的社会主义标语。

就此而言,笔者认为1964年以来的芭蕾实践,是"芭蕾中国化"的过程,且还带有点霍米·巴巴言及的"戏仿"之感。它看似在用权威的身体语言言说自己的故事,也似乎妥协着进入民族——国家的赛事中,参与那场没有协商的身体游戏。但与此同时,这看似妥协的参与,也是一场面对面的较量,一种通过不断模仿"大他者",来不断接近歪曲、误解乃至超越"大他者"的身体革命。它看似打乱了之前中国舞蹈三流派的分类规范,但却是以更激进和直接的方式,颠覆性地将外国芭蕾加以中国化的改造。或许问题的关键在于,我们究竟将"用芭蕾言说中国故事"的在地化实践,视作权力关系上的积极之举或是相反?要知道此处的"芭蕾",是被改造、挪用乃至误用的对象,并致使当下许多芭蕾演员在第一次接触《娘子军》时,都不认可这部剧目属于芭蕾,且还私下授予这部舞剧以"土芭蕾"的称号。在此意义上,笔者更倾向用带有点民族主义情结的命名"中国芭蕾"来形容这一时期芭蕾的在地化实践,并认为这些带有改造性质的实践,也动态地继承着中国舞所积累的经验,且还保持着对地方民间知识的重视与调研—创作相结合的传统。在此意义上,或许可以说,"中国芭蕾"是中国舞蹈民族化的另类实践,是在特殊历史时期对社会主义审美的激进实验。

三、中国舞:社会主义基因的新世纪面容

"四人帮"倒台后,舞蹈界开始商议修整"文化大革命"犯下的极左错误,恢复"文化大革命"期间被关押的舞蹈实践者与研究人员,并在1977—1978年期间,恢复了1966以前的专业舞蹈机构和在1966年被停刊的《舞蹈》杂志。其中,北舞也在1977年底恢复了正常的教学秩序。此外,国家级的五所舞蹈团体(中央歌舞团、中央民族歌舞团、中国歌剧舞剧院、东方歌舞团、中央歌剧舞剧院)也于1978年得到恢复,而"文化大革命"期间所建立的临时性机构也在此时解散。逐渐地,"文化大革命"期间被勒令停演的舞剧也在慢慢恢复元气,而与之同步的是,那群被闲置

许久的老演员也开始恢复了自己的业务,能为年轻的观众表演1950年代的剧目了。而之后创作的作品,都在努力清除"文化大革命"的遗迹。好比长春电影制片厂于1978年生产的舞蹈电影《蝶恋花》,与1979年内蒙古电影制片厂制作的《彩虹》,都意在拥抱先前基于民间和大众文化的创作样式,来清除"文化大革命"中的样板戏余孽。(159—164)

除此之外,这一时期还创作了具有承前启后意义的舞剧作品。其中,值得大书特书的,是1979年由云南省西双版纳自治区歌舞团编创的舞剧《召树屯与喃木诺娜》和甘肃省歌舞团创编的舞剧《丝路花雨》。此外,还有1986年由云南省白族舞蹈家杨丽萍编创和表演的独舞《雀之灵》。可以说,这部作品是对毛相、金明、刀美兰的孔雀舞系列,以及舞剧《召树屯与喃木诺娜》在文本和形象上的继承性创造,同时又在审美上一改之前孔雀舞系列的风格,以转向抽象表现主义的美学格调。(158—175)但问题是,研究不能仅限于作品内部。易言之,此处值得追问的已不是《雀之灵》这部作品。因为,成名后的杨丽萍已具备符号效应。或是说,当代的"杨丽萍现象"已超越"全国舞蹈大赛"这一新社会主义审美意识形态之保留地,而走向消费资本主义支配的全球市场。

然相比于《雀之灵》及其所引来的"杨丽萍效应",《丝路花雨》这部六幕的大型民族舞剧在社会主义精神之继承方面,反而显得单纯许多。它昭示了后毛时期民族舞剧在形式和内容方面的创新,特别是对敦煌艺术之视觉意象、丝绸之路的文化互动和唐朝文化历史的继承方面,都具有史无前例的创新性。此外,作品中的"三道弯"与"反弹琵琶"等动作,都展示了敦煌舞蹈对发展中国舞动作系统之重要价值。(175—183)由此可见,中国舞在后毛时代终于迎来又一轮盛世。而这与中国同"世界"间的互通有无密切相关。但值得注意的是,如今这个"世界"在某种程度上,又是由美国文化所引领的。好比1980年以来,许多美国的舞蹈形式——现代舞、嘻哈舞、迪斯科等,都涌现在中国人日渐开放和便捷的生活中。(185)

跨入21世纪,世界的节奏变得更为流动和多元。可即便如此,魏美玲仍能在这迅捷变幻的表象下,把握住中国舞蹈内部结构所延续着的社会主义遗产——即民族主义的动感、动态性的传承与跨区域—族群之丰富性。为此,她还举出不同的个案以兹证明。首先,她选取了第二届"中国好舞蹈"冠军古丽米娜·买买提为个案,通过赛事过程及古丽米娜舞蹈的设计,指出古丽米娜如何继承了康巴尔汗的舞蹈传统,并像康巴尔汗那样通过自己的创新,发展了自己民族的舞蹈风格。(187)毋庸置疑,作为舞蹈作品的呈现者,古丽米娜生长在一个全球化的信息时代,我们很难将古丽米娜禁锢在一个单一意识形态的环境中,也无法将中国民族舞蹈的社会主义继承想象成单一、连贯、无染与顺畅的,故她的动态性继承便有了许多根茎式的杂交特性。例证二,是北舞民族民间舞系于2004年推出的《大地之舞》。这部作品被视作后社会主义时期北舞教学和研究相结合的艺术成果。而此种将研究、教学和创作结合到一起的方式,也是毛时代中国舞蹈创作的传统之一。此外,她还详细阐述了晚会中那些颇具毛时代社会主义气质的内容——比如,开场的"扭秧歌",以及六个不同民族的舞蹈节目。例证三,是广西北海歌剧舞剧院邀请陈维亚编舞、冯双白编剧、刘福洋领衔主演的《碧海丝路》,它昭示在"一带一路"的新国家主义时期,中国国家艺术基金对民族—国家舞剧之大力支持。而民族舞剧也同以往那样,继续发挥传播主流意识形态与教化民众的政治作用,以及越来越受地方政府看重的经济效益;最后,还挑选了被誉为学院体制内难得一遇的古典舞先锋派编导张云峰。其代表作《胭脂扣》(2002)、《肥唐瘦宋》(2013)和《春之祭》(2014),在魏美玲眼里,这些作品带有一定的批判意识和鲜明的主观色彩,因为具备小众艺术的先锋意味。(202—213)但值得商榷的是,如果"先锋"含有对权威的不屑一顾乃至有意撄犯,那么将张云峰所创作的这些参赛作品,定位为另类、小众或先锋就显得不太准确。而有待继续讨论的,还有被视作先锋的张云峰之作,为什么会被指认为具备社会主义艺术之文化遗风?对此,魏美玲通过对张云峰的访谈,指出张的激进来自社会主义"五四"精神中的危机意识和解构—重构的实践样式。由此来看,中国舞蹈的跨世纪经历,未能截断它的红色之根,即便在历史被估算终结的世纪,中国舞蹈依旧能顽强延续。

余论:社会主义遗产中的情结与忘却

记得魏美玲在为拙著《足尖上的意志:芭蕾舞剧〈红色娘子军〉的表演实践与当代言说(1964—2014)》写序时,还与笔者分享了一段她自己的观演经历。那段分享主要是对笔者在书中提及自己被"常青就义"的舞段打动,以及另一位当年在地方歌舞团参演过《娘子军》的北舞教授,对第四幕"万泉河水一家亲"之持续爱慕的积极回应。有趣的是,对"芭蕾"这类制造等级的舞种有不小意见的魏美玲,喜欢的却是这部舞剧的结尾,理由是因为结尾呈现了各个阶层团结一心,共创平等社会的理想图景。面对如此私密与可贵的分享,笔者也感动地联想到约翰·列侬的那首《想象》,并禁不住想起美国晚至20世纪60年代就传继着的平等主义传统……对此,笔者希望这些善意的,乃至有些无厘头的误读,能帮助笔者接近理解魏美玲对中国舞蹈之社会主义面相的由衷热爱。

而除了以上这些个人感受,在学术层面,这部著作的可贵之处,对笔者而言至少有以下几方面:首先,该著作在呈现中国舞蹈历史特殊性之时,还为我们掀开那些建构中国舞蹈之奠基人物所具有的跨区域、跨族群与跨文化之杂糅背景。其次,该著作能以较详实和完整的历史事实,来提醒那些一味强调苏联影响的学者,莫要忽视中国舞蹈自身多元、生动与顽强的在地传统。但与此同时,我们也不能就此肃清苏联芭蕾对中国舞蹈界的持续影响。毕竟,20世纪50年代以来,那种"向老大哥学习"的口号,也是当时的文化立场和政治策略。特别是那种将苏联专家请进来,我们的学员走出去的方式,实则对中国舞蹈界的影响超出了理论层面,而深入中国舞蹈实践者的审美无意识中。或许,也正因如此,在中国舞蹈建构的过程中,才始终伴有那种担心语汇混乱与被同化的顾虑。就此来看,当我们强调中国舞蹈具有超越西方舞蹈霸权之革命先进性时,不能一味怀抱"抵抗的梦想"而忽视"中国舞蹈"建构的外部动力,特别是建构中国舞蹈过程中,那个难以抹除的大他者——即"西方"的始终在场。

而若非要谈及该著作的美中不足之处,我想可能是该著作在呈现中国舞蹈社会主义基因之延续性时,有点将过多的火力落在对北舞历史的梳理上。要知道具有多元文化内涵的中国舞蹈,其社会主义基因在不同区域、机构与地方传统中,应有着相应的文化变体乃至龟裂。另外,此书对中国舞蹈的研究,多是以历史文献、档案、报刊等文本入手,而没能顾及接受层面中的个体经验。毕竟,社会主义意识形态之成功与否,需从社会的接受情况来加以验证。最后,也是困惑许多人的地方是——中国舞蹈的社会主义遗产,如何在当下重新延续?

重释中国舞

■ 文／黎韵孜

我自小便对中国舞有着不可割舍的痴迷,来到美国之后,或许因为舞蹈和文化有着天然的联系,跳中国舞成了我"归家"的途径之一,我跳中国舞的次数也愈发多了起来。然而,每每我和他人提及中国舞时,他们总会问我,到底什么是"中国舞"?中国舞就是民族舞吗?现当代中国舞又是什么?每当此时,面对这些令人费解的问题,我都哑口无言,不知如何给出一个尽善尽美的答案。如今,随着魏美玲博士的新作《革命的身体:中国舞与社会主义遗产》的问世,这些问题终于得到了相对完整的解答。这本书是西方学术界中第一本全面介绍中国现当代舞蹈史的著作,蕴含着丰富的历史资料,其学术视角也十分别致新颖,也因此在中国舞蹈的学术界成就非凡。

现代研究舞蹈的学术界大多关注的是芭蕾舞和现代舞等西方舞种在中国的影响力,而魏美玲博士却颠覆了这些传统的研究方向,一反西方学界对西方舞种的情有独钟,而转向研究中国舞的发展历程与当代社会现象,具有独特的学术意义。作为舞蹈史学家,魏博士不仅密切关注史实资料,也对身边的舞蹈现象有着亲身经历与独到见解。魏博士曾经于2008年至2009年在北京舞蹈学院接受了专业的舞蹈训练。她认为,亲身体验是研究舞蹈不可缺失的一部分。她的第一手资料既包括馆藏资料,又囊括了与150多位舞蹈家的访谈记录,甚至还有许多现场的舞剧表演、舞蹈影片、期刊和报纸上的舞评等。魏博士强调,研究舞蹈需要"更多的将其放置在中国文化的领域里去看待与探索"的视角。由此可见,魏博士的作品对舞蹈界有不可磨灭的贡献,其研究方式也对其他学者深有启发。无论是研究舞蹈、电影,抑或是文学,都应广泛涉猎,参考多元的资料,才能面面俱到,保证学术研究的客观与严谨。此外,她不仅在研究中论到舞蹈现象和影像的重要性,而且也给读者提供了这个机会,她收集了很多舞蹈视频,并在她的书中提供链接和编码,读者只需要扫一扫就可以看到视频。这个功能实属难得,也给用到这本书作教材的大学课程提供了方便。

魏博士此书从1940年代抗日战争和解放战争时期说起,循着中国现代史的发展轨迹徐徐展开。在这本书中,我们可以看到,中国舞产生于跨文化交流中,并与世界上的各种舞蹈革新运动并行。它的产生归功于华侨、少数民族、移民和女性等边缘群体,在当今边缘文化的研究热潮中,舞蹈是一个很好的切入点,这也体现了边缘化人群对中国文化发展的贡献。本书的第一章透过舞蹈家戴爱莲的故事分析了中国舞的缘起。第二章则讲述1949年到1954年中国舞教学体系的成立。第三章介绍了中国舞从1955年至1962年的发展,魏博士认为,此时是中国舞的黄金时期,它甚至一度成为国家的象征。第四章叙述了在60年代到70年代,芭蕾取代了中国舞的地位,在舞界独占鳌头,并把当时的中国舞和芭蕾舞进行对比。第五章的关注点则是中国舞在"文革"后的恢复与发展。不同于在文学界出现的"伤痕文学"和"寻根文学"等反思"文革"的作品,魏博士认为,在"文革"结束以后的70年代末到80年代,毛泽东时代初期的中国舞得到了复兴。那些在"文革"期间被打压的舞蹈,此时却得到了茁壮成长,由此孕育了改革开放时期的舞蹈。第七章谈到了二十一世纪的中国舞现状,并通过舞蹈家古丽米娜的例子,强调了在当今舞界,大多数舞蹈都师从于前人流传多年的绰约舞姿。魏博士认为,直到今天,对于现代中国舞而言,社会主义时期的中国舞的思想、技术和传统仍然是一块抹不去的印记,时至今日依旧影响深远。

除了指出中国舞在历史上的发展和贡献,魏博士还总结了中国舞蹈三个长存的特点:形式认同观(kinesthetic nationalism)、继承发展观(dynamic inheritance)、强调对不同地域与不同民族的代表性和包容性(ethnic and spatial representation and inclusivity)。魏博士在书中通过生动形象的舞蹈例子具体阐释了这三个概念。尤其重要的是,民族性是在中国1930、1940年代抗日战争和长征的背景中产生的,当时定义中国舞的是舞蹈形式和动作,而不是舞蹈家或别的元素。还有,每个地方的舞蹈有各自不同的形式,由于舞蹈家来自不同的地方和民族,因此他们的创作就成了研究民族文化融合的重要媒介。中国舞蹈在保留这些特点的同时,也在经历着不断的变化与创新发展。

魏博士此书重新发掘中国舞蹈界的开拓者和发展者,并对他们予以了充分的肯定,其中包括20世纪早期的裕容龄、梅兰芳和吴晓邦,40年代的戴爱莲、康巴尔汗、崔承喜、梁伦。本书通过详细介绍和讨论这些舞蹈家的生平和作品,突出了他们在中国舞蹈史上的重要性。正如著名中国文学评论家夏志清老师在《中国现代小说史》中发掘重要作家,魏博士也在她的处女作中发掘了中国舞蹈史上有巨大贡献却被学术界忽略了的舞蹈家。

除了舞蹈家背景的多样化,魏博士也通过不同的作品介绍了社会主义时期的舞蹈的多元化,其中既有边疆舞和东方舞,也有延安秧歌舞以及各种地方民族舞蹈。书中介绍了丰富多彩的舞蹈表演,包括戏曲中的舞蹈表演、学校里的民族舞表演、专业舞团的演出,等等。书中不仅有对于表演栩栩如生的描述,也附上了很多由魏博士亲自收集的照片。魏博士对舞蹈的描述可谓是引人入胜,绘声绘色,使读者身临其境,仿佛坐上了演出现场的观众席,与她一同观赏这些精彩绝伦的演出。

魏博士对舞蹈表演的描述和她收集的丰富材料,充分展示了舞者身体的扩展性。这些舞者通过他们的肢体语言来发声,向各个国家和地域传达出他们的文化和历史。因此此书的题目"革命的身体"充分概括了作者的侧重。魏博士对舞蹈演出和图像的描述似乎把表演搬到了我们眼前,作为舞者我可以亲身感受到身体的灵动。她的文字创造了一个想象的空间让我们加入舞者的行列,感受无尽的疆界。而那刚柔并行的中国舞又不时地把我们带到了中国的革命语境,让我们了解那些熠熠生辉的新舞者也在延续着前人的步伐。

魏博士这本书对当今舞蹈的研究做出了杰出贡献,在中国文化学界以及舞蹈界都独树一帜。无论是研究中国文学、电影还是文艺的学者,都一定会从这本书中受益匪浅。受密歇根大学的赞助,这本书的电子版已经在网上发行,读者可以在网上免费下载阅览。这不仅为读者们提供了许多便利,也有力地扩大了此书的影响力。

依笔者观之,魏博士也可以适当添加一些关于草根舞蹈家的故事。由于魏博士的研究对象主要是舞台艺术,此书中着重介绍了名声赫赫的舞蹈家。如此一来,可能造成一种误区,让人误以为中国舞和芭蕾舞一样,也是一种"贵族舞蹈"。中国民族舞和中国舞之间的联系与区别,在本书中也提及甚少。因此,读者们可能会对草根舞蹈家产生兴趣,也会好奇魏博士的后期研究是否会涉及草根一族。

比如我最近的一个研究项目正研究中国1980年代的舞厅。我关心当时的舞厅是如何集个人主义、民主主义和全球主义于一体,并塑造了如此包容多元的现代身份,同时又饱受国家的诸多控制。1978年,邓小平提出了具有划时代意义的"改革开放"伟大战略。在这个政策的引领与支持下,交际舞舞厅由原先的清清冷冷走向一片繁荣,为人们相互交往、表达个性提供了一片乐土。在此之前的"文化大革命"期间,舞蹈被当作宣传共产主义意识形态的武器,而交谊舞更因有资本主义的风气之嫌,曾一度遭到了严厉禁止。于是,1980年代,交际舞舞厅的日渐繁华,成为社会从限制与压迫迈向自由和开放的缩影与真实写照。然而,即使如此,它也并没有完全摆脱国家的限制,舞厅中也存在着种种不平等的现象。在改革开放逐步实施的大浪潮下,也正是在舞厅这一空间中,人们开始面对与协调在跨文化交流中遇到的种种冲突。问题是,在先前的历史时段中,我们如何去认识舞蹈在这一"社会"而非"政治"层面的意义呢?它如何被普通人所认识,在他们的社会生活中发挥什么样的作用?此外,当今《舞林争霸》等舞蹈节目,又能否让中国舞突破传统革命时期的风格呢?这些悬而未决的问题,都值得更深的探索与挖掘。

舞越学界：对三篇书评的回应

■ 文／魏美玲（Emily Wilcox）

《革命的身体：中国舞与社会主义遗产》（Revolutionary Bodies: Chinese Dance and the Socialist Legacy）这本书酝酿了十年，也跨越了不少国界和学科领域来完成。最初，这个项目以文化人类学的学科属性和民族志的研究方法起步。我在伯克利读博士的时候获得了美国富布赖特奖学金，得以到北京舞蹈学院学习中国古典舞和中国民族民间舞。当时，我是北舞首位博士级国际学生。五年的汉语培训加上十四年的舞蹈经验为这段舞蹈民族志打下了一定的基础。通过两年的专业中国舞训练、大量舞蹈者的个人访谈，以及密集的演出观摩和参与性观察经验，我逐渐对当下中国舞蹈文化形成了比较全面的认识。[1]

民族志完成了以后，我才开始对中国舞蹈的发展历史产生兴趣。我想，要真正了解当下的中国舞蹈文化，必须先清楚它的来源和经过。由此，博士毕业之后，我年年到中国各地去收集与舞蹈相关的历史资料，包括老舞蹈期刊、剧照、影片、节目单、手册等。与此同时，我继续记录舞蹈家的口述史并且大量用中文阅读中国现当代舞蹈史、舞蹈家自传等书籍。

逐渐，我突破了人类学的单一民族志研究方法，把此项目扩大为历史学、舞蹈学和中国文化研究的跨学科探索。为了收集资料，我亲自到中国二十多所省、市、

---

[1] Emily Wilcox, "The Dialectics of Virtuosity: Dance in the People's Republic of China, 1949–2009." Ph.D. Dissertation, University of California, Berkeley, 2011.

区级的舞蹈学院和地方歌舞团进行了多方面的实地考察、舞蹈家口述史及舞蹈史料研究。我还到了英国、荷兰、美国等地的图书馆和档案馆查看与中国舞蹈相关的历史档案。我甚至在我所在的美国密歇根大学与人合作专门建立了一个新的舞蹈历史档案馆,目前已收集了北美最大的中国舞蹈史料馆藏。① 这一切成为《革命的身体》的研究依据。

学术著作有很多不同的结构方式。有故事情节突出的叙事模式,还有以理论观点为主线的推理模式。时间方面,有按年代顺序排列的纵向讲述,还有以主题为单元的横向讲述。至于空间,有定点式的区域个案,还有全国甚至跨国性质的多点规模。《革命的身体》一书试图把上述多种结构方式都用上,但总体偏向叙事、纵向和多点模式。我认为这样的结构方式更有利于跨学科和跨国家的对话,因为它不限于某个领域的一时理论热点。如果想看更有针对性的理论性讨论,可以参考我在亚洲学、舞蹈学、人类表演学、戏剧学、民俗学、中国文化研究等学术期刊和文集发表的二十多篇学术论文。②

非常感谢CSSA"Talk to the Author"栏目的团队给我这个机会与同行们一起探讨《革命的身体》。三篇书评精彩地反映了《革命的身体》在不同学术背景和艺术背景的读者眼中产生的不同关联和反思。三位书评人的深刻解读使我们从多元视角看待这本书。

郝宇骢在《舞蹈作为方法:评〈革命的身体:中国舞与社会主义遗产〉》中做了非常高水平的点评。郝宇骢是我的博士生(与香港中文大学的唐小兵教授合作指导的),因此,她对《革命的身体》背后的理论支撑和英文论述有相当深刻的认识。《革命的身体》还在书稿状态的时候,郝宇骢就曾经给我提过修改意见。基于我们多年的师生关系和学术交流,郝宇骢熟知《革命的身体》的内部逻辑和我本人在书中想达到的目的。因此,书里藏着的一些潜在的战略思路被郝宇骢的敏锐文笔阐释了出来。

首先,郝宇骢区分了"中国舞蹈"和"中国舞"的不同含义——"中国舞"是中国古典舞和中国民族民间舞的合称,区别于芭蕾舞、现代舞等其他舞种,而"中国舞蹈"一般指中国所有的舞蹈文化。她准确认识到书上的"Chinese dance"一词更多指的是"中国舞"这个具体舞种,但同时把这个舞种放在中国舞蹈的大背景之下来探讨。在历史叙事这个问题上,郝宇骢强调《革命的身体》提出的中国舞具有"多

---

① https://news.umich.edu/zh-hans/学者+馆员:北美最大的中国舞蹈馆藏/。
② https://sites.lsa.umich.edu/eewilcox/publications/。

重起源与跨国路径"的观点,并且关注到我对舞蹈家、舞蹈体制和舞蹈剧目并重。她也提出我与过去西方学界对中国社会主义文化评价的对立视角,即"作者挑战了诸多关于社会主义中国的不见与偏见"还有"与通常的后社会主义自由化的叙述不同"。这些理解和郝宇骢对每一章的总结都是十分正确的。

这一篇的上半部分只有一个很小的地方可能需要稍微阐明。在谈第五章的最后一句作者总结道,"'文革'之后中国舞的发展,代表着对于社会主义遗产的批判性继承"。我怕"批判性继承"这个说法有点模糊,可能会被人错误地理解为褒义。其实,我在这里想强调的是,"文革"后的中国舞在形式上、体制上、创作方法上和艺术队伍上确实继承了中国社会主义文化的舞蹈遗产。可是,与此同时,它在思想上和内容上丢掉了很多革命主张,尤其减轻了对性别、阶级和民族平等的表达和追求。因此,在政治思想方面,我认为"文革"后的中国舞作品没有"文革"前的中国舞作品进步。在这一点,我跟我密歇根大学的同事、著名中国性别学专家王政教授在其新书 Finding Women in the State: A Socialist Feminist Revolution in the People's Republic of China, 1949-1964(《寻找国家中的妇女:中国社会主义女权主义革命(1949—1964)》)中的观点是一致的。王政教授在访谈中这样总结:"国家权力机构中的'社会性别斗争',都被八十年代以后的主流话语(否定和颠覆社会主义时期妇女解放成就,宣扬本质主义的'女性味'话语,把女人性化物化商品化,用资本主义消费文化来重新包装传统性别模式,以此来实现阶级分化,用弘扬所谓东方女性传统美德来让妇女对陈腐的性别规训就范,等等)所遮蔽和抹杀了"。[①] "文革"后的中国舞创作在性别、阶级和民族的表达上也有类似的消极趋势,尤其当中国舞踏入了旅游区、酒吧等较商业化场合。

在《舞蹈作为方法:评〈革命的身体:中国舞与社会主义遗产〉》的下半部分,郝宇骢提出了许多非常值得思考的问题。首先,她指出《革命的身体》"始终关注各类知识生产装置的作用……以及关于舞蹈理论的自觉性书写"。她还另外论述"值得一提的是,贯穿全书的三个概念,动觉民族主义、民族和空间的多元与动态继承,正是源自中国舞的奠基人戴爱莲在 1940 年代的理论书写。因此,《革命的身体》所完成的不仅仅是对于中国本土舞蹈理论的重新考掘,同时也是将这些本土理论——而非欧美中心的理论框架——付诸实践。"在这里所说的"三个概念"指《革命的身体》第一章的"动觉民族主义"(kinesthetic nationalism)、"民族与空间的多元"(ethnic and spatial inclusiveness)与"动态继承"(dynamic inheritance)。郝宇骢

[①] https://news.umich.edu/zh-hans/国际三八妇女节王政教授专访/。

敏锐地抓住了整书理论结构的核心立场，即"去欧美中心式的、非西方语境下的知识生产"。

郝宇骢围绕"中国性"的讨论我也非常认可。就像她说《革命的身体》试图"帮助重新思考中国性这一概念的历史变迁与具象表现，并发掘出中国性内部的异质性与多元性"，并且主张"中国舞自诞生之际便已是去中心了的，它生成与发展的每一个阶段都见证了来自不同的地域、传统与民族之间的互动"。最后她总结得也很出色："恰恰是中国性这一观念如何在历史中变动不居，它并非静止的、以某一族群为中心的抽象概念，而是一种在历史与实践中不断发展变化的具象表达。"郝宇骢推测的《革命的身体》与华语语系论述的批判性对话和互补关系也是十分准确的。最后，郝宇骢提出的三个观点也非常重要，即"社会主义文化的历史性、多义性与复杂性""民族与国际、民族形式与国际主题之间的辩证对话"和"去中心化的策略描绘出中国与第三世界国家之间千丝万缕的联系，呈现出为冷战叙述所忽略的后殖民盲点"。我为郝宇骢的宽厚点评感到诚恳的感激。

刘柳的《历史情结与认同意识：评〈革命的身体：中国舞与社会主义遗产〉》完全从另外一个角度出发阅读这本书。与郝宇骢不同，刘柳是从小学舞蹈的，在中央民族大学读了文化人类学博士，毕业后从事舞蹈人类学的研究和教学。刘柳2019年出版的中文著作《足尖上的意志：芭蕾舞剧〈红色娘子军〉的表演实践与当代言说（1964—2014）》在时间和主题上同《革命的身体》的后三章基本并行。区别在于她关注的是芭蕾舞界，而我关注的是中国舞界。刘柳的书评是三篇里篇幅明显最长的，写得也相当仔细。除了总结每一章的主要观点和结论之外，刘柳还非常清晰地把每一章讲述的舞蹈作品和舞蹈人物也一一作了介绍。就像刘柳所说，这些作品和人物大多数对中国的舞蹈研究者并不陌生。因此，对现当代中国舞蹈史学比较熟悉的读者通过刘柳的总结应该能够得知《革命的身体》关注的历史事件与舞蹈现象。

刘柳把《革命的身体》放在她所了解的美国政治背景之下来讨论是很有意思的见解。有一点她说得很有道理，即美国总统特朗普的出现以及特朗普所象征和推动的种族歧视主义、排外主义、性别歧视主义、反教育、反平等、反知识的全球化右派白人至上主义的兴起确实给我和许多其他美国人极大的危机感和恐惧。但是，《革命的身体》一书反对的不只是现在正在发生的特朗普现象，而是历来美国主流文化根深蒂固的种族歧视主义、欧美中心主义、极端资本主义以及美国帝国霸权主义等问题。实际上，美国的汉学界跟其他学科一样还是存在着非常顽固的冷战思维，而我反对的就是这个思维趋势。最近几年通过"中华人民共和国史学"

(PRC History)和"当代中国文化研究"(Contemporary Chinese Cultural Studies)两个分学科的出现和初步发展,美国的汉学家们才开始敢于挑战美国冷战时期形成并延续至今的许多"汉学常识"。目的就是认真对待历史一手资料来重新认识现当代中国文化的精彩而复杂的面貌。我在《革命的身体》中也试图通过对舞蹈资料的考察和分析来推动一种反美国冷战思维的批判性史学观。

刘柳感觉到的所谓"东方学色彩"实际上跟上述我对美国学界的批判态度也有关。刘柳可能不知道,过去英文学界的舞蹈史学和舞蹈人类学一直是分工进行的。舞蹈史学讲述西方剧场舞蹈(尤其芭蕾舞和现当代舞蹈),而舞蹈人类学讲述非西方的社会舞蹈(尤其祭祀舞蹈和民间舞)。这样的分工模式带有一种很强烈的殖民主义思想。它意味着西方剧场舞蹈有发展、文字记载、审美突破和艺术家。然而,它暗示非西方的社会舞蹈有传统、口述、审美共性和集体创造。我在《革命的身体》里试图打破这种殖民思想试的分工模式。首先,我把舞蹈史和舞蹈人类学的两种研究视角融为一体,将一种非西方的剧场舞蹈设定为主体,有意识地打乱英文舞蹈学界过去的古旧分类法。我试图把中国舞从"传统民族舞蹈"的错误定位拔出来,使它历史化,并且始终强调中国舞的动态发展、文字记载、审美突破和艺术家的个人创造。严格意义上,这跟传统的"东方学"正好相反。

我认为,刘柳的书评最有意思的地方在于它反映出《革命的身体》所描述的中国舞蹈界的内部分歧到现在还依然盛行着。作为革命芭蕾舞剧的研究者和热爱者,刘柳不免对中国舞有所轻视。她写道,"'中国舞蹈',不论在中国研究者眼里有多么权威、正统、主流乃至无趣",这句话就明显暴露出刘柳的个人偏好。实际上,中国舞蹈界的"中国研究者"是很多样的群体,不能像刘柳这样一概而论。我认识的中国同事里有很多与我一样认为中国舞非常值得认真思考和研究,同时也正是因为它"权威、正统、主流"才感到它很有趣。从头到尾,刘柳在总结《革命的身体》每一章内容的时候,情不自禁地把一些她个人的见解和立场融到总结当中。尤其到第四章讲中国芭蕾的时候,刘柳用了比较长的篇幅介绍她自己书上的观点。在她的激情之中,我们可以看出中国舞和芭蕾舞到现在还是相当对立的。

刘柳与郝宇聪一样提出了许多值得思考的问题。比如,在总结第六章的时候,刘柳提出:"有待继续讨论的,还有被视作先锋的张云峰之作,为什么会被指认为具备社会主义艺术之文化遗风?"在我看来,张云峰的作品具备以下社会主义遗产的特征:一、在继承中追求创新;二、不断探讨传统民族文化与当代生活之间的碰撞和结合;三、通过舞蹈作品的编创对历史进行反思和重构;四、在舞蹈语言的运用和创新上与中国舞的身体和语汇保持紧密的对话。

刘柳提出的其他宝贵问题,因为篇幅有限不一一讨论。期待我和刘柳继续的友情和讨论。

黎韵孜的《重释中国舞:评〈革命的身体:中国舞与社会主义遗产〉》又是另外一种反映。黎韵孜是美国圣路易斯华盛顿大学的中国文学博士,毕业后留在美国教书。黎韵孜虽然是研究文学出身,但对中国舞很熟悉并深有感情。她从小爱好中国舞,而且留美之后,"跳中国舞成了我'归家'的途径之一"。黎韵孜提到的一般美国人对中国舞这个爱好的无知和疑问,以及她难以回答的困惑,都是我本人从北舞学习中国舞回国之后也亲自体会的。就像黎韵孜说的一样,我写《革命的身体》的最根本动机之一就是想回答这些看来简单实际很复杂的日常问题。

黎韵孜指出书上的视频功能及其作为大学教材的方便性使我感到非常自豪。加利福尼亚大学出版社为本书提供的 Luminos 电子书平台是目前美国学术出版界最高级的多媒体出版平台之一。书中 19 部舞蹈视频都是我多年研究中收集的宝贝,能够跟读者们直接分享让我无比地高兴。《革命的身体》电子书获得了美国密歇根大学的赞助,通过"开放获取"(Open Access)的模式出版。于是,全球各国的读者都可以免费下载全书。① 在现在的信息社会,这样多媒体的公开获取学术出版方式越来越受欢迎。

黎韵孜对每一章的总结既简约又准确。她强调本书"体现了边缘化人群对中国文化发展的贡献"也是我自己比较看重的一点。至于《革命的身体》对之后英文学界中国舞蹈研究的影响,黎韵孜认为"正如著名中国文学评论家夏志清老师在《中国现代小说史》中发掘重要作家,魏博士也在她的处女作中发掘了中国舞蹈史上有巨大贡献却被学术界忽略了的舞蹈家。"我不敢说《革命的身体》的影响会有多大,但我诚恳地希望将来的英文学术界会对中国舞蹈文化越来越重视。我也非常荣幸获得黎韵孜对我的舞蹈描述提出的这样的评价:"这些舞者通过他们的肢体语言来发声","作为舞者我可以亲身感受到身体的灵动","让我们了解那些熠熠生辉的新舞者也在延续着前人的步伐"。因为黎韵孜最近几年也在进行舞蹈学研究,她很了解动作描述的重要性和挑战性。

黎韵孜也提出了一些很值得反思的问题。比如,她写"由于魏博士的研究对象主要是舞台艺术,此书中着重介绍了名声赫赫的舞蹈家。如此一来,可能造成一种误区,让人误以为中国舞和芭蕾舞一样,也是一种'贵族舞蹈'"。这一点我认为她

---

① 下载只需要点击下面的网址: https://www.luminosoa.org/site/books/10.1525/luminos.58/(点击"Download"然后"PDF")。

说得很有道理。如果我本人做不到读者们期待的"涉及草根一族"的舞蹈研究,我一定会鼓励并支持年轻一代的学者们更好地掌握这个课题。黎韵孜最后描述的她正在做的中国1980年代舞厅文化课题,就是我们应该期待的新研究项目之一。

毫无疑问,作者最大的乐趣就是听到读者的反馈。看了三位书评人的精彩文章,我感到《革命的身体》一书有了很美满的回应。感激每一位的认真对待及宝贵意见。

文学研究的美术学视野与对话：评《审美的他者：20世纪中国作家美术思想研究》

■ 文／龙其林

如果以五四新文化运动作为中国现代文学开始标志的话，那么中国现当代文学这个学科已经经历了一百多年的发展历程。在中国现当代文学研究历史中，涌现了一批杰出的文学史家、学者、批评家。回顾中国现当代文学学科的发展，可以划分为四个发展阶段。从五四新文化运动伊始到新中国建立之前为第一阶段，西方的人文主义、人道主义、启蒙主义、民主观点等现代思想观念被引介到中国，新文化运动的主将们以此为武器掀起了对于封建时代文学的审视与批判，借以推动中国文学及思想的转型。这一阶段的中国现代文学研究以文学的现代化追求为主线，以启蒙主义或救亡图存为阶段目标，努力建构中国文学的现代特质。第二阶段是从新中国的建立到"文化大革命"的结束。这一时期最重要的变化是中国进入了"社会主义"发展阶段，经济基础和社会形态的变化必然要求出现一种与之相适应的具有社会主义性质的文学形态。为了确立新中国成立后的文学的特质，从20世纪50年代后期开始学术界逐渐地用"现代文学"称呼新文化运动至新中国成立之前的文学，而用"当代文学"指称新中国建立之后的文学。但无论是现代文学研究还是当代文学研究，这一时期的文学研究都以文学的阶级属性替代其审美属性、文化内涵。由于中国现代文学、当代文学研究具有确立社会主义文学合法性的内在诉求，因此学者在面对原初的文学现象、作家作品时有充足的言说空间，众多具有开创性的研究也在这一时期得以初创。第三个阶段则是从"文革"结束一直延续到20世纪80年代末期,这一阶段社会逐渐开放,思想观念不断多元,中国现当代文学研究在努力摒弃政治意识形态造成的影响,在为新文学辩护与发现的驱动之下重新恢复文学研究中的启蒙主义、人道主义,将各种西方理论与手法运用到文学研究中,使得各种文学研究论著异彩纷呈。中国现当代文学研究界的一大批知名学者即通过这一时期的开疆拓土,建立了自己的学界影响。第四个阶段则是从20世纪90年代至今,中国现当代文学研究总体表现为努力进行面的拓展。由于中国现当代文学领域中的许多现象、作家作品都已得到较为系统的研究,于是寻找新的材料、拓展文学研究的领域便成了许多研究者的共同选择。由于重要作家、作品的研究格局在此前已经基本确立,一些研究者于是将注意力放到了拓展中国现当代文学研究的边界,将文化学、历史学、社会学、心理学、地理学、媒介学等其他学科的视野与理论引入文学研究,形成了文学文化批评、文学史料学、文学社会学、文学心理学、文学地理学、文学媒介学等不同的研究路径。

20世纪90年代以来,随着中国现当代文学研究的不断发展,学者研究中的"越界"现象不断增多,这也显示出文学研究对原有学科设置的突破。借助其他学科的视野与理论观照现当代文学,已成为一些学者锐意创新、持续拓展的方向。在这些为现当代文学努力拓展疆域的学者中,李徽昭是值得注意的一位。新近出版的《审美的他者:20世纪中国作家美术思想研究》一书中,李徽昭将其在中国现当代文学与美术交叉研究中的思考进行了集中呈现,探讨了20世纪中国作家与传统书画、民间美术、西方绘画的关系:"本书从审美他者化的视角出发,由美术介入文学研究,用文学思维透视20世纪中国作家零散驳杂的美术思想,努力使作家群体、个体及不同美术类型相结合,文学文本与美术观念相勾连,文学思潮与美术实践相联动,以图像学、美学、美术史、思想史多学科综合介入,以多角度观照的交叉互动方式,审视新文学观念与美术思想互为渗透的艺术现象,梳理了一百多年来中国文学、美术协同发展的历史经验,为现当代文学与美术学科交叉研究提供了新的学术生长点。"

《审美的他者:20世纪中国作家美术思想研究》全书分为八章,从内容上可分为归纳到三个方面:一是对20世纪中国作家美术思想的宏观思潮背景进行勾勒。作者通过对20世纪中国文学与美术思潮的对照性分析,发现了二者共通的审美文化,揭示了它们在社会政治与文化变革等多重因素影响下呈现出来的艺术形态;二是对于20世纪中国作家美术思想的群体、个体及美术类型的勾勒。在作家群体方面该书选择了新月派进行分析,审视了新月派诗歌实践与诗学观念的美术渊源;在作家个体方面则选取了鲁迅、沈从文二人在绘画经历、书法风格、美术兴趣上的差异,分析了他们审美意识的差异及其与文学创作的关系;在美术类型方面主要是通过对传统绘画和书法的分析,来分析现当代作家借助传统绘画、书法传达的人文精神特质;三是对20世纪中国作家美术思想与文学文本多元关联的阐释。作者提出了作家在作品中的美术书写也是一种美术思想的观点,通过对丁玲《梦珂》、伤痕小说、汪曾祺和贾平凹小说美术书写的解读,分析了作家在美术表达背后的深层意识;同时,作者在对大量作家的美术书写的史料中归纳出阐释留白、地方色彩等美术观,指出这些美术创作中的方法对于作家写作及其文化主体性建构的可能性。整部著作以20世纪中国的美术思潮为主线,重返历史语境审视作家创作与美术思潮之间的隐秘联系及其情感表现,既有对中国现当代文学史上具有重要地位的新月派群体及鲁迅、沈从文等代表性作家的全新考察,又在具体美术类型中对作家绘画观、书法观、美术、留白手法及地方色彩进行个案解读,从而使整部著作呈现出宏观勾勒与文本细读、新颖视角与多元阐释的统一。

  李徽昭以大艺术观的视野看待中国现当代文学与美术,既尊重二者具有的学科自律性,又努力发现二者之间隐秘而重要的精神关联,将文学的生命情感与美术的文化情态融会贯通,分合相参,在比较视野、跨学科资料、诗书画逻辑中将文学研究做大、做宽、做深。作者认为,"由于本研究具有跨学科性,主要运用比较方法分析研究对象的特殊性,以系统统观方法审视其普遍性,比较和系统统观交叉使用,共同审视文学、美术的审美与文化特质,辨析作家美术论述与文学观、语言思维与图像思维、审美意识与形式语言的联系与区别,探究文学与美术的交叉互动、相互介入及影响关系。"得益于大艺术观的宏阔视野,作者站在更高的平台上重新看待文学,敏锐地觉察到了单一文学学科研究者所难以发现的民族文化传统与审美趣味。从这个角度出发,李徽昭将"文学与美术"和"民族文化的传承"自然地整合起来,在现代性思潮恣肆的20世纪中国语境中找到了潜藏的民族传统绵延通道。在很长一段时间内,1949年之后出生的当代作家常常被视为与传统割裂的几代人,他们无法像20世纪前半叶的作家那样可以接受完整的私塾教育与传统文化熏陶。但李徽昭借助美术学的视野反观文学,却发现了中国作家通过书法、绘画等美术渠道与中国民族传统文化建立了精神联系:"他们以毛笔书写所涵养的传统文化意识及在东西文化冲撞中形成的现代意识来介入、思考着书画艺术。他们大量手稿中有许多就是文学与书法有机结合的'复合文本',其'兼美'和'唯一'的特征使其具有巨大的精神文化及物质文化价值。"20世纪中国作家可以通过美术追溯传统,又在现代环境的成长中形成人文意识,兼容中西文化,进而具有熔铸新的思想特质的可能性:"受传统中国文化文人性及文人文化生态的影响,再有美术与文学共通的审美创造功能驱动,现代中国作家与美术相遇有一种与中国传统文化根源想通的合理性,也可以说是源远流长的中国传统文化选择了他们,现代美术的发展也许迫切需要他们在东西文化之变中发出源自中西、古今贯通之后的独立声音。"

在对 20 世纪中国作家的美术审视过程中,必然要求重新阐释那些由于学科限制或意识局限而久被遮蔽的文学历史,在此基础上进行作家生命、思想的还原。李徽昭在该书中钩沉史料,费力稽考,厘定误谬,通过美术学视野的引入而对许多作家、作品、文学社团等进行新的阐释。1949 年后,沈从文放弃了文学创作而选择了文物与美术研究,学术界对于他的这一选择多从政治意识形态角度进行解释,认为是沈从文的自由主义作家身份、观念使他在新中国建立之后自觉疏远于文坛。凌宇在分析沈从文建国之后的这一身份转变时,认为原因主要有二:一是沈从文写作特点与时代要求之间的矛盾:"他明白,如果继续从事文学创作,自己已经定型的写作方式与已经自觉到的社会要求之间,必不可少地存在着冲突。虽然在那份自我检查里,提到学习中对'政治高于一切','文学从属于政治'的重新认识,但要在创作中实际体现这一点,并非易事。即便有了朝这方向的明确努力,下意识的长期积习——自己所熟悉的题材范围、审美趣味、处理材料的方式乃至语言词汇,终难保住手中的笔。他不能不面对现实:在承受了新的社会要求的文学领域内,自己的落伍是注定了的。与其于己于人有害无益,不如避贤让路。"[1]另外一个原因则是沈从文对于文物的兴趣:"它可以一直追溯到 1921 年至 1922 年沈从文在保靖替陈渠珍整理古籍,管理旧画、陶瓷文物,并为它们编目的时候。刚到北京时,琉璃厂、天桥、廊坊头、二三条,各处跑去欣赏古董店和地摊出售的文物,几乎成了他日常必修的功课。到 30 年代,他的生活终于从贫困中解脱后,便不知节制地购买收藏各种文物。"[2]不过在李徽昭看来,沈从文晚年转向于中国美术史研究还有另外一层原因,即其早年在行伍生活中接触古代经典美术作品并与美术专业人士交往中形成了对于美术的兴趣:"沈从文青少年时期才对中国古典名家画作产生兴趣,古典名画题材多是山水花鸟,构图有程式化的趣味,主要是文人雅文化的产物。"同时,"沈从文没有海外留学经历,对西方艺术未曾如鲁迅一样有着深入了解和凝视,也便少了西方美术干扰,而独存古典趣味。正因此,沈从文钟爱评述的多是中国古代经典绘画。"沈从文的美术思想影响到了其小说创作,"沈从文'小说中的人都爱画',反映出沈从文意识深处的绘画兴趣和美术创作欲望,小说叙事中的画家和借

---

[1] 凌宇:《沈从文传》,北京:东方出版社,2009 年,第 305—306 页。
[2] 同上书,第 306 页。

画家之口表述的绘画论述显露出沈从文内在的绘画意识,也是沈从文美术观念意识的直接流露。"不仅如此,"沈从文《边城》《长河》等小说中山水风景的描绘正如中国传统山水画作,散点透视中映照出作者内在的情感趋向","沈从文的小说则如中国山水画作,意境悠远、韵致丰富"。沈从文的美术思想得以形成,也与他同新月社群体的交往有着密切关系:"叶公超、沈从文、凌叔华等作家在与新月派群体或紧或松的聚会中将这一趣味进行了内化处理,并影响着其后的文学与社会生活,所以叶公超、凌叔华晚年热衷书画创作,沈从文则从事了中国美术史研究。当然,作为有着传统中国文化素养的叶公超、凌叔华、沈从文,他们身上留存的传统文化意识也使其选择了带有传统特性的书画艺术,一定意义上也接续了古代文人画传统,但根本的或许是新月派群体文化艺术风尚以及绅士文化的潜在影响。"李徽昭通过美术学视野的引入及材料发掘,为我们重新理解沈从文放弃文学转向文物、美术史研究提供了新的认识。

无须讳言,在学术研究日益讲究学科自律、学术规范的趋势下,不少现当代文学研究成果也不免抽空了文学的情感维度与人的生命气息,显示出机械时代冰冷的学术生产痕迹。"我们在许多的学术研究中(包括对于中国现代学者、作家的研究),研究论著已与研究对象的生命体验、人间情怀完全无关,人们进入僵硬的材料、理性的分析及术语的堆砌之中,却无法获得与学者、作家的血肉关联。在这样的学术文字后面,人的意义和价值彻底地隐遁了,研究者们只能从枯燥的材料中演绎同样没有精神血色的文字,通过一个毫无生气的逻辑推理和分析综合过程来展现一个没有多少价值的命题。"[①]值得庆幸的是,李徽昭的这部著作在追求学术研究的理论深度、严密逻辑、详实史料的同时,并没有放弃对于作为研究对象的文学社团、作家、作品的精神意义的探寻和生命形态的分析,从而将严谨的学术研究与有血有肉的情感表现结合在一起,使学术著作具有了生命气息。在分析新月派的美术思想时,李徽昭不仅对代表人物闻一多、徐志摩的美术趣味进行了细致的梳理与分析,而且还对学界不太关注的新月社聚会中的书画会活动进行了聚焦,在富于现场感的描述中勾勒出新月派同仁美术观念趋同性的形成及传播过程:"包含着生活情趣的书画会是新月派群体交流沟通的艺术媒介,于此而言,传统书画与西方美术的爱好、修养与实践显然是新月派群体认同的一个关键因素,堪称新月派群体的文化基因。书画会中的美术赏评活动形成了新月派相对一致的美术修养和审美取

[①] 龙其林:《拒绝在沉默中遗忘:读吕文浩著〈中国现代思想史上的潘光旦〉》,《团结报》2011年11月17日第7版。

向,也是新月派绅士文化的重要体现,又与中国传统琴棋书画相通,达成了新月派沟通中西古今的文化艺术修为","作为一种文化趣味的中国传统书画与现代美术,由此可说是绅士日常文化生活兴趣所在,也是集会结社的核心话题,与传统文化相对的现代美术也因此成为新月派沟通古今、走向艺术自律的关键因素。"该书不仅在追溯中国现代文学史上的文学流派时具体审视美术活动场景,而且还将作家们在20世纪末以来的市场失落感及其美术实践进行了勾连,认为作家们主动从中国传统书画艺术中汲取精神的养料,借此抵抗时代的巨擘,同时寻找新的艺术观念:"文学失落了20世纪80年代的皇冠地位,在市场中失意的作家需要找寻新的艺术庇护所,因此他们与中国传统书画相遇,在文化自觉意识上开始返回传统文化,通过中国传统书画艺术来重新安放自己失落的心灵。这一批作家以中国书画传统负荷起了多重文化碰撞下的文化新使命,他们的文学创作也因此透射出从本土文化生发、具有现代意识的新风格,其文学创作具有了传统文化、现代意识等复合多元的文化取向。他们在文学创作之余,以毛笔为工具参与了书法、绘画活动,实际是以传统中国书法绘画的操练向传统致敬,也是在现代社会生活中实践现代中国作家的'文人性'。"此外,诗词与书法的结合背后也隐含着中国作家的审美诉求:"诚然,诗词与书法的相得益彰,或书法艺术美和诗词文学性结合形成的'合金'美质,也许最能够满足中国人特别是中国文人的审美需求,使其获得更多的审美愉悦,而这样的审美心理期待也反过来鼓励了诗词与书法的'亲上加亲',并形成了一道极其亮丽而又蔚为大观的景象。"

《审美的他者》以文学与美术的跨媒介研究的基础,勾勒出新的文化面貌,在日益严密的学科自律中寻找着学科交叉的可能性及现当代文学研究的新路径。李徽昭发现,多学科的复合状态从20世纪70年代后期便逐渐作为一种倾向呈现出来:"'文化大革命'期间淤积已久的社会生活体验、文化命运思考需要文学、美术多元复合的文化艺术形式表现出来,单一的艺术形式很难完全释放文化创造主体被'文化大革命'归训与抑制的情感,于是陈凯歌、北岛、高行健等一批1949年后出生成长的作家共通引领着文学、美术交叉互动潮流,并在一定意义上影响了同时代的其他作家。"作者对这种现象进行了深入分析,认为学科体系的建立一方面使研究者们能够形成科学规范的研究范式,但另一方面又阻碍了不同学科尤其是相邻学科之间的合流,将原本一体化的艺术品研究切割成归属于若干个不同学科的知识,从而导致了研究者们审美情感上的不完美及失落心理,艺术跨界便成为一种调和学科体制限制的可能途径:"面对现代社会的艺术分割及其自律化发展,作家、美术家和电影导演或许产生了一种审美或社会认知上得相对缺失感,艺术跨界便成为创作主体自我认知与认同的需要,艺术跨界的基础和方向均指向审美共通感,通过审美共通感,文学与美术审美功能不断强化。就是说,在审美现代性专业自律中,作家或美术家受到了本专业视野的遮蔽,愈益精专的文学和美术相对阻碍了对日常生活的认知和表达。面对社会文化不断变革的现实,艺术创造主体需要跨界寻找新的审美表达方式,以此释放与传达内在的社会认知与审美感受。"在李徽昭看来,跨界不仅是文学与美术研究的必要,而且也是艺术作品真正走入社会生活、走进民众的必然途径:"尚新是观念更新与艺术不断自我超越的特征,艺术跨界使寻找新资源成为一种可能。在现代社会多元发展、生活不断变化,甚至生活变化已经超越艺术想象时,传统意义上得艺术很难承载与叙述日新月异的现代社会,艺术不介入日常生活,不通过日常生活寻找书写资源,便容易陷入危机。"

李徽昭对于 20 世纪中国文学与美术十分熟稔,又有着切身的艺术实践,熟悉文学研究与美术批评的理论,在《审美的他者:20 世纪中国作家美术思想研究》中展现出新锐学者的思想的锋芒与理论的深度,为读者提供了一系列具有启发的新材料、新观点。他的这部著作拓展了人们对于文学与美术关联的认识,发现了作家通过美术绵延审美传统的事实。这既是李徽昭对 20 世纪中国作家美术思想及其与社会生活、文化思潮关系的敏锐发现,也是他对于通过美术进入作家心灵、重建学者及民众文化主体性的一次尝试。

作者简介

何　平	南京师范大学
金　理	复旦大学
彭　伦	出版人
黄昱宁	上海译文出版社
黄　荭	南京大学
范　晔	北京大学
默　音	作家
朱　婧	南京师范大学
胡　桑	同济大学
张定浩	《上海文化》
康　凌	复旦大学
黄丁如	哈佛大学（Harvard University）
曲　楠	北京大学
周迪灏	耶鲁大学（Yale University）
吴晓东	北京大学
唐　伟	中国作家协会
韩　秀	作家
傅光明	中国现代文学馆
陈中梅	中国社会科学院
郝宇骢	密歇根大学（University of Michigan）
刘　柳	中央民族大学
黎韵孜	休斯敦大学（University of Houston）
魏美玲（Emily Wilcox）	密歇根大学（University of Michigan）
龙其林	广州大学

图书在版编目(CIP)数据

文学.2019 秋冬卷/陈思和,王德威主编. —上海:复旦大学出版社,2021.4
ISBN 978-7-309-15422-1

Ⅰ.①文… Ⅱ.①陈… ②王… Ⅲ.①中国文学-现代文学-文学研究-文集 ②中国文学-当代文学-文学研究-文集 Ⅳ.①I206.6-53

中国版本图书馆 CIP 数据核字(2020)第 233928 号

文学.2019 秋冬卷
陈思和　王德威　主编
责任编辑/郑越文

复旦大学出版社有限公司出版发行
上海市国权路 579 号　邮编:200433
网址:fupnet@fudanpress.com　http://www.fudanpress.com
门市零售:86-21-65102580　团体订购:86-21-65104505
出版部电话:86-21-65642845
常熟市华顺印刷有限公司

开本 787×1092　1/16　印张 18.75　字数 336 千
2021 年 4 月第 1 版第 1 次印刷

ISBN 978-7-309-15422-1/I・1257
定价:78.00 元

如有印装质量问题,请向复旦大学出版社有限公司出版部调换。
版权所有　侵权必究